Melody Carlson

Ein Junggeselle zum Verlieben

Über die Autorin

Melody Carlson hat bereits mehr als 100 Bücher für Kinder und Erwachsene geschrieben. Davon konnte sie zwei Millionen Exemplare verkaufen. Außerdem ist sie für ihre Arbeit mit mehreren Preisen ausgezeichnet worden, unter anderem mit dem RITA Award und dem ECPA Gold Medallion. Sie hat zwei erwachsene Söhne und lebt mit ihrem Mann Chris in Sisters, Oregon.

Melody Carlson

Ein Junggeselle zum Verlieben

Roman

Aus dem Amerikanischen von Eva Weyandt

GerthMedien

1

George Emerson brauchte keinen Menschen. Das zumindest redete er sich ein, während er vorsichtig mit dem Rasiermesser über seine Wangen strich, wie er es an jedem Tag der Woche um genau 7:07 Uhr morgens tat. Viele Männer rasierten sich mit diesen moderneren Rasierapparaten, das war George bewusst, aber dieses Rasiermesser mit einem silbernen Griff hatte ihm sein Großvater hinterlassen. Während er die scharfe Klinge an einem weichen Frotteehandtuch abwischte, reckte er den Hals, um sein glatt rasiertes Kinn in dem beschlagenen Spiegel zu begutachten. Mit seiner Lesebrille konnte er besser sehen, aber nach so vielen Jahren Routine war George ziemlich sicher, dass nichts zu beanstanden wäre.

Nachdrücklich schloss er das Badfenster, weil er das fröhliche Summen seiner ein wenig aufdringlichen Nachbarin nicht mehr hören wollte. Fieberhaft überlegte George, wie er Lorna Atwood an diesem Morgen aus dem Weg gehen konnte, ohne unhöflich zu erscheinen. Seit ungefähr zehn Minuten machte sie sich im Garten zu schaffen, und George war ziemlich sicher, dass sie ihn abpassen wollte, sobald er das Haus verließ, um zur Arbeit zu gehen.

Gerade als er die Kappe auf seine Tube mit Rasierschaum setzte und sein Rasiermesser in den angeschlagenen Keramikbecher stellte, hörte er das Pling in der Küche. Der Kaffee war durchgelaufen.

Die Kaffeemaschine mit der Zeitautomatik war eine dieser neumodischen Errungenschaften, zu denen sich George vor ein paar Jahren hatte überreden lassen. Aber so ganz traute er dieser

Maschine nicht. Eigentlich traute er den meisten elektrischen Geräten nicht. Was, wenn sie einmal verrückt spielte und mitten in der Nacht Kaffee kochte?

Während er seinen Thermosbecher mit dem dampfenden Kaffee füllte, warf George einen Blick durch das Küchenfenster. Lorna hatte sich mittlerweile auf ihrer vorderen Veranda niedergelassen. Er steckte zwei dünne Scheiben Weizenbrot in den Toaster, nahm ein hart gekochtes Ei aus dem Kühlschrank und goss sich ein kleines Glas Grapefruitsaft ein. Das war sein Frühstück an den Wochentagen. An den Wochenenden briet oder pochierte er sich manchmal ein Ei, oder, wenn ihm besonders nach feiern zu Mute war, ging er hinüber in den *Blue Goose Diner* und gönnte sich Pfannkuchen mit Speck, die er sich beim Zeitunglesen schmecken ließ. Das allerdings hatte er schon länger nicht mehr gemacht. Bestimmt ein Jahr lang nicht.

Aber heute war Freitag, und um 7:27 Uhr hatte George sein Frühstück beendet und das Geschirr abgespült. Mit dem frisch aufgefüllten Thermosbecher und der Aktentasche in der Hand verschloss er seine Haustür, prüfte noch einmal nach, ob sie auch wirklich abgeschlossen war, und überprüfte es noch ein drittes Mal, nur für den Fall. Demonstrativ warf er einen Blick auf die Uhr und dann blickte er vorsichtig nach rechts und links, um sich davon zu überzeugen, dass Lorna nicht irgendwo lauerte.

Für Ende Mai stand die Sonne schon ziemlich hoch am Himmel. Im vergangenen Herbst hatte die *Warner Highschool* den Schulbeginn um eine Stunde nach hinten verschoben. Daran hatte er sich noch nicht so ganz gewöhnt. Obwohl sich seine innere Uhr gestört fühlte, musste George zugeben, dass den Schülern die zusätzliche Stunde Schlaf gut tat. Sie schienen nun morgens etwas wacher zu sein.

„Guten Morgen, Mr Emerson", zwitscherte Lorna Atwood fröhlich. Wie ein kleiner Springteufel in farbenfrohes Lycra gekleidet trat sie plötzlich aus dem Schatten ihrer vorderen Veranda heraus. „Ein wunderschöner Tag heute, nicht?"

Er schaute hoch zu dem wolkenlosen Himmel und nickte zustimmend. „Sieht tatsächlich so aus, als würde es heute schön. Das stimmt."

„Wie ungewöhnlich hier in dieser Jahreszeit im westlichen Oregon. Im vergangenen Jahr hat es den ganzen Mai und Juni über geregnet."

Mit ihrem rosa Kaffeebecher in der Hand eilte sie zu ihm hinüber. Hatte sie diesen Becher bewusst ausgewählt, weil er zu ihrem Lippenstift passte?

„Sie haben doch hoffentlich meine Einladung nicht vergessen, oder?" Hoffnungsvoll blickte Lorna ihn an.

George täuschte Verwirrung vor und tippte sich an die Stirn. „Es tut mir so leid, Mrs Atwood, aber mir fällt gerade ein, dass ich für heute Abend schon andere Pläne habe. Ich hoffe, Sie entschuldigen mich."

„Ach, wie schade." Ihr Lächeln blieb unverändert. „Vielleicht ein anderes Mal. Der Sommer steht jetzt vor der Tür, da haben wir sicher noch jede Menge Gelegenheit zusammenzukommen. Wir werden es einfach auf einen anderen Tag verschieben. Ich habe also bei Ihnen etwas gut."

Sie spähte zum Himmel hoch. „Da wir gerade von Guthaben sprechen, am Wochenende soll das Wetter schlechter werden. Vielleicht können wir ja dann etwas ausmachen." Sie zwinkerte ihm zu.

George zwang ein höfliches Lächeln auf sein Gesicht, als er ihr zunickte und seinen Weg an ihrem kleinen Vorgarten vorbei fortsetzte. Ihr Rasen müsste dringend mal gemäht werden. Er hoffte nur, dass er sie nicht an ihren Mietvertrag erinnern müsste, denn darin war ganz klar festgelegt, dass sie für ihren Garten selbst verantwortlich war. Ihr kleiner gelber Bungalow war fast identisch mit dem, in dem er selbst wohnte – nur dass seine Fassade kornblumenblau gestrichen war.

Zusammen mit seinen Großeltern hatte er Ende der 80er-Jahre in diese kleinen heruntergekommenen Häuser investiert, damals, als die Immobilienpreise noch lächerlich niedrig waren. Kurz nachdem er die Stelle als Lehrer an der nahe gelegenen Highschool bekommen hatte, hatte er den ersten Bungalow zur Eigennutzung gekauft. Da er nicht gerne Auto fuhr, war es sinnvoll, in der Nähe zu seinem Arbeitsplatz zu wohnen, sodass er zu Fuß dorthin gelangen konnte. Und seither arbeitete er als Lehrer an der *Warner High*.

Mit der Hilfe seines Großvaters, der großes handwerkliches Geschick besaß, hatte George an den Wochenenden und an den Abenden sein kleines blaues Haus renoviert. Das war eine gute Ablenkung für ihn gewesen, um nicht ständig über die Träume nachdenken zu müssen, die sich für ihn nicht erfüllt hatten. Vielleicht hatten ihn seine Großeltern deshalb dazu ermutigt, drei weitere kleine Häuser zu kaufen. Das würde ihn von seinem Schmerz ablenken, und er hatte immer etwas zu tun.

Sie hatten ihm die Immobilienkäufe schmackhaft gemacht, indem sie sie ihm als *gute Investition* anpriesen. Und es war, wie sich später zeigte, tatsächlich klug, Immobilienwerte in seiner Nachbarschaft zu erwerben. Damals war der Kauf von heruntergekommenen Immobilien noch ein wenig leichtsinnig erschienen, zumal die Mieter aus den Städten in die „Sicherheit" der Vororte flohen. Aber in den vergangenen zehn Jahren hatte sich dieser Trend umgekehrt.

Die Menschen kehrten in die Stadt zurück, und die Mieten in seinem Viertel waren mittlerweile so hoch wie nie zuvor. Seine drei Bungalows, die nur einen Straßenzug von der Innenstadt entfernt lagen, hatten in letzter Zeit nicht einen einzigen Tag lang leer gestanden.

Mrs Atwood, seine neueste Mieterin, war überglücklich gewesen, in diesen Bungalow einziehen zu können. Obwohl sie erst seit einigen Monaten dort wohnte, hatte George schon sehr bald gemerkt, dass im Umgang mit ihr Vorsicht geboten war. Sie war geschieden und sehr gesellig, und sie konnte ununterbrochen *plaudern*, wenn sie die Gelegenheit dazu bekam. Vermutlich war ihr Mann geflohen, weil er sich nach Frieden und Ruhe sehnte, obwohl Mrs Atwood behauptete, Opfer der *Midlifecrisis* ihres Ex-Mannes geworden zu sein. Sie sah nicht schlecht aus – das musste er zugeben –, aber sie redete eindeutig zu viel. Und sie war viel zu bemüht.

Kurz nach ihrem Einzug hatte George ein paar kleinere Reparaturen an dem Bungalow vorgenommen, und als Dank für seine Hilfe hatte sie ihn zum Abendessen eingeladen. Als er ablehnte, bestand sie darauf, ihren *berühmten Kirschkuchen* für ihn zu backen. Er gab vor, sich über diese nette Geste zu freuen, aber der viel zu süße und klebrige Kuchen wanderte direkt in den Müll, da George nicht viel für Kuchen übrig hatte.

Trotzdem hatte er ein höfliches Dankeschön an die gespülte Tortenplatte geheftet und ganz früh am folgenden Morgen auf ihre Veranda gestellt. Doch seither hatte sie ihre Bemühungen, Kontakt zu ihm zu suchen, nur noch verstärkt. Allmählich gingen ihm die Ausreden aus, denn er wollte nicht unhöflich oder gar unehrlich sein.

George war mit den Versuchen von Frauen, *Kontakt* zu ihm aufzunehmen, bestens vertraut, und im Laufe der Jahre hatte er gelernt, die schmeichelnde Aufmerksamkeit dieser Frauen zu ignorieren. Auffallend attraktiv war er nicht, in dieser Hinsicht machte er sich nichts vor. Nicht einmal in jungen Jahren, im letzten Jahrhundert, als seine Schüler ihm den Spitznamen *Mr Bean* gegeben hatten, hatte George sich darüber Illusionen gemacht. Er war nun mal kein Cary Grant. Der Vergleich seiner Schüler mit dem schrulligen Komiker sollte eigentlich eine Beleidigung sein, aber George hatte das nicht so gewertet.

Tatsächlich war es sogar so, dass er *Mr Bean* irgendwie bewunderte. Und George wusste, dass die Schüler ihn wegen seines zugeknöpften Verhaltens neckten. Andererseits war für ihn absolut unverständlich, wie die Kinder sich kleideten, beinahe wie Mitglieder einer

Gang. Er dagegen legte großen Wert auf korrekte Kleidung. Zum Unterricht trug er immer lockere Krawatten und Sportsakkos – ein Versuch seinerseits, durch sein Vorbild zu leiten. Nicht dass es funktioniert hätte, aber es war eine Gewohnheit, die er beibehalten hatte, und auch wenn seine Kollegen lässige Kleidung bevorzugten, gefiel George sein etwas traditionellerer Stil. Seltsamerweise schien das auch bei den Damen gut anzukommen – früher zumindest und bei Damen wie Mrs Atwood offensichtlich immer noch.

Jetzt mit Mitte 50 vermutete George, dass Frauen wie Mrs Atwood nicht unbedingt sein Aussehen attraktiv fanden, sondern die Tatsache, dass er ein Junggeselle war. Junggesellen hatten es eigentlich in jedem Alter nicht leicht, und er vermutete manchmal, jemand hätte ihm einen Zettel mit der Aufschrift „noch zu haben" an den Rücken geheftet. Doch mittlerweile war er ein „eingefleischter Junggeselle", wie viele ihn nannten. Und wenn er ehrlich war, hatte George gegen diese Bezeichnung nichts einzuwenden.

„Guten Morgen, Mr Emerson." Jemma Spencer winkte ihm zu, als sie die Treppe zur Schule hochlief. „Ist das nicht ein wundervoller Tag?"

„Allerdings." Höflich hielt George ihr die Tür auf und ließ die jüngere Frau vor sich eintreten. Jemma war neu an der *Warner High*. Sie hatte gerade ihr Studium abgeschlossen, war energiegeladen und auffallend hübsch – und wie die meisten seiner Kolleginnen so jung, dass sie seine Tochter sein könnte.

„Und was macht die Kunst, Miss Spencer?" Er blieb stehen, um seine Karte ins Lesefeld der Arbeitszeiterfassung einzuführen.

„Die Schüler haben Hummeln im Hintern." Ihre dunkelbraunen Augen funkelten, als kribbelte es auch ihr in den Fingern.

„Ja, nur noch sechs Tage Schule. Da ist das nachvollziehbar. Ganz besonders an einem warmen, sonnigen Tag wie heute."

„Ich denke, ich gehe heute mit meinen Schülern nach draußen", vertraute sie ihm auf dem Weg zum Lehrerzimmer an. „Sie können

Bäume, Blumen, Wolken oder Schmetterlinge oder was auch immer zeichnen. Vielleicht wollen sie auch einfach nur eine Weile in die Gegend schauen, aber ich hoffe, dass sich dadurch die Hummeln in ihren Hinterteilen beruhigen."

Er lachte. „Sie haben Mut."

„Nicht wirklich, es ist nur so, dass auch ich mich so kribbelig fühle." Sie zwinkerte ihm zu, als sie in den Flur zum Lehrerzimmer abbogen. „Ich zähle ebenfalls die Tage bis zu den Sommerferien."

„Haben Sie Urlaubspläne?", fragte er mit mäßigem Interesse.

„Mein Freund und ich wollen nach Island fliegen", erklärte sie.

„Interessant …"

„*Island?*", rief eine männliche Stimme aus dem Lehrerzimmer. „Hat da jemand Island gesagt? Ich war in den Osterferien dort, und es war einfach traumhaft. Wollen Sie meine Fotos sehen?"

Auf einmal redeten viele der jungen Lehrer durcheinander, zeigten ihre Fotos auf ihren Telefonen und erzählten begeistert von ihren Reiseerlebnissen, sprachen von den Verlockungen Islands und anderer exotischer Orte und prahlten mit ihren eigenen ausgefallenen Plänen für den bevorstehenden Sommer. In der Vergangenheit hätte sich George vielleicht an diesem begeisterten Geplauder beteiligt, vielleicht sogar von seinen eigenen Reiseerlebnissen berichtet, aber da er keine Pläne für den Sommer hatte … und auch in den vergangenen Sommern nichts unternommen hatte, schwieg er, nahm die Infoschreiben aus seinem Postfach und las die Mitteilungen am Schwarzen Brett. Anschließend verließ er, ohne einen Blick zurückzuwerfen, das Lehrerzimmer mit den vielen lärmenden Menschen.

Als er zu seinem Klassenzimmer ging, fühlte George sich alt – nicht körperlich, obwohl seit einiger Zeit der Schwung in seinem Gang fehlte. Er fühlte sich alt im Sinne von angestaubt – wie der Dinosaurier der *Warner High*. Es war kein Geheimnis, dass er der älteste Lehrer im Kollegium war und dass die Schulleitung ihm vorgeschlagen hatte, doch ein paar Jahre früher in Pension zu gehen. Aber er war jetzt noch nicht einmal 55, was gefährlich nahe an den 60 war, und das Budget der Schule war schon wieder einmal gekürzt worden. Deshalb stellte seine Schulleiterin jüngere Lehrer ein, um Geld zu sparen. Bisher hatte George sich erfolgreich gegen sie und einen vorzeitigen Ruhestand zur Wehr setzen können, aber in diesem Jahr war er eingeknickt.

Nach einer ganz schlimmen Grippeerkrankung im vergangenen Winter hatte George nachgegeben und ihr mitgeteilt, dass er nur noch bis zum Sommer unterrichten wolle. Und nun würde er nach mehr als 30 Jahren Schuldienst offiziell in den Ruhestand gehen. Nicht, dass in der heutigen Zeit noch Wert auf Erfahrung gelegt würde … und es wäre auch niemand traurig darüber, dass er bald nicht mehr zum Kollegium gehören würde.

Mehr und mehr hatte George das Gefühl bekommen, an dieser Schule unsichtbar zu sein, und es war, als ob er mit jedem Jahr weniger wahrgenommen wurde. Sogar die Schüler schauten manchmal durch ihn hindurch. Dass ein Lehrer ignoriert wurde, war natürlich nicht ungewöhnlich.

Als Englischlehrer wusste er um das mangelnde Interesse seiner Schüler an Schule und Bildung. Seine Versuche, ihnen nahezubringen, wie wichtig eine gute Ausdrucksweise war, waren nur selten erfolgreich. Und seiner Meinung nach war dieses elektronische Zeitalter, das er zutiefst verabscheute, schuld daran, dass Rechtschreibung, Grammatik und Satzbau an Bedeutung verloren.

Sosehr er sich auch bemüht hatte, ihnen sein Lieblingsfach, die englische Literatur, durch interessante Unterrichtsgestaltung schmackhaft zu machen, die meisten seiner Schüler konnten Chaucer und Shakespeare nicht voneinander unterscheiden. Und das machte ihnen noch nicht einmal etwas aus.

Seufzend gab er seinen Zahlencode in das Tastenfeld vor seinem Klassenraum ein. Die Zeit, als die Türen auf dem Campus noch nicht verschlossen werden mussten, waren ihm noch immer in lebhafter Erinnerung, aber nun gab es für alle Türen besondere Codes und außerdem Sicherheitskameras und uniformierte Sicherheitskräfte überall. Es waren so viele, dass er manchmal den Eindruck hatte, in einem Gefängnis zu unterrichten.

Er schaltete das Neonlicht ein und durchquerte den stickigen Klassenraum. Nicht zum ersten Mal wünschte er sich, die hohen Fenster ließen sich öffnen, und er könnte frische Luft hereinlassen. Dieses Thema hatte er schon mehrmals zur Diskussion gestellt und darauf hingewiesen, wie wichtig frische Luft sei, damit die Schüler mit wachem Geist dem Unterricht folgen konnten. Aber wegen der Budgetkürzungen waren solche Veränderungen nicht zu realisieren.

Während George den Zahlencode zu seiner Bürotür eintippte, erinnerte er sich daran, wie es war, als er noch selbst hier zur Schule gegangen war. Wie sehr hatte sich die Welt seither verändert. Das Gebäude allerdings, das damals neu und modern gewesen war, hatte sich kaum verändert.

Doch manche Dinge änderten sich eben nie. Im Laufe der Jahrzehnte hatte er beobachtet, dass die Teenager jedes Jahrzehnts sich auffallend ähnlich verhielten. Entfernte man die Schicht der jeweiligen Trends und Modeerscheinungen, kam in der Regel eine frustrierte Mischung aus Aufsässigkeit und Unsicherheit zum Vorschein. Und auch in seiner Generation war das so gewesen, wie er fairerweise eingestehen musste.

Er erinnerte sich noch sehr gut an das Ende der 70er-Jahre. Auch in seiner Klasse hatte es Aussteiger, Faulpelze und Leute gegeben, die Drogen nahmen, doch seine Altersgenossen erschienen ihm auch jetzt noch, nach so vielen Jahren, viel authentischer als die Jugend der heutigen Zeit. Möglicherweise war seine Erinnerung durch das Alter getrübt, doch wenn er in der Zeit zurückblickte, sah er in der Jugend damals eine Authentizität, die er bei den Jugendlichen heute vermisste.

Vielleicht weil es damals diese elektronischen Geräte noch nicht gegeben hatte. Alle seine Schüler besaßen diese neumodischen Tablets und Pods und Handys. Obwohl während des Unterrichts keine elektronischen Geräte erlaubt waren, hielten sich nur die wenigsten Schüler an diese Regeln. Manchmal machte ihn das verrückt.

Was war nur passiert, dass die Kommunikation mit Freunden so unpersönlich geworden war? Auch wurde nur noch selten ein richtiges Gespräch geführt. Er verstand nicht, dass die Jugendlichen ständig diese Kurznachrichten mit schlechter Grammatik und dämlichen kleinen Bildern austauschten. Und wenn er seiner Klasse die Aufgabe stellte, einen Brief zu schreiben, hagelte es Beschwerden. Als hätte er von ihnen verlangt, sich die Augen auszureißen – oder ihre Handys zu zerstören.

Neulich in der Klasse hatte er wirklich den Eindruck gehabt, Zombies vor sich sitzen zu sehen. Als wären die Jugendlichen innerlich abgestorben – nur noch eine leere Hülle. Er war altmodisch, das war ihm bewusst, aber in seinem tiefsten Innern war er der Überzeugung, dass die Computertechnologie dieser Generation ihre Seele gestohlen hatte. Und letztlich hatte diese Erkenntnis nur bestätigt, was er bereits gewusst hatte – dass es Zeit war auszusteigen.

2

Eine unerwartete Nervosität erfasste Willow West, als sie sich den Besucherausweis an ihre gebatikte und mit Spitze eingefasste Tunika heftete. Ihr Enkel Collin bezeichnete dieses Kleidungsstück als *Hippiebluse*, und jetzt fragte sie sich, ob sie sich für diesen Termin nicht doch lieber etwas konservativer hätte kleiden sollen. Wie auch immer, jetzt war es zu spät, und sie hatte ihren Besuch hier schon lange genug vor sich hergeschoben. Eigentlich hätte sie diese Sache bereits vor einem Monat in Angriff nehmen sollen. Aber als sie hörte, dass Mr Emerson in den Ruhestand gehen würde, wurde ihr klar, dass es allerhöchste Eisenbahn war. Wenn sie wollte, dass er Collin eine Empfehlung schrieb, musste sie ihr Anliegen an ihn herantragen. Die Ferien begannen in einer knappen Woche, und ein wenig Zeit musste sie ihm schon geben.

Während Willow sich einen Weg durch die zu den Ausgängen drängenden Jugendlichen bahnte, fühlte sie sich wie ein Fisch auf dem Trockenen oder zumindest, als würde sie stromaufwärts schwimmen. Der Geruch in dem überfüllten Flur war eine Mischung aus Schweiß, stinkenden Tennisschuhen, billigem Parfüm … und etwas, das sie nur als jugendliche Angst beschreiben konnte. Oder es waren die Hormone der Jugendlichen, die außer Kontrolle waren.

Sie drängte weiter. Irgendwie kam sie sich vor wie ein Eindringling, und sie hoffte inständig, dass Collin sie nicht entdeckte. Das wäre ihm bestimmt peinlich, oder er bekäme einen Schrecken und hätte Angst, dass etwas passiert sei. Ihr Vorhaben hatte sie für sich behalten. Sie kannte ja Collins Ehrgeiz und seine Neigung, sich in Kleinigkeiten hineinzusteigern, und sie wollte ihn nicht durch ihre *Verschrobenheit*, wie er das nannte, beunruhigen. Die vorsichtige Herangehensweise ihres Enkels an das Leben war sehr liebenswert, aber für sie auch ein wenig verstörend.

Sie kam an der Vitrine mit den Siegespokalen vorbei, und Willow war erstaunt, wie wenig sich an der *Warner High* verändert hatte. Sogar die Poster schienen noch dieselben zu sein. Sie hatte Collin zwar gelegentlich an der Schule abgesetzt, aber das Gebäude hatte sie seit Jahren nicht mehr betreten. Nicht mehr seit ihrer eigenen Schulzeit vor vielen Jahren. Sie hoffte nur, dass es kein Fehler war, ohne einen Termin einfach vorbeizukommen.

Zu ihrer Zeit war es in der Schule jedenfalls nicht so förmlich zugegangen. Dass sie nun einen Besucherausweis mit Foto bekam und ihre große Baumwolltasche von einem Sicherheitsbeamten durchsucht wurde, war ihrer Meinung nach ein Alarmzeichen. Es machte sie traurig, wenn sie sich vorstellte, was Collin Tag für Tag über sich ergehen lassen musste, obwohl er bestimmt mittlerweile daran gewöhnt war.

Willow kam an den Verwaltungsräumen vorbei und überlegte, ob sie dort nach dem Weg fragen sollte, aber alle wirkten beschäftigt. Und eigentlich kannte sie sich doch aus. Wenn sich die Anordnung der Räume nicht wesentlich verändert hatte, was sie bezweifelte, dann fand sie die Sprachenabteilung im ersten Stock gleich rechts.

Oben auf der Treppe stand ein junger Sicherheitsbeamter, der sie neugierig musterte. Willow lächelte ihn an, und auf einmal überfiel sie eine überraschende Unsicherheit, beinahe als rechnete sie damit, bei einem Regelverstoß ertappt zu werden. Dieses Gefühl schwappte vermutlich nur aus ihrer Erinnerung hoch. Zu ihrer Schulzeit war sie ständig mit einem schlechten Gewissen herumgelaufen, zum

Beispiel damals, als sie und Shelly Hanson dabei erwischt worden waren, wie sie in der Toilette Gras geraucht hatten. Du meine Güte, was hatten sie sich nur dabei gedacht. Bei dem Gedanken lachte sie in sich hinein.

Entschlossen ging sie an dem uniformierten Sicherheitsmann vorbei und betrat die Sprachenabteilung. Sie benahm sich kindisch, das war ihr bewusst. Schließlich hatte dieser dumme Zwischenfall mit dem Gras 1980 stattgefunden! Und zum Glück hatte sie nicht lange damit herumexperimentiert. Seit mehr als 30 Jahren hatte sie das Zeug nicht mehr angerührt. Geschockt stellte sie fest, dass ihre Jugendzeit tatsächlich schon so lange zurücklag. Vielleicht machte sie sich selbst etwas vor, aber meistens fühlte sie sich noch recht jung – nicht wie Anfang 50, sondern eher wie Ende 30. Ein Lächeln umspielte ihre Lippen, als sie daran dachte, wie oft sie für Collins Mutter gehalten wurde und erklären musste, dass sie seine Großmutter war.

Während sie nach Mr Emersons Klassenraum suchte, hoffte sie, dass sie sich nicht umsonst auf den Weg gemacht hatte. Vielleicht hätte sie doch vorher anrufen und sich vergewissern sollen, dass er auch tatsächlich da war. Und hoffentlich machte sie auf ihn nicht den Eindruck einer übereifrigen Großmutter, falls sie ihn denn wirklich antraf. Doch wenn Mr Emerson bereit war, ihrem Enkel irgendwie zu helfen, dann war es jede Anstrengung wert.

Endlich hatte sie den richtigen Klassenraum gefunden. Sie spähte durch das schmale Fenster neben der Tür in den Raum. Das Licht war eingeschaltet. Ihre Hoffnung stieg. Womöglich war er noch in der Schule.

Sie probierte, den Türgriff herunterzudrücken, doch leider war die Tür verschlossen. Was war nur heutzutage in den Schulen los? Wurde wirklich alles und jeder hinter Schloss und Riegel gehalten? In ihrer Verzweiflung klopfte sie an die Metalltür, und als sich nichts tat, pochte sie noch einmal mit aller Kraft dagegen.

Schließlich öffnete sich die Tür zum Büro, und zu ihrer Erleichterung trat ein dunkelhaariger Mann heraus. Er war schlank und mittelgroß und blickte sie mit zur Seite gelegtem Kopf fragend an. Hoffentlich hatte sie sich nicht im Raum geirrt. Aus irgendeinem Grund hatte sie einen kahlköpfigen, korpulenten älteren Mann erwartet. Aber dieser Herr in Tweedjacke, dezent farbigem Hemd und schmaler Krawatte wirkte irgendwie jünger. Er erinnerte sie an einen Schauspieler aus einer TV-Sendung der 60er-Jahre – vielleicht war er aber auch ein Ehrengast in *Mad Men* gewesen.

„Guten Tag?" Mit einem freundlichen, aber neugierigen Lächeln öffnete er die Tür.

Willow bemerkte seine leicht ergrauten Schläfen und die feinen Fältchen um seine Augen, die darauf schließen ließen, dass er doch älter war, als sie gerade noch angenommen hatte. Trotzdem strahlte er eine jugendliche Frische aus.

„Mr Emerson, nehme ich an?" Sie lächelte nervös und hoffte, dass er den Scherz verstand.

„Ganz richtig." Er nickte ernst, als er die Tür ein wenig weiter öffnete. „Kann ich Ihnen irgendwie helfen?"

„Das hoffe ich." Sie richtete sich hoch auf. „Ich würde gerne mit Ihnen über Collin West sprechen, einen Ihrer Schüler."

„Ja, Collin besucht zwei meiner Kurse. Ein netter junger Mann. Sie sind seine Mutter?"

Sie strahlte ihn an. „Nein, nein, aber vielen Dank. Ich bin seine Großmutter. Doch er ist sozusagen bei mir aufgewachsen. Im vergangenen Winter sind wir nach *Warner* gezogen."

„Ja, ich weiß, dass Collin neu an der Schule ist." Er bat sie ins Klassenzimmer. „Er hat mich als ein besonders interessierter Schüler beeindruckt. Sie können sehr stolz auf ihn sein."

Eine Welle der Erleichterung erfasste sie. „Oh ja, das bin ich auch. Ich halte ihn für absolut brillant. Aber nach unserem Umzug von Kalifornien hierher mache ich mir Sorgen. Der Umzug kam so abrupt, und vor Kurzem kam mir der Gedanke, dass Collin vielleicht nicht alle Empfehlungsschreiben hat, die er braucht, um sich an den verschiedenen Colleges zu bewerben. Ich fürchte, ich habe nicht so richtig darauf geachtet."

„Er hat sich noch nicht beworben?" Mr Emerson runzelte die Stirn. „Ich dachte, Collin sei Schüler des Abschlussjahrgangs."

„Richtig, er besucht die Abschlussklasse. Und Sie haben vollkommen recht, er hätte sich schon lange bewerben sollen. Aber Collin will im Moment keins der großen Colleges besuchen. Er möchte viel lieber das erste Jahr hier am *Community College* studieren."

„Ich verstehe. Nun, das ist doch eigentlich ein vernünftiger Plan."

„Vielleicht. Zumindest für sein erstes Jahr. Aber mir gefällt nicht, dass er seine Ziele so niedrig steckt. Ich hoffe, dass er bald seine Bewerbungen für einige größere Colleges auf den Weg bringt. Vielleicht nach dem Herbstsemester."

„Ich habe keinen Zweifel daran, dass er an einem der größeren Colleges angenommen wird. Er ist ein intelligenter junger Mann. Ich nehme an, er hat einen guten Notendurchschnitt."

„Ja. Aber wir müssen uns trotzdem gut vorbereiten, und Empfehlungsschreiben gehören dazu. Und mir ist gerade zu Ohren gekommen, dass Sie die *Warner High* verlassen werden." Sie runzelte die Stirn. „Stimmt das? Sie gehen in den Ruhestand?"

„Das stimmt." Er nickte mit einem grimmigen Gesichtsausdruck.

Sie runzelte die Stirn. „Sie wirken noch so jung."

„Das mag sein ... aber es ist an der Zeit."

„Herzlichen Glückwunsch ... denke ich – ich meine, wenn es das ist, was Sie möchten." Sie musterte ihn und fragte sich, warum er so traurig wirkte, doch es gelang ihr, diese Frage herunterzuschlucken. Sie kannte ihre Neigung, ihr Herz auf der Zunge zu tragen, und dies war nicht der richtige Zeitpunkt.

„Danke." Er rieb sich das Kinn. „Ich glaube, ich habe mich noch nicht wirklich an diesen Gedanken gewöhnt."

„Nun, das Leben hat mehr zu bieten als Arbeit."

„Ja, vermutlich schon." Er runzelte die Stirn.

Willow musterte ihn eine Zeit lang. Mr Emerson wirkte traurig und verletzlich … beinahe wie ein kleiner Junge, der eine liebevolle, beruhigende Umarmung brauchte. Und gleichzeitig merkte sie, dass er sich unbehaglich fühlte, als wollte er die sichere Distanz wahren.

„Wie auch immer", fuhr sie schnell fort, „ich wollte Sie persönlich bitten, Collin eine Empfehlung zu schreiben. Darum bin ich heute gekommen."

Er nickte langsam, doch in seinen Augen lag ein abwesender Ausdruck, beinahe so, als würde er nicht richtig zuhören. Vielleicht hatte er gesundheitliche Probleme. Womöglich war das der Grund für seine vorzeitige Pensionierung. Aber sie würde ganz sicher nicht nachfragen.

„Sehen Sie, sie sind sein Lieblingslehrer", fuhr sie fort. „Und wenn Sie ihm eine Empfehlung schreiben könnten, dann könnte er eine Kopie davon zu seinen Bewerbungsunterlagen legen, für den Fall, dass er sich doch noch an einigen größeren Colleges bewirbt. Ich fürchte, dass er vom staatlichen College bald enttäuscht sein wird."

Sie beugte sich leicht vor und versuchte zu erkennen, ob Mr Emerson ihr noch seine Aufmerksamkeit schenkte, oder ob er seinen eigenen Gedanken nachhing.

„Ja, ja." Seine dunklen Augen leuchteten auf. „Das scheint mir vernünftig zu sein."

Erleichterung durchströmte sie. „Collin mag Sie sehr, Mr Emerson. Er spricht viel von Ihnen. Und er liebt Ihren Englischunterricht, ob er nun Literatur oder kreatives Schreiben oder was auch immer bei Ihnen hat. Er möchte sogar Englisch als Hauptfach wählen. Ich bin mir nicht sicher, ob er damit viel anfangen kann, aber ich habe ihm immer Mut gemacht, seinen Träumen zu folgen. Und Sie haben vermutlich schon gemerkt, dass er sehr gerne schreibt. Er verfasst Kurzgeschichten und Gedichte – nur zu seinem Vergnügen."

Sie hielt inne, um Luft zu holen. Vermutlich redete sie mal wieder zu viel.

„Ja, mir ist schon aufgefallen, dass er einen sehr guten Schreibstil hat. Das hat mich schon früh auf ihn aufmerksam gemacht."

„Oh, gut." Mit einem dumpfen Poltern legte sie ihre schwere Baumwolltasche auf einem Pult ab und seufzte tief. „Dann werden Sie uns also helfen? Ich meine, ihm – Sie werden *ihm* helfen?"

„Ich werde Collin sehr gern eine Empfehlung schreiben."

„Oh, vielen Dank – ich danke *Ihnen*!" Und wieder unterdrückte sie den Drang, ihn zu umarmen. Seine zugeknöpfte Art sagte ihr, dass Mr Emerson ganz bestimmt nicht viel für Umarmungen übrighatte. Aber natürlich konnte sie sich auch irren. Um seinetwillen hoffte sie, dass sie sich irrte.

„Es war mir ziemlich unangenehm, ohne Voranmeldung hier aufzutauchen und Sie zu überfallen", gestand sie. „Ohne Termin, meine ich. Aber offensichtlich stamme ich aus einer anderen Zeit. Früher gab es noch keine bewaffneten Sicherheitskräfte in den Schulen. Um ehrlich zu sein, dieser Ort kommt mir eher wie eine Besserungsanstalt vor und nicht wie eine Schule."

„Ich hatte schon ähnliche Gedanken." Er wirkte beinahe amüsiert.

Sie machte eine ausschweifende Armbewegung. „Ist es zu fassen, dass ich auch mal *hier* zur Schule gegangen bin? Das ist natürlich schon wer weiß wie lange her. Aber ich habe meinen Abschluss an der *Warner High* gemacht. Na ja, so gerade eben."

Ihre Wangen erröteten, als sie sich daran erinnerte, wie sie ihr Abschlusszeugnis in Empfang genommen hatte. Da war sie bereits schwanger gewesen. Aber dazu stand sie auch. Sie hatte nicht vor, das zu verschleiern.

„Tatsächlich?" Er runzelte die Stirn. „Sie sind *hier* zur Schule gegangen?"

„Ja, ich war Schülerin an der *Warner High*." Sie lachte leise. „Meinen Abschluss habe ich …"

„Ich auch. Ich meine, ich habe auch diese Schule besucht. Abschlussklasse 1980."

„Im Ernst? Ich habe 1981 meinen Abschluss gemacht." Fieberhaft kramte sie in ihrem Gedächtnis nach einem Jungen mit Namen Emerson. Erst jetzt fiel ihr auf, dass sie sich gar nicht richtig vorgestellt hatte, und sie hielt ihm die Hand hin. „Es tut mir leid, ich hätte mich richtig vorstellen müssen. Mein Name ist Willow West, und …"

„Willow *Wild* West?" Peinlich berührt fuhr seine Hand zu seinem Mund. „Entschuldigung, das hätte ich nicht sagen sollen. Bitte verzeihen Sie mir."

„Das macht doch nichts." Mit leichtem Unbehagen lächelte sie ihn an. „Es stimmt, in der Schule war ich ein wenig ungezügelt. Das hat sich bestimmt herumgesprochen. Aber irgendwann bin ich dann erwachsen geworden." Sie verdrehte die Augen. „Na ja, fast. Vermutlich bin ich nie ganz erwachsen geworden. Und ehrlich gesagt, nach Meinung meines Enkels bin ich immer noch ein Hippie." Sie krempelte ihren Ärmel hoch und zeigte ihm das blasse Rosentattoo auf ihrem Unterarm. „Er nennt dies meinen *Oma-Stempel.*" Sie lachte laut auf. „Aus meiner Blütezeit. Ich war jünger als Collin, als ich mir das habe stechen lassen, und er hält mich für ziemlich ausgeflippt. Collin käme nie auf den Gedanken, etwas Verbotenes zu tun, was vermutlich gut ist. Er würde sich auch niemals tätowieren lassen. Nicht dass ich etwas dagegen hätte, wenn er es tun würde. Manchmal wünschte ich, er wäre ein wenig lockerer. Aber es muss nicht unbedingt ein Tattoo sein." Seufzend rollte sie ihren Ärmel wieder herunter.

„Es ist schwierig, ein Tattoo zu entfernen", sagte Mr Emerson und verschränkte die Arme vor der Brust. „Das weiß ich allerdings nicht aus Erfahrung."

„Nein, natürlich nicht. Sie scheinen mir nicht der Typ Mensch zu sein, der sich ein Tattoo stechen lässt, Mr Emerson." Sie neigte den

Kopf, als sie fortfuhr: „Aber ich kann Sie immer noch nicht richtig einordnen. Und Sie sind wirklich *hier* zur Schule gegangen?"

„Es würde mich wundern, wenn Sie sich an mich erinnern könnten", erklärte er mit ernster Stimme. „Ich war ziemlich schüchtern. Und ich gehörte ganz gewiss nicht zu Ihrer Gruppe. Obwohl mein bester Freund Greg Walters viel …"

„An Greg Walters erinnere ich mich. Und jetzt erinnere ich mich auch an Sie. Sie sind *George* Emerson." Sie musterte ihn neugierig. „Irgendwie kamen Sie mir gleich bekannt vor, und jetzt fällt mir auch auf, dass Sie sich so viel gar nicht verändert haben. In meiner Erinnerung waren Sie damals ziemlich unnahbar. Sehr lernbegierig und ernst. Aber Greg war lustig. In der Highschool ist er aus seinem Schneckenhaus herausgekommen. Was ist aus ihm geworden? Lebt er noch in *Warner*?"

Mr Emerson zog seine Augenbrauen zusammen. „Nein … Greg ist vor etwa zehn Jahren gestorben."

„Oh … das tut mir aber leid."

Er nickte. „Mir auch."

„War Ihr Bruder nicht ein Kriegsheld?", fragte sie, um das Thema zu wechseln. „Alex Emerson? Aus irgendeinem Grund erinnere ich mich an diesen Namen."

Er runzelte die Stirn. „Ja, aber es würde mich wundern, wenn Sie ihn kennen würden. Alex war zehn Jahre älter als ich."

Auf einmal fiel ihr ein, warum sie sich an den Namen seines Bruders erinnerte, aber darüber wollte sie lieber nicht reden. Leider sah sie keine Möglichkeit, dieses Gespräch elegant in eine andere Richtung zu lenken.

„Woher kennen Sie ihn?", fragte Mr Emerson nach.

„Die Wahrheit?" Sie verzog das Gesicht.

„Das ist doch immer der beste Weg, meinen Sie nicht?"

„Nun …" Innerlich wand sie sich. „Meine Eltern waren … also, sie waren Hippies. Wir lebten in einer Kommune, und manchmal nahmen wir an Demonstrationen gegen den Krieg teil. Bei dieser Gelegenheit, ich war noch klein, besuchten wir einmal meine Großeltern hier in *Warner*. Wir demonstrierten am Vietnam-Denkmal im Stadtpark … und ich erinnere mich, diesen Namen dort gelesen zu haben. Es war der letzte auf dem Gedenkstein. Und ich kann es nicht erklären, aber ich war deswegen sehr traurig. Ich erinnere mich noch daran, dass ich mir gewünscht habe, er hätte sich nie zur Armee gemeldet."

„Alex hat sich nicht freiwillig gemeldet", erwiderte Mr Emerson traurig. „Erinnern Sie sich noch an die Vietnam-Lotterie? Dass die Geburtsdaten derer, die eingezogen wurden, eher zufällig gezogen wurden?"

„Sicher." Sie nickte.

„Nun, Alex' Geburtsdatum war das zweite Datum, das gezogen wurde, also musste er unmittelbar nach seinem Schulabschluss einrücken." Mit abwesendem Blick seufzte Mr Emerson. „Mit kurzem Haarschnitt, auf Hochglanz polierten Kampfstiefeln und einem tapferen Lächeln im Gesicht fuhr er nach Übersee … und kam in einer Holzkiste zurück."

„Oh … wie traurig."

„Ja, das finde ich auch." Er schüttelte den Kopf.

„Es tut mir wirklich sehr leid. Sie haben Ihren Bruder und Ihren besten Freund verloren." Wider besseren Wissens legte sie ihm die Hand auf die Schulter. „Das muss sehr schwer gewesen sein."

Er nickte nur.

Jetzt wusste sie nicht mehr, was sie sagen sollte. Unbehaglich nahm sie ihre Hand wieder herunter und griff nach ihrer Tasche. „Nach der Highschool habe ich diese Stadt irgendwie aus den Augen verloren", erklärte sie nervös. „Ich war ein Jahr in Berkeley, aber irgendwie bekam ich keinen festen Boden unter die Füße. Dann überredeten mich meine Eltern, an eine Kunsthochschule zu wechseln." Sie winkte ab. „Aber Sie sind sicher sehr beschäftigt, Mr

Emerson. Ich möchte Sie nicht mit Einzelheiten meines Lebens langweilen. Ich bin so froh, dass Sie bereit sind, Collin eine Empfehlung zu schreiben." Aus ihrer Tasche zog sie eine ziemlich zerknitterte Visitenkarte.

„Das mit dem Brief muss nicht heute oder morgen sein, aber es wäre schön, wenn wir ihn vor dem Beginn der Ferien hätten. Damit Sie es nicht vergessen. Sicherlich haben Sie Urlaubspläne, um Ihre Pensionierung zu feiern und so." Sie reichte ihm die Karte mit den Eselsohren. „Das ist die Adresse meines Ateliers und der Galerie. Vielleicht sind Sie auf der *Main Street* bereits daran vorbeigekommen." Sie deutete auf die Karte. „Sie trägt meinen Namen, Willow West. Auf jeden Fall können Sie mich dort jederzeit erreichen. Oder Sie schicken die Empfehlung einfach an die E-Mail-Adresse, die unten steht. Ich kann sie dann ausdrucken."

„Das müsste ich auf jeden Fall vor Ferienbeginn machen, da ich selbst kein E-Mail habe."

Sie schaute ihn verblüfft an. „Im Ernst? Kein E-Mail?"

Er nickte. „Ich bin ein wenig altmodisch. Computer sind für mich ein notwendiges Übel. Ich benutze sie, wenn ich muss, hier in der Schule zum Beispiel, aber in meinem Haus gibt es solche elektronischen Geräte nicht."

„Ehrlich?"

„Ich besitze nicht einmal ein Handy."

Sie war nicht sicher, ob sie beeindruckt war, oder ob sie das einfach nur verrückt fand. „Und wie kommunizieren Sie?"

„Ich habe einen Festnetzanschluss. Und Briefe schreibe ich mit einem Stift und längere Ausführungen auf derselben Olivetti-Schreibmaschine, die mich bereits durch das College begleitet hat."

Sie grinste. „Das ist wirklich cool … und sehr ungewöhnlich."

„Ja, das trifft immer wieder auf Unverständnis, aber mir gefällt es nun mal so." Er zuckte die Achseln. „Und ich glaube, in meinem Leben gibt es deswegen sehr viel weniger Stress."

„Das kann ich nachvollziehen." Sie hängte sich ihre Tasche über die Schulter. „Und wenn ich das ebenfalls so handhaben könnte, würde ich es vermutlich tun. Aber in meinem Geschäft, nun, da ist es einfach wichtig, im Netz präsent zu sein."

Er las ihre Visitenkarte. „Sie sind Künstlerin?"

„Ich mache textile Kunst und male ein wenig, und manchmal versuche ich mich auch mit Töpfern und Bildhauerei – wenn ich in der Stimmung bin, mich schmutzig zu machen." Sie grinste.

„Interessant."

„Mögen Sie Kunst?" Neugierig blickte sie ihn an. Er wirkte auf sie nicht wie ein großer Kunstkenner.

„Ich glaube, dass es mit der Kunst wie mit der Schönheit ist – sie wird mit dem Blick des Betrachters erkannt. Ich bin ganz bestimmt kein Experte, aber ich weiß genau, was mir gefällt."

Erneut griff sie in ihre Tasche und zog einen Werbeflyer für die Ausstellung am Abend heraus. Wie ihre Visitenkarte war auch er etwas zerknittert. „Dann haben Sie vielleicht Interesse an dieser Veranstaltung."

Seine Augenbrauen zogen sich in die Höhe, als er den Flyer überflog. „Ein Kunstspaziergang?"

„Ja. Er beginnt heute Abend um sieben. Es gibt kleine Häppchen, Musik und viel Spaß. Alle hier aufgeführten Galerien werden bis neun Uhr geöffnet haben. Wir haben die Veranstaltung *Letzter Freitag* genannt. Ich hoffe, dass unser Angebot angenommen wird und wir das jeden Monat anbieten können. In Bezug auf die Kunst muss *Warner* unbedingt endlich aufwachen." Sie lächelte. „Das ist einer der Gründe, warum ich wieder hierhergezogen bin."

„Um *Warner* aufzuwecken?", fragte er verwundert.

Sie lachte leise. „So ähnlich." Sie knipste ihre Tasche zu und richtete sich auf. „So, ich möchte Ihnen jetzt nicht mehr länger die Zeit stehlen, Mr Emerson." Sie trat einen Schritt zurück und hielt kurz inne, sodass er Gelegenheit hatte, sie aufzufordern, ihn doch beim

Vornamen zu nennen. Als er das jedoch nicht tat, dankte sie ihm für seine Bereitschaft, Collin eine Empfehlung zu schreiben, und verabschiedete sich fröhlich.

Während sie durch den jetzt verlassenen Flur lief, dachte sie über Mr Emerson nach. Er war so ganz anders als alle anderen Leute, die sie kannte. Und in ihrem Leben hatte sie schon viele Menschen kennengelernt. Aber wie tickte dieser seltsame Mann? Und warum war er so steif und zugeknöpft … und wirkte so traurig? Doch die drängendste Frage war: Warum übte er diese seltsame und unerwartete Anziehung auf sie aus und wie um alles in der Welt sollte sie damit umgehen?

3

Bis zum Abend hatte sich George eingeredet, dass er nur zu dieser Kunstveranstaltung auf der *Main Street* ging, weil sie ihm einen Vorwand bot, Lorna Atwoods immer noch ausstehende Einladung zum Abendessen ablehnen zu können. Die Behauptung, er hätte andere Pläne, war eine Notlüge gewesen. Aber jetzt hatte er an diesem Abend tatsächlich etwas vor. Die Herausforderung bestand nur darin, das Haus zu verlassen, ohne Lorna dabei erneut über den Weg zu laufen.

George hatte seinen geliebten schwarzen Tweedblazer, ein hellblaues Hemd und eine burgunderfarbene Krawatte gewählt. Jemand hatte ihm einmal gesagt, die Farbe Blau würde seine Augen besonders hervorheben. Nicht dass das heute Abend einem Menschen überhaupt auffallen würde. Doch als er durch sein Küchenfenster spähte, um zu sehen, ob Lorna Atwood auf der Lauer lag, fühlte er sich gut angezogen. Ihre hell erleuchtete Veranda schien verlassen zu sein, und so setzte George seinen Lieblingshut auf und schlüpfte zur Tür hinaus.

In einem Punkt hatte Lorna Atwood recht gehabt – der Wettermann hatte Regenschauer für den Abend angekündigt, und tatsächlich zogen bereits Wolken am Himmel auf. Darum nahm George zur Vorsicht noch einen Regenschirm mit.

„Mr Emerson", rief Lorna mit einem Hauch von Siegesfreude in der Stimme, als er das Haus verließ. „Wie nett, Sie heute Abend zu sehen."

„Guten Abend“, erwiderte er kurz angebunden, während er sich gleichzeitig fragte, wo sie auf einmal hergekommen war und wie schwierig es wäre, sich von ihrer Gesellschaft zu befreien. „Sie gehen aus?“

„Tatsächlich, so ist es“, flötete sie. „Da Sie heute nicht zum Abendessen kommen konnten, beschloss ich, heute Abend in die Stadt zu gehen. Ich habe gehört, dass es dort eine Veranstaltung mit Livemusik gibt. Sozusagen eine Eröffnungsveranstaltung für den Sommer.“

„Ach ja?“ George hielt inne.

„Gehen wir in dieselbe Richtung?“, fragte sie. „Vielleicht können wir einander unterwegs Gesellschaft leisten.“

„Ich, äh, wenn Sie mich bitte entschuldigen wollen, mir ist gerade eingefallen, dass ich noch etwas vergessen habe. Etwas, das ich heute Abend mitnehmen muss.“

„Ich kann warten.“

„Nein, nein, gehen Sie ruhig ohne mich. Ich brauche noch ein paar Minuten, um es fertigzustellen.“ Er nickte ihr höflich zu, drehte sich abrupt um und eilte in sein Haus zurück. Er hatte das Gefühl, gerade einem Geschoss ausgewichen zu sein, und war sehr erleichtert, dass er nicht wirklich gelogen hatte. Ein Blick auf die Uhr zeigte ihm, dass es bereits fast halb sieben war. Er durfte jetzt keine Zeit mehr verlieren.

George ging schnurgerade zu seiner Schreibmaschine, die ihn durch das College begleitet hatte. Das Schreiben, das er bereits am Nachmittag begonnen hatte, war noch in der Maschine eingespannt und schon fast fertig. Ohne seinen Hut abzunehmen, setzte er sich an seinen Schreibtisch und tippte die letzten beiden Zeilen, anschließend zog er das Blatt vorsichtig aus der Maschine, überflog schnell noch einmal den Text und setzte seine Unterschrift darunter. Während er die Seite ein wenig herumschwenkte, damit die Tinte schneller trocknete, plagten ihn Gewissensbisse. Eigentlich hatte er nicht vorgehabt, Willow West das Empfehlungsschreiben schon heute Abend zu geben, aber es war nun mal ein willkommener Vorwand gewesen, Mrs Atwood aus dem Weg zu gehen.

Nachdem die Tinte getrocknet war, faltete er den Brief vorsichtig zusammen, steckte ihn in einen Umschlag und schrieb *Miss Willow West* darauf. Er fragte sich, warum sie wohl ihren Mädchennahmen behalten hatte, aber vermutlich hatte das etwas mit ihrer künstlerischen Laufbahn zu tun. Und es war ja auch wirklich ein klangvoller Name. Er steckte den Umschlag in die Innentasche seines Jacketts. Bestimmt war Lorna Atwood mittlerweile schon lange fort, und so machte er sich auf den Weg in die Stadt.

Da sich die Galerie von Willow West auf der anderen Seite des Ortes befand, beschloss George, auf direktem Weg dorthin zu gehen. Damit war hoffentlich die Gefahr nicht so groß, Lorna Atwood auf ihrem Spaziergang zu begegnen. Auf den Bürgersteigen zu beiden Seiten der *Main Street* waren erstaunlich viele Fußgänger unterwegs. Aus den geöffneten Türen einiger Läden drang Musik zu ihm herüber und die mit kleinen Lichterketten geschmückt Eichen neben der Straße verliehen der Stadt ein festliches Aussehen.

Etwas beklommen betrat George die Galerie von Willow West. Er fühlte sich beinahe wie ein unerwünschter Eindringling, der in eine Zusammenkunft hineinplatzte, zu der er nicht eingeladen war. Aber das war natürlich lächerlich, denn Miss West hatte ihn ausdrücklich eingeladen. Außerdem hatte er etwas für sie dabei. Die Galerie war ziemlich geräumig, hell erleuchtet und erstaunlich gut besucht. Die Gäste standen in kleinen Gruppen zusammen, und die meisten Besucher hatten Getränke und kleine Schnittchen in der Hand und plauderten miteinander, als wäre dies eine Party. Vielleicht kam er ja tatsächlich ungelegen.

Mit den verschiedenen Stell- und Trennwänden, die Willow aufgestellt hatte, wirkte die Galerie beinahe wie ein Labyrinth, aber George bemühte sich, sich an die Galeriebesucher anzupassen, und vertiefte sich in die verschiedenen Gemälde, Skulpturen und Stoffkreationen. Auch wenn eine ganze Reihe der Ausstellungsstücke Willow Wests Namen auf den kleinen weißen Erklärungskärtchen trugen, so schienen die meisten doch von anderen Künstlern geschaffen worden zu sein. Und die Preise der Kunstwerke kamen ihm unerhört hoch vor. George konnte sich irren, aber er bezweifelte, dass jemand in *Warner* so viel Geld für Kunst ausgeben würde.

„George Emerson!"

Als er sich umdrehte, stand Lorna Atwood direkt hinter ihm. War sie ihm hierher gefolgt? Stalkte sie ihn etwa? „Oh, noch mal guten Abend", sagte er etwas steif.

„Na, ist das nicht interessant." Sie grinste ihn süffisant an. „Da treffen wir uns doch tatsächlich bei derselben Veranstaltung. Ich wusste gar nicht, dass Sie sich für Kunst interessieren."

„Ich bin hier, um mich mit jemandem zu treffen." Erneut durchzuckte ihn ein Anflug von Schuldgefühlen. Jetzt dehnte er die Wahrheit aber wirklich etwas.

„Ach ja?" Ihre hellen Augenbrauen fuhren in die Höhe. „In dieser Galerie?"

„Ja." Er schob sich weiter durch die schmalen Gänge zwischen den Trennwänden und reckte den Hals, als würde er jemanden suchen.

„Nach wem suchen Sie?", fragte sie beharrlich weiter und wich ihm nicht von der Seite.

Zum Glück entdeckte George jetzt Willow West. Sie trug einen fließenden, bunten Kimono, und ihr rötlich blondes Haar war, wie es schien, mit einem chinesischen Essstäbchen hochgesteckt. Sie stand im hinteren Teil ihrer Galerie und war umgeben von einer kleinen Besuchergruppe.

„Entschuldigen Sie mich", sagte er zu Lorna. „Ich sehe sie jetzt." Und bevor sie ihn weiter ausfragen konnte, ging er geradewegs auf Willow und ihre Bewunderer zu.

„Mr Emerson." Willows Gesicht leuchtete auf, als sie ihn entdeckte, und zu seiner Erleichterung entschuldigte sie sich bei den anderen, kam auf ihn zu und ergriff seine Hand. „Ich freue mich so, dass Sie heute Abend gekommen sind. Herzlich willkommen!" Etwas hinter ihm erregte ihre Aufmerksamkeit. „Sind Sie in Begleitung gekommen?"

Er warf einen Blick über die Schulter zurück. Lorna hatte sich immer noch an seine Fersen geheftet.

„Nicht wirklich", murmelte er, doch dann erinnerte er sich an seine Manieren und stellte die beiden Frauen einander vor. „Mrs Atwood ist meine Nachbarin", erklärte er Willow.

„Wir wollten heute eigentlich bei mir zu Hause zu Abend essen", flötete Lorna. „Doch dann fiel Mr Emerson plötzlich ein, dass er bereits verabredet war." Sie lachte. „Und jetzt sind wir hier auf derselben …"

„Nun, wir hatten verabredet, uns heute Abend hier zu treffen", erklärte Willow mit erstaunlich fester Stimme. „Wenn Sie uns jetzt bitte entschuldigen wollen, ich möchte Mr Emerson gerne etwas zeigen." Und bevor Lorna protestieren konnte, hakte Willow sich bei George ein und führte ihn in einen Seitengang, an den Töpferwaren vorbei und hinüber zu dem Tisch mit den Erfrischungen.

„Vielen Dank", murmelte er dankbar. „Meine Nachbarin ist sehr ausdauernd."

Willow lachte. „Nun, ich freue mich sehr, dass Sie heute Abend kommen konnten." Sie deutete mit dem Kopf zu dem Tisch. „Darf ich Ihnen etwas anbieten?"

„Nein, vielen Dank", lehnte er ab.

„Ach ja?" Sie musterte ihn eindringlich. „Sind Sie auf Diät?"

„Wie bitte?

„Achten Sie auf Ihre Linie?"

„Nein, ganz und gar nicht. Aber ich bin nun mal nicht hungrig."

„Nicht einmal auf so etwas?“ Sie hielt ein Häppchen hoch und lächelte ihn kokett an, als wollte sie ihn in Versuchung führen.

Er widerstand dem Drang, sich umzudrehen und zu sehen, ob Lorna in der Nähe war und ihrem etwas peinlichen Gespräch zuhörte. Mit einem gezwungenen Lächeln griff er nach dem Cracker mit Käse. „Vielen Dank.“

„Das ist ein leckerer Ziegenfrischkäse.“ Willows Augen funkelten.

„Ziegenkäse?“ Vorsichtig schnupperte er daran.

„Sehr leicht und frisch und in Oregon hergestellt.“

„Ach ja?“ Er biss vorsichtig ab und kaute.

„Ziegenkäse wird aus Ziegenmilch hergestellt.“

Er zwinkerte, als er schluckte. „Ziegenmilch?“

„Schmeckt es Ihnen?“, fragte Willow unschuldig.

Er versuchte, sich bei dem Gedanken, dass er gerade *Ziegenkäse* gegessen hatte, nicht zu übergeben. „Ich, äh, ich denke schon.“ Er griff nach einer Serviette und legte die Überreste seines Crackers hinein. Seine Wangen röteten sich.

Ihre türkisblauen Augen funkelten vor Vergnügen. „Welche Begeisterung.“

„Nun, auf jeden Fall vielen Dank, dass Sie mich gerade gerettet haben.“ Er senkte die Stimme. „Ist meine Nachbarin immer noch da?“

„Sie tut so, als würde sie sich für die große Bronzestatue in der Mitte der Galerie interessieren.“

George verzog das Gesicht. „Ich, äh, ich möchte Sie nicht von Ihren Gästen fernhalten.“

„Oh, machen Sie sich keine Gedanken wegen …“

„Aber ich habe Ihnen etwas mitgebracht.“ George zog den Umschlag aus seiner Jackentasche. „Für Collin.“

„Ach, Sie sind ja wirklich lieb!“ Willow strahlte. „Vielen Dank.“

Ihre aufrichtige Freude wärmte ihn innerlich, und er gab ihr Lächeln zurück. „Das ist wirklich eine schöne Galerie. Ich habe mich noch nicht richtig umgesehen, aber mir scheint, Sie haben einige interessante Kunstwerke zusammengetragen." Er betrachtete sie eingehend, und ihm fiel auf, wie die Locken, die sich aus ihren hochgesteckten Haaren gelöst hatten, ihr Gesicht umrahmten. Sie war tatsächlich außergewöhnlich hübsch.

„Vielen Dank. Es ist noch nicht fertig. Ich habe die Galerie im vergangenen Herbst eröffnet, und allmählich habe ich den Eindruck, dass die einzelnen Stücke ihren richtigen Platz finden." Sie runzelte die Stirn. „Ich, äh, ich möchte Sie warnen. Ihre Nachbarin kommt auf uns zu."

„Ach du liebe Güte." Nervös flog sein Blick zur Tür. „Vielleicht sollte ich einfach nach Hause gehen."

Willow hob den Brief in die Höhe. „Ich verstehe. Aber wie wäre es, wenn Sie Collin den Brief bringen würden? Er ist heute ziemlich düsterer Stimmung. Ich konnte ihn nicht überreden, herunterzukommen."

„Ach … was ist denn los?"

„Es geht um ein Mädchen. Ich habe ihm Mut gemacht, sie heute Abend hierher einzuladen. Leider hat sie seine Einladung ausgeschlagen." Sie schüttelte den Kopf. „Aber wenn Sie ihm das hochbringen, könnte ihn das aufheitern." Sie zwang ein steifes Lächeln auf ihr Gesicht, als Lorna zu ihnen trat.

„Wenn die Damen mich entschuldigen wollen, ich muss diesen Brief übergeben." George hielt Lorna den Brief hin.

Sie schien ihre Zweifel zu haben.

„Da hinten ist ein Flur, der zu der Treppe neben dem Eingang der Galerie führt", erklärte Willow George. „Appartement 3."

Als wäre er auf einer geheimen Mission unterwegs, verließ George die Galerie, stieg die schwach erleuchtete Treppe hoch und klopfte an die Tür mit der Nummer drei.

„Mr Emerson?" Collin starrte ihn überrascht an, als er die Tür öffnete. „Was machen Sie denn hier?"

George hob den Brief hoch und erklärte schnell: „Ihre Großmutter bat mich, Ihnen das hier zu geben."

„Vielen Dank!" Collin öffnete die Tür weiter. „Möchten Sie nicht hereinkommen?"

„Gern." George nickte und schaute sich in dem Appartement um. Es war ordentlich und sauber, aber die Wohnung sah nicht aus wie eine Wohnung, in der Willow wohnen würde.

„Kann ich Ihnen etwas zu trinken anbieten?", fragte Collin. „Obwohl ich Sie warnen muss. Ich habe nur Mandelmilch, Karottensaft und Kombucha da."

„Kombucha?"

„Ja. Mögen Sie das?"

„Ich weiß es nicht."

„Ich wollte mir gerade ein Glas holen." Collin öffnete den Kühlschrank, der seltsam leer war. „Passionsfrucht. Soll ich Ihnen ein Glas eingießen?"

„Ich, äh, gern." George nahm auf dem Barhocker vor der Arbeitsplatte Platz und schaute sich in der minimalistisch eingerichteten Küche um, während Collin eine rosa anmutende Flüssigkeit in zwei Gläser goss. „Sie und Ihre Großmutter wohnen also hier?"

„Nein, Nana wohnt nicht hier. Das ist *meine* Wohnung." Collin stellte ein Glas vor George. „Sie hat ihre eigene Wohnung nebenan."

„Sie haben eine eigene Wohnung?" Unsicher musterte George das trübe Getränk.

„Ja. Meine eigene Junggesellenbude." Collin lachte verbittert. „Nicht dass mir das etwas nützen würde. Ich bin kein Partymensch. Nana macht sich bestimmt keine Sorgen, ich könnte über die Stränge schlagen."

Ganz vorsichtig roch George an seinem Getränk. „Was ist das überhaupt?", fragte er.

„Kombucha? Nun, das ist ein fermentiertes probiotisches Getränk."

„Fermentiert?" George war alarmiert. „Enthält es Alkohol?"

„Nein, natürlich nicht." Collin lachte leise. „Das ist mit griechischem Joghurt oder Apfelessig zu vergleichen. Gut für die Verdauung."

„Ach ja?" Vorsichtig trank George einen kleinen Schluck. „Interessant."

„Meine Großmutter ist sozusagen eine Verfechterin gesunder Ernährung. Ich bin daran gewöhnt, aber nicht bei allen kommt das gut an."

„Wie lange wohnen Sie schon bei Ihrer Großmutter?"

Collin zuckte die Achseln. „Solange ich denken kann."

„Leben Ihre Eltern noch?"

„Ja, natürlich. Nun, meine Mutter zumindest. Was mit meinem Vater ist, weiß ich nicht so genau."

„Das tut mir leid." George stellte sein Glas ab. „Ich wollte nicht neugierig sein."

„Ganz und gar nicht." Collin trank sein Glas leer. „Meine Mutter hat mich bekommen, als sie 19 war. Ähnlich wie meine Großmutter damals meine Mutter – ich meine, bei beiden war kein Vater in Sicht. Nana sagt, sie und meine Mutter wären vom gleichen Schlag. Aber da bin ich anderer Meinung, denn meine Mutter ist davongelaufen, nachdem ich auf der Welt war, und Nana hat seither für mich gesorgt, als wäre ich ihr eigenes Kind."

„Wissen Sie, wo Ihre Mutter sich jetzt aufhält? Haben Sie Kontakt zu ihr?"

„Manchmal. Sie ist eine Art Groupie."

„Ein Groupie?"

„Sie wissen schon, bei einer Band. Ich war noch ein Baby, da hat mich meine Mutter bei meinen Großeltern abgeladen, um am Wochenende Rockkonzerte zu besuchen, aber irgendwann ist sie nicht mehr zurückgekommen."

„Ich verstehe."

„Ich glaube, sie ist jetzt mit dem Bassisten einer Rockband zusammen, die in den Neunzigern populär war und inzwischen gerade ein Comeback feiert."

„Interessant." George zwang sich, sein Glas leer zu trinken und kämpfte gegen den Würgereiz an, als die schleimige Flüssigkeit durch seine Kehle rann.

„Und, wie schmeckt Ihnen Kombucha?" Collin grinste.

„Eher nicht so mein Ding." George schob das Glas über die Bar. „Aber vielen Dank."

„Nun, ich glaube, der Geschmack ist anerzogen."

Auf einmal erfasste George ein unerwarteter Anflug von Mitgefühl für Collin. „Ich bin auch bei meinen Großeltern aufgewachsen", gestand er leise.

„Wirklich?" Interessiert schaute Collin ihn an. „Und aus Ihnen ist ja auch was geworden."

George verzog das Gesicht und lachte dann. „Das hängt davon ab, wen Sie fragen."

„Ich wette, Ihre Mutter ist nicht einer Rockband nachgereist."

„Nein. Sie ist gestorben. Meine Eltern sind beide bei einem Autounfall ums Leben gekommen."

„Oh, das muss hart gewesen sein."

George seufzte. „Ja, aber meine Großeltern waren ziemlich toll."

„Meine auch. Poppy war nicht wirklich mein Großvater – ich meine, blutsverwandt. Aber er hat sich so verhalten, als wäre er es. Er ist vor ein paar Jahren gestorben."

George nickte. Willow war also Witwe. Es wurde still im Raum, und George überlegte, ob er vielleicht gehen sollte, doch dann fiel ihm etwas ein. „Ihre Großmutter erwähnte ein Mädchen, das Sie für heute Abend einladen wollten."

Collin errötete leicht.

„Entschuldigung." George wollte sich erheben. „Ich wollte nicht neugierig sein."

„Nein, das ist schon in Ordnung. Eigentlich könnte ich gerade den Rat eines Mannes gebrauchen. Nana ist toll, aber sie ist manchmal zu überschwänglich. Sie verstehen?"

Obwohl er nickte, wusste George nicht so genau, ob er tatsächlich verstand. Und er war schon gar nicht der Typ Mann, der einem anderen in Bezug auf sein Liebesleben einen Rat geben konnte.

„Da ist dieses Mädchen. Vielleicht kennen Sie sie ja. Marissa Thompson."

„Sicher, ich kenne Marissa. Sie scheint sehr nett zu sein."

Collins Gesicht leuchtete auf. „Ja, das finde ich auch. Auf jeden Fall hat Nana vorgeschlagen, ich solle sie doch für heute Abend in die Galerie einladen. Das habe ich getan." Sein Lächeln verblasste. „Aber sie sagte, sie hätte schon etwas vor."

„Vielleicht stimmte das ja."

„Ich weiß nicht."

„Haben Sie sie kurzfristig eingeladen?"

„Ja. Heute nach der Schule."

„Dann sollten Sie ihr noch eine Chance geben", riet George ihm.

„Aber wenn sie wieder ablehnt?"

„Das ist wohl das Leben." Georges Blick wanderte zur Küchenuhr, und er war erstaunt, dass es schon fast neun Uhr war. „Aber was wäre, wenn sie Ihre Einladung annimmt? Was, wenn sie heute Abend tatsächlich schon etwas vorhatte und enttäuscht war, dass sie nicht mit Ihnen zusammen sein konnte? Und Marissa erscheint mir ein schüchternes und ziemlich ernsthaftes Mädchen zu sein. Ich denke, es ist nun an Ihnen, ihr eine zweite Chance zu geben, Collin. Das die Aufgabe von uns Männern."

Collin nickte. „Vermutlich haben Sie recht. Vielen Dank, Mr Emerson."

George deutete zur Uhr. „Ich sollte jetzt wohl lieber gehen. Die Ausstellung geht um neun Uhr zu Ende, und mein Schirm steht noch unten."

Collin dankte ihm noch einmal für das Empfehlungsschreiben, und George bedankte sich bei ihm für das ungewöhnliche Getränk und verabschiedete sich. Doch während er die düstere Treppe hinunterstieg, machte er sich so seine Gedanken über diese ungewöhnliche kleine Familie. Collins Mutter war ein Band-Groupie, seine Großmutter ein Hippie – solche Leute gehörten definitiv nicht zu Georges Bekanntenkreis … und Ziegenkäse und Kombucha lagen außerhalb seiner Komfortzone.

4

Als George in die Galerie zurückkam, herrschte dort deutlich weniger Betrieb, und er beschloss, diese Gelegenheit zu nutzen, um sich die Kunstwerke einmal in aller Ruhe anzuschauen. Langsam schlenderte er zu dem Tisch mit den Erfrischungen zurück, wo er seinen Regenschirm hatte stehen lassen.

„Da sind Sie ja wieder", sagte Willow fröhlich, während sie einen Cracker mit Käse auf eine Serviette legte. „Ich hatte gehofft, dass Sie noch nicht nach Hause gegangen sind. Haben Sie mit Collin sprechen können?"

„Ja." Er nickte. „Wir hatten ein nettes Gespräch."

Sie hielt ihm eine fast geleerte Käseplatte hin. „Hier, helfen Sie mir, das aufzuessen."

George wollte protestieren, hielt dann aber inne. Er hatte nichts dagegen, den Geschmack des Kombucha aus dem Mund zu bekommen. Selbst wenn es mit einer seltsamen Käsesorte war. Wenigstens sah er nicht aus wie der Ziegenkäse.

„War die Ausstellung ein Erfolg für Sie?" Ganz vorsichtig biss er in den Cracker.

Sie zuckte die Achseln. „Ich denke, es lief ganz gut."

„Verkaufen Sie denn bei solchen Veranstaltungen tatsächlich etwas? Es waren so viele Menschen da, aber sie schienen mehr Interesse daran zu haben, sich zu unterhalten, und nicht zu kaufen."

Sie lachte leise. „Bei solchen Veranstaltungen verkaufen wir nur selten etwas. Es geht mehr darum, den Kontakt zur Öffentlichkeit zu suchen. Aber manchmal kommt ein Kunde ein paar Tage später wieder und kauft etwas.“ Sie wandte sich an die junge Frau, die den Tisch mit den Erfrischungen abräumte. „Mr Emerson, das ist meine Assistentin Leslie. Ich wüsste gar nicht, was ich ohne sie tun sollte.“

Leslie grinste. „Gut, ich hoffe, du findest es nie heraus.“

„Du könntest doch bitte schon mal für mich abschließen.“ Willow stellte die Käseplatte auf den Tisch. „Denn ich würde jetzt gerne eine Tasse Kaffee trinken und die Füße hochlegen.“

„Kein Problem.“

George griff nach seinem Regenschirm. „Wenn Sie mich dann entschuldigen würden, ich –“

„Nicht so schnell“, hielt Willow ihn zurück. „Ich dachte, Sie begleiten mich vielleicht noch zum *Common Grounds.*“

„Dem Coffeeshop?“

„Ja. Dort wird bis elf Uhr Livemusik gespielt. Und ich würde jetzt wirklich gerne eine Tasse Kaffee trinken.“

„Aber ist das nicht ein Lokal für junge Leute?“

Willow lachte. „Aber wir sind doch noch jung.“

George wollte schon widersprechen, beschloss aber, es nicht zu tun. Stattdessen ließ er sie vorangehen. Vielleicht stand er auch einfach in ihrem Bann. Und so kam es, dass er kurz darauf mit ihr einen überfüllten Coffeeshop betrat, in dem Folkmusik gespielt wurde und die meisten Gäste etwa halb so alt waren wie er.

Nach einer schnellen Diskussion an der Theke, wo George eingestehen musste, dass er kein Kaffeekenner war, bestand Willow darauf, den Kaffee zu bestellen und auch zu bezahlen.

„Das ist mein kleines Dankeschön dafür, dass Sie Collin eine Empfehlung geschrieben haben“, erklärte sie, als sie mit ihren Getränken in einer halbwegs ruhigen Ecke Platz nahmen.

Ab dem Nachmittag trank George normalerweise keinen Kaffee mehr, aber an diesem Abend war so vieles anders als sonst, da war auch das egal. Und nach dem ersten Schluck war er verblüfft.

„Der schmeckt ja ausgezeichnet", sagte er zu Willow. „Was ist das?"

„Eine brasilianische mittlere Röstung", erklärte sie. „Sie sagten, dass Sie kein großer Kaffeetrinker sind, deshalb habe ich nichts Ausgefallenes gewählt."

„Aber der ist so aromatisch."

Sie wirkte amüsiert. „Welchen Kaffee trinken Sie denn normalerweise?"

„Eine ganz typische Kaffeemarke aus dem Supermarkt."

„Oh." Ihre Augen funkelten. „Lassen Sie mich raten, er wird in einem Glas verkauft."

Er nickte und trank noch einen Schluck. „Auf jeden Fall vielen Dank hierfür. Er ist erstaunlich gut." Er lächelte. „Und ich schulde Ihnen noch ein großes Dankeschön für heute Abend."

„Warum?"

„Dass Sie mir geholfen haben, Lorna Atwood zu entkommen."

Sie lachte. „Diese Frau hat ein Faible für Sie."

„War sie denn noch lange da?"

„Ich habe nicht gesehen, wann genau sie gegangen ist, aber sie ist bestimmt noch eine gute Viertelstunde geblieben. Sie hielt sich immer in der Nähe der Tür auf … vermutlich hoffte sie, Sie noch einmal abzupassen. Haben Sie tatsächlich eine Verabredung zum Abendessen mit ihr abgesagt?"

„Nein." Entschlossen schüttelte er den Kopf. „Das war keine Verabredung. Vor einigen Tagen hat sie mich gefragt, ob ich zum Abendessen kommen wolle, und mir ist keine gute Ausrede eingefallen, darum habe ich sie vertröstet und gesagt, ich würde darüber nachdenken. Am Morgen habe ich ihr gesagt, ich hätte eine andere Verpflichtung. Das war nicht wirklich eine Lüge, ich musste mir nur noch konkret etwas überlegen, und dann kam mir Ihr Kunstspaziergang heute Abend in den Sinn. Das kam mir sehr gelegen."

„Aber Sie wollten nicht mit ihr gemeinsam herkommen, oder?"

„Ganz bestimmt nicht." Er runzelte die Stirn. „Sie ist ja eigentlich recht nett, sehr fröhlich und so ... aber sie redet so viel."

„Und sie ist ziemlich attraktiv."

„Ja, so wie ein Cupcake."

„Wie bitte?" Sie zog die Augenbrauen in die Höhe.

Er lachte leise. „Oh, das ist eine schlechte Angewohnheit von mir. Aber normalerweise spreche ich das nicht laut aus."

„Das müssen Sie mir erklären." Sie beugte sich mit zur Seite gelegtem Kopf zu ihm herüber, was sie ungemein attraktiv machte. „Was bedeutet dieser Vergleich?"

„Die Wahrheit ist ... Ich neige dazu, Frauen mit Backwaren zu vergleichen, was ungeheuer peinlich ist." Hatte er das tatsächlich gerade eingestanden?

„Im Ernst? Und Lorna Atwood ist ein Cupcake? Warum?"

„Nun, weil sie so fluffig und für meinen Geschmack ein bisschen zu süß und bunt ist."

„Interessant." Willow deutete mit dem Kopf zu zwei attraktiven jungen Frauen hinüber, die in ihrer Nähe saßen. „Was ist mit den beiden? Mit welchem Gebäck würden Sie sie vergleichen?"

Er betrachtete sie kurz. „Nun, ich kenne sie gar nicht, darum ist das reine Spekulation, aber die Blonde könnte ein Krapfen und die Brünette ein Brownie mit Zuckerguss sein."

„Hmm ... da frage ich mich natürlich, was ich wohl bin."

„Ein Vollkornmuffin", antwortete er, ohne zu zögern, doch er bereute es sofort. Was war nur los mit ihm? Normalerweise war er anderen gegenüber nicht so offen. Hatte sie einen Zauber über ihn gelegt?

Sie blickte ihn bestürzt an. „Wirklich? So wirke ich auf Sie? Wie ein Vollkornmuffin?"

„Mit Rosinen." Er grinste sie verlegen an. Natürlich hatte er nicht die Absicht, ihr gegenüber einzugestehen, dass er Vollkornmuffins mit Rosinen am liebsten mochte.

„Interessant.“ Mit gerunzelter Stirn lehnte sie sich auf ihrem Stuhl zurück. „Und Sie betrachten sich in Bezug auf Backwaren als Experten?“

„Ganz und gar nicht.“ Er verzog das Gesicht. „Die Wahrheit ist, dass ich Süßigkeiten generell meide.“

„Sowohl Frauen wie Gebäck?“

„Sie haben mich durchschaut.“

„Wohl kaum, Mr Emerson.“

„Bitte sagen Sie doch George zu mir.“

„Aber nur, wenn Sie mich Willow nennen.“

„Einverstanden.“ Er stellte seine Tasse ab und schaute sie an. „Das war ein ganz außergewöhnlicher Abend.“

„Wirklich? Inwiefern?“

„Nun, ich führe ein sehr ruhiges Leben. Um ehrlich zu sein, ich gehe abends nur selten aus. Und jetzt sitze ich um kurz vor zehn in einem Kaffeehaus … nachdem ich Ziegenkäse und Kombucha zu mir genommen habe.“

„Kombucha?“ Sie schaute ihn verblüfft an.

„Collin hat mir davon angeboten.“ Er verzog das Gesicht. „Nicht unbedingt mein Geschmack.“

„Nein, das kann ich mir vorstellen.“

„Aber es war nett, Collin etwas besser kennenzulernen. Ich glaube, er und ich haben einige Gemeinsamkeiten.“

„Wie das?“

George erklärte, dass er bei seinen Großeltern aufgewachsen sei. „Aber nur, weil meine Eltern bei einem Autounfall ums Leben gekommen sind. Ich war erstaunt zu erfahren, dass Collins Mutter das Groupie einer Band ist. So hat er das zumindest ausgedrückt.“

Willows Lächeln erlosch. „Ja, Josie führt ein unstetes Leben. Ich hoffe immer noch, dass sie irgendwann vernünftig wird und nach Hause kommt. Ich habe eines der Appartements über der Galerie für sie reserviert, aber sie will es nicht. Letzte Woche habe ich sie zu

Collins Abschlussfeier eingeladen und sogar angeboten, ihre Fahrtkosten zu übernehmen, aber sie schrieb zurück, dass am nächsten Wochenende ein großes Konzert in Fort Lauderdale stattfände." Traurig schüttelte sie den Kopf. „Es ist, als hätte sie vergessen, dass Collin ihr Sohn ist."

„Das muss frustrierend für Sie sein."

„Haben Sie Kinder?"

Er schüttelte den Kopf. „Ich war nie verheiratet."

„Dann können Sie sich nicht wirklich vorstellen, wie frustrierend das ist." Sie seufzte. „Aber so ist wohl das Leben. Man darf sich nicht unterkriegen lassen. Und ich rufe mir jeden einzelnen Tag in Erinnerung, dass Gott schon weiß, was er tut. Auch wenn ich es nicht weiß."

George dachte über ihre Worte nach. Aus irgendeinem Grund hatte er nicht angenommen, dass Willow West ein sonderlich religiöser Mensch war. Es schien einfach nicht zu ihrer sorgenfreien Hippiementalität zu passen. Aber in Bezug auf den Glauben war er nun wirklich kein Experte.

„Collin erwähnte, dass Sie verwitwet sind ..."

Sie nickte langsam. „Asher ist gestorben ... Im Oktober sind es drei Jahre."

„Das tut mir leid."

„Vielen Dank. Er war ein sehr liebenswerter Mann. Und wir hatten ein gutes Leben miteinander. Er war ein Mensch, der jeden Tag fröhlich angenommen hat – bis zu seinem Tod."

„Kam er unerwartet? Sein Tod, meine ich." George sah Willow in die Augen.

„Natürlich war es ein Schock, als Bauchspeicheldrüsenkrebs bei ihm diagnostiziert wurde. Alles ging so schnell. Aber wenigstens verschaffte uns die Diagnose Zeit, die Dinge zu regeln und uns zu verabschieden. Asher schien bereit zu sein zu gehen, aber er war erst Mitte siebzig, als er starb."

„So alt?“, fragte George erstaunt. Willow wirkte noch so jugendlich, und es fiel ihm schwer, sich vorzustellen, dass sie mit einem Mann zusammen war, der so viel älter war als sie.

„Ja. Ich glaube, vom Alter her hätte Asher mein Vater sein können. Ich habe ihn als Studentin vor vielen Jahren kennengelernt.“ Neugierig blickte sie George an. „Er war ebenfalls Lehrer, müssen Sie wissen.“

„Was hat er unterrichtet?“

„Englische Literatur. In Berkeley. Ich war jung und idealistisch und leicht zu beeindrucken. Sein Alter hat mir absolut nichts ausgemacht … damals zumindest nicht.“

„Und später?“

„Nur dass er schneller alt wurde. Und als er dann starb, war ich allein. Nun, natürlich hatte ich Collin. Das war mir eine große Hilfe.“ Sie strahlte ihn an. „Sie sehen also, warum ich sagte, wir sind immer noch jung, George. Im Vergleich zu Asher sind wir jung. Und unser ganzes Leben liegt noch vor uns. Warum aber halten Sie sich für alt? Ich weiß nicht, wie es Ihnen geht, doch ich habe vor, noch 40 Jahre zu leben. Vielleicht sogar noch mehr.“

George war in dieser Hinsicht nicht so sicher. Nicht dass er irgendwelche gesundheitlichen Probleme hätte, aber irgendwie war er nie davon ausgegangen, sehr alt zu werden. Eigentlich hätte er nie gedacht, so alt zu werden, wie er jetzt war. Und sein Alter zusammen mit seiner frühzeitigen Pensionierung weckte keine Vorfreude auf das, was noch vor ihm lag.

„Ich habe den Eindruck, dass unser Gespräch ziemlich ernst geworden ist“, entschuldigte sich Willow. „Das ist vermutlich meine Schuld.“

George fand eher, dass es seine Schuld war, und beschloss, das Gespräch in eine andere Richtung zu lenken. „Ich habe mich darüber gewundert, dass Collin eine eigene Wohnung bewohnt. Die meisten Jungen in seinem Alter wären hocherfreut über solche Freiheiten.“

Sie lächelte. „Zum Glück ist Collin sehr vernünftig. Er weiß mit seinen Freiheiten umzugehen und missbraucht sie nicht. Bisher zumindest nicht."

„Und er erwähnte, dass Ihre Wohnung gleich nebenan liegt, deshalb wird er vermutlich sowieso nicht über die Stränge schlagen können."

„Ja. Ich war in der glücklichen Lage, das ganze Gebäude kaufen zu können. Die unten liegenden Geschäfte sind gut vermietet. Und abgesehen von den darüberliegenden Wohnungen habe ich auch noch ein schönes Atelier."

„Sie scheinen einige Renovierungen an dem Gebäude vorgenommen zu haben."

„Nachdem ich die Fassade erneuert und meine Galerie unten ausgebaut hatte, habe ich zwei der Wohnungen zu einer größeren Einheit zusammengelegt. Und dann hat Collin mir geholfen, die Wohnung, die er jetzt bewohnt, zu renovieren. Im Augenblick bin ich dabei, zwei weitere Wohnungen für die Vermietung herzurichten."

„Diese Renovierungen sind sicher sehr kostspielig."

„Dank Ashers Versicherung und dem Verkauf meiner Immobilien in *San Francisco* und *Sausalito* war das zum Glück kein Problem. Und dabei konnte ich meine kreativen Energien freisetzen."

George erzählte ihr ein wenig von der Renovierung seiner Mietobjekte. „Aber das ist schon lange her. In den vergangenen 20 Jahren habe ich nicht viel mehr gemacht, als Reparaturen vorgenommen und für die Instandhaltung gesorgt."

Sie plauderten weiter, tauschten Informationen aus, lernten sich gegenseitig kennen … bis sie merkten, dass die Band aufgehört hatte zu spielen und das Kaffeehaus sich langsam leerte. „Ich denke, es ist Zeit zu gehen", meinte George. „Bevor wir rausgeworfen werden."

„Du meine Güte." Sie erhob und streckte sich. „Ich hatte keine Ahnung, dass es schon so spät ist."

Als sie nach draußen kamen, regnete es in Strömen. „Wie gut, dass ich den hier mitgebracht habe." George spannte seinen Regenschirm auf und hielt ihn über sie. Verlegenheit hatte ihn ergriffen, aber er hoffte, dass man es ihm nicht anmerkte. „Wie es scheint, bin ich in der Lage, Sie einigermaßen trocken nach Hause bringen zu können, meine Dame."

„Vielen Dank, das ist sehr freundlich, mein Herr."

Während sie über den verlassenen Bürgersteig liefen, begann George ein altes Lied zu pfeifen. Pfeifen war nichts, was er normalerweise tat, aber dieser Abend war eben alles andere als *normal.*

„Pfeifen Sie etwa *Singin' in the Rain*?", fragte Willow auf einmal.

„Ich muss gestehen, dass das zutrifft", räumte er ein.

„Ich liebe diesen alten Film!" Jetzt summte sie mit ihm, und es dauerte nicht lange, bis sie beide laut sangen.

„Da sind wir, meine Dame." Vor dem Eingang, der zu den Wohnungen hochführte, machte George eine gespielte Verbeugung. „Vielen Dank für einen überaus denkwürdigen Abend."

„Ich danke Ihnen." Im Licht der Straßenlaterne schaute sie ihn lange an, und George fragte sich plötzlich, ob sie erwartete, von ihm geküsst zu werden. *Du meine Güte, hoffentlich nicht!,* ging es ihm durch den Kopf. Denn selbst wenn er den Wunsch hätte, sie zu küssen – und ob das so war, wusste er nicht so genau –, er hatte keine Ahnung, wie er das anstellen sollte. Es war so lange her … vielleicht viel zu lange.

„Gute Nacht", sagte er schnell, trat zurück und hob seinen Regenschirm an. Und ohne ein weiteres Wort zu verlieren, eilte er davon. Hatte er gerade eine Gelegenheit verpasst? Oder war er vernünftigerweise einer Situation entkommen, die peinlich hätte enden können? Auf dem Heimweg, während er den Pfützen auswich, führte er ein Streitgespräch mit sich selbst. Vielleicht würde er die Antwort auf solche frustrierenden Fragen niemals geben können. Vielleicht war das aber auch egal.

Denn mittlerweile hatte Willow West vermutlich herausgefunden, dass George ein komischer Kauz war. Bestimmt war sie froh, ihn endlich los zu sein. Vermutlich lachte sie jetzt über die ganze Angelegenheit. Aber wäre das nicht das Beste? George war den größten Teil seines Lebens engeren Beziehungen ausgewichen – aus gutem Grund. Warum sollte er jetzt in dieser letzten Phase die Spielregeln ändern? Warum sollte er das Schicksal herausfordern?

5

Bester Laune und sehr früh am folgenden Tag wachte Willow auf. Obwohl die Sonne strahlend vom Himmel schien, ging ihr das Lied *Singin' in the Rain* immer noch durch den Kopf, als sie mit ihrem Kaffeebecher auf die Terrasse trat. Tief atmete sie die frische Morgenluft ein. Es war so schön, am Leben zu sein! So schön, dass sie ein anderes Lied aus diesem alten Film mit Gene Kelly zu singen begann.

„Guten Morgen, guten Morgen!", sang sie, während sie an den Topfpflanzen und Blumenschalen vorbeischlenderte und sich in dem gemütlichen Gartensessel niederließ, den sie erst kürzlich zu ihrem Gartenparadies hinzugefügt hatte. Sie sang alle alten Lieder, an die sie sich erinnerte und kam schließlich zu dem Schluss, dass sie sich diesen Film unbedingt noch einmal anschauen musste.

Während Willow in kleinen Schlucken ihren Kaffee genoss, ließ sie den vergangenen Abend noch einmal Revue passieren. Die Ausstellung war die reine Freude gewesen. Viel besser als die erste Ausstellung im vergangenen Winter, als nur drei Kunden gekommen waren.

Hoffentlich würden die Besucher noch etwas kaufen. Das wünschte sie weniger für sich als für die Künstler, deren Werke sie in ihrer Galerie ausstellte. Einige von ihnen hatten es bitter nötig, das wusste sie. Sie wünschte ihnen, dass sie Erfolg hatten … und sie wünschte sich, dass die kleine Stadt *Warner* Interesse für Kunst entwickelte. Der vergangene Abend machte ihr Hoffnung.

„Nana?"

„Hier drüben", rief sie und beobachtete, wie Collin sich durch das Labyrinth von Topfpflanzen schlängelte. In seiner karierten Pyjamahose, einem weißen T-Shirt und einem strahlenden Lächeln ließ er sich neben ihr nieder.

„Schöner Tag, nicht?" Er trank einen Schluck Karottensaft.

„Herrlich. Und du scheinst bester Laune zu sein."

„Das bin ich." Er nickte.

„Gibt es einen bestimmten Grund dafür?"

„Ich habe Marissa eben eine Textnachricht geschickt." Er stellte sein Glas ab. „Ich hatte schon Sorge, dass es vielleicht zu früh sei, aber sie hat sofort geantwortet."

„Und?"

„Wir machen heute eine Fahrradtour." Er strahlte sie an.

„Das ist doch schön." Sie tätschelte ihm den Rücken. „Es war gut, dass du nicht aufgegeben hast."

„Mr Emerson hat mir Mut gemacht, es noch einmal zu probieren."

Willow starrte ihn an. „Im Ernst? Mr Emerson gibt Ratschläge in Liebesdingen?"

Collin nickte. „Er riet mir, ihr eine zweite Chance zu geben und sagte, dass sie vielleicht tatsächlich gestern Abend schon etwas anderes vorgehabt hätte. Es hat sich gezeigt, dass er recht gehabt hat."

Willow widerstand dem Drang, Collin daran zu erinnern, dass sie gestern Abend ziemlich genau dasselbe gesagt hatte. „Nun, ich bin froh, dass du auf Mr Emerson gehört hast. Und was ist mit der Empfehlung, die er geschrieben hat? Hast du sie gelesen?"

„Allerdings." Sein Lächeln wurde noch breiter. „Er ist sehr nett. Danke, dass du ihn darum gebeten hast, Nana. Ich bekomme beinahe Lust, mich doch an einem größeren College zu bewerben."

„Wirklich?", fragte sie hoffnungsvoll.

„Ja … aber erst nach einem oder zwei Semestern am staatlichen College." Er grinste. „Dort will Marissa nämlich studieren."

„Aha." Sie nickte. „Jetzt verstehe ich."

Er trank seinen Karottensaft aus. „Hast du irgendetwas Leckeres zum Frühstück da?"

Sie verzog das Gesicht. „Ich wollte gestern noch einkaufen gehen, aber die Vorbereitungen für die Ausstellung haben mich auf Trab gehalten. Ich habe Porridge da, aber es dauert eine Weile, das zuzubereiten …"

„Kein Problem. Ich habe schon einen Bagel mit Frischkäse gegessen."

„Vielleicht sollte ich mal in deinem Kühlschrank nachschauen."

Er erhob sich und streckte sich. „Ich muss jetzt los. Bevor ich mich mit Marissa im Park treffe, wollte ich noch duschen."

Sie verkniff es sich zu fragen, warum er denn *vor* einer Fahrradtour duschen wollte. Aber schließlich war das ja fast eine Verabredung. Vielleicht war das sogar tatsächlich eine Verabredung. Doch was immer es auch war, es war neu für Collin, und sie freute sich für ihn.

„Dann viel Spaß", wünschte sie ihm. „Es ist ein herrlicher Tag für eine Fahrradtour."

Nachdem Collin gegangen war, begann ihr Magen vor Hunger zu knurren. So ungern sie ihren friedlichen Rückzugsort verlassen wollte, sie musste sich anziehen und nach unten gehen, um die Galerie aufzuschließen. Leslie hatte versprochen, etwas früher zu kommen und noch aufzuräumen, bevor die Galerie öffnete.

Da sie nicht vorhatte, an diesem Tag in der Galerie zu arbeiten, wählte Willow eine Jeans, ein gesmoktes Oberteil und ihre geliebten Birkenstocksandalen aus. Anschließend ging sie hinunter, um die Tür aufzuschließen. In diesem Augenblick traf Leslie ein. „Ich wollte gerade einen Happen essen gehen", erklärte sie ihr. „Soll ich dir später etwas mitbringen?"

Leslie hob eine kleine braune Tüte in die Höhe. „Ich habe schon für mein Frühstück gesorgt."

„Joel kommt gegen Mittag“, erinnerte Willow sie.

Obwohl Joel nur Teilzeit arbeitete, war er eine große Hilfe bei der Buchführung und ein kompetenter Verkäufer. Willow fände es schön, wenn er bereit wäre, eine volle Stelle zu übernehmen, aber sie verstand ihn natürlich. Joel war Künstler, und wie sie brauchte er Zeit für sein künstlerisches Schaffen.

Zufrieden, dass die Galerie in guten Händen war, ging Willow auf der Suche nach einem leichten Frühstück die Hauptstraße entlang. Ein verlockender Duft aus der Bäckerei stieg ihr in die Nase, und sie beschloss, dort für ihr Frühstück einzukaufen. Während ihr Blick über die gut bestückte Auslage wanderte, dachte sie an Georges Eingeständnis, dass er Frauen mit Gebäck vergleiche. Vermutlich wäre sie beleidigt gewesen, wenn ein anderer Mann so etwas gesagt hätte … aber bei George wirkte die Äußerung irgendwie unschuldig.

„Sind das Vollkornmuffins?“, fragte sie die Verkäuferin.

„Ja. Frisch aus dem Ofen.“

„Mit Rosinen?“

Das Mädchen grinste. „Ja.“

„Ich nehme sechs Stück“, sagte sie aus einem Impuls heraus.

Nachdem sie die Muffins bezahlt hatte, ging sie weiter zur *Common Grounds Coffee Company*. Sie hatte eine Idee. Schnell brach sie sich ein Stück eines Vollkornmuffins ab, der erstaunlich gut schmeckte, und wählte eine kleine Tüte medium geröstete brasilianische Kaffeebohnen und eine Kaffeemühle. Für sich selbst bestellte sie einen Caffè Latte. Die Zeit, die sie auf ihren Kaffee warten musste, nutzte sie, um im Telefonverzeichnis die Adresse von George Emerson zu suchen, die sie auch sofort fand. Zum Glück wohnte er nur wenige Straßenzüge entfernt.

Mit ihren Einkäufen ausgestattet, machte sie sich auf den Weg zu Georges Haus. Unterwegs aß sie den ersten Muffin ganz auf. Das Haus war ein bezaubernder, kornblumenblauer Bungalow mit einem kleinen Garten, der auffallend gepflegt war. Ziemlich nervös stieg sie die Treppe zur Haustür hoch. Der arme George war gestern Abend von seiner Nachbarin praktisch gestalkt worden, und heute Morgen stand Willow uneingeladen vor seiner Tür. Vielleicht sollte sie ihr Geschenk einfach auf seiner Veranda abstellen und wieder gehen.

„Hallo", rief eine weibliche Stimme. Lorna Atwood stand vor ihrer Haustür und winkte.

„Oh, hallo", rief Willow zurück. „Ich wollte nur schnell etwas für George abgeben."

„Er müsste eigentlich zu Hause sein", erklärte Lorna. „Zumindest habe ich ihn nicht weggehen sehen."

„Oh gut, … danke." Willow drehte sich um und klopfte leise an die Tür, doch sie bereitete sich darauf vor, ihre Päckchen einfach nur abzustellen und wieder zu gehen.

„Hallo?" Mit verschlafenen Augen öffnete George die Tür.

„Habe ich Sie aufgeweckt?", fragte sie besorgt.

„Nein, nein, natürlich nicht." Verwirrt runzelte er die Stirn.

„Hier." Sie hielt ihm die Tüten hin. „Ich habe Ihnen etwas gebracht, und –"

„Wofür ist das?", fragte er mit gerunzelter Stirn.

Sie blickte über die Schulter zurück. Lorna beobachtete sie mit unverhohlener Neugier.

„Darf ich hereinkommen?", flüsterte sie.

Er schien zu begreifen. „Ja, natürlich." Er öffnete die Tür etwas weiter. „Bitte kommen Sie doch herein."

Nachdem sie das Haus betreten hatte, seufzte sie, dann musste sie leise lachen. „Es tut mir leid, dass ich Sie so überfalle, George. Aber ich wollte Ihnen danken, dass Sie –"

„Sie haben sich doch schon gestern Abend bei mir bedankt." Peinlich berührt steckte er sein etwas verknittertes blaues Hemd in die Hose. An diesem Morgen war er nicht wie gestern Abend korrekt gekleidet. Sie fragte sich, ob vielleicht etwas passiert war.

„Ich wollte Ihnen noch für etwas anderes danken." Schnell erzählte sie von Collins Verabredung mit Marissa. „Er war so glücklich. Und er sagte, das hätte er Ihnen zu verdanken."

Georges Lippen verzogen sich zu einem Lächeln. „Nun, das höre ich gern. Ich freue mich für ihn."

Willow hielt ihm die Tüte mit dem Gebäck hin. „Für Sie."

Seine Augen leuchteten auf, als er hineinspähte. „Vollkornmuffins?"

„Mit Rosinen."

„Vielen Dank." Er nickte.

„Das ist noch nicht alles." Sie hielt ihm noch die andere Tüte hin. „Kaffee."

„Aber ich habe doch Kaffee." Er deutete zu seiner Küche hinüber. „Ich habe noch keinen gekocht, aber ich –"

„Dann werde ich heute Morgen das Kaffeekochen übernehmen, wenn es Ihnen recht ist." Sie ging an ihm vorbei und betrat die kleine, aber saubere Küche und überprüfte die Kaffeemaschine. Sie schnupperte sogar hinein.

„Nun, das ist ziemlich ungewöhnlich. Ich kann den Kaffee doch auch kochen –"

„Haben Sie Essig?"

„Was?" Verwirrt strich er seine verwuschelten Haare zurück.

„Ich würde Ihre Kaffeemaschine gerne einmal reinigen", erklärte sie, während sie den Wassertank abnahm und ins Spülbecken stellte.

„Aber sie ist doch ganz sauber, wie Sie sehen können." Er strich mit dem Finger darüber.

„Ja, von außen ist sie makellos, aber wann haben Sie das letzte Mal ihr Innenleben gereinigt?"

„Was?" Er runzelte die Stirn.

„Haben Sie Essig?", fragte sie erneut.

Er ging in seine Speisekammer und kam mit einer Flasche Essig wieder heraus. „Hier." Mit zweifelndem Blick reichte er sie ihr.

„Das dauert jetzt zehn Minuten oder so." Sie goss Essig in den Wassertank. „Vielleicht haben Sie noch etwas zu tun."

„Nun, ich, äh, eigentlich habe ich noch gar nicht geduscht. Ich habe heute länger geschlafen. Was ich sonst normalerweise nicht tue."

Sie lächelte. „Manchmal ist es gut, Dinge zu tun, die man sonst nicht tut. Gehen Sie ruhig duschen. Ich kümmere mich um alles."

„Nun, ich, äh –"

„Nur zu." Sie versetzte ihm einen sanften Stoß. „Keine Sorge, ich werde Sie nicht ausrauben. Sie können mir vertrauen. Und nehmen Sie sich ruhig Zeit."

Zu ihrer Erleichterung protestierte er nicht weiter. Der arme Mann, vermutlich hielt er sie für vollkommen durchgeknallt. Aber während sie darauf wartete, dass das Essigwasser heiß wurde und durch die Kaffeemaschine lief, wusste sie, dass es der Mühe wert war, die Kaffeemaschine von seinem alten Filterkaffee zu reinigen.

Mit leicht schlechtem Gewissen sah sich Willow in seiner Küche um, während sie darauf wartete, dass die Kaffeemaschine entkalkte. Irgendwie konnte sie nicht anders. Ihre Neugier war zu groß. Die Holzschränke waren weiß gestrichen und makellos sauber. Die schwarz-weißen Bodenfliesen wirkten alt, aber gut gepflegt. Zwar gab es keinen Geschirrspüler, doch der blaue Herd und Kühlschrank waren wirklich bezaubernd und schienen aus den 50er-Jahren zu sein. Abgesehen von der Kaffeemaschine und dem Toaster gab es keine *modernen* Geräte auf der Arbeitsfläche. Aus irgendeinem Grund überraschte sie das nicht. George war altmodisch … beinahe wie jemand aus einer anderen Zeit.

Sie fragte sich, ob er wohl Milch oder Sahne für den Kaffee da hatte und warf einen Blick in den Kühlschrank. Er war mit allem Nötigen, wenn auch etwas spartanisch, ausgestattet. Nicht dass sie sich darüber ein Urteil erlauben könnte, denn ihr eigener, viel modernerer Kühlschrank enthielt im Augenblick nicht einmal das.

Sie nahm einen Karton Eier heraus, ein Stück Cheddarkäse, eine rote Zwiebel und etwas Spinat. Während das jetzt klare Wasser durch die Maschine lief, machte sie sich daran, die Zutaten zu reiben, zu schneiden und zu verquirlen. Zwischendurch mahlte sie die Kaffeebohnen, und während jetzt der aromatische Kaffee durchlief, briet sie die Zwiebeln an. Schließlich fügte sie den Spinat, die Eier und den Käse hinzu … und rührte alles durcheinander. Während die Rühreier auf dem Herd brutzelten, nahm sie Teller und Becher aus dem Schrank. Im Garten entdeckte sie einen alten Picknicktisch, und ihr kam die Idee, dass sie draußen frühstücken könnten.

Sie hatte gerade den Tisch gedeckt und sogar ein Glas mit Blumen, die sie in einem etwas vernachlässigten Blumenbeet im Garten gefunden hatte, in die Mitte gestellt, als George mit einem nicht zu deutenden Gesichtsausdruck erschien.

„Frisch geduscht." Sie winkte ihn herüber. „Das Frühstück ist fertig."

„Aber wie haben Sie –"

„Das stört Sie hoffentlich nicht." Sie gab Rührei auf seinen Teller und legte einen Muffin dazu. „Aber ich hatte schrecklichen Hunger. Darum habe ich mich einfach bei Ihnen wie zu Hause gefühlt."

Sie lächelte nervös, als sie die Kanne mit dem frisch aufgebrühten Kaffee nahm und ihm einen Becher eingoss. „Bitte setzen Sie sich doch."

Nachdem er Platz genommen hatte, sprach sie ein stummes Dankgebet und nahm ihre Gabel zur Hand. „Essen Sie, bevor es kalt wird."

Und ohne weitere Umstände schob sie eine Gabel voll in den Mund. Rühreier waren schon immer ihre Spezialität gewesen, und dieses hier war beinahe perfekt – obwohl es mit ein paar Pilzen noch besser geworden wäre.

„Das schmeckt köstlich." George tupfte sich seinen Mund mit einer Papierserviette ab. „Vielen Dank."

„Probieren Sie Ihren Kaffee“, forderte sie ihn auf.

Ganz vorsichtig trank er einen Schluck und lächelte sie an. „Der ist sehr gut. Und nur, weil Sie die Kaffeemaschine mit Essig entkalkt haben?“

Sie erklärte ihm, dass sie die Bohnen frisch gemahlen hätte. „Aber ich konnte mich nicht überwinden, sie in eine verkalkte Kaffeemaschine zu geben. Das hätte den Kaffee verdorben.“ Sie kräuselte die Lippen. „Wenn man genau darüber nachdenkt, ist das schon fast ein geistliches Bild.“

„Wie das?“ Er brach ein Stück von seinem Muffin ab.

„Na ja, manchmal wirken Menschen nach außen ganz fehlerlos und sauber, aber innerlich sind sie verdorben.“ Sie lachte. „Eigentlich entspricht das fast genau dem, was Jesus zu den religiösen Führern seiner Zeit gesagt hat.“

„Wie bitte?“ Jetzt schien ihr George gar nicht mehr folgen zu können.

„Entschuldigen Sie bitte.“ Sie nahm noch einen Bissen. „Ich wollte Sie nicht anpredigen.“ Willow deutete mit dem Kopf zur Seite hinüber, wo ein blonder Kopf zu sehen waren. „Und schauen Sie jetzt nicht hin, aber wir haben Zuschauer.“

„Mrs Atwood?“, fragte er leise, ohne sich umzuwenden.

Sie nickte. „Soll ich sie zu uns herüberbitten?“

„Nein.“ Er biss in seinen Muffin und kaute nachdenklich. Seine Augen leuchteten auf.

„Besser als ein Cupcake?“

„Entschieden besser.“

„Habe ich jetzt einen falschen Eindruck vermittelt, weil ich einfach so hier aufgetaucht bin?“ Sie senkte die Stimme. „Ich meine, Ihrer Nachbarin gegenüber.“

Er grinste. „Nun, und wenn das so wäre, müsste ich mich bei Ihnen bedanken. Also, herzlichen Dank.“

„Hey, ich tue, was ich kann.“

Willows Sorge, sie hätte ihn vielleicht zu sehr überrumpelt, verflüchtigte sich, während sie im Sonnenschein frühstückten und nett miteinander plauderten. Obwohl sie vermutete, dass George ihr Verhalten immer noch etwas seltsam fand, hatte sie den Eindruck, dass er sich wohlfühlte … und dass auch das Essen ihm schmeckte.

„Das war alles so unerwartet", gestand er, als sie zu Ende gefrühstückt hatten. „Aber sehr willkommen."

„Ich freue mich, dass es Ihnen geschmeckt hat."

„Ich habe in der Nacht kaum geschlafen", gestand er. „Normalerweise trinke ich am Nachmittag keinen Kaffee mehr. Ich fürchte, der hat mich wach gehalten."

„Sind Sie sicher, dass es am Kaffee lag?" Willow unterdrückte ein Lächeln, als sie ihr Frühstücksgeschirr in die Küche trugen.

George bestand darauf, den Abwasch zu übernehmen, und erneut empfand sie Mitleid mit diesem Mann. Er führte ein so farbloses und ödes Leben. Es war beinahe so, als wäre er irgendwie gefangen, vielleicht trug er aber auch eine nicht greifbare Angst in sich, die ihn daran hinderte, voll am Leben teilzunehmen. Was auch immer es war, sie war mehr als entschlossen, der Sache auf den Grund zu gehen. Aber das würde bestimmt nicht leicht werden, vermutete sie. Sicher müsste sie ihn immer wieder sanft anschubsen. Und manchmal vielleicht auch nicht ganz so sanft.

6

George wusste nicht so recht, was er denken sollte, als er hastig das Frühstücksgeschirr spülte. Willow machte keine Anstalten, sich zu verabschieden. Das schmutzige Geschirr im Spülbecken stehen zu lassen, brachte er nicht übers Herz. Er hasste Unordnung in seiner Küche. Aber natürlich war es wenig gastfreundlich, sie allein in seinem Wohnzimmer sitzen zu lassen. Willow mochte eine gute Köchin sein, aber sie hatte auch ein großes Chaos hinterlassen.

George wusste nicht so genau, warum es ihm so unangenehm war, Willow in seinem kleinen Haus zu wissen. Er hatte doch nichts zu verbergen. Aber es passte ihm nicht, dass sie an seinen Kühlschrank gegangen war und in seinen Schränken herumgewühlt hatte. Genauso verstörend fand er es, dass sie es sich dort draußen *gemütlich* gemacht hatte.

George musste sich eingestehen, dass er kein guter Gastgeber war. Eigentlich hatte er noch nie Gäste gehabt. Sosehr er Willow mochte, aber er konnte nicht leugnen, dass sie ihn an die Grenzen seiner Geduld brachte.

„So, das soll für den Augenblick genügen." Mit dem feuchten Geschirrtuch in der Hand gesellte er sich zu ihr. „Ich mache das hier später fertig." Er trocknete seine Hände an dem Geschirrtuch ab und faltete es anschließend zusammen.

„Und ich kann Ihnen bestimmt nicht helfen?", fragte sie von seinem kleinen Sofa aus.

„Nein, vielen Dank." Nervös blickte er sich in dem Zimmer um. Die Sonne schien herein und auf mehreren Oberflächen entdeckte er eine dünne Staubschicht. Doch er widerstand dem Drang, mit dem feuchten Geschirrtuch darüber zu wischen. Das wäre vermutlich auch nicht besonders gastfreundlich gewesen.

„Ich habe gerade diese wundervollen Schränke bewundert." Willow erhob sich und ging hinüber zu den Schränken, die George vor mehr als 20 Jahren zusammen mit seinem Großvater gebaut hatte.

„Danke."

„Und ich habe überlegt, was Sie wohl darin aufbewahren." Sie grinste. „Ich vermute, es sind Bücher, aber ich habe dem Drang, einmal nachzuschauen, widerstanden."

„Sie können ruhig hineinschauen." Er öffnete den Schrank, der ihm am nächsten stand.

„Oh du meine Güte!" Sie eilte hinüber, um sich den Inhalt genauer anzusehen. „Die guten alten Schallplatten – das müssen Hunderte sein." Sie wandte sich zu ihm um. „Sind Sie ein Sammler?"

„Nein, die ältesten gehörten meinen Großeltern. Mein Großvater liebte Jazzmusik. Meine Großmutter Sinatra, Crosby und so."

„Aber die hier sind aus den Sechzigern und Siebzigern." Sie zog ein Album heraus. „Die Beatles?"

„Die gehörten meinem Bruder."

Sie schaute die Schallplatten durch. „Das Weiße Album? Sie besitzen das Weiße Album der Beatles?" Ganz vorsichtig zog sie es aus der Hülle. „Und dazu noch in hervorragendem Zustand."

„Mein Bruder liebte die Beatles und besaß fast alle ihre Schallplatten."

„Unglaublich." Sie schob das Album an seinen Ort zurück. „Hören Sie die Schallplatten denn auch an?"

Er öffnete den nächsten Schrank, und zum Vorschein kamen ein alter Schallplattenspieler mit Lautsprechersystem. „Ab und zu, aber jetzt schon länger nicht mehr."

Wenn er ehrlich war, konnte er sich nicht mehr erinnern, wann er die Stereoanlage das letzte Mal eingeschaltet hatte.

„Oh, Sie sollten sie genießen, George. Musik ist gut für die Seele."

Darüber dachte er nach. „Na ja, vielleicht habe ich nach meiner Pensionierung ja mehr Zeit dafür." Das war natürlich absolut blödsinnig. George hatte immer viel Zeit.

„Und was versteckt sich hinter diesen Türen?" Sie deutete auf den nächsten Schrank.

„Noch eine Sammlung." Es war ihm ein wenig peinlich, doch er öffnete die Tür trotzdem.

„VHS-Kassetten?" Sie lachte. „Machen Sie Witze?"

„Die meisten gehörten meinen Großeltern."

„Was für wundervolle alte Klassiker." Sie überflog die Titel. „Sie haben ja alle Filme mit Katherine Hepburn und Spencer Tracy. Und da sind alle mit Cary Grant und Fred Astaire und Ginger Rogers. So schöne Filme."

„Meine Großmutter liebte alte Liebesfilme."

„Und da sind die Western." Sie las die Titel vor.

„Die sind von meinem Großvater."

„Und Alfred Hitchcock." Sie zog *Der unsichtbare Dritte* heraus. „Das ist mein absoluter Lieblingsfilm."

„Das ist meine Sammlung."

„Sie sind ein Hitchcockfan?"

Er nickte.

„Wann haben Sie den denn das letzte Mal gesehen?" Sie hielt den Film *Die Vögel* in die Höhe.

„Ich weiß es nicht. Ist schon einige Jahre her."

„Dann schauen Sie sich die Filme nicht oft an?"

„Vielleicht jetzt, wo ich im Ruhestand bin …"

„Haben Sie noch einen Videorekorder?"

Er öffnete die nächste Schranktür, und zum Vorschein kamen ein altes Fernsehgerät und ein VHS-Rekorder.

„Ich hoffe, dass er noch funktioniert“, murmelte er.

Sie stellte die Kassette wieder an ihren Platz. „Vielleicht laden Sie mich eines Tages mal ein, einige von diesen Filmen mit Ihnen anzuschauen.“ Sie lächelte herzlich, während sie nacheinander die Schranktüren wieder schloss. „Ich bringe auch Popcorn mit.“

„Das werde ich im Hinterkopf behalten.“

Unbehaglich trat er von einem Fuß auf den anderen. Auf der einen Seite genoss er ihre Gesellschaft, auf der anderen Seite war sie auch sehr verstörend. Er war nicht sicher, wie viel er davon ertragen konnte. Nur mühsam widerstand er dem Drang, seinen Kragen zu weiten, um besser Luft zu bekommen.

„Und hinter diesen beiden Türen?“, fragte Willow.

„Wie Sie vermutet haben.“ Er öffnete beide Türen. „Bücher.“

Willow strich mit der Hand über die glatte Oberfläche einer Holztür. „Diese Schränke sind wirklich wunderschön, George. Wissen Sie, was für ein Holz das ist?“

„Kirsche.“ Er erklärte ihr, dass er und sein Großvater diese Schränke gebaut hatten.

„Das kann nicht Ihr Ernst sein.“ Sie betrachtete die Schränke genauer. „Sie sind ein Handwerker, George.“

„Mein Großvater war es.“

„Aber wenn Sie ihm geholfen haben, dann haben Sie doch sicher das eine oder andere gelernt.“

Er zuckte die Achseln. „Ja, ich denke, ich weiß, wie man einen Schrank baut. Aber seither habe ich dieses Wissen nicht vertieft. Die Schränke sind schon viele Jahre alt.“

„Dann haben Sie bestimmt eine gut ausgestattete Werkstatt“, bemerkte sie, „in der Sie solche Schränke bauen können. Als Künstlerin weiß ich, wie wichtig Platz und Werkzeug sind.“

„Ich habe tatsächlich eine Werkstatt.“

Sie schaute sich in dem kleinen Raum um. „Wo denn?“

„Oh, nicht hier“, erklärte er. „Im Haus meiner Großeltern.“

„Aber ich dachte, sie seien schon lange tot."

„Das stimmt, aber sie haben mir ihr Haus hinterlassen. Und die Werkstatt meines Großvaters ist noch dort, voll ausgestattet mit allen seinen Werkzeugen."

„Werden Sie sie benutzen?", fragte sie. „Ich meine, wenn Sie jetzt bald im Ruhestand sind?"

„Das wäre ein Gedanke."

„Ich würde gerne Schränke wie diese in Auftrag geben", sagte sie. „Sie bräuchten gar nicht so schön zu sein, obwohl ich natürlich nichts dagegen hätte, wenn es so wäre. Aber ich brauche dringend Schränke für mein Atelier." Sie blickte ihn neugierig an. „Besteht die Chance, dass ich Sie überreden kann, welche für mich zu bauen? Ich zahle gut, George, und vielleicht mache ich Ihnen noch einmal Frühstück. Oder auch ein Abendessen. Italienisches Essen ist meine Spezialität."

„Oh, also ich weiß nicht. Ich bin gar nicht sicher, ob ich das, was Sie sich vorstellen, bauen könnte. Ich bin ziemlich aus der Übung, und –"

„Sie bringen bestimmt etwas zustande, das gehen würde, da bin ich sicher. Wie ich schon sagte, ich brauche nur Stauraum für mein Atelier. Die Schränke könnten aus einfachem Sperrholz sein. Im Augenblick liegen meine Utensilien im ganzen Raum verteilt."

„Ich werde darüber nachdenken, Willow. Vielleicht nach nächster Woche."

„Ja, natürlich." Sie kräuselte die Lippen. „Entschuldigen Sie bitte, dass ich Sie so bedränge, George. Aber wissen Sie, ich bin unglaublich beeindruckt von der Handwerkskunst, die ich hier sehe." Sie musterte ihn eingehend. „Macht Ihnen die Arbeit mit Holz Spaß?"

Darüber dachte er nach. „Damals schon."

„Dann könnte es wieder so sein." Seufzend trat sie einen Schritt zurück. „Und jetzt, fürchte ich, habe ich meinen Besuch schon viel zu lange ausgedehnt. Ich sollte mich jetzt schleunigst verabschieden."

George war hin- und hergerissen. Auf der einen Seite wäre er erleichtert, wenn sie ginge … auf der anderen Seite, nun, er war sich nicht sicher.

„Möchten Sie sich die Werkstatt meines Großvaters ansehen?", fragte er ganz unvermittelt. „Ich wollte heute sowieso noch hingehen. Am Wochenende sehe ich im Haus meiner Großeltern normalerweise immer nach dem Rechten."

„Ich würde mir die Werkstatt sehr gerne ansehen", rief sie. „Ist es in der Nähe?"

„Einen knappen Kilometer entfernt. In *Talbot Hill.*"

„*Talbot Hill*", wiederholte sie neckend. „Wohnen dort nicht alle reichen Snobs?"

Er zuckte die Achseln. „Ich weiß es nicht. Meine Großeltern waren keine Snobs."

„Entschuldigung. Ich glaube, meine Großeltern haben mal so etwas gesagt. Sie lebten auf der falschen Seite der Schienen. Buchstäblich." Sie lachte. „Also, worauf warten wir noch?"

„Wäre es Ihnen recht, wenn wir zu Fuß gingen?"

„Aber natürlich."

Er lächelte. „Ich besitze nämlich kein Auto."

„Im Ernst?"

Er öffnete die Haustür. „Ich habe nie die Notwendigkeit gesehen, mir eines anzuschaffen."

„Interessant." Sie folgte ihm nach draußen und wartete ab, bis er die Haustür abgeschlossen hatte. Und da sie ihn beobachtete, unterdrückte er den Drang, sie noch zweimal zu kontrollieren, ob sie auch tatsächlich zu war.

Auf dem Weg nach *Talbot Hill* erzählte er ihr ein wenig von seinen Großeltern. „Ich habe sie eigentlich nie als so wohlhabend eingeschätzt, aber das waren sie wohl. Der Familie meiner Mutter gehörte das Sägewerk in der Stadt."

„Sie meinen *Rockwell Lumber*?"

„Genau. Als ich ein Kind war, wurde das Werk aufgrund der Abholzungsbeschränkungen der Regierung wegen gefährdeter Eulen beinahe geschlossen. Und mein Großvater hat sich immer darüber beklagt, dass die Regierung ihn aus dem Geschäft drängt. Deshalb dachte ich, dass meine Großeltern nicht wirklich wohlhabend waren."

„Dann waren Ihre Großeltern also die Rockwells?"

„Genau. Die Eltern meiner Mutter."

Willow musterte ihn neugierig. „Die Rockwells galten früher immer als ziemlich wohlhabend. Und Sie haben alles geerbt?"

„Ja, das schon, aber die guten Zeiten waren damals schon lange vorbei. Die Holzindustrie ist eingebrochen, als ich die Highschool besuchte. Mein Großvater hat irgendwann das Werk verkauft, und ich glaube, dass das Geld dann in meine Collegegebühren geflossen ist. Die Käufer des Sägewerks behielten den Namen Rockwell bei und machten eine Türen- und Fensterfabrik daraus. Wie ich hörte, geht es ihnen heute ganz gut."

„Und was ist mit der *Rockwell Villa*?", fragte sie. „Steht die unter Denkmalschutz?"

„Nein."

„Mir ist aufgefallen, dass das Haus ein wenig heruntergekommen und vernachlässigt wirkt. Hat Ihre Familie das auch verloren?"

„Nein. Wir sind gerade dorthin auf dem Weg. Dort befindet sich die Werkstatt meines Großvaters. Sie haben das Anwesen mir hinterlassen."

„Sie machen Witze. Das ist *Ihr* Haus?"

Er nickte kurz. Ihre letzte Bemerkung ging ihm durch den Kopf. „Sie finden wirklich, dass das Haus heruntergekommen und vernachlässigt wirkt?"

„Entschuldigen Sie. Mir war nicht klar, dass es Ihnen gehört, George." Sie verzog das Gesicht. „Aber ich habe dieses Haus immer geliebt. Wann immer ich es sehe, wünschte ich, jemand würde ihm ein wenig Liebe zeigen und es wieder herrichten. Die meisten anderen historischen Häuser auf dem Berg wurden restauriert." Sie boxte ihn spielerisch gegen den Arm und grinste ihn an. „Vielleicht haben Sie ja Zeit dafür, wenn Sie pensioniert sind."

„Ich denke schon, dass ich bald mehr als genug zu tun haben werde." Als sie in die Straße einbogen, in der seine Großeltern gewohnt hatten, wurde er auf einmal von seinen Gefühlen überwältigt. Es war beinahe so, als würde er ertrinken – oder so ähnlich. Als bekäme er keine Luft mehr. Was tat er hier mit dieser Frau? Und warum wollte er ihr das Haus seiner Großeltern zeigen? Hatte er denn vollkommen den Verstand verloren?

Willow war interessant, aber auch ziemlich anstrengend. Vielleicht zu anstrengend für seinen Geschmack. Was würde sie sagen, wenn sie das Haus seiner Familie aus der Nähe sah? Was, wenn sie ihn kritisierte oder zu viele Vorschläge machte – oder gar lachte? Damit könnte er nicht gut umgehen, das war ihm bewusst – schon gar nicht nach einer schlaflosen Nacht. Was, wenn er dann unfreundlich reagierte und ihr seine Meinung sagte? Warum nur hatte er sie gefragt, ob sie ihn begleiten wollte? Fieberhaft überlegte er, wie er sie doch noch abwimmeln könnte. Gerade wollte er einen Vorwand erfinden, warum er unbedingt nach Hause zurückkehren müsse, als er einen Klingelton hörte.

„Das ist mein Telefon." Willow zog ihr Handy aus der Hosentasche. „Entschuldigung." Sie schaute auf das Display. „Oh, das ist die Galerie. Ich muss das Gespräch annehmen. Entschuldigen Sie."

Höflich trat George zurück und versuchte nicht zu lauschen, während sie über etwas redete, das dringend zu sein schien.

„Es tut mir leid." Willow steckte ihr Handy wieder in die Tasche. „Das war Leslie. Sie braucht mich in der Galerie. Ich muss in die Stadt zurück."

George nickte und spielte ihr Enttäuschung vor, doch eigentlich empfand er eine riesengroße Erleichterung. „Kein Problem."

„Dann vielleicht ein anderes Mal?" Willow lächelte ihn hoffnungsvoll an.

„Natürlich." George dankte ihr noch einmal für das Frühstück und verabschiedete sich.

Als wäre ihm eine schwere Last von den Schultern genommen, setzte er seinen Weg zum Haus seiner Großeltern fort. Irgendwie musste er diese Freundschaft mit Willow ein wenig ausbremsen. Sie war sehr nett und irgendwie faszinierte sie ihn. Aber sie überforderte ihn und machte ihm Angst. Ihre Nähe war enorm anstrengend für ihn. Willow West war genau das, was er in seinem Leben nicht brauchen konnte. Sie war der Typ Mensch, der herumstochern und alles aufwühlen würde. Eigentlich wollte er sie nicht mit Lorna Atwood vergleichen, doch sie war seiner etwas aufdringlichen Nachbarin nicht unähnlich. Solche Frauen brachten Ärger. In den vergangenen drei Jahrzehnten war George derartigen Komplikationen lieber aus dem Weg gegangen, und er hatte nicht vor, sie sich jetzt in sein Leben zu holen.

Außerdem musste er über den Ferienbeginn und seine bevorstehende Pensionierung nachdenken. Ihm blieb noch eine Woche, um sein Büro auszuräumen, die Noten seiner Schüler festzulegen und sich endgültig von seinem Beruf zu verabschieden. Da konnte er keine anstrengende Beziehung gebrauchen, die alles noch komplizierter machte.

7

Sehr schnell begriff Willow, was los war. George Emerson ging auf Distanz zu ihr. Am Sonntag hatte sie ihn nach dem Gottesdienst angerufen und ihn eingeladen, mit ihr und einigen Freunden zusammen auf ihrer Dachterrasse Tee zu trinken, doch er lehnte ab mit den Worten, er hätte bereits *andere Pläne*.

Und bei einem Abendspaziergang mit Collin am Montag waren sie *zufällig* durch Georges Straße gelaufen. Collin hatte George auf seiner Veranda entdeckt, doch als sie näher kamen, war George im Haus verschwunden. Bestimmt hatte er die Befürchtung, dass sie ihn stalkte. Und vielleicht war das ja auch so.

Auch wenn ihr das nicht ganz behagte, wurde Willow klar, dass sie loslassen musste. Brauchte sie denn wirklich jemanden wie George Emerson in ihrem Leben? Sie hatte so viel um die Ohren, so viele Projekte fertigzustellen, die Galerie, neue Freunde, mit denen sie zusammen sein wollte – warum sollte sie sich mit jemandem abgeben, der eine Beziehung zu ihr ganz offensichtlich nicht wollte?

Und trotzdem drehten sich in der folgenden Woche ihre Gedanken während der Arbeit fortwährend um Mr Emerson. Morgens fand sie einen Vorwand, um Collin auf seinem Schulweg zu begleiten in der Hoffnung, ihn zu sehen. Und am Nachmittag, nach Schulschluss, machte sie oft einen Spaziergang durch die Stadt, um ihm auf seinem Heimweg zu begegnen. Vielleicht verfolgte sie ihn ja tatsächlich. Das war wirklich peinlich.

George war erstaunt, wie viel er in seinem Büro in der Schule zusammengetragen hatte. Hauptsächlich Bücher und Papierkram, denn er hatte es schon vor langer Zeit aufgegeben, persönliche Gegenstände hier aufzustellen. Anfangs hatte er Fotos auf seinem Schreibtisch stehen gehabt, doch die Schüler hatten Bemerkungen und Witze darüber gemacht und gelacht oder ein zu starkes Interesse dafür gezeigt, sodass er sie schließlich weggeräumt hatte. Schon bald lernte er, dass es das Beste war, sein Privatleben – als hätte er eines – zu Hause zu lassen. Trotzdem fühlte er sich am Mittwoch, als er eine weitere schwere Kiste mit Büchern durch das Foyer der Schule schleppte, abgrundtief erschöpft.

„Mr Emerson." Mrs Malcom hielt ihm die Tür auf. „Die Kiste scheint schwer zu sein."

Er nickte und dankte ihr, als er ins Freie trat. „Bücher."

„Sie haben hoffentlich in der Nähe geparkt."

„Ich besitze kein Auto", keuchte er, als er die Treppe hinunterstieg.

„Sie haben kein Auto?", fragte sie schockiert, als sie ihm folgte. „Sagen Sie mir nicht, dass Sie diese Bücher nach Hause tragen wollen."

„Das hatte ich vor."

„Nicht wenn ich ein Wort mitzureden habe." Sie deutete zum Parkplatz hinüber. „Ich bringe Sie nach Hause."

George war zu müde, um abzulehnen. „Vielen Dank, Mrs Malcolm. Das wäre höchst willkommen."

Sie führte ihn zu einer blauen Limousine, und nachdem er auf dem Beifahrersitz Platz genommen hatte, stieß er einen tiefen Seufzer aus.

„Allmählich fühle ich mich wirklich alt", gestand er.

„Ich habe gehört, dass Sie in den Ruhestand gehen."

„Ja. Eigentlich fühlte ich mich noch nicht alt genug für den Ruhestand, aber jetzt denke ich, dass es vermutlich das Beste ist." Er beschrieb ihr den Weg zu seinem Haus.

„Aber so alt sind Sie doch noch gar nicht."

„Im Sommer werde ich 55."

„Das ist noch nicht sehr alt."

„Das höre ich immer wieder."

„Ich bin gerade 45 geworden."

Er drehte sich zu ihr um. Er hätte sie älter geschätzt. Aber das würde er ihr natürlich auf keinen Fall sagen. „Es wird nicht mehr lange dauern, bis man auch auf Sie Druck ausübt, doch bitte in den Ruhestand zu gehen", warnte er sie. „Grund dafür sind die neusten Budgetkürzungen."

„Nun, das habe ich sowieso schon überlegt. Als mein Mann starb, wollte ich aus dem Schuldienst ausscheiden. Aber mein Sohn hat mich gedrängt, doch noch weiterzuarbeiten. Er dachte, das sei gut für mich. Aber ich bin mir da nicht so sicher."

„Wenn es etwas anderes gibt, das Sie machen wollen, dann könnte die Pensionierung gut sein."

„Freuen Sie sich denn auf den Ruhestand?"

„Ich weiß es nicht so genau. Im Augenblick schon. Aber wie es mir im September gehen wird, wird man sehen."

„Ja, unser Beruf hat schon etwas für sich, vor allem wenn man Single ist und alleine lebt."

„Was meinen Sie?", fragte er.

„Nun, Sie sind den ganzen Tag von Menschen umgeben. Manche sind ziemlich nervig. Sie verstehen, was ich meine?"

Er nickte.

„Und dann kommen Sie in Ihr hübsches, ruhiges Heim und niemand unterbricht und ärgert Sie. Kein Lachen oder Necken oder Herumtrampeln. Nur Frieden und Stille." Sie seufzte tief. „Nun, das macht einen dankbar."

„Da haben Sie vermutlich recht."

„Auch wenn Sie sich auf nichts weiter freuen als auf eine Mahlzeit aus der Mikrowelle. Es ist trotzdem eine Freude, in aller Ruhe essen zu können." Sie lachte. „Aber bei mir gibt es heute Abend selbst gemachtes Boeuf Stroganoff."

„Selbst gemachtes Bœuf Stroganoff? Ist das nicht viel Arbeit?"

„Ich habe es gestern zum Geburtstag meiner Schwester gekocht. Sie liebt mein Stroganoff. Auf jeden Fall habe ich noch jede Menge übrig." Sie wandte sich zu ihm um. „Hey, mögen Sie Boeuf Stroganoff?"

„Früher schon. Meine Großmutter hat das häufiger gekocht, aber ich habe es seit Jahren nicht mehr gegessen."

„Dann müssen Sie heute Abend mitkommen."

„Nun, ich, äh, ich weiß nicht, Mrs Malcolm –"

„Bitte nennen Sie mich Patty."

„Nun, es ist nur so, dass …"

„Ich akzeptiere kein Nein als Antwort. Das soll mein Ruhestandsgeschenk für Sie sein. Es ist sogar noch etwas Geburtstagskuchen übrig. Glauben Sie mir, Sie werden das nicht bereuen. Heute Abend werden wir stilvoll speisen."

George wusste nicht, wie er ihr das ausreden sollte, außerdem hatte sie den Wagen bereits in eine Richtung gelenkt, in der er ihr Haus vermutete. Und zum Mittagessen hatte er nur einen Apfel gegessen. Er hatte Hunger. Hoffentlich schmeckte ihr Stroganoff.

Kurz darauf fuhr sie durch ein Viertel, in dem ein braun-beiges Haus genauso aussah wie das andere. Er wollte sie gerade fragen, ob sie sich in dem Gewirr identischer Häuser jemals verirrte, als sie in eine Einfahrt einbog.

„Da sind wir schon", verkündete sie fröhlich. „Das wird schön."

Sie führte ihn in ein Wohnzimmer mit braunen Wänden und einer riesigen beigefarbenen Sitzlandschaft, die wie ein L angeordnet war.

„Machen Sie es sich bequem, während ich das Essen vorbereite“, sagte sie. „Und lassen Sie sich von den Katzen nicht stören.“

„Den Katzen?“

„Ja. Ich habe drei. Sammy und JoJo sind sehr freundlich. Aber Gordie, nun, nicht so sehr.“

George schluckte nervös, als er sich auf dem Sofa niederließ. Für Katzen hatte er nicht sonderlich viel übrig. Und das war milde ausgedrückt. Sicher, früher hatte er einmal eine außergewöhnliche Katze geliebt … aber seine Katze Buddy war auch etwas ganz Besonderes gewesen. Seither hatte er keine Katze wie sie mehr erlebt. Er hoffte nur, dass Pattys Katzen seine abweisende Haltung spürten und auf Distanz blieben. Doch es dauerte nicht lange, bis eine große Katze um seine Beine strich und ihre weißen Haare an seiner dunkelblauen Hose hinterließ. Eine zweite dürre Katze sprang auf seinen Schoß und grub ihre scharfen Krallen in seine Oberschenkel. Übertrugen diese Tiere vielleicht Krankheiten? Wann hatte er seine letzte Tetanusimpfung bekommen?

„Ach du meine Güte“, rief Patty. „Wie es scheint, haben Sie meine Babys bereits kennengelernt. Auf Ihrem Schoß sitzt Sammy, und JoJo streicht um Ihre Beine.“ Sie stellte einen Teller mit Käse und Crackern auf den Tisch. „Bedienen Sie sich mit den Häppchen, während ich das Stroganoff aufwärme.“

Am liebsten wäre George aufgesprungen und zur Tür gehechtet, doch das war sinnlos. Seine Bücherkiste stand noch im Kofferraum ihres Wagens, und außerdem lag dieses Viertel mindestens sieben Kilometer von seinem Zuhause entfernt. Am besten brachte er das einfach hinter sich – so schmerzlos und schnell wie möglich. Gerade wollte er nach einem Cracker greifen, als die weiße Katze auf den Couchtisch sprang und an dem Teller zu schnüffeln begann. Georges Hunger war im Nu verflogen. Als JoJo ein Stück Käse mopste, schob George Sammy von seinem Schoß, rettete den Teller mit den Crackern und brachte ihn in die Küche.

„Ich denke, ich leiste Ihnen lieber Gesellschaft", erklärte er Patty. „Haben Sie etwas dagegen?"

„Ganz und gar nicht." Sie lächelte ihn an und schob einen Topf in den Ofen. „Mein verstorbener Mann hat gern im Wohnzimmer gesessen, während ich das Abendessen vorbereitet habe. Ich dachte, Sie würden das auch gern tun."

„Nicht besonders." George nahm an der Frühstücksbar Platz. Während er den Teller mit dem Käse und den Crackern betrachtete, versuchte er sich zu erinnern, an welcher Seite des Tellers die Katze geschnüffelt hatte, in der Hoffnung, es sei ungefährlich, sich etwas von der anderen Seite des Tellers zu nehmen. Er wollte sich gerade einen Cracker nehmen, als wieder die große weiße Katze direkt auf die Arbeitsplatte sprang.

„Ach du meine Güte!" George sprang erschrocken auf.

„Oh JoJo", schimpfte Patty sanft. „Du weißt doch, dass du nicht auf die Arbeitsplatte springen sollst." Sie lachte leise. „Zumindest nicht, wenn wir Gäste haben." Sie scheuchte die Katze weg und entschuldigte sich bei George. „Katzen sind sehr schwer zu erziehen. Und um ehrlich zu sein, es macht mir auch nichts aus, wenn sie überall herumspringen. Mögen Sie Katzen, Mr Emerson?"

„Nun, ich, äh –"

„Und haben Sie etwas dagegen, wenn ich Sie George nenne? Mr Emerson ist so förmlich."

„Nein, nein, ich habe nichts dagegen." Am liebsten hätte George gesagt, dass er sehr wohl etwas dagegen hätte, und dass ihre Katzen schlecht erzogen seien.

Um sich abzulenken, schaute er sich in Pattys Küche um. Sie war sehr modern mit Edelstahlgeräten und schwarzen Arbeitsplatten aus Granit ausgestattet, die sich seltsam kalt anfühlten und von denen sich JoJos weiße Haare deutlich abhoben. George beugte sich vor und blies über die Arbeitsplatte, und eine Wolke weißer Katzenhaare flog hoch.

Im selben Augenblick stachen ihm die Schweine ins Auge. Sie waren überall. Ein Schwein als Becherhalter, Pfeffer- und Salzstreuer in Schweineform, ein Schneidebrett in Schweineform und eine Keksdose in Schweineform, um nur ein paar zu nennen. „Sie scheinen Schweine zu mögen", meinte er etwas zerstreut.

„Oh ja. Ich liebe Schweine. Ich bin auf einer Farm aufgewachsen und habe sie im Rahmen der örtlichen Landjugend gezüchtet."

„Interessant." Für ihn gab es nichts, das in einer Küche weniger appetitanregend war. Nun, vielleicht abgesehen von Katzen.

„Viele Menschen halten Schweine für schmutzig, aber eigentlich sind sie sehr sauber."

Vermutlich sauberer als Katzen, dachte George, als JoJo auf eine andere Arbeitsplatte sprang. Zumindest würden Schweine auf dem Boden bleiben. Plötzlich stellte er sich vor, wie eine Herde kleiner Miniaturschweine auf dem Boden herumwuselte.

Patty plauderte unbeirrt weiter, und ganz eindeutig freute sie sich, Gesellschaft zu haben. Doch obwohl George sich Mühe gab, freundlich zu bleiben, machte sich bei ihm ein bohrender Kopfschmerz bemerkbar, nur leider ging der sich endlos in die Länge ziehende Abend weiter.

Als sie endlich am Tisch saßen, empfand George eine leichte Übelkeit. Die Katzen strichen immer noch um seine Beine herum. Er gab sich große Mühe, mit Patty über die Schule und andere Themen zu plaudern, während er in seinem nicht ganz heißen Stroganoff herumstocherte. Er war nicht sicher, ob es an ihm lag oder an dem Essen, aber es schmeckte fade und schien sehr fettig und schwer zu sein. Ganz anders als das Stroganoff seiner Großmutter. Und als Patty den Geburtstagskuchen ihrer Schwester anpries, klopfte sich George auf den Bauch und behauptete, keinen Bissen mehr herunterzubringen.

„Ich fürchte, diese letzte Schulwoche hat mir ziemlich zugesetzt", erklärte er ihr.

„Das verstehe ich sehr gut“, erwiderte sie. „Ich bin mit meinen Noten immer noch nicht fertig.“

„Dann sollten wir den Abend vielleicht beenden.“

Zu seiner großen Erleichterung erhob sich Patty sofort, um ihre Tasche und die Schlüssel zu holen. Kurz darauf saßen sie im Wagen und Patty setzte fröhlich ihr Gespräch fort.

„Das war ein sehr schöner Abend“, erklärte sie, als sie vor seinem Haus anhielt. „Auch wenn es ein relativ kurzes Abendessen war. Ich hoffe, Sie kommen noch mal vorbei, George. Und das nächste Mal gibt es nicht nur Reste. Vielleicht, wenn Sie sich an Ihren Ruhestand gewöhnt haben und nicht mehr so erschöpft sind.“ Sie lächelte ihn an. „Denn ich vermute, dass wir sehr viele Gemeinsamkeiten haben.“

„Nun, noch einmal herzlichen Dank.“ Er stieg aus dem Wagen aus. „Sie müssen sicher sofort zurück, um an den Noten zu arbeiten.“ Er nahm seine Bücherkiste aus dem Kofferraum. „Wir sehen uns dann morgen in der Schule.“

Ohne auf ihre Antwort zu warten, schloss er die Tür und eilte zu seinem Haus. Er konnte sich nicht erinnern, wann er das letzte Mal so froh gewesen war, wieder zu Hause zu sein. In einem hatte Patty recht, ein friedliches, ruhiges und stilles Haus – vorzugsweise ohne Katzen – war am Ende eines langen Tages überaus willkommen.

Als er die Bücherkiste auf seinem Couchtisch abstellte, hatte George das Gefühl, nicht nur ein eingefleischter Junggeselle, sondern in Bezug auf Frauen sogar ein hoffnungsloser Fall zu sein.

„Lass dir das eine Lehre sein, Mr Emerson“, sagte er laut, während er die Bücher in den Bücherschrank einsortierte. „Bleib für dich … sonst gibt es nur Ärger.“

Doch als er den Bücherschrank schloss, erinnerte er sich plötzlich daran, wie Willow mit der Hand über eben dessen Tür gestrichen hatte. Er erinnerte sich an einige der Gefühle, die ihn durchströmten, wenn er mit ihr zusammen war – im Kaffeehaus und in seinem Garten beim Frühstück. Es war ganz anders als heute Abend in Pattys Gesellschaft.

Er erschauderte beim Gedanken an Pattys unerträgliche Katzen und die Schweine in der Küche. Und er fragte sich, wie Willows Wohnung wohl wäre. Vermutlich hielt sie exotische Vögel – oder vielleicht einen Pfau.

8

Gegen Ende der Woche hatte Willow das Gefühl, dass es ihr gelungen war, alle Gedanken an George Emerson zu verdrängen. Meistens jedenfalls. Sie hatte versucht, sich einzureden, dass sie zu unterschiedlich seien und einfach nicht zueinander passten. Es hieß zwar, Gegensätze würden sich anziehen, aber wie war es mit der Dauerhaftigkeit? Wie konnte man eine Beziehung führen mit jemandem, der so vollkommen anders war? Das war lächerlich.

„Möchtest du heute Nachmittag nicht mit zu Mr Emersons Abschiedsfeier kommen?", fragte Collin Willow am Donnerstagmorgen. Der letzte Schultag war angebrochen. „Das stand gestern in den Ankündigungen. Alle sind eingeladen. Lehrer, Eltern, Kinder, Mentoren, die Damen aus der Cafeteria." Lachend nahm er seine Büchertasche hoch.

„Ach, ich weiß nicht."

„Komm schon, Nana", drängte er. „Ich habe das Gefühl, dass Mr Emerson nicht viele Freunde hat. Es könnte ihm viel bedeuten, wenn wir kämen."

„Du willst also hin?"

„Natürlich. Auf diese Weise möchte ich ihm für sein Empfehlungsschreiben danken."

„Und was ist mit der Feier heute Abend?"

„Die fängt doch erst um sieben an. Mr Emersons Feier beginn um 13:30 Uhr. In der Schulbibliothek."

„Na ja, wenn mir nichts dazwischenkommt, könnte ich eigentlich dabei sein, nehme ich an." Noch während sie dies sagte, beschlichen Willow Zweifel. Abgesehen von der Tatsache, dass sie mit Mr Emerson keinerlei Gemeinsamkeiten hatte, schien er ihr eine sehr deutliche Botschaft gesandt zu haben. Er war nicht an ihr interessiert. Ganz und gar nicht.

Trotzdem, Collins Einladung beschäftigte sie den ganzen Vormittag. Gegen Mittag war ihr Entschluss gefasst. Sie würde hingehen. Immerhin war George ein ausgezeichneter Lehrer für Collin gewesen, und er hatte die Empfehlung geschrieben, um die sie ihn gebeten hatte. Sollte sie nicht zumindest ihre Dankbarkeit zeigen? Außerdem vermutete sie, dass Collin recht hatte. Ein Mann wie George hatte bestimmt nicht viele Freunde.

Während sie versuchte, ein wenig Ordnung in das Chaos in ihrem Atelier zu bringen, dachte sie sehnsuchtsvoll an diese wundervollen Schränke aus Kirschholz. Dabei kam ihr eine Idee. Sie würde George ein kleines Geschenk zum Ruhestand mitbringen. Okay, nicht unbedingt klein, aber sie hatte das Gefühl, dass es genau das richtige für ihn wäre. Etwas, das Georges kleinen, nüchternen Bungalow etwas aufpeppen würde. Oh, es war durchaus möglich, dass es ihm überhaupt nicht gefiel. Aber das wäre dann sein Problem. Wenn sie nur wüsste, wo sie es hingestellt hatte.

Willow suchte in den Stapeln und Kisten und schuf noch mehr Chaos, doch endlich grub sie einige alte Gemälde aus, die sie in eine Abdeckplane gewickelt hatte. Sie sah die Gemälde durch, bis sie es fand. Sie hatte es im College gemalt. Das Motiv war ein verrosteter alter türkisblauer Pick-up gewesen. Sie hatte ihn in ein verwildertes Feld mit hell orangefarbenen Mohnblumen gestellt. Damals hatten diese beiden grellen Farben sie irgendwie angesprochen. Und eigentlich mochte sie es immer noch. Doch dieses Gemälde war sehr groß und unhandlich – nichts, was sie in ihrer Galerie ausstellen wollte und viel zu groß für ihre Wohnung.

Sie konnte es sich nicht erklären, aber dieses Bild erinnerte sie irgendwie an George Emerson. Vielleicht war es eine Metapher: Der liegengebliebene, aber trotzdem bezaubernde Pick-up mitten im Nichts, und obwohl George nicht unbedingt kaputt war, wirkte er irgendwie festgefahren. Aber der fröhliche Optimismus der Mohnblumen, in deren Mitte er stand, versprach Besseres, fröhlichere Tage. Das hoffte sie zumindest.

Sie war nicht sicher, wie George reagieren würde, aber irgendwie hatte sie das Gefühl, dass der Truck und die Mohnblumen für George wie gemacht waren, und sie war entschlossen, ihm dieses Bild heute zu schenken. Während sie es in Packpapier einwickelte und mit buntem Bast zuband, war sie froh, dass ihre Signatur von dem Rahmen verdeckt wurde. So brauchte George sich keine Gedanken zu machen, dass sie es persönlich nehmen würde, wenn es ihm nun überhaupt nicht gefiel.

Als sie das Bild in ihren SUV lud, lachte sie in sich hinein. Sie war nicht sicher, ob dies nun nur ein großes Geschenk oder eine Beleidigung war. Aber als sie in der Nähe der Schule ihren Wagen abstellte und ihr sperriges Paket herausholte, wurde ihr klar, dass es ihr ziemlich egal war. Sollte George das doch herausfinden.

Willow hatte sich heute etwas konservativer gekleidet – für ihre Verhältnisse zumindest. Heute Morgen hatte sie ein cremeweißes Kleid und Espandrilles angezogen. Dazu trug sie eine türkis-rote Perlenkette, silberne Armreifen und große Kreolen. Manche würden ihre Aufmachung vielleicht zu jugendlich finden für eine Frau ihres Alters, aber Willow hatte sich noch nie an Konventionen gehalten. Dass sie sich wohlfühlte, war alles, was zählte.

Sie kam sich ein wenig komisch vor, als sie durch die Sicherheitsschleuse der Schule ging, doch das lag eher daran, dass sie das Gebäude betreten wollte, während alle anderen herauskamen. Schnell erklärte sie dem Sicherheitsbeamten, ihr Paket enthalte ein Geschenk für Mr Emerson, der seine Abschiedsparty gab.

„Nichts Toxisches, Gefährliches oder Explosives", neckte sie. „Es sei denn, jemand hasst Kunst."

Der Beamte untersuchte das Paket und nickte schließlich. „Ich denke, wir brauchen es nicht zu öffnen. Viel Spaß!"

Sie dankte ihm und ging weiter zur Bibliothek. Sie hatte sich vorgenommen, freundlich zu sein, aber nicht übermäßig persönlich zu werden. Sie würde ihm ihr Geschenk überreichen, ein wenig plaudern und sich dann kurz darauf wieder verabschieden. Damit wäre Collin zufriedengestellt, und George wäre bestimmt froh, sie von hinten zu sehen. Doch in der Bibliothek deutete nichts auf eine Feier hin. Nirgendwo waren fröhliche Menschen zu sehen, die Abschied feierten.

„Kann ich Ihnen helfen?", fragte eine Frau mit gelangweiltem Gesichtsausdruck.

„Ich dachte, hier würde die Abschiedfeier stattfinden für –"

„Oh, die ist im Konferenzraum."

Willow dankte ihr und verließ die Bibliothek wieder. Doch als sie sich der geöffneten Tür des Konferenzraums näherte, war auch hier kein Stimmengewirr zu hören, sondern wie in der Bibliothek herrschte eine unheimliche Stille. Der Konferenzraum war nicht, wie sie erwartet hatte, mit Wimpeln, bunten Luftballons und Luftschlangen geschmückt. Nur im hinteren Teil konnte sie einen Blechkuchen erkennen, und eine Handvoll Leute, die steif darum herumstanden.

Erleichterung durchströmte sie, als sie Collin und Marissa entdeckte. Fröhlich strahlte Willow George an, als sie sagte: „Alles Gute zum Ruhestand, George!" Sie hielt ihm ihr Paket hin. „Eine Kleinigkeit von Collin und mir." Sie zwinkerte ihrem Enkel zu. „Na ja, so klein ist es ja nicht."

„Vielen Dank." Georges Lächeln wirkte noch gezwungener als sonst. „Es ist sehr nett, dass Sie gekommen sind."

„Machen Sie es auf", forderte ihn jemand auf.

„Ja, natürlich." Steif nahm George ihr das Paket ab. „Bitte nehmen Sie sich doch ein Stück Kuchen, Willow. Er ist mit Zitronencremefüllung."

Während Willow sich ein Stück Kuchen nahm, öffnete George das Paket. Erleichterung erfüllte Willow angesichts einiger bewundernder Rufe der Partygäste, als das Papier zu Boden fiel. Aber George starrte das Gemälde sprachlos an – und leider nicht im guten Sinn.

„Vielen Dank", sagte er ernst. „Das ist sehr nett von Ihnen."

Willow versuchte sich mit fröhlichem Plaudern, aber niemand in der Gruppe ging darauf ein. Vielleicht fühlten sie sich alle einfach unbehaglich, so wie sie, und es dauerte nicht lange, bis sich die Party auflöste. Die Leute entschuldigten sich damit, ihre Klassenräume noch aufräumen oder sich für das Fest am Abend umkleiden zu müssen, und bevor Willow sich verabschieden konnte, standen nur noch George, Collin und sie vor dem halb aufgegessenen Kuchen.

„Ich weiß gar nicht, wie ich das nach Hause bringen soll", sagte George, während er das Bild vorsichtig wieder in das Packpapier einwickelte. „Ich bin zu Fuß, und …"

„Ich bringe es bei Ihnen zu Hause vorbei", bot Willow an, „und stelle es auf Ihrer Veranda ab."

„Vielen Dank." Er blickte sie mit einem Gesichtausdruck an, der schwer zu deuten war. Sie las darin eine Mischung aus Entschuldigung und Unbehagen, und vielleicht, falls sie sich das nicht nur einbildete, auch Sehnsucht. „Ich muss nämlich schon eine große Kiste nach Hause tragen."

Er erklärte, dass er jeden Tag ein paar Bücher und Papiere mit nach Hause nahm. „Ich hoffe, dass morgen alles weg ist."

„Wir können Sie doch fahren", bot Collin an. „Nana hat viel Platz in ihrem SUV."

„Das ist eine gute Idee", stimmte Willow zu.

„Ich helfe Ihnen, die Sachen aus Ihrem Büro zu holen“, schlug Collin vor. „Vielleicht schaffen wir alles ja schon heute. Dann brauchen Sie morgen nichts mehr zu packen.“

„Das wäre nett.“ George schien aufrichtig dankbar zu sein. Und so wurde vereinbart, dass George und Collin seine Sachen aus dem Büro holen, und Willow in ihrem Auto vor der Schule auf sie warten würde.

Doch als alles im Auto verstaut war, erklärte Collin, er sei noch mit Marissa verabredet.

„Bis später“, rief er, als er den Kofferraum zuschlug. „Wir sehen uns dann heute Abend bei der Abschlussfeier, Nana.“

So kam es, dass George und Willow allein und in unbehaglichem Schweigen zu seinem Haus unterwegs waren. Zum Glück war es nicht weit.

„Ich kann kaum glauben, dass morgen Collins letzter Schultag ist“, bemerkte Willow in einem Versuch, das Schweigen zu durchbrechen. „Ich habe den Eindruck, ich habe ihn erst in der vergangenen Woche in die erste Klasse begleitet.“

„Ähnlich empfinde ich in Bezug auf meine Pensionierung“, erklärte er leise. „Ich glaube, ich befinde mich noch im Schockzustand.“

Mit plötzlich aufwallendem Mitgefühl blickte sie ihn an. „Wie viele Jahre haben Sie denn unterrichtet?“

„Nächstes Jahr wären es 30.“

„Wow. Ich habe nie eine Tätigkeit so lange ausgeübt.“

„Und Ihre Ehe?“, fragte er. „Haben Sie Ihren Mann nicht im College kennengelernt?“

„Doch, aber wir haben nicht sofort geheiratet. Wir waren eine Weile miteinander befreundet, dann haben wir uns getrennt und irgendwann wieder zusammengefunden. Vor Ashers Tod haben wir unseren 21. Hochzeitstag gefeiert.“ Sie parkte vor Georges Haus, schaltete den Motor aus und lächelte ihn an. „Ich finde es bewundernswert, dass Sie so lange an der Schule waren, George. Herzlichen Glückwunsch. Gut gemacht!"

Mit feuchten Augen blickte er sie an. „Ich denke, ich begreife es jetzt erst so richtig. Kaum zu glauben, dass morgen mein letzter Tag ist. Dass mir das so schwerfällt, hatte ich nicht erwartet. Vielleicht ist das aber auch nur die Reaktion auf diese armselige Abschiedsfeier." Er machte einen traurigen Versuch zu lächeln. „Eine ziemlich jämmerliche Angelegenheit, nicht wahr?"

„Ich war ein wenig erstaunt, wie wenig Leute da waren", gestand sie.

„Vermutlich passend." Er öffnete die Wagentür.

„Na ja, es ist im Moment ja auch einiges los." Sie stieg aus. „Die Abschlussfeier heute Abend und alles."

Er holte seine Kisten aus dem Kofferraum und Willow brachte das Gemälde in sein Haus. Gewissensbisse plagten sie. „Wissen Sie, George, wenn Ihnen dieses Bild nicht gefällt, verstehe ich das. Ich weiß, dass Kunst sehr subjektiv ist, und …"

„Aber es gefällt mir", beteuerte er.

„Ich wäre aber nicht beleidigt, wenn Sie es nicht in Ihrem Haus aufhängen wollen", versicherte sie. „Um ehrlich zu sein, war ich von dem Geschenk überzeugt, als ich es Ihnen gegeben habe. Aber jetzt ist mir das ein wenig peinlich und ich bin …"

„Peinlich?" Verwirrt hielt er das Bild in die Höhe. „Das ist ein wundervolles Geschenk, Willow. Ich werde es in Ehren halten."

„Wirklich?"

Er ging damit zu seinem grauen Sofa. „Denken Sie, dass es hierhin passt?"

Sie betrachtete das bunte Gemälde an der kahlen weißen Wand. Normalerweise mochte sie Gemälde über einem Sofa nicht besonders, aber aus irgendeinem Grund wirkte es dort genau richtig.

„Ja, es sieht gut dort aus, George. Vielleicht ein wenig tiefer." Sie erklärte ihm, dass man Bilder in der Regel in Augenhöhe aufhängte.

„Gefällt es Ihnen wirklich?" Sie nahm einen Stift und machte eine Markierung für den Nagel.

„Ich liebe es."

Verblüfft malte sie ein kleines X an die Wand. Er liebte es? Obwohl sie George nicht besonders gut kannte, wusste sie, dass er ein sehr ehrlicher Mensch war. Er würde nicht sagen, dass er das Bild liebte, wenn es nicht so wäre.

Er lehnte das Gemälde an die Couch und wandte sich ihr zu. „Vielen Dank, Willow. Das war sehr freundlich."

„Sehr gern geschehen. Und noch einmal gratuliere ich Ihnen zu Ihrer beruflichen Laufbahn und Ihrem Ruhestand. Ich hoffe, das Beste kommt noch für Sie."

Mit gerunzelter Stirn nickte er nur. Da sie das Gefühl hatte, dass sie ihren Besuch wieder einmal lange genug ausgedehnt hatte, entschuldigte sich Willow und verabschiedete sich. Am vergangenen Wochenende hatte sie es überzogen und den armen Mann vermutlich überanstrengt. Das war so ihre Art.

Weniger ist mehr, erinnerte sie sich auf der Heimfahrt. Wie gewöhnlich stellte sie den Wagen auf dem hinteren Parkplatz ab und ging um das Gebäude herum. Sie wollte gerade zu ihrer Wohnung hochgehen, als ihr eine einsame Gestalt vor der Galerie ins Auge stach. Die Haare der Frau hatten die Farbe einer Aubergine, und sie trug eine schäbige Jeans, hohe schwarze Stiefel und eine abgetragene Lederjacke. War das möglich?

„Josie?", rief Willow.

„Mama!" Ihre Tochter drehte sich um und eilte auf sie zu. „Ich dachte schon, du kommst gar nicht mehr."

„Was machst du denn hier, Schatz?" Willow umarmte Josie, dann hielt sie sie auf Armeslänge von sich und musterte genau ihr Gesicht. Immer noch hübsch und irgendwie jugendlich, aber es lag auch eine gewisse Härte darin. Das Leben hatte sich in Josies Gesichtszüge eingegraben.

„Collins Abschlussfeier." Josie warf eine halb aufgerauchte Zigarette auf den Bürgersteig und zertrate sie mit ihrer Ferse. „Du hast mich doch eingeladen. Erinnerst du dich?"

„Aber du hast doch gesagt, du könntest nicht."

„Ja, nun, ich habe meine Meinung halt geändert." Sie deutete mit dem Daumen die Straße entlang. „Und Garth ist mitgekommen. Er ist nur gerade losgezogen, um uns einen Kaffee zu besorgen." Sie nickte mit dem Kopf zur Galerie hinüber. „Und dieser Snob da drin wollte mich offensichtlich nicht dahaben, darum hänge ich seither hier herum und fühle mich wie eine Obdachlose."

„Hast du ihr denn nicht gesagt, wer du bist?"

„Nein. Warum sollte ich?"

„Nun, es ist nur so, dass …"

„Also, hast du einen Platz zum Schlafen für uns? Unsere Sachen sind noch im Mietwagen, der da hinten geparkt ist. Und ich warne dich, die Reise hat uns einiges gekostet, aber ich habe Garth versprochen, dass du ihm die Auslagen erstattest. Das stimmt doch, oder?"

„Ja, natürlich." Willow nickte und versuchte ihre Bedenken zu verbergen. Damals, vor ein paar Wochen, hatte sie es für eine gute Idee gehalten, Collins Mutter zu seiner Abschlussfeier einzuladen, aber sie hatte nicht an ihren Freund gedacht. Auf einmal war sie nicht mehr so sicher.

„Dann holt doch eure Sachen aus dem Wagen, dann schließe ich die Wohnung für euch auf. Und ich muss mich entschuldigen. Ich wusste ja nicht, dass ihr kommt, darum bin ich nicht auf Gäste eingestellt."

„Keine Sorge. Wir stellen keine Ansprüche." Josie lachte.

Während Willow nach oben eilte, vermutete sie, dass das stimmte. Trotzdem wäre es ihr lieber gewesen, wenn die Wohnung für Josie hergerichtet gewesen wäre. Sie schloss die Tür auf und riss zuerst einmal alle Fenster auf, um etwas frische Luft hereinzulassen.

Sie hatte einige Möbel hier gelagert, wollte die Wohnung aber noch renovieren und anstreichen, und nichts stand an seinem Platz. Um die Wohnung halbwegs wohnlich zu machen, wuselte sie geschäftig herum und versuchte die Möbel zu verrücken.

Sie schob gerade einen Sessel in den Wohnbereich, als sie Stimmen hörte.

„Hallo?", rief Josie.

„Hier drin." Willow winkte sie in die Wohnung, und Josie stellte ihr einen großen, dürren Mann mit Ziegenbart und unzähligen Tattoos vor.

„Das ist Garth", sagte Josie stolz. „Der Bassist von *Black Night.*"

„Ich freue mich, Sie endlich kennenzulernen", sagte Willow „Es tut mir leid, dass diese Wohnung nicht für Gäste hergerichtet ist." Sie deutete auf die Einzelteile eines Bettes, die an der Wand lehnten. „Vielleicht könnt ihr zwei mir helfen, das im Schlafzimmer aufzubauen."

„Keine Sorge, Mama." Josie zog ihre Jacke aus und warf sie auf den Sessel. „Wir kümmern uns um alles."

„Sicher." Garth nickte. „Wir legen einfach die Matratze auf den Boden. Und dann schmeißen wir uns darauf und machen einen schönen langen Mittagsschlaf."

„Ja. Wir sind mit dem Nachtflug von Florida gekommen", erklärte Josie, während sie Willow zur Tür schob. „Und dann von Portland hergefahren. Glaube mir, wir sind vollkommen fertig."

„Nun, Collins Abschlussfeier ist um sieben, aber wir sollten gegen halb sieben hier aufbrechen, damit wir gute –"

„Ich dachte, die Zeugnisse bekommen sie erst morgen." Josie runzelte die Stirn.

„Das stimmt. Aber die Abschlussfeier ist noch eine andere Zeremonie", erklärte sie von der Tür aus.

Das alles war Josie natürlich fremd. Sie hatte diese Dinge nicht erlebt, weil sie keinen traditionellen Schulabschluss erwerben wollte, sondern nur den GED, den postschulischen Test zur allgemeinen Hochschulreife, abgelegt hatte.

„Die Abschlussfeier ist wie eine kirchliche Verabschiedung der Absolventen. Eine Art Segen."

„Nun, vielleicht können wir das einfach auslassen", erklärte Josie ihr. „Wir sind wirklich ziemlich fertig."

„In Ordnung." Als Willow die Tür hinter sich ins Schloss zog, breitete sich eine unerwartete Traurigkeit in ihr aus. War Josie wirklich gekommen, um ihren Sohn zu sehen, oder war sie einfach nur auf einen kostenlosen Urlaub aus und suchte einen Ort, an dem sie eine Weile bleiben konnte? Aber eigentlich war das Willow auch ziemlich egal.

Sie freute sich, ihre Tochter zu sehen. Doch sie wollte nicht, dass Collin durch Josies herzloses Verhalten verletzt wurde. Außerdem wusste sie, dass ihr Enkel keine Überraschungen mochte. Irgendwie musste sie ihn sanft auf diesen Besuch vorbereiten, und zwar schnell. Er kannte seine Mutter kaum, und es wäre nicht gut, wenn er durch ihr unerwartetes Auftauchen überrumpelt würde.

Dankbar, dass Leslie und Joel die Galerie in den kommenden Tagen übernommen hatten, zog sich Willow in ihre eigene Wohnung zurück und schickte Collin eine Textnachricht. Sie wollte nicht zu viel verraten, darum schrieb sie nur, dass zu Hause eine Überraschung auf ihn warten würde. Dann überlegte sie, wie sie Collin zu etwas Zeit mit seiner Mutter und ihrem Freund verhelfen könnte, um zwischen den dreien das Eis ohne großes Drama zu brechen. Sie beschloss, mit einem Abendessen vor der Abschlussfeier zu beginnen. Josie und Garth wären bis dahin hoffentlich aufgewacht und ansprechbar.

Willow begann gerade mit den Vorbereitungen für ein einfaches Abendessen, als Collin anrief. „Also, was ist los?", fragte er. Und sie erzählte ihm kurz von Josie und Garth.

„Das ist jetzt nicht dein Ernst." Es klang alles andere als begeistert.

„Ich weiß, dass das ein Schock ist", meinte sie vorsichtig. „Ich war auch ziemlich überrascht."

„Eigentlich will ich sie gar nicht sehen", verkündete er.

Willow seufzte. Wenn sie nur mehr Zeit hätten – wenn sie sich nur darauf hätten einstellen können. „Ich verstehe deine Gefühle, aber ich dachte, wir könnten heute mit ihnen zu Abend essen, bevor wir zu der Feier aufbrechen. Wir werden es kurz und freundlich halten."

„Ich habe Marissa versprochen, mit ihr Tacos essen zu gehen, danach wollen wir gemeinsam zu der Feier kommen", erklärte er. „Vielleicht könnten wir uns dann hinterher treffen."

„Oh." Willow war enttäuscht. „Gut. Das ist in Ordnung. Du kannst ja morgen etwas Zeit für deine Mutter und Garth einplanen. Es ist ja keine Schule."

„Ja, wir dürfen die Schule schwänzen", erklärte Collin. „Aber ich wollte mit Marissa zum See radeln und Kajaks mieten."

„Das hört sich doch gut an." Willow suchte fieberhaft nach einer anderen Möglichkeit. „Also gut, wie wäre es denn, wenn ich nach der Zeugnisübergabe ein kleines Fest organisiere?"

„Aber Marissa und ich wollen an der großen Abschlussparty teilnehmen."

Willow freute sich, dass er all diese Aktivitäten wahrnehmen wollte. Das hatte sie vermutlich Marissa zu verdanken. Trotzdem blieb dadurch wenig Zeit für Josie.

„Die Party beginnt doch erst um zehn", wandte Willow ein. „Könntest du dir nicht vorher ein wenig Zeit für uns nehmen? Du kannst Marissa gerne mitbringen. Und vielleicht noch ein paar deiner anderen Freunde."

„Ja, wo ich doch so viele Freunde habe", erwiderte er sarkastisch.

„Lade doch Spencer und Will ein. Und ich lade auch ein paar Freunde ein", bot sie an. „Leslie und Joel kommen bestimmt gerne. Und die Wettervorhersage ist gut – wir könnten auf der Terrasse feiern. Es ist doch sehr hübsch hier, wenn abends alle Lichter auf der Veranda eingeschaltet sind. Ich wette, das würde Marissa auch gefallen."

„Na gut", stimmte er widerwillig zu. „Ich frage Marissa, Spencer und Will."

„Danke, Collin. Ich mache mich sofort an die Vorbereitungen. Und wir sehen uns heute Abend." Als er auflegte, empfand sie Erleichterung darüber, ein wenig Aufschub bekommen zu haben. Um den kommenden Abend brauchte sie sich keine Gedanken zu machen. Und morgen, nun, morgen war ein neuer Tag. Hoffentlich würde alles laufen.

9

George hatte nicht wirklich geplant, an dem Abschlussgottesdienst oder der anschließenden Feier teilzunehmen, doch im letzten Augenblick kam ihm der Gedanke, dass es doch ein netter Abschluss seiner Lehrtätigkeit wäre. Eine gute Gelegenheit, sich von seinen Schülern zu verabschieden. Nicht dass irgendjemand viel Wert darauf legen würde. Seit Jahren hatte er keine dieser Zeremonien mehr besucht, und dies wäre die letzte Gelegenheit, sie als Mitglied der Fakultät mitzuerleben. Warum also nicht?

George vermutete, dass während der Feier kaum jemand besonderen Wert auf seine Kleidung legen würde. Das war heutzutage irgendwie aus der Mode gekommen. Die jungen Leute trugen nur noch T-Shirts, Flip-Flops und Jeans mit Löchern. Und die Eltern der Schüler kleideten sich neuerdings kaum anders als ihre Kinder. Trotzdem beschloss George, seinen grauen Anzug anzuziehen. Die Sporthalle heizte sich im Sommer zwar immer sehr auf, aber in lässiger Kleidung würde er sich einfach nicht wohlfühlen.

Während er im Wohnzimmer seine dunkelblaue Krawatte zurechtrückte, starrte er zerstreut auf das Gemälde, das jetzt über seinem Sofa hing. Es war sehr freundlich von Willow gewesen, aber seine Gefühle in Bezug auf dieses Kunstwerk waren zweifelsohne gespalten. Auf der einen Seite kam ihm dieses große, bunte Gemälde wie ein unwillkommener Eindringling in seinem ruhigen und dezenten Heim vor, etwas, das er normalerweise nicht geduldet hätte.

Aber auf der anderen Seite war dieser alte Pick-up fast genau derselbe, den sein Bruder während seiner Schulzeit gefahren war. Das war unglaublich. Natürlich war Alex' Truck in einem besseren Zustand gewesen als dieser hier. Zumindest damals. Aber wenn George sich nicht irrte, war der Truck auf dem Gemälde dasselbe Modell und aus demselben Baujahr. Sogar die Farbe war dieselbe. Alex hatte diesen Pick-up geliebt. Er und Opa hatten ihn gemeinsam wiederhergerichtet. George war damals zwar erst sieben gewesen, aber auch er hatte den Pick-up geliebt.

Er erinnerte sich noch daran, wie er in jenem letzten Sommer mit seinem großen Bruder in diesem Wagen durch die Stadt gefahren war. Bevor Alex zur Grundausbildung beim Militär abgereist war, hatten er und Opa den Pick-up aufgebockt und die glänzenden Räder abmontiert, damit sie nicht rosteten, bis Alex nach Hause kam. Aber Alex war nicht mehr zurückgekommen und irgendwann war der Pick-up verkauft worden.

Georges Kehle zog sich zusammen. Er konnte sich nicht erinnern, wann er das letzte Mal einen so emotionalen Tag erlebt hatte. Seit Jahren nicht mehr. Er schob seine melancholischen Gefühle auf seine Pensionierung. Denn schließlich ging für ihn damit ein wichtiger Lebensabschnitt zu Ende. Der Besuch der Abschlussfeier war sicher eine gute Ablenkung für ihn. Na ja, falls er dort nicht in Tränen ausbrach. Das wäre sehr peinlich.

Er sah auf seine Uhr. Er hatte noch viel Zeit und brauchte noch nicht loszugehen, aber andererseits wollte er sich einen guten Platz sichern. Für ihn bedeutete das, dass er in einer der hinteren Reihen am Gang saß. Ganz vorne zu sitzen, hasste George beinahe genauso sehr, wie mitten in einer Menge gefangen zu sein. Er konnte Enge nicht ertragen. Ein überfüllter Raum kam ihm immer unerträglich heiß vor – selbst im Winter. Er bekam dann kaum Luft. Bei Schulversammlungen hatte er gerne am Rand gestanden, so als müsste er den Ausgang bewachen, bis das Programm zu Ende war.

George verließ das Haus, verschloss seine Haustür und prüfte wie immer zweimal nach, ob sie auch tatsächlich abgeschlossen war. Mit einem vorsichtigen Blick über die Schulter wollte er herausfinden, ob Lorna in der Nähe lauerte. Zum Glück war sie nicht zu sehen. So stieg er die Treppe hinunter und machte sich auf den Weg zur Schule.

Der Abend war ausgesprochen mild, also hätte er gut einen Sommeranzug tragen können. Aber wenn er einen guten Platz ergattern wollte, dann blieb ihm nicht genügend Zeit zum Umziehen.

Bei seinem Eintreffen war in der Sporthalle noch nicht viel los, und zum Glück war die Raumtemperatur noch erträglich. Aus eigener Erfahrung wusste er, wie heiß und stickig es noch vor dem Ende der Feierlichkeiten werden würde. Vor allem auf der Tribüne. Ein paar kluge Leute wie er waren früh gekommen, um sich die besten Plätze zu sichern. Viele waren schon älter oder nicht in der Lage, die Treppe zur Tribüne hochzusteigen, und so füllten sich bereits die unteren Reihen.

George grüßte einige seiner Lehrerkollegen und ließ sich auf einem Gangplatz ganz in der Nähe des hinteren Ausgangs nieder. Um sich die Zeit zu vertreiben, vertiefte er sich in das Programmheft. Leider hatte er keinen Stift zur Hand, denn sonst hätte er die Fehler korrigiert. Nur ein paar unbedeutende Rechtschreibfehler, aber solche Nachlässigkeiten warfen ein schlechtes Licht auf das Bildungsniveau der Schule. Doch vermutlich würde das kaum jemandem auffallen. Ganz bestimmt nicht den Schülern und vermutlich auch ihren Eltern nicht.

George beobachtete die Leute, die allmählich die Sporthalle füllten. Einige beeilten sich, um einen Sitzplatz zu ergattern, und seine Reihe füllte sich schnell, doch die meisten schlenderten suchend umher, bis ein Türsteher sie in eine bestimmte Richtung wies. Doch es war die Frau in dem weißen Spitzenkleid, die Georges Aufmerksamkeit erregte. Ihre Perlenkette, die Armreifen und Ohrringe verliehen ihr ein zigeunerhaftes Aussehen, aber ihre zarte Erscheinung und die rötlich-blonden Haare, die sie hochgesteckt hatte, sprachen eine ganz andere Sprache.

George war vollkommen überrumpelt, als Willow grüßend die Hand hob. War er damit gemeint? Hatte er sie angestarrt? Hatte sie es bemerkt? George winkte vorsichtig zurück, und ein strahlendes Lächeln zeigte sich auf ihrem Gesicht, als sie direkt auf ihn zusteuerte.

„Ist da noch ein Platz für mich?", fragte sie freundlich.

„Natürlich." Er erhob sich und trat zur Seite, damit sie Platz nehmen konnte. Das gehörte sich für ihn als Mann natürlich so, aber wenn er ehrlich war, wollte er seinen Platz am Gang nicht aufgeben. Und nun, da seine Reihe voll war, brauchte er sich keine Gedanken mehr zu machen.

„Wie geht es Ihnen?", fragte er höflich.

„Gut, danke. Obwohl ich einen ziemlich hektischen Tag hinter mir habe."

„Haben Sie viel mit den Vorbereitungen für die Abschlussfeier zu tun?"

„Ja. Und dann ist meine Tochter noch ganz unerwartet aufgetaucht. Das hat mich ziemlich aus dem Tritt gebracht."

„Ihre Tochter? Collins Mutter?"

„Ja. Sie und ihr Freund sind heute Nachmittag eingetroffen. Ich hatte sie nicht erwartet und natürlich war nichts vorbereitet." Sie fächelte sich mit dem Programmheft Luft zu. „Ich hatte alle Hände voll zu tun, um ihnen Bettzeug und Bettwäsche und was nicht sonst noch zu beschaffen. Dann bin ich noch schnell zum Supermarkt gefahren. Du meine Güte, tut das gut, jetzt sitzen zu können."

„Sind sie heute Abend auch dabei?"

Sie erklärte, sie seien mit dem Nachtflug gekommen und zu müde, aber ihr Gesichtsausdruck sagte ihm, dass sie diese Ausrede nicht so ganz akzeptieren konnte. „Sie kommen morgen zur Zeugnisvergabe."

„Hat Collin sich gefreut, seine Mutter zu sehen?"

„Er hat sie noch gar nicht getroffen." Sie runzelte die Stirn. „Wenn ich ganz ehrlich bin, muss ich sagen, dass ich mir Sorgen mache. Er war nicht allzu glücklich, als er hörte, dass sie da ist."

„Das ist sicher eine schwierige Situation."

Sie nickte. „Ich wünschte, ich hätte es vorher gewusst. Dann hätte ich ihn besser vorbereiten können. Und ich weiß nicht, was er von dem Freund halten wird."

„Ist er derjenige, der in der Grunge-Band spielt?"

„Ja, und Sie wissen ja, wie konservativ Collin ist. Ich kann mir nicht vorstellen, wie das gehen soll." Ihre Augen leuchteten auf. „George, würden Sie mir einen großen Gefallen tun?"

George schaute sie verblüfft an. „Was haben Sie im Sinn?"

„Ich habe Collin versprochen, morgen Abend nach der Zeugnisvergabe ein kleines Fest zu geben, damit er ein wenig Zeit mit seiner Mutter verbringen kann. Ich wollte ein paar Leute einladen in der Hoffnung, das könnte die Situation entspannen." Sie legte eine Hand auf seinen Arm. „George, ich wäre Ihnen so dankbar, wenn Sie kommen würden. Und ich weiß, dass Collin sich sehr freuen würde."

„Nun, ich, äh … ich denke, das könnte ich einrichten."

Ihr Gesicht hellte sich auf. „Vielen Dank."

Das Schulorchester begann zu spielen, und die Schulabgänger füllten die ersten Stuhlreihen. Kurz darauf begrüßte der Direktor alle Anwesenden, und ein Geistlicher sprach ein Gebet.

Während des Gottesdienstes wurden George zwei Dinge bewusst. Zum einen litt er gar nicht so arg unter seiner üblichen Klaustrophobie, und es tat unerwartet gut, Willow an seiner Seite zu haben. Er fragte sich, ob es da vielleicht einen Zusammenhang gab. Und als Folge davon zog sich der Gottesdienst gar nicht so unendlich lange hin, wie er es aus der Vergangenheit in Erinnerung hatte.

„Das war sehr nett“, bemerkte Willow am Schluss.

„Ja.“ Er nickte und beobachtete, wie sich die Leute aus der Sporthalle drängten. „Und jetzt entschuldigen Sie mich bitte, ich, äh, ich muss jetzt unbedingt nach draußen an die frische Luft.“

„Ich auch.“ Willow blieb an seiner Seite und steuerte durch die Menge, bis sie die stickige Halle endlich verlassen konnten. „Oh, das tut gut. Hier draußen ist es viel besser.“

„Sie mögen keine Menschenmengen?“, fragte George.

„Nicht so sehr.“ Sie atmete tief ein. „Eigentlich seltsam, denn früher hat es mir nichts ausgemacht, bei einem Konzert oder einer anderen Veranstaltung wie Sardinen zusammengepfercht zu stehen. Doch je älter ich wurde, desto weniger konnte ich es ertragen. Heute Abend ging es noch. Da drin war es nur furchtbar heiß.“ Sie fächelte sich mit dem Programmheft Luft zu. „Aber hier draußen ist es angenehm.“ Sie lächelte George an. „Das Wetter soll das ganze Wochenende so schön bleiben. Ich bin froh, dass Sie morgen Abend zu unserer kleinen Feier kommen wollen. Ich werde auf der Terrasse decken.“

„Auf der Terrasse?“

„Über meiner Wohnung.“ Sie grinste. „Eigentlich ist es das Dach, aber ich habe es in eine Dachterrasse verwandelt.“ Sie tippte an sein Revers. „Und es soll ganz zwanglos zugehen. Sie dürfen also gerne bequeme Kleidung tragen.“

Er wollte einwenden, dass Anzüge bequem seien – zumindest für ihn.

„Ich habe vor, barfuß zu gehen.“

„Barfuß?“ George verzog das Gesicht. Erwartete sie das etwa auch von ihm?

Sie lachte. „Keine Sorge, George, Sie dürfen Ihre Schuhe gerne anbehalten. Aber an einem lauen Abend habe ich einfach das Bedürfnis, barfuß zu laufen.“ Sie streckte die Arme zum Himmel. „Das ist wie das Nacktbaden – so befreiend.“

George war alarmiert. Was für eine Frau war das?

„Du meine Güte, ich fürchte, ich habe Sie schockiert." Sie lächelte kokett. „Aber keine Sorge, wir werden morgen Abend alle vollständig angekleidet sein. Das verspreche ich." Willow winkte jemandem, der hinter ihm stand, zu. „Da ist Collin. Und auch Marissa."

George blieb noch so lange, dass er Collin und Marissa begrüßen konnte, und verabschiedete sich dann schnell, als hätte er noch etwas vor, und machte sich auf den Heimweg. Doch während er langsam nach Hause spazierte, wünschte er, er wäre noch ein wenig länger geblieben.

Was war denn verkehrt daran, an einem lauen Sommerabend noch mit Freunden zu plaudern? Willow dachte vermutlich, ihr Gerede von nackten Füßen, Nacktbaden und solchen Dingen hätte ihn vertrieben. Und vielleicht war das ja auch so, zumindest im ersten Augenblick. Aber er hatte es jetzt überwunden.

Nun, dann würde er seine Stoffeligkeit heute Abend eben bei der Feier morgen wiedergutmachen. Vielleicht würde er sich dann auch *zwanglos kleiden*, was immer das bedeuten mochte. Wenn er Rasen mähte oder sich im Haus zu schaffen machte, trug er ein kurzärmeliges Hemd und Kakihose. Vielleicht war so etwas ja passend.

Auf dem Weg zu seinem Haus machte er sich bewusst, dass mit dem Fest Collins Abschluss gefeiert wurde, was vermutlich bedeutete, dass es angebracht war, ihm ein Geschenk mitzubringen. Nur was? Ihm fiel dazu nichts ein. Aber er hatte ja noch bis morgen Nachmittag Zeit, denn am Vormittag war noch Unterricht. Warum der an diesem Tag noch stattfand, erschloss sich George nicht. Die Schulabgänger würden sowieso schwänzen, und die anderen Schüler waren alle außer Rand und Band, und man hatte den Eindruck, eher in einem Zoo zu sein und nicht in einer Schule. Und an diesem letzten Schultag lernten die Schüler sowieso nichts mehr. Aber wenigstens konnte George sich mit dem Gedanken trösten, dass es tatsächlich der letzte Schultag wäre – für ihn.

Willow wusste nicht, was sie erwarten würde, als sie mit Collin die Treppe zu ihren Wohnungen hochstieg, aber dass sie Rauch riechen würde, damit hatte sie bestimmt nicht gerechnet.

„Brennt es hier?", fragte Collin besorgt.

„Du meine Güte, ich hoffe nicht. Ich höre keinen Feueralarm." Schnell schloss sie die Tür auf und schnüffelte. „Hier nicht. Lass uns deine Wohnung überprüfen."

„Scheint alles in Ordnung zu sein." Collin wandte sich zu ihr um. „Wo übernachtet meine Mutter?"

Willow deutete auf Appartement Nummer vier und klopfte an die Tür.

„Ich weiß gar nicht, ob es dort einen Rauchmelder gibt", erklärte sie an Collin gewandt.

Als niemand aufmachte, nahm sie ihren Schlüssel aus der Tasche, schloss auf und öffnete die Tür. Rauch drang ihr entgegen.

„Hallo?", rief sie besorgt. „Ist jemand da?" Als sie und Collin in die Wohnung drängten, erkannte sie den Geruch.

„Raucht ihr etwa Hasch?", fragte sie, als sie ihre Gäste im Wohnzimmer entdeckte. Josie saß im Sessel und Garth lümmelte auf der Matratze herum, die immer noch auf dem Boden lag.

„Hat irgendjemand geklopft?", fragte Josie.

„Ich habe geklopft", erklärte Willow ihr. „Aber wir haben Rauch gerochen und uns Sorgen gemacht." Sie schaute sich um. „Und mir fiel ein, dass es in dieser Wohnung keinen Rauchmelder gibt."

„Wie gut", lachte Garth. „Sonst hätten wir ihn vermutlich in Gang gesetzt."

„Ich will nicht, dass ihr hier raucht", erklärte Willow ihnen.

„Im Ernst?“ Josie zog die Augenbrauen zusammen. „Nur zu deiner Information, wir sind erwachsen.“

„Das weiß ich. Aber ich will nicht, dass in dieser Wohnung geraucht wird. Zum einen gibt es keinen Rauchmelder, und dies ist ein altes Gebäude. Unsere Wohnungen liegen nebeneinander, und ein Feuer hätte für alle verheerende Folgen. Von der Galerie unten ganz zu schweigen.“

Willow ging in die Küche, um den Abzug über dem Herd einzuschalten. Dann ins Bad, wo sie den Ventilator einschaltete. Sie war ehrlich entsetzt. Nicht nur, dass sie Hasch geraucht hatten, sondern auch, dass die Wohnung aussah wie ein Schlachtfeld. Die Sachen der beiden lagen überall verstreut, und die nassen Handtücher hatten sie im Bad einfach auf den Boden fallen lassen, als erwarteten sie, dass ein Zimmermädchen hinter ihnen aufräumte. Trotzdem war ihr bewusst, dass es sicherlich nicht gut wäre, wenn sie jetzt explodierte.

„Was machst du da?“, fragte Josie verärgert.

„Ich lasse nur etwas frische Luft herein“, erwiderte Willow.

„Warum regst du dich so auf?“ Josie runzelte die Stirn. „Für den Fall, dass dir das noch nicht zu Ohren gekommen ist, Hasch ist in Oregon erlaubt. Was ist also los?“

„Wie ich bereits sagte, ich möchte nicht, dass ihr in der Wohnung raucht, was auch immer. Weder Zigaretten noch Joints noch etwas anderes. Wenn ihr rauchen wollt, müsst ihr nach draußen gehen. Garth und du sollt euch hier wohlfühlen – und wie es scheint, tut ihr das –, aber bitte haltet euch an die Regeln. In der Wohnung wird nicht geraucht.“ Sie senkte die Stimme. „Und vergiss bitte nicht, dass dein Sohn hier ist.“

„Nein, ist er nicht.“

„Was meinst du?“

„Er ist gegangen, ohne mich auch nur zu begrüßen. Schlechte Manieren, wenn du mich fragst.“

Willow musste sich auf die Zunge beißen. „Nun, vermutlich ist er erschöpft. In dieser Woche war ziemlich viel los. Er will vermutlich schlafen gehen."

„Ja, genau." Josie blickte sie finster an. „Vielleicht war es ein Fehler zu kommen."

„Vielleicht hättest du uns früher Bescheid sagen sollen", erwiderte Willow. „Aber es ist nun mal, wie es ist." Sie legte die Hand auf Josies Schulter. „Ich bin wirklich sehr froh, dass du hier bist, Schatz. Es ist schön, dich zu sehen. Aber bitte lasst das Rauchen hier in der Wohnung. Dazu müsst ihr nach draußen gehen. Kannst du bitte dafür sorgen, dass auch Garth sich daran hält?"

Josie zuckte nur mit den Achseln.

„Ich habe noch einige Rauchmelder." Willow ging ins Wohnzimmer. „Ich werde einen holen und anbringen. Das ist sogar gesetzlich vorgeschrieben, aber weil diese Wohnung eigentlich leer steht, hatte ich ihn noch nicht installiert. Ich bin gleich wieder da."

In der Galerie lagen noch einige neue Rauchmelder, sogar noch originalverpackt, doch sie beschloss, einen aus ihrer Wohnung zu holen, um Zeit zu sparen. Schnell packte sie eine Tüte mit Lebensmitteln zusammen, die sie noch vor der Abschlussfeier für Josie und Garth gekauft hatte. Ein paar Grundnahrungsmittel, etwas zu trinken und Snacks. Damit wollte sie ihnen zeigen, dass sie sich wirklich über ihren Besuch freute.

Zum Glück hatte sich der Rauchgeruch bereits verzogen, als sie in die Wohnung zurückkam. Garth war verschwunden, und Josie wühlte in einem Rucksack.

„Ich habe ein bisschen was zu essen für euch." Willow stellte die Tüte ab. „Einige Sachen sollten in den Kühlschrank." Als Josie weder antwortete noch herüberkam, nutzte Willow die Gelegenheit, um den Rauchmelder auf einen Küchenschrank zu stellen – außer Sichtweite, nur für den Fall, dass jemand versuchte, ihn auszuschalten.

„Ich stelle den Orangensaft, die Milch und den Käse in den Kühlschrank“, rief Willow, während sie die Tüte auspackte. „Ich dachte, dass ihr vielleicht auch mal für euch alleine essen wollt.“

„Wir sollen also wie unartige Kinder in unserem Zimmer bleiben?“, fragte Josie sarkastisch. „Aus den Augen, aus dem Sinn?“

„Ganz und gar nicht.“ Willow lächelte. „Ihr seid herzlich willkommen, bei mir zu essen, wenn ihr mögt. Ich hatte vor, vor der Zeugnisvergabe morgen Abend ein einfaches Essen zu kochen. Und anschließend wollen wir eine kleine Party feiern. Es gibt nur einen kleinen Imbiss und Desserts. Draußen auf der Dachterrasse.“

„Du hast eine Terrasse?“

„Ja, doch sie ist nur von meiner Wohnung aus zu erreichen.“ Willow wandte sich zum Gehen. „Aber du kannst sie gern benutzen, Schatz. Ich stelle einen Aschenbecher draußen hin.“

„Wenn dir das nicht zu viel Mühe macht.“ Wieder dieser Sarkasmus.

Willow ergriff Josies Hand. „Ich weiß, dass wir beide unsere Probleme hatten, Josie. Aber wie ich bereits sagte, es tut mir leid, dass ich dir keine bessere Mutter war.“

„Du meinst, weil du mich die ersten 13 Jahre meines Lebens bei meinen Großeltern abgeladen hast?“

„Ich war knapp 19, als du zur Welt kamst, Josie, und nicht sehr reif. Ich habe eine Weile gebraucht, um erwachsen zu werden. Glaube mir, ich wäre dir in deinen ersten Jahren eine miserable Mutter gewesen.“

Willow lag es auf der Zunge, ihre Tochter darauf hinzuweisen, dass sie Josies Sohn fast sein ganzes Leben lang großgezogen hatte, aber sie wusste, dass sie das nicht weiterbringen würde. „Ich hoffe, dass du eines Tages in der Lage bist, mir zu vergeben.“

Josie zuckte die Achseln. „Das ist nicht wichtig.“

„Mir ist das wichtig.“ Willow hielt immer noch ihre Hand und wollte sie in den Arm nehmen, aber Josie wich ihr aus. „Nun gut, ich gehe dann jetzt. Wenn du noch ein wenig reden möchtest, kannst du gern rüber in meine Wohnung kommen. Normalerweise gehe ich nicht vor elf Uhr ins Bett."

Eine Wolke der Traurigkeit legte sich über sie, als Willow in ihre Wohnung zurückkehrte. Josie war 35, benahm sich aber immer noch wie ein Teenager, und leider musste sich Willow die Schuld daran geben. Sie kochte sich eine Tasse Jasmintee und ging damit hinaus auf die Terrasse. Wie waren sie nur in diese frustrierende Situation geraten? Würden sie das jemals überwinden können?

Josie trug ihr immer noch nach, dass sie die ersten 13 Jahre bei ihren Großeltern leben musste und dann aus ihrem Umfeld herausgerissen wurde, obwohl sie sich mit Händen und Füßen dagegen gesträubt hatte.

Nach Josies Geburt hatte Willow das Gefühl gehabt, dass das Baby bei ihren Eltern am besten aufgehoben wäre. So konnte Willow das College besuchen und erwachsen werden. Und obwohl Willows Eltern eher unkonventionell waren, besaßen sie ein gemütliches Haus, ein festes Einkommen, und im Kühlschrank war immer etwas zu essen. Willows Mutter hatte ihre Enkelin gerne bei sich aufgenommen. Und als Willow schließlich ihr Examen gemacht und einen Job hatte und sich endlich in der Lage fühlte, sich selbst um ihr Kind zu kümmern, weigerten sich ihre Eltern, das Kind herauszugeben.

Ihre Mutter hatte behauptet, dass Josie, die gerade in die Schule kam, bei ihnen besser aufgehoben sei. Bei ihnen hatte sie Freunde und ein Hündchen, und ihrer Meinung nach sollte kein Kind in einer stinkenden Stadt aufwachsen. Nach vielen Diskussionen hatten sie Willow überredet, Josie bei ihnen zu lassen. Und Josie schien mit der Situation auch ganz zufrieden gewesen zu sein.

Erst kurz nach Willows Hochzeit mit Asher änderten Willows Eltern plötzlich ihre Meinung. Josie hatte sich mittlerweile zu einem Teenager mit einer großen Klappe entwickelt. Sie hatten bereits Willows wilde Teenagerjahre erlebt und wollten das mit ihrer Enkelin nicht noch einmal durchmachen. Natürlich war Josie wütend gewesen, ihre Freunde verlassen zu müssen und nach San Francisco zu ziehen.

Willow hatte sich Mühe gegeben, ihr eine gute Mutter zu sein. Sie hatte versucht, Josie mit allen kulturellen Möglichkeiten bekannt zu machen, die San Francisco zu bieten hatte. Und Asher hatte ebenfalls sein Bestes getan, obwohl er behauptete, zu alt zu sein, um noch Vater zu spielen.

Trotzdem war die Zeit in der Mittelschule extrem schwierig. Sie und Josie stritten ständig miteinander. Josie wollte sich schlecht fühlen, und da das Elend Gesellschaft liebte, sollten auch Willow und Asher leiden. Zugegeben, sie hatten keine Erfahrung mit der Erziehung von Teenagern, aber nicht, weil sie es nicht probiert hätten.

Willow war ständig bemüht, Josie zu ermutigen, neue Aktivitäten auszuprobieren, ob nun Kunst, Theater, Tanz oder Kampfsport. Josie machte ein paar Stunden mit und wurde dann entweder rausgeschmissen oder verweigerte die weitere Teilnahme an den Kursen. Mit 15 war Josie so trotzig und respektlos, dass Willow große Angst hatte, sie würde irgendwann im Gefängnis landen. Obwohl sie Tausende Dollar für Beratungen und Therapiestunden ausgaben, entfernte sich Josie immer weiter von ihnen.

In der Therapie wurden Josie immer wieder zwei Diagnosen attestiert. Je nach Therapeut lautete die Diagnose für Josie entweder *Borderline* oder *narzisstische Persönlichkeitsstörung*. Obwohl Willow sich anfangs gegen eine medikamentöse Behandlung zu Wehr setzte, gab sie dem Psychiater irgendwann nach. Natürlich waren die Medikamente für Josie eine gute Erklärung für ihren Drogenmissbrauch, obwohl sie später eingestand, dass sie bereits vorher mit Drogen experimentiert hatte. Nachdem sie im ersten Jahr aus der Highschool geschmissen wurde, wollte Josie einfach nur beim

Schulamt ihre Hochschulreife ablegen und mit einigen Freunden zusammenziehen. Erst als sie damit drohte, von zu Hause wegzulaufen und auf der Straße zu leben, gab Willow nach.

Eine Zeit lang schien sich ihr Leben ein wenig zu verbessern. Josie schaffte ihre Hochschulreife und nahm einen Job als Barista an. Doch dann lernte sie Zeke kennen und wurde schwanger. Willow hatte Josie zugeredet, das Baby einer liebevollen Familie zur Adoption zu überlassen. Aber Josie hatte behauptet, sie und Zeke könnten das schaffen, und fast ein Jahr lang ging es tatsächlich gut. Doch einige Monate nach Collins Geburt spitzte sich die Situation zu. Drogen kamen ins Spiel, das Jugendamt ging bei dem jungen Paar ein und aus und schließlich wurde Collin ihnen weggenommen.

Auf Josies Bitte hin fand Collin vorübergehend bei Willow und Asher ein Zuhause – und in den folgenden Jahren wurde er hin und her geschoben. Wenn es Josie gut ging, überzeugte sie das Gericht davon, dass sie bereit war, die Verantwortung für ihr Kind zu übernehmen. Und dann brach wieder alles auseinander.

Als Collin knapp vier Jahre alt war, brannte Josie schließlich mit einer Band durch und wurde ihr Groupie, woraufhin das Gericht Willow und Asher das Sorgerecht übertrug. Auch wenn es nicht leicht gewesen war, Vollzeiteltern zu werden, hatte sich die Mühe mehr als gelohnt. Collin, der bereits alt zur Welt gekommen zu sein schien, hatte nie Probleme gemacht. Und auch er und Asher waren stets beste Freunde gewesen. Collin hatte ihr Leben bereichert.

Sie trank ihren mittlerweile lauwarmen Tee. 14 Jahre später verhielt sich Josie immer noch wie ein Teenager, während sich ihr Sohn im Teenageralter zu einem verantwortungsbewussten Erwachsenen entwickelte.

10

Georges letzter Schultag verlief genauso, wie er es erwartet hatte. Die Lehrer waren gehetzt und nicht recht bei der Sache. Die Schüler dagegen kletterten buchstäblich die Wände hoch. Einer von ihnen stürzte, als er eine Säule im Hof erklimmen wollte, und brach sich sogar das Schlüsselbein, wie das Kollegium später erfuhr. Am Ende des Tages war George so erschöpft, dass er den Beginn seines Ruhestandes tatsächlich herbeisehnte.

Nach Schulschluss schleppte er sich nach Hause. Sein einziger Wunsch war ein schöner, langer Mittagsschlaf. Vielleicht würde er die Zeugnisübergabe doch lieber ausfallen lassen. Die Vorstellung, noch einen Abend in einer überhitzten, stickigen Sporthalle zu verbringen, war wenig verlockend. Die anschließende Feier für Collin würde er jedoch auf jeden Fall besuchen, denn das hatte er Willow versprochen. Aber er würde auf keinen Fall lange bleiben. Er konnte ja seinen langen letzten Schultag als Ausrede nutzen.

Während George durch die Stadt lief, überlegte er, was er Collin zum Schulabschluss schenken könnte. Wofür begeisterten sich Teenager in der heutigen Zeit – mal abgesehen von suchterzeugenden elektronischen Geräten? Collin allerdings war kein typischer Teenager. Der junge Mann kam eher empfindsam als raubeinig daher.

Vor der *Bücherecke* blieb er stehen. Seit Jahren hatte er den Laden nicht mehr betreten, aber früher hatte er die gemütliche kleine Buchhandlung sehr geliebt. Als er die Tür öffnete, fühlte er sich sofort von dem Klingeln der Glocke und dem für Bücher so typischen Geruch willkommen geheißen. Hier gab es neue und alte Bücher, und anders als andere Buchhandlungen hatte dieser Laden nicht dem Druck des Marktes nachgegeben und bot kein billiges Zeug für Spontankäufe an. Auch gab es hier keine Espressobar.

„Kann ich Ihnen helfen?", fragte eine Frau mittleren Alters.

„Ich weiß nicht so genau." Er rieb sich das Kinn. „Ich denke, ich bin auf der Suche nach einem Buch von Emerson."

„Von Ralph Waldo Emerson?"

„Ja. Aber ich möchte keine Paperback- oder eine neue Hardcoverausgabe. Ich würde eine ältere Ausgabe vorziehen. Sie sollte nicht so furchtbar alt und noch gut erhalten sein. Es soll ein Geschenk zum Schulabschluss sein."

„Gerade haben wir ein paar schöne gebrauchte Bücher hereinbekommen. Und ich glaube, es sind auch einige Titel von Emerson dabei." Sie führte ihn zu einer Abteilung im hinteren Teil des Ladens und deutete auf ein Regal. „Hier habe ich sie hingestellt."

Begeistert griff George nach Emersons *Essays* und sagte: „Das scheint mir perfekt zu sein."

Ganz vorsichtig schlug er das Buch auf und überprüfte den Buchrücken und den Zustand der Seiten. Kurz überflog er die Liste der abgedruckten Essays, von denen er die meisten auswendig kannte.

„*Selbstvertrauen* ist dabei", sagte er an die Verkäuferin gewandt. „Das ist eines meiner Lieblingsessays von ihm."

„Ich habe es nicht gelesen", gestand sie. „Aber Selbstvertrauen scheint mir ein gutes Thema für einen jungen Mann zu sein, der gerade die Schule abgeschlossen hat."

Er nickte und schaute nach dem Preis. Es war zwar nicht billig, aber er hatte das Gefühl, dass es seinen Preis wert war. Collin war ein freundlicher junger Mann, der so etwas zu schätzen wusste. „Ich nehme es."

„Soll ich es für Sie als Geschenk einpacken?", fragte sie an der Kasse.

„Ja, das wäre sehr freundlich."

„Möchten Sie zuerst noch etwas hineinschreiben?"

Er überlegte kurz. „Nein, nein, ich glaube nicht. Ich denke, ich bin eher altmodisch. Ich schreibe nicht gern etwas in Bücher hinein. Schon gar nicht in ein Sammlerstück wie dieses."

„Vielleicht möchten Sie stattdessen eine Karte hinzufügen – sie ist kostenlos." Sie deutete auf einen Ständer mit kleinen Karten. Und während sie das Buch einpackte, schrieb er ein Zitat von Emerson auf ein recht hübsches Exemplar. Es stammte aus *Selbstvertrauen* – eine Zeile, die er im College auswendig gelernt hatte, und die gut zu Collin zu passen schien.

Eine törichte Beständigkeit ist das Schreckgespenst kleiner Geister, die bewundert werden von kleinen Staatsmännern und Philosophen und Geistlichen.

Ralph Waldo Emerson

Ihm gefielen diese Worte immer noch … und doch empfand er, als er die Karte in den kleinen Umschlag steckte, einen Stich. Hatte seine vorsichtige Lebensweise ihn zu einem *kleinen Geist* gemacht? Und falls das so war, wie konnte er dem entgegenwirken?

Willow hatte sich zwar vorgenommen, im Umgang mit ihrer verlorenen Tochter Geduld zu zeigen, aber das stellte für sie eine große Herausforderung dar. Josie und Garth hatten Willows Dachterrasse nicht nur in ihre persönliche Raucherlounge verwandelt, sie ließen auch ihren Müll und ihre persönlichen Sachen überall herumliegen. Willow hatte Josie erklärt, dass sie mit den Vorbereitungen für

Collins Party alle Hände voll zu tun hätte, und gehofft, dass Josie, auch wenn sie keine Anstalten machte ihr zu helfen, wenigstens die Terrasse, wo die Party stattfinden sollte, einigermaßen ordentlich hinterließ.

„Was machst du da?", fragte Josie, als sie in Willows Küche platzte.

„Caprese-Spieße", erwiderte Willow. „Strauchtomaten, frisches Basilikum und ein Stück Mozzarella. Man spießt sie nacheinander auf und –"

„Prima." Josie schnappte sich eine Handvoll Spieße, die Willow gerade gemacht hatte. „Garth liebt Mozzarella."

„Könntest du mir dabei helfen?", fragte Willow.

„Nein. Du scheinst doch so oder so alles unter Kontrolle zu haben." Josie öffnete den Kühlschrank. „Hast du was dagegen, wenn ich ein paar Limos mit nach draußen nehme?"

„Nein. Vielleicht könntest du ein paar Dosen in die Kühltasche neben der Tür legen und draußen auf die Terrasse stellen."

„Die hier reichen uns für den Augenblick."

„Ich meinte für die Party", korrigierte Willow ein wenig gepresst.

„Aber die findet doch erst nach der Zeugnisübergabe statt. Warum sollten wir uns schon jetzt darum kümmern?"

„Weil wir in etwa 20 Minuten aufbrechen müssen", erklärte Willow. „Ich hatte gehofft, bis dahin möglichst alles vorbereitet zu haben, damit nicht mehr so viel zu tun ist, wenn wir nach Hause kommen."

„Du hast doch nur ein paar Leute eingeladen."

Josie durchforstete immer noch den Kühlschrank. Offensichtlich hatte die Pizza, die Willow vor einer Stunde für sie bestellt hatte, nicht ausgereicht. Willow biss sich auf die Zunge, als sie beobachtete, wie Josie sich von dem Teller mit den Häppchen bediente, die Willow gerade erst zubereitet hatte.

„Du hast mir gesagt, dass es nur etwa zwölf Leute sind. Mir scheint, du machst dir viel zu viel Mühe."

„Ich tue das für Collin", erklärte Willow. „Er hat in der Schule hart gearbeitet und sich nie beklagt, als wir im vergangenen Jahr hierhergezogen sind. Er hat eine ganze Menge Fächer belegt und einen hervorragenden Notendurchschnitt hinbekommen. Das möchte ich einfach würdigen."

„Oh, ich verstehe." Josie knallte die Kühlschranktür zu. „Das war eine Anspielung auf mich. Du bist ja so eine Versagerin. Eine solche Enttäuschung."

„Das habe ich *nie* gesagt." Willow knallte ihr Messer auf die Arbeitsplatte. „Nicht ein einziges Mal."

„Das brauchtest du auch gar nicht, Mama. Es stand dir ins Gesicht geschrieben. Du hältst mich für eine Versagerin. Sprich es doch ruhig aus."

„Es tut mir leid, wenn das deine Wahrnehmung ist, Josie. Ich weiß doch genau, vor welchen Herausforderungen du gestanden hast. Dein Leben war nicht einfach. Und für einen Teil deiner Schwierigkeiten übernehme ich auch die Verantwortung, und ich möchte dir sagen, dass …"

„Du allein bist an allem schuld!" Josie schnappte sich eine Tüte Chips und stürmte hinaus auf die Terrasse, wo Garth auf sie wartete.

Willow stieß einen tiefen Seufzer aus. Im Augenblick wollte sie eigentlich nur wissen, wie lange sie vorhatten zu bleiben. Bisher hatte Josie kaum ein Wort mit ihrem Sohn gewechselt. Aber sie wollte ja fair sein und musste einräumen, dass Collin auch kein Interesse an einem Gespräch gezeigt hatte. Gestern Abend hatte er Willow eine Textnachricht geschickt, dass er sich erst mal richtig ausschlafen wolle. Und vor ein paar Minuten hatte er sie darüber informiert, dass er allein zur Schule laufen wolle. Aber seine Botschaft war deutlich – er wollte seiner Mutter aus dem Weg gehen.

Genauso klar schien zu sein, dass Josie nicht wegen ihres Sohnes hier war. Schlimmer noch, es machte beinahe den Eindruck, als wollte sie die Feier am Abend sabotieren. Aber vielleicht bildete sich Willow das auch nur ein. Es war kein Geheimnis, dass Josie eine Menge Altlasten mitgebracht hatte, und Willow wusste sehr gut, dass verletzte Menschen andere verletzen. Aber sie hoffte und betete, dass Josie nicht ausgerechnet an diesem Abend um sich schlagen würde.

Willow dachte über das Gespräch mit Garth nach, das sie am Morgen geführt hatte. Im Gegensatz zu Josie, die bis mittags geschlafen hatte, hatte sich Garth früh am Morgen zu einer Tasse Kaffee zu Willow auf die Terrasse gesetzt. Sie hatten über nichts Besonderes oder Wichtiges gesprochen, aber Willow hatte das Gefühl bekommen, dass Garth sich recht gut in bestimmte Situationen einfühlen konnte und dass seine Geduld mit Josie allmählich zu Ende ging. Vielleicht würde er helfen können, Josie am Abend im Zaum zu halten.

Ein Blick auf die Uhr zeigte Willow, dass sie bald aufbrechen mussten. Sie trug bereits ihren langen Stufenrock und eine mit Spitzen besetzte Bauernbluse. Natürlich hatte ihre Aufmachung kritische Bemerkungen von Josie zur Folge gehabt.

„Du kleidest dich immer noch wie eine Zigeunerin?“, hatte sie gespottet. „Ich dachte, dass du mittlerweile zu alt dafür wärst.“

Willow stellte die letzten Häppchen in den Kühlschrank, nahm die Schürze ab und betrat mit der Mülltüte in der Hand die Terrasse, um den letzten Müll wegzuräumen.

„Seid ihr fertig?“, fragte Willow, während sie den Aschenbecher ausleerte.

„Ist es nicht noch zu früh?“, fragte Josie.

„Ich möchte gerne einen guten Platz haben.“ Willow hob die Pizzaschachtel und mehrere Getränkedosen auf, die Josie mit nach draußen genommen hatte. „Ich will in zehn Minuten aufbrechen, Liebes. Für den Fall, dass ihr euch noch frisch machen wollt oder so.“

Das war ein eindeutiger Hinweis, da Josie immer noch dieselbe schmuddelige Jeans und dasselbe fleckige T-Shirt vom Vortag trug.

Ihre langen, dunklen Haare wirkten fettig und verfilzt, und der Eyeliner unter ihren Augen war verschmiert. Nicht dass Willow vorhatte, irgendetwas davon zu erwähnen. Sie war entschlossen, unter allen Umständen eine Konfrontation zu vermeiden.

Garth trank seine Dose leer und reichte sie Willow. „Ich glaube, ich bleibe lieber hier und überspringe die feierliche Zeremonie. Ich kenne Collin nicht wirklich und …"

„Wenn ich gehe, gehst du auch", fuhr Josie ihn an.

„Warum?" Er blickte sie finster an. „Er ist doch dein Sohn."

„Nur aus diesem Grund sind wir hergekommen, Garth. Wir wollten den Schulabschluss meines Sohnes miterleben."

„*Ich* bin nicht deswegen hergekommen", erklärte er.

„Das könnt ihr ja noch ausdiskutieren", bemerkte Willow nervös. „Ich auf jeden Fall will mich noch ein wenig frisch machen und werde dann losfahren. Wenn ihr lieber unabhängig sein wollt, können wir uns ja in der Sporthalle der Schule treffen."

Die beiden setzten ihren Streit fort, während sie schnell in ihrer Wohnung verschwand. Normalerweise wollte Willow Gott nicht mit jeder Kleinigkeit behelligen, aber während sie sich die Zähne putzte, ein wenig Lippenstift auflegte und ihre Ellbogen und Hände mit Lavendellotion einrieb, erflehte sie Gottes Gnade für die Feier am Abend. Denn die würden sie ganz bestimmt brauchen.

George fühlte sich nicht richtig wohl, als er in seiner samstäglichen Arbeitskleidung, einem kurzärmeligen Hemd und Kakihose durch die Stadt lief. Er hatte das Gefühl, alle würden ihn anstarren. Natürlich waren seine Sachen frisch gewaschen und ordentlich gebügelt, aber bei einer gesellschaftlichen Zusammenkunft trug er normalerweise etwas anderes. Nicht dass das häufig vorkam. Zumindest nicht außerhalb der Schule. Aber er wollte Willows Wunsch nach legerer Kleidung nachkommen. Und vor allem wollte er nicht das Opfer törichter Beständigkeit seines kleinen Geistes sein. Noch immer beschäftigte ihn das Zitat von Ralph Emerson.

Als er zu Hause aufbrach, hatte er Sorge gehabt, die Abschlussfeier sei vielleicht noch nicht zu Ende und er käme zu früh zu der Party, aber nach dem lebhaften Verkehr in der Stadt zu urteilen, schienen die Feierlichkeiten vorbei zu sein. Und als er die Tür erreichte, die zu den Wohnungen über der Galerie führten, begrüßten ihn Ballons in Rot und Gold, den Farben der Schule, und ein Banner, auf dem zu lesen war: COLLINS PARTY HIER ENTLANG – WILLKOMMEN!

Er folgte den roten und goldenen Bändern die Treppe hoch, wo eine Tür weit offen stand und ein weiteres Banner ihn erwartete mit den Worten: KOMM REIN UND GEH WEITER ZUR TERRASSE. Er hörte die von dort kommende Musik und durchquerte eine überraschend ansprechend eingerichtete Wohnung, die für seinen Geschmack mit ein wenig zu vielen Kunstwerken ausgestattet und etwas zu bunt war. Außerdem durchquerte er einen hübschen, offenen Raum mit weißen Wänden und einer neu ausgestatteten Küche. Alles in allem wirkte der Raum sehr einladend. Doch was ihn auf der Terrasse erwartete, raubte ihm beinahe den Atem.

Ein betörender Duft stieg ihm in die Nase – es duftete grün und frisch und nach Kräutern. Zarte Lichterketten und Laternen tauchten den Dachgarten in warmes Licht und verliehen ihm eine gewisse Eleganz. George fühlte sich an einen alten Filmklassiker erinnert.

Während er langsam an den Kübeln mit kleinen Bäumchen, Blumen und anderen Pflanzen vorbeischritt, hatte er den Eindruck, in einem Wunderland gelandet zu sein. Ein Wasserspiel mit einer engelhaften Gestalt verbreitete ein zartrosa Licht. George entdeckte einen mit Laternen beleuchteten Weg, der ihn zu dem Terrassenbereich führte, wo sich etwa ein Dutzend Leute drängten.

„George, Sie haben es geschafft." Willow trat auf ihn zu, um ihn zu begrüßen und den anderen vorzustellen. Er erkannte Willows Assistentin aus der Galerie, die mit ihrem Mann gekommen war. Und natürlich kannte er Collin und Marissa. Marissas Mutter war auch da und einige von Willows Freunden. Aber die dunkelhaarige Frau mit dem mürrischen Gesichtsausdruck bereitete George Unbehagen.

„Das ist meine Tochter Josie und ihr Freund Garth." Willow wirkte leicht angespannt.

„Ich freue mich, Sie alle kennenzulernen", sagte George. Schließlich wandte er sich an Collin. „Herzlichen Glückwunsch zu deinem Schulabschluss", sagte er und überreichte ihm sein Geschenk. „Eine Kleinigkeit zum Andenken an diesen großen Tag."

Collin dankte ihm und las die Karte, bevor er vorsichtig sein Geschenk auspackte.

„Ein Buch von Emerson von Mr Emerson", sagte er fröhlich. „Vielen Dank. Ich habe schon etwas von ihm gelesen, aber ich weiß nicht so genau, ob ich seine Philosophie richtig verstehe."

„Es würde mich wundern, wenn das so wäre. Obwohl ich ihn seit Jahrzehnten kenne, verstehe auch ich ihn immer noch nicht so richtig", gestand George.

„Aber ich mag seine Gedanken zum unabhängigen Leben und Denken", erklärte Collin. „Er ist keiner, der der Masse folgte."

„Ich dachte mir, dass dir das gefallen würde." George lächelte. „Mir auf jeden Fall tut es das."

„Nun, viele von uns wollen nicht unbedingt der Menge folgen", warf Josie scharf ein. „Aber nicht jeder schätzt die Formen der Individualität anderer." Sie funkelte Willow an, als wären ihre Worte an sie gerichtet gewesen. „Manche Menschen wollen uns unbedingt in ihre engstirnigen Erwartungen hineinpressen."

Willow reagierte nicht auf den Seitenhieb ihrer Tochter. Sie nahm George am Arm und führte ihn zu einem Tisch mit kleinen Häppchen und Getränken.

„Bitte machen Sie sich doch einen Teller zurecht." Freundlich erklärte sie ihm, aus welchen Köstlichkeiten er auswählen konnte, ganz offensichtlich in einem Versuch, sich von ihrer bissigen Tochter zu distanzieren.

„Vielen Dank." Während George ein paar Häppchen auswählte und auf einen Teller legte, hörte er Josie, die immer noch auf ihrer Mutter rumhackte. Und dann ergriff Collin das Wort.

„Ich halte dich nicht für eine Individualistin, Josie."

„Was soll das denn heißen?", gab sie aggressiv zurück.

„Na, überleg doch mal", erwiderte Collin ruhig, aber voller Überzeugung. „Du bist doch nur eine Mitläuferin."

„Das bin ich nicht."

George wandte sich um und zuckte zusammen, als er Collin sah, der sich vor Josie aufgebaut hatte. Ganz offensichtlich hatte er keinen Respekt vor seiner Mutter, aber George gefiel es nicht, dass sie ihren Zwist anscheinend vor allen Leuten austragen wollten. Auch die anderen Gäste schauten erschrocken zu.

„Du verbringst dein Leben als Groupie der Band deines Freundes", erwiderte Collin. „Das macht dich zu einer Mitläuferin."

Josies Freund begann zu lachen und sagte: „Er hat dich durchschaut, Josie."

„Halt die Klappe!", fuhr sie ihn an. „Der einzige Grund, warum ich mit deiner blöden Band herumziehe ist der, dass meine Mutter mich rausgeworfen und enterbt hat – nur weil ich eine alleinstehende Mutter war."

„Ach du meine Güte." Willow schüttelte den Kopf. „Bitte, Josie, vergiss doch nicht, dass dies eine Party für Collin ist und …"

„Lass es gut sein, Nana." Collin winkte ab. „Wenn Josie eine Szene machen will, dann soll sie das ruhig tun. Dieses Gespräch ist längst überfällig. Aber erst einmal möchte ich das, was meine leibliche Mutter behauptet hat, richtigstellen. Ich war vielleicht noch klein, aber ich erinnere mich sehr gut an das, was geschehen ist."

Er wandte sich an die anderen Gäste: „Meine Großmutter hat sie nicht enterbt oder hinausgeworfen. Die Wahrheit ist, meine leibliche Mutter wollte nie Mutter sein. Sie hat mich bei meinen Großeltern abgeladen. Als ich vier Jahre alt war, hat sie mich endgültig verlassen und ist einer Band nachgereist. Eigentlich wollte sie am nächsten Tag zurückkommen, doch dann ist sie einfach weggeblieben – tagelang. Das Jugendamt hat meinem Großvater und …"

„*Deinem* Großvater?", ätzte Josie. „Asher war nicht einmal mit dir verwandt, Collin."

„Vielleicht bestand keine Blutsverwandtschaft, aber er war besser zu mir, als du es jemals gewesen bist", schoss Collin zurück. „Er ist dir ein Vater gewesen, Josie, aber du bist nicht einmal zu seiner Beerdigung erschienen." Collin reckte die Faust. „Und ich wünschte auch, du wärst nicht zu meiner Feier gekommen."

„Das ist ja mal eine Überraschung." Josie funkelte Willow an. „Offensichtlich hast du ihn gegen mich aufgehetzt." Sie wandte sich wieder Collin zu. „Aber vergiss nicht, mein Sohn, du stammst von einer langen Reihe gescheiterter Existenzen ab. Kinder sollten nun mal keine Kinder bekommen. Das ist ein großer, dicker Fehler." Sie deutete auf Marissa, die die Szene mit großem Unbehagen verfolgte. „Vielleicht sollte ich dich warnen, denn eine Schwangerschaft im Teenageralter wäre …"

„Das reicht jetzt!", sagte George mit lauter Stimme. Alle wandten sich zu ihm um. Es war beinahe so, als würde er versuchen, in einem Klassenzimmer die Ordnung wiederherzustellen. „Ich denke, wir alle haben genug gehört, Josie. Soweit ich das verstanden habe, wird diese Party Collin zu Ehren veranstaltet, und wenn Sie nicht daran teilnehmen möchten, dann sollten Sie sich vielleicht jetzt verabschieden und gehen."

Zu Georges Verblüffung begannen alle zu klatschen. Sogar Josies Freund. Und Josie machte auf dem Absatz kehrt und stürmte davon.

„Entschuldigen Sie bitte", sagte George leise zu Willow. „Ich wollte nicht übergriffig werden. Ich glaube, mein innerer Lehrer hat einfach übernommen. Bitte ..."

„Sie brauchen sich doch nicht zu entschuldigen." Sie strahlte ihn an. „Sie haben keine Ahnung, wie sehr ich mich über Ihr Einschreiten freue."

„Ich auch", bekräftigte Collin. „Vielen Dank, Mr Emerson."

„Also gut", rief Willow mit lauter Stimme. „Es gibt immer noch einen wundervollen Kuchen und jede Menge Essen und Getränke. Ich denke, wir sollten jetzt auf unsere beiden Schulabsolventen anstoßen."

Verlegen lächelnd hob George sein Glas mit prickelndem Apfelwein, aber er fühlte sich wie ein Fisch auf dem Trockenen und sehnte den Zeitpunkt herbei, an dem er sich unbemerkt davonschleichen könnte. Am liebsten würde er diesen ganzen Abend so schnell wie möglich vergessen. Willow bat ihn, ihr zu helfen, noch ein paar Dinge aus der Küche zu holen, und das kam ihm sehr gelegen.

„Ich weiß wirklich nicht, was über mich gekommen ist", sagte er leise, als sie ihm eiskalte Getränkedosen in den Arm drückte.

„Ich auch nicht, aber es war wundervoll", erwiderte sie. „Sie haben keine Ahnung, wie schwierig es in den vergangenen Tagen mit meiner Tochter war. Ich fühle mich schrecklich, aber ich gestehe, ich kann es kaum erwarten, dass Josie und Garth ihre Sachen packen und wieder verschwinden."

„Wann wollen sie denn abreisen?"

„Garth sprach davon, dass sie morgen fahren wollen." Willow zog eine Schublade des Gefrierschranks auf.

„Es ist kaum zu begreifen, wie so ein netter junger Mann ..." George brach mitten im Satz ab, als ihm klar wurde, dass er dabei war, Willow zu beleidigen. Denn immerhin war Josie ihre Tochter.

„Ja, ich weiß, was Sie sagen wollten, George. Und ich nehme einen Teil der Schuld an dem schlechten Benehmen meiner Tochter auf mich. Natürlich nicht alles, auf keinen Fall." Sie holte eine Dose Eiscreme heraus. „Das ist eine lange Geschichte. Vielleicht erzähle ich sie Ihnen eines Tages, wenn es Sie interessiert."

Während George ihr nach draußen auf die Dachterrasse folgte, überlegte er, ob er diese Geschichte wohl jemals zu hören bekommen würde. Wollte er sie überhaupt hören? Wollte er die Verbindung zu dieser etwas exzentrischen und unberechenbaren Familie aufrechterhalten? Und wieder fühlte er sich hin- und hergerissen. Auf der einen Seite wusste er, dass er sich so schnell wie möglich aus dem Staub machen sollte. Aber auf der anderen Seite war da Willow.

11

Willow war angenehm überrascht, dass George so lange blieb. Sie hoffte, dass nicht nur Mitleid der Grund dafür war. Die anderen Gäste hatte Josies Ausbruch offensichtlich verstört, auch wenn sie es zu verbergen versuchten, als sie sich nacheinander verabschiedeten. Marissas Mutter machte den Anfang. Sie hatte allerdings einen guten Vorwand, denn sie wollte Collin und Marissa zu der Bowlinghalle fahren, in der sich die Absolventen noch zu ihrer eigenen Feier treffen wollten. Dass George noch blieb und auch noch anbot, ihr beim Aufräumen zu helfen, fand sie sehr nett.

„Ihre Wohnung ist wirklich sehr hübsch", sagte er, als sie das letzte Geschirr in die Küche trugen. „Sehr gemütlich."

Sie dankte ihm und schnitt eine Grimasse. Josies und Garths Stimmen nebenan waren nicht zu überhören. Sie schienen miteinander einen heftigen Streit auszutragen.

„Ist das immer so?", fragte George mit gerunzelter Stirn.

„Ich weiß es wirklich nicht." Sie lauschte auf die Stimmen. „Ich meine, sie haben schon öfter gestritten, aber nicht so laut wie jetzt." Sie zuckte zusammen, als etwas zu Boden krachte. Hatte grade jemand etwas geworfen … oder war es etwas Schlimmeres?

„Denken Sie, dass Ihre Tochter in Gefahr ist?"

„Ich würde mir mehr Sorgen um Garth machen", gestand sie. „Josie neigt zum Jähzorn. Sie haben sie ja eben erlebt."

„Soll ich mal rübergehen und ein Machtwort sprechen?", fragte George.

Willow schaute ihn verblüfft an. „Das würden Sie wirklich machen?"

Er seufzte. „Ich habe fast 30 Jahre an einer Highschool unterrichtet. Ich kenne mich in solchen Dingen ein wenig aus."

Sie stellte die letzten Reste in den Kühlschrank. „Ja, das stimmt wohl. Es ist nur so, dass ich Ihnen so etwas gar nicht zutraue, George. Sie sind ein so ruhiger und sanftmütiger Mann."

Er nickte. „Nun, jetzt da ich pensioniert bin, hoffe ich, ein ruhiges und sanftmütiges Leben führen zu können."

Willow versuchte, seinen Gesichtsausdruck zu deuten. Der Lärm, der von nebenan zu ihnen herüberdrang, musste verstörend auf ihn wirken. Aber sosehr sie sich über sein Angebot freute, ihr gefiel die Vorstellung nicht, dass er mitten in einen hässlichen Streit hineingeriet. Eine Tür knallte, und schwere Schritte polterten die Treppe hinunter.

„Vielleicht kühlen sie sich ja jetzt ab." Sie schenkte ihm ein dankbares Lächeln.

„Nun, dann werde ich mich jetzt verabschieden. Vielen Dank für einen höchst denkwürdigen Abend."

Sie schüttelte den Kopf. „Es sollte ein denkwürdiger Tag werden. Aber nicht auf diese Weise."

George blickte sie betroffen an. „So habe ich das nicht gemeint." Er deutete zur Terrasse hinüber. „Ich glaube, ich habe es noch gar nicht erwähnt, aber Ihre Dachterrasse ist einfach wundervoll, Willow."

„Wirklich? Gefällt sie Ihnen?"

„Ich hatte das Gefühl, in eine andere Welt versetzt worden zu sein", erklärte er voller Ernst. „An einen wirklich magischen Ort."

„Vielen Dank!" Sie strahlte ihn an. „Sie haben keine Ahnung, wie viel mir das bedeutet. Und ich hoffe, Sie kommen noch mal vorbei, George. Bei Tag sieht alles ganz anders aus. Aber auch sehr schön, denke ich."

Er bedankte und verabschiedete sich, und während sie ihm nachschaute, wie er die Treppe hinunterstieg, dachte sie über Josie und Garth nach. Sollte sie mal nach ihnen sehen? Drüben war alles still, und vielleicht weckte sie lieber keine schlafenden Hunde und hielt sich aus dem Streit heraus. Aber als sie ihre Tür zumachte und abschloss, nahm sie sich vor, die Polizei zu rufen, für den Fall, dass sie wieder anfangen sollten, sich anzuschreien.

Während Willow noch damit beschäftigt war, nach der Party die letzten Reste wegzuräumen, hörte sie Schritte auf der Treppe. Eine Tür wurde geöffnet und geschlossen, gefolgt von Stille. Garth und Josie schienen ihre Zwistigkeiten geklärt zu haben. Und gleich morgen früh würden sie hoffentlich ihre Sachen packen und verschwinden. Das hatte Garth ihr zumindest versichert.

Nicht zum ersten Mal lastete ihr Versagen als Mutter auf Willow. Während sie sich für die Nacht fertig machte, spulte sie Josies feindselige Worte in ihrem Kopf noch einmal ab. Natürlich stimmte das meiste nicht. Aber Josie hatte sich eingeredet, dass es genauso gewesen war. Was, wenn sie wirklich davon überzeugt war, Willow hätte sie rausgeworfen? Vielleicht hatte Willow Signale gesendet, die ihre Tochter so gedeutet hatte. Denn schließlich hatte Josie die Neigung, allen und jedem in ihrer Umgebung das Leben schwer zu machen.

Obwohl sie sich große Mühe gegeben hatten, hatte es immer wieder Situationen gegeben, in denen sie und Asher die Geduld verloren und ihre Enttäuschung offen gezeigt hatten. Das war menschlich. Trotzdem, welche Eltern hatten nicht ähnliche Fehler begangen? Und nicht alle Kinder machten dieselbe Entwicklung durch wie Josie. Josie war jetzt 35. Wurde es nicht höchste Zeit, dass sie Verantwortung für ihre Entscheidungen und ihr Verhalten übernahm und die sich daraus ergebenden Konsequenzen trug? Wurde es nicht höchste Zeit, dass Josie erwachsen wurde?

Als Willow im Bett lag, betete sie, Gott möge ihr helfen, Josie mehr Liebe zeigen zu können – bedingungslose Liebe –, und sie betete, Josie möge lernen, eine solche Liebe anzunehmen. Und da sie vollkommen erschöpft war, als hätten die letzten paar Tage sie zehn Jahre ihres Leben gekostet, schlief Willow schnell ein.

Sie wurde von einem lauten Klopfen an ihrer Tür aus dem Schlaf gerissen. Es dauerte eine Weile, bis sie ihre Orientierung wiedergefunden hatte. Sie dachte, es sei noch mitten in der Nacht und ein Unglück sei geschehen, doch als sie aus dem Bett sprang und losrannte, um die Tür zu öffnen, war es zu ihrer Überraschung draußen hell. Die Uhr zeigte bereits nach acht an. Besorgt, Collin könnte vielleicht etwas zugestoßen sein, riss sie die Tür auf. Mit tränenüberströmtem Gesicht stand Josie davor.

„Weißt du, wo Garth ist?", fragte sie mit tiefer Verzweiflung in der Stimme.

„Nein." Willow schüttelte den Kopf. „Ich bin gerade erst aufgewacht."

„Er ist fort. Seine Sachen sind weg. Der Mietwagen ist weg. Er ist fort!"

Willow zog Josie zu sich in die Wohnung. „Vielleicht ist er nur zum Tanken gefahren. Nach Portland ist es weit, und …"

„Nein!" Josie schüttelte den Kopf. „Er hat mich verlassen. Ich *weiß*, dass er mich verlassen hat."

„Aber er …"

„Gestern Abend hat er damit gedroht, mich zu verlassen", fuhr Josie fort. „Doch ich habe ihm nicht geglaubt."

Willow spürte, wie ihr Herz sank, als sie ihren Schal nahm und sich um die Schultern legte. „Hast du versucht, ihn anzurufen?", fragte sie.

„Sein Telefon ist abgeschaltet."

„Zieh keine voreiligen Schlüsse." Willow ging in die Küche, um Kaffee aufzusetzen. „Es ist noch früh, Schatz. Garth weiß, dass du gerne lange schläfst. Vielleicht hat er ja einfach nur …"

„Er hat mich verlassen, Mama!", rief sie.

Willow antwortete nicht, sondern füllte Wasser in die Kaffeemaschine.

„Kapierst du es nicht?", wütete sie weiter. „Er. Hat. Mich. Verlassen!"

Willow schwieg weiter.

Sie mahlte die wunderbar duftenden Kaffeebohnen, gab das Kaffeemehl in den Filter, schob ihn in die Maschine und schaltete den Kaffeeautomaten ein.

Mit einem tiefen Seufzer drehte sie sich zu Josie um und sagte: „Nun, vielleicht hat er dich ja wirklich verlassen."

„Was soll ich denn jetzt tun?", fragte Josie.

Willow zuckte die Achseln. „Was willst du denn?"

„Ich will Garth!" Und jetzt begann Josie zu wüten und zu schimpfen. Sie gab Willow die Schuld an allem. „Wenn ich nicht hergekommen wäre – wegen dir –, dann wären Garth und ich immer noch zusammen."

Willow hätte Josie am liebsten korrigiert und ihr klargemacht, dass sie ein verzogenes Balg war und Garth schlecht behandelt hatte, so wie sie auch alle anderen schlecht behandelte, und dass Josie vermutlich nur das bekam, was sie verdient hatte … aber dann musste Willow an das Gebet vom Vorabend denken und dass sie Josie bedingungslos lieben wollte.

„Es tut mir leid, dass Garth dich verlassen hat – falls das tatsächlich so ist. Und ich hoffe sehr, dass das nicht so ist. Aber ich bin für dich da, Josie. Ich liebe dich und bin bereit zu tun, was in meiner Macht steht, um dir zu helfen."

„Du kannst mir nicht helfen. Niemand kann mir helfen." Und erneut brach Josie in Tränen aus.

Willow trat um die Frühstücksbar herum, und obwohl sie genau wusste, dass das vielleicht nicht gut ankommen würde, legte sie die Arme um ihre Tochter und sagte: „Gott kann dir helfen, Josie. Und ich vielleicht auch."

Erstaunt nahm Willow zur Kenntnis, dass Josie sich nicht aus ihrer Umarmung löste oder sie beschimpfte. Vielmehr sackte sie in sich zusammen und ließ ihren Tränen freien Lauf. Willow hielt sie in den Armen, bis sie sich endlich beruhigte und zurücktrat.

„Ich muss gehen", knurrte Josie, während sie ihre Nase am Ärmel ihres Sweatshirts abwischte. „Ich muss hier weg."

„Wo willst du denn hin?", fragte Willow.

„Keine Ahnung. Aber ich kann diese entsetzliche kleine Stadt nicht mehr länger ertragen." Und es folgten noch weitere Schimpfwörter. „Und dich auch nicht!" Mit diesen Worten stürmte sie davon.

Willow war nicht überrascht, auch wenn Josies Reaktion sie bestürzte. Das war typisch für ihre Tochter. Trotzdem war sie neugierig. Hatte Garth Josie wirklich verlassen? Wenn das so war, was würde Josie jetzt machen? Wohin sollte sie gehen? Abgesehen von Willow und Collin hatte Josie vermutlich keinen Menschen, an den sie sich wenden konnte.

Willows Eltern hatten sich bereits vor Jahren von ihrer schwierigen Enkelin losgesagt. Mit den Aufenthalten zwischen den Reisen mit der Band hatte Josie ihr Willkommen in ihrer Wohnung in Arizona bereits weit überstrapaziert. Später waren Willows Eltern in eine Seniorensiedlung in der Nähe von *Monterey* gezogen, in der die Bewohner 65 Jahre und älter waren.

Da Josie keinen Collegeabschluss und keine Ausbildung hatte, blieb ihr nur die Möglichkeit, einen schlecht bezahlten Job anzunehmen, den sie vermutlich nicht lange behalten würde. Sie hatte keine finanziellen Mittel, um ihren Lebensunterhalt selbstständig zu bestreiten. Willow dachte an ihr Gebet – bedingungslose Liebe. Bedeutete das, dass sie Josie ans Herz legen sollte, bei ihr in *Warner* zu bleiben? Aber wäre das nicht eine große Belastung für sie alle?

In aller Eile kleidete Willow sich an. Eine von Josies Therapeutinnen hatte Willow immer wieder gesagt, dass es höchste *Zeit wäre für harte Liebe.* Das würde sie ihr heute vermutlich wieder raten. Aber das war noch nie Willows Stärke gewesen. Diese Dinge hatte sie lieber Asher überlassen. Er hatte es geschafft, Grenzen zu setzen, ohne eine emotionale Auseinandersetzung zuzulassen. Auch wenn Josie ihn immer wieder herausgefordert hatte, hatte sich Asher nie darauf eingelassen. Doch immer wieder hatten Josies Schuldzuweisungen auf ihre Mutter abgezielt. Willow hatte den festen Vorsatz gehabt, stark zu bleiben, aber wenn Josie sie zu sehr gereizt hatte, dann hatte sie sich zurückgezogen und Hilfe bei Asher gesucht.

Dankbar, dass Leslie und Joel an diesem Tag die Galerie übernahmen, beschloss Willow, einen Spaziergang zu machen, um den Kopf freizubekommen. Bevor sie das Haus verließ, klopfte sie an Josies Tür. Einerseits befürchtete sie, Josie sei bereits weg, andererseits hatte sie Sorge, sie könnte noch da sein. Mit verquollenen Augen öffnete Josie die Tür.

„Was willst du?“, fuhr sie ihre Mutter an. „Bin ich hier nicht mehr willkommen? Willst du mich jetzt rausschmeißen?“

„Nein, nichts dergleichen.“ Willow bemühte sich um einen freundlichen Tonfall. „Ich wollte dir nur sagen, dass du gerne hierbleiben kannst, Josie. Und wenn ich dir helfen kann, werde ich gerne –“

„Danke, aber nein danke!“ Mit diesen Worten knallte Josie die Tür zu.

Willow trat zurück, atmete tief durch, um sich zu beruhigen, und stieg die Treppe hinunter, wo sie Collin traf. Sie zwang ein Lächeln auf ihr Gesicht. „Na, zurück von der Party?“

„Ja. Es gab noch ein großes Frühstück in der Schule, aber Marissa und ich waren so müde, dass wir das lieber ausgelassen haben. Ich will nur noch schlafen.“

„Gute Idee.“ Willow konnte dem Drang, ihn zu umarmen, nicht widerstehen. „Habe ich dir in letzter Zeit eigentlich schon mal gesagt, wie sehr ich dich liebe?", fragte sie mit tränenverschleierten Augen.

„Was ist los?", fragte er besorgt.

„Ach, nichts." Schnell erklärte sie ihm, dass Josie noch da sei. „Garth ist ohne sie abgereist. Ich habe ihr angeboten hierzubleiben, aber sie will unbedingt weg."

„Gut." Collins Gesicht verfinsterte sich. „Je eher, desto besser."

Willow nickte nur. „Jetzt geh schlafen."

Anschließend lief sie ein wenig verloren und desorientiert durch die Straßen, bis sie auf einmal vor der Bäckerei stand und Vollkornmuffins kaufte.

George fühlte sich erstaunlich frisch und zufrieden, als er seinen üblichen Samstagsarbeiten nachging. Obwohl er diese Arbeiten jetzt natürlich an jedem beliebigen Tag erledigen könnte, lag ein gewisser Trost in seiner Routine. Und trotz seiner Bedenken in Bezug auf Emersons Zitat über die *kleinen Geister*, war George noch nicht bereit, seine Gewohnheiten abzulegen. Vielleicht würde er das nie tun. Ein weiteres, weniger intellektuelles Zitat, das seine Großmutter oft in Richtung seines Großvaters schickte, passte genauso gut auf George. *Einem alten Hund kann man keine neuen Tricks beibringen.*

George hatte gerade seine Weißwäsche in die Waschmaschine gesteckt, als es an der Tür klingelte. Hoffentlich war das nicht Lorna Atwood, denn sie hatte ihm schon über den Gartenzaun hinweg zugewinkt, als er nachgeschaut hatte, ob genügend Benzin und Öl im Rasenmäher waren. Dadurch hatte er sich gezwungen gesehen, das Rasenmähen ein wenig zu verschieben. Vorsichtig spähte George um die Ecke und durch das Fenster in der Tür. Doch er entdeckte nicht die hellen Platinhaare, die er erwartet hatte, sondern rötlich blonde Haare. Schnell stellte er seinen leeren Wäschekorb ab und eilte zur Tür.

Mit einem ganz verlorenen Gesichtsausdruck streckte Willow ihm eine kleine weiße Tüte entgegen.

„Ich – ich bringe Ihnen Muffins." In ihren Augen glitzerten Tränen. „Um Ihnen für Ihre Hilfe gestern Abend zu danken, und – und ..." Ihre Worte gingen im Schluchzen unter.

„Kommen Sie herein." Ganz sanft zog er sie ins Haus und schloss schnell die Tür hinter ihr für den Fall, dass Lorna sie beobachtete.

„Entschuldigen Sie bitte. Ich bin heute ein wenig durcheinander."

„Kein Problem." Er führte sie zum Sofa und drückte sie in die Polster. „Was ist los?"

Sie erzählte, dass Garth Josie verlassen hatte und von der Auseinandersetzung mit ihrer Tochter. „Ich denke, sie wird gehen, aber ich habe ihr angeboten zu bleiben. Dann habe ich mit Collin darüber gesprochen – und das tut mir besonders weh, denn er hat so kalt reagiert. Man könnte den Eindruck gewinnen, als würde er seine Mutter hassen, obwohl ich das beinahe sogar verstehen kann. Aber es tut mir weh, dass er einen anderen Menschen so sehr hasst und noch dazu seine eigene Mutter. Wegen all dem war ich so verwirrt, weshalb ich spazieren gegangen bin, um über alles nachzudenken. Und dann habe ich Muffins gekauft ... und da bin ich."

George stand auf, um eine Packung Taschentücher zu holen, und legte sie auf ihren Schoß. Er wusste nicht, was er sagen oder tun sollte. In solchen Dingen hatte er ganz bestimmt keine Erfahrung.

Willow putzte sich die Nase und erhob sich. „Ich hätte Sie nicht einfach überfallen sollen. Ich habe kein Recht, Sie mit meinen Problemen zu behelligen. Es tut mir leid, George. Ich werde jetzt gehen."

„Gehen Sie nicht." Er bemühte sich um ein mitfühlendes Lächeln. „Ich bin Ihr Freund, Willow. Sie können mit mir reden."

„Wirklich?" Sie blickte ihn zweifelnd an.

„Ja sicher, ich habe nicht viel Erfahrung in solchen Dingen." Er steckte die Hände in die Hosentaschen. „Aber ich kann es versuchen."

„Ich möchte Sie nicht ausnutzen", erklärte sie. „Wie ich bereits sagte, mein Leben ist ziemlich chaotisch, George. Und Ihres ist so sauber und ordentlich. Und ich weiß, dass Sie es genau so mögen."

Er nickte. „Das stimmt allerdings."

Sie betrachtete das Gemälde, das er über dem Sofa aufgehängt hatte, und ihre Lippen verzogen sich zu einem Lächeln. „Das passt gut dahin."

„Ja, ich gewöhne mich allmählich daran."

„Ich bin wirklich überrascht, dass Sie es aufgehängt haben. Ich dachte, es würde vielleicht auf Ihrer Veranda stehen, oder Sie hätten es mittlerweile weggegeben."

George hob die Tüte mit den Muffins in die Höhe. „Wie wäre es mit einer Tasse Kaffee dazu?"

„Das klingt gut."

Als George in die Küche ging, wurde ihm bewusst, dass sein Kaffee alle war. Er musste frischen kochen. „Ich, äh, ich weiß eigentlich gar nicht genau, wie dieser besondere Kaffee, den Sie mir gebracht haben, zubereitet wird", gestand er, während er die Muffins auf einen Teller legte.

„Was?" Mit gerunzelter Stirn gesellte sie sich zu ihm. „Sie wissen nicht, wie man Kaffee kocht?"

„*Meinen* Kaffee kann ich durchaus kochen", erklärte er. „Aber ich weiß nicht, wie man mit diesen ganzen Bohnen umgeht. Werden die abgemessen, bevor sie gemahlen werden, oder erst danach? Wie viel braucht man für eine Tasse? Wie lange muss man die Bohnen mahlen? Und gibt es da noch etwas, das ich wissen muss?"

Willows Lächeln wurde breiter, und George vermutete, dass sie sich über ihn amüsierte. „Das ist ganz leicht", sagte sie. „Ich zeige es Ihnen."

Ohne die Bohnen abzumessen, füllte sie eine Portion in die Kaffeemühle und begann zu mahlen. „Etwa 30 Sekunden," erklärte sie, während sie die Kurbel drehte. „Dann geben Sie das Kaffeemehl einfach in den Filter, genau wie Ihren anderen Kaffee."

„Ohne es abzumessen?"

Sie zuckte die Achseln. „Ich mache das eher nach Gefühl, aber Sie können es auch abmessen, wenn Sie mögen."

„Wie viel braucht man?"

Willows gerunzelte Stirn ließ darauf schließen, dass sie seine Frage nicht ganz nachvollziehen konnte. „So viel, wie Sie normalerweise nehmen. Das müsste gehen."

Und so holte er seinen Messlöffel hervor und gab peinlich genau abgemessen das Kaffeemehl in den Filter.

„Es riecht wirklich gut", gestand er, als er die Kaffeemaschine einschaltete.

„Sehen Sie, das war doch nicht schwer."

„Ja, scheint so." Aber sicher war er nicht. Vielleicht missglückte der Versuch ja auch.

„Kaffeebohnen bleiben übrigens länger frisch als gemahlener Kaffee." Sie verschloss die Tüte wieder. „Bewahren Sie sie an einem kühlen, dunklen Ort auf." Sie strich mit der Hand über seinen Küchentisch. „Sollen wir uns hier hinsetzen?"

„Gern." Er stellte den Teller mit den Muffins in die Mitte des Tisches.

Während er Papierservietten, zwei kleine Teller und Kaffeebecher aus dem Schrank nahm, versuchte er sich zu erinnern, wann er das letzte Mal mit jemandem an diesem Tisch gesessen hatte. Vermutlich mit seiner Großmutter vor fast 20 Jahren. Er hatte es auf der Zunge, das Willow gegenüber einzugestehen, doch er konnte sich gerade noch rechtzeitig bremsen. In ihren Augen war er vermutlich etwas wunderlich. Warum also sollte er diesen Eindruck noch verfestigen?

Es dauerte nicht lange, bis sie die leckeren Muffins verspeisten und den aromatischen Kaffee dazu tranken. George verbrachte den Samstagmorgen normalerweise etwas anders, aber schließlich war er jetzt im Ruhestand. Und da standen ihm bestimmt einige Veränderungen ins Haus.

12

Bei Kaffee und Muffins fragte Willow George nach dem kleinen Küchentisch und den passenden Stühlen dazu. Die laminierte Tischplatte hatte ein blausilbernes Muster und war mit Chrom eingefasst. Die passenden Chromstühle waren mit einem Vinylbezug in demselben Blau bezogen. Sie waren offensichtlich sehr alt, mehr als 50 Jahre, und trotzdem in hervorragendem Zustand.

„Meine Großmutter hat mir die Garnitur zusammen mit dem Zubehör geschenkt, als ich dieses Haus kaufte. Solange ich denken kann, standen dieser Tisch und die Stühle in ihrer Küche. Damals waren es allerdings vier Stühle. Aber wir haben eigentlich selten in der Küche gegessen, nur mein Bruder und ich manchmal mittags. Meine Großmutter hatte bestimmte Vorstellungen und wollte, dass das Essen stets im Esszimmer eingenommen wurde."

„Das war bestimmt nett." Willow seufzte.

„Wie haben Sie in Ihrer Familie die Mahlzeiten eingenommen?", fragte er.

Sie lachte. „Nun, ich glaube, ich habe bereits erzählt, dass meine Familie etwas sonderbar war. Auf Traditionen legten sie keinen großen Wert. Ich denke, meine Eltern waren ihrer Zeit voraus – frühe Hippies. Ich bin auf einer Farm aufgewachsen, die von einer Kommune bewirtschaftet wurde."

„Oh ja, das haben Sie mal erwähnt. Ich dachte, das wäre ein Witz."

„Ganz und gar nicht. Es war eine richtige Kommune. Alles wurde geteilt – das Land, die Hausarbeit, die Mahlzeiten, die Arbeit."

„Haben Sie eigentlich Geschwister?“

„Ja. Eine ältere Schwester, aber sie hasste das Leben in der Kommune. Sie verließ die Farm, als ich 15 war.“ Willow schüttelte den Kopf. „Seither habe ich sie nicht mehr gesehen.“

„Aber Sie sind in *Warner* zur Schule gegangen?“

„Meine Eltern sind irgendwann hierhergezogen. Meine Mutter ist hier aufgewachsen. Ich glaube, in der Kommune hatte es irgendwelche Probleme gegeben. Außerdem wollten meine Eltern, dass ich eine gute Ausbildung bekomme, und hatten Sorge, ich könnte weglaufen wie meine Schwester. Tatsächlich besaß ich damals einen ziemlich großen Freiheitsdrang. Ich glaube, ich habe alle ganz schön in Atem gehalten.

Dann wurde ich mit Josie schwanger und meine Eltern bestanden darauf, das Kind zu sich zu nehmen, während ich am College studierte. Ich bin dankbar, dass sie mir zu einer Ausbildung verholfen haben, aber manchmal frage ich mich, ob es für Josie nicht besser gewesen wäre, wenn sie das nicht gemacht hätten.“

„Wie das?“

„Nun, als ich das College endlich abgeschlossen hatte und auf eigenen Beinen stehen konnte, war Josie knapp sechs. Ich wollte sie bei mir haben, aber meine Mutter überzeugte mich davon, dass sie bei ihnen besser aufgehoben wäre. Und das stimmte vielleicht auch – allerdings habe ich den Verdacht, dass sie sie ein wenig verzogen haben. Vielleicht wollten sie an ihr wiedergutmachen, was bei meiner Schwester und mir falsch gelaufen war. Und dann wurde Josie ein Teenager und fing an zu rebellieren. Deshalb haben meine Eltern sie dann zu Asher und mir abgeschoben. Wir haben uns mit ihr natürlich Mühe gegeben, aber ich denke, es war da schon zu spät.“

„Denken Sie, dass Josie deshalb ist, äh, wie sie ist?“

Willow erzählte von den Therapien und Psychiatern, die Josie während ihrer Teenagerzeit hinter sich gebracht hatte, von den Diagnosen und Behandlungen. „Aber nichts hat wirklich geholfen.“

„Bei einigen meiner Schüler ist das genauso", gestand George. „Und ich habe den Eindruck, dass ein solches Verhalten in den letzten Jahren verstärkt vorkommt. Deshalb mache ich mir so meine Gedanken um den Zustand dieser Welt. Degenerieren wir? Wenn das so ist, sind Umweltfaktoren dafür verantwortlich? Oder liegt es nur an einem allgemeinen Verfall der Menschlichkeit?"

„Das sind große Fragen." Willow stellte ihren leeren Kaffeebecher ab. „Da wir von den großen Fragen sprechen, mich interessiert Ihr Interesse an Ralph Waldo Emerson. Stehen Sie wirklich hinter seiner Philosophie?"

„In meiner Jugend war das so. Aber um ehrlich zu sein, ich habe mich schon sehr lange nicht mehr mit seinen Werken beschäftigt. Obwohl ich immer noch an unabhängiges Denken und freies Leben glaube."

„Freies Leben?" Stirnrunzelnd blickte sie sich in der makellos aufgeräumten Küche um. Ihr war nicht entgangen, wie sorgfältig George alles an seinen Platz zurückstellte. Dieser Zug war so ausgeprägt, dass sie beinahe sicher war, dass er unter einer Art Zwangsstörung litt. Aber danach würde sie ihn natürlich nicht fragen.

George seufzte. „So frei, wie es einem möglich ist, denke ich."

„Nach meinem Verständnis war Ralph Waldo Emerson Atheist", begann sie vorsichtig. „Teilen Sie auch diese Einstellung?"

Obwohl sie hoffte, George würde das verneinen, war ihr klar, dass das nicht das Aus für ihre Freundschaft bedeuten würde. Auf gar keinen Fall.

„Vermutlich bin ich Atheist." Er runzelte die Stirn. „Um ehrlich zu sein, die Religion hat keinen hohen Stellenwert in meinem Denken."

„Früher war ich auch Atheistin", gestand sie. „Aber in der Rückschau denke ich, dass das nur ein an Gott gerichteter Schrei war, damit er mir beweisen sollte, dass er tatsächlich existiert."

„Und das hat er getan?"

„Ja." Sie nickte. „Und zwar sehr deutlich."

„Und jetzt haben Sie keine Zweifel mehr?“ George blickte sie skeptisch an.

„Nun, ich bin ein Mensch. Natürlich habe ich Zweifel. Aber mein Glaube ist stärker als die Zweifel.“

„Dann glauben Sie wirklich *alles*, was in der Bibel steht?“, fragte er.

„Ich bin kein Bibelexperte, aber bestimmt nehme ich nicht alles wörtlich.“

„Wirklich?“ George wirkte aufrichtig überrascht.

„Oh, ich glaube daran, dass die Bibel von Gott inspiriert ist. Im Alten Testament gibt es viele Stellen, die ich nicht verstehe, aber ich lebe nach dem Neuen Testament und vor allem nach den Worten Jesu. Diese Bibelstellen klingen in meinen Ohren wahr und sind sehr deutlich.“ Sie zuckte leicht zusammen. „Meine Vorstellung vom Christsein widerspricht sicher in vielem der Überzeugung anderer. Um ehrlich zu sein, normalerweise rede ich nicht so offen über meinen Glauben, aber ich rede mit Gott über diese Dinge.“

„Sie reden mit Gott?“

Sie lachte. „Nun, ja. Ich versuche, ihn nicht mit jeder Kleinigkeit zu behelligen, aber wenn ich mit ihm reden muss, dann tue ich das.“

„Interessant.“

Sie wand sich ein wenig verlegen. „Normalerweise bin ich etwas zurückhaltender – außer bei Collin. Er neckt mich manchmal, und ich erkläre ihm dann, dass jeder von uns seine eigene geistliche Reise antreten muss, und solange wir uns vorwärtsbewegen, sollten wir uns nicht miteinander vergleichen. Wir sollten nicht übereinander urteilen.“

„Das ist sehr interessant.“ George rieb sich das Kinn. „Ich habe noch nie erlebt, dass jemand so über die Religion redet. Meine Großeltern waren in der Kirche sehr engagiert und meine Mutter auch. Aber als ich älter wurde, habe ich mich mehr mit Philosophien wie der von Ralph Waldo Emerson identifiziert. Bei ihm war wenig Raum für die Religion oder Gott. Er war der Meinung, sie seien

Krücken, die die Menschen in ihren Möglichkeiten einschränken würden. Und als ich älter wurde, schloss ich mich dieser Meinung an. Die Religion hatte mich enttäuscht. Warum also sollte ich ihr vertrauen? Das ist der erste Schritt zu einem unabhängigen Leben."

„Unabhängig von Gott?", fragte sie.

Er nickte langsam.

„Ich denke, ich habe auch ziemlich unabhängig gelebt", gestand sie. „Aber gleichzeitig spürte ich eine gewisse Unruhe in meinem Inneren und ich glaube auch eine große Einsamkeit."

„Sie haben sich einsam gefühlt?" George zog die Stirn kraus und blickte sie eindringlich an. „Sie kommen mir nicht vor wie ein Mensch, der einsam ist, Willow."

„Nein, vermutlich nicht. Aber ich glaube, ich habe mich nach Gott gesehnt. Da war dieser unerklärliche Hunger, der durch nichts gestillt werden konnte. Nicht durch meine Familie, nicht durch meine Kunst, nicht durch die Abenteuer, die ich suchte. Erst als ich Gott in mein Leben ließ, wurde die Leere gefüllt." Sie suchte Georges Blick und merkte, dass er ihr zuhörte, jedoch ihre Ausführungen nicht richtig nachvollziehen konnte.

„Ich habe wieder mal zu viel geredet." Sie erhob sich und stellte das Geschirr zusammen. „Und ich habe Sie schon wieder viel zu lange aufgehalten – noch dazu an Ihrem ersten Tag als Pensionär." Sie lächelte. „Aber ich danke Ihnen, George. Mir geht es jetzt schon sehr viel besser. Vermutlich habe ich diese kleine Ansprache an mich selbst gebraucht. Vielen Dank, dass Sie mir so nett zugehört haben." Sie stellte das Geschirr in das Spülbecken. „Kann ich Ihnen noch beim Abwasch helfen?"

„Nein, nein, das schaffe ich gut allein." Er musterte sie eindringlich. Vermutlich musste er noch verarbeiten, was sie gerade gesagt hatte, der arme Mann.

„Dann überlasse ich Sie jetzt Ihrem Tagwerk. Ich sollte jetzt auch besser nach Hause gehen und sehen, was Josie macht. Hoffentlich behelligt sie Collin nicht mit ihren Problemen oder fackelt gerade das Haus ab."

„Was?" George wirkte alarmiert.

„Na ja, sie ist Raucherin. Und sie vergisst leider immer wieder, dass sie nur draußen rauchen soll." Betrübt schüttelte sie den Kopf. „Noch mal vielen Dank, George. Sie sind ein guter Zuhörer."

Auf dem Heimweg war sie beunruhigt. Oh, nicht so sehr darüber, dass Josie in ihrer Wohnung rauchte. Willow befürchtete vielmehr, George gegenüber zu offen gewesen zu sein, ihn wieder einmal überfordert zu haben. Und so bat sie Gott, er möge mit George ins Reine kommen. Denn diese Glaubensdinge standen zwischen ihnen.

Als sie sich schließlich ihrem Wohnhaus näherte, war sie erleichtert, dass sie weit und breit keinen Rauch und keine Feuerwehr entdecken konnte. Sie betete für Josie und bat Gott, ihrem verirrten Kind zu helfen, den richtigen Weg zu finden. Denn das konnte nur Gott, davon war sie überzeugt.

George spülte und trocknete das Geschirr ab und wischte über die Arbeitsplatte. Als das getan war, ergriff auf einmal eine bleierne Müdigkeit von ihm Besitz. Er ließ sich in seinem Ohrensessel im Wohnzimmer nieder und betrachtete das Bild mit dem Pick-up in dem Mohnblumenfeld. Er war ziemlich durcheinander und aufgewühlt. So hatte er sich noch nie gefühlt. Seine Gedanken fuhren Karussell, und er wusste nicht mehr, wo oben und unten war. Anders konnte er es nicht beschreiben.

Der Grund dafür war Willow, daran gab es für ihn keinen Zweifel. Dieses Gefühl, dass seine Welt vollkommen auf den Kopf gestellt worden war, empfand er nur, wenn er mit ihr zusammen war. Auch wenn er das Zusammensein mit ihr genoss, blieb er immer mit einem beunruhigenden Gefühl zurück, nachdem sie gegangen war.

Er fragte sich, ob das auch bei einer Suchterkrankung so war. Empfanden Suchtkranke Freude, wenn sie dem Objekt ihrer destruktiven Begierde frönten, und später kam dann eine schreckliche Niedergeschlagenheit? Und wollte er seine Freundin Willow tatsächlich mit einem Rauschmittel vergleichen? Wenn das so war, sollte er dann nicht auf sichere Distanz zu ihr gehen?

Solche Gedanken steigerten seine Verwirrung noch zusätzlich. Darum erhob er sich aus seinem Sessel, und anstatt den Rasen zu mähen oder seine nasse Wäsche in den Trockner zu räumen, wie er es eigentlich vorgehabt hatte, machte er sich auf den Weg in die Stadt. Er ging in den Baumarkt, und nachdem er sich ein wenig darin umgesehen hatte, kaufte er eine Hängematte und dazu ein Seil, das ziemlich stabil wirkte

„Ist dieses Seil so stabil, dass es mich aushält?“, fragte er die korpulente Verkäuferin, die das eigentlich wissen müsste.

Sie lachte nur und versicherte ihm, dass es eine viel schwerere Person aushalten würde. „Oder sogar zwei Personen“, und zwinkerte ihm kokett zu.

George bezahlte bar und machte sich mit der Hängematte auf den Heimweg. Er hatte noch nie eine Hängematte besessen, ja noch nicht mal in einer gelegen, soweit er sich erinnern konnte, aber aus irgendeinem Grund verband er den Ruhestand mit Zeit zum Entspannen und Abschalten und in seiner Vorstellung gehörte unbedingt eine Hängematte dazu. Wenn er jetzt nur noch den passenden Ort dafür finden könnte. Es musste unbedingt eine Stelle sein, an der Lorna Atwood ihn nicht über den Zaun hinweg beobachten konnte.

Als George in seine Straße einbog, kam ihm die Frage in den Sinn, ob er einsam war. Ganz gewiss war er viel allein. Und jetzt, da er nicht mehr unterrichtete, würde er noch mehr allein sein. Aber allein zu sein bedeutete nicht zwangsläufig, dass man einsam war.

War Ralph Waldo Emerson einsam gewesen? Oder hatte er den Mangel an Gesellschaft einfach nur als ein Zeichen für wahre Unabhängigkeit gewertet?

Vielleicht wäre es eine gute Idee, wenn er sich in seine neue Hängematte legte und eines seiner alten Bücher von Emerson las. Das konnte er sich durchaus vorstellen. Ein Mann, der freie Zeit hatte und sich mit Philosophie beschäftigte. Na, das wäre doch etwas!

Doch als George sein Haus betrat, musste er sich unbedingt zuerst um seine Wäsche kümmern. Noch nie hatte er sie so lange in der Waschmaschine liegen lassen. Wie üblich nahm er die Wäschestücke einzeln heraus und schüttelte sie fest aus, bevor er sie in den Trockner steckte. Seine Geräte waren schon 30 Jahre alt, aber die neuen Geräte mit all ihrem elektronischen Schnickschnack waren nicht halb so verlässlich oder leicht zu reparieren wie diese alten, wie ihm der Elektriker, der sich von Zeit zu Zeit daran zu schaffen machte, versichert hatte.

Nachdem die Wäsche fertig war, ging George nach draußen in den Garten, um einen guten Platz für seine Hängematte zu suchen. Leider waren die Möglichkeiten begrenzt und kein Platz versprach ihm die Privatsphäre, auf die er gehofft hatte. Er maß gerade die Entfernung zwischen einem Pfirsich- und einem Apfelbaum, als er den Rasenmäher entdeckte, der immer noch betriebsbereit auf seiner hinteren Veranda stand.

Natürlich musste George nun erst einmal den Rasen mähen und das Gras zusammenrechen, obwohl es noch gar nicht so lang war. Und dann musste er die letzte Ladung Wäsche anstellen – Laken und Handtücher. Am Ende des Tages lag seine neue Hängematte noch in der Verpackung auf seiner hinteren Veranda, wo er sie abgelegt hatte. Vielleicht würde er sie morgen aufhängen.

Obwohl Josie behauptet hatte, sie wolle keinesfalls in *Warner* bleiben, war sie am Ende des Tages immer noch da. Und obwohl der Stresslevel noch höher war als je zuvor, war Willow sogar ein wenig darüber erleichtert. Sie wusste, dass Josie kurz vor dem Explodieren stand, aber sie wusste auch, dass sie Hilfe brauchte. Wenn sie das nur Collin begreiflich machen könnte.

„Verstehst du denn nicht? Ich ertrage es nicht, in ihrer Nähe zu sein“, erklärte Collin beim Abendessen draußen auf der Terrasse.

Zum Glück hatte Josie Willows Einladung, sich zu ihnen zu gesellen, abgelehnt mit der Behauptung, sie wolle im Augenblick alleine sein. Nachdem sie die vergangenen Stunden in Willows Wohnung herumgestapft war und über ihren selbstsüchtigen Freund und diese stinkende kleine Stadt und ihr entsetzliches Leben und sogar über das warme, feuchte Wetter abgelästert hatte, schien Josie sich verausgabt zu haben. Doch bevor sie wie ein verletztes Opfer abgedampft war, hatte sie sich erst mit einigen Resten von der gestrigen Party versorgt. Wenigstens musste Willow so keine Sorge haben, dass sie verhungerte.

Dass Josie immer noch da war, gab Willow aus irgendeinem Grund Hoffnung. Gleichzeitig war es für sie eine große Erleichterung, allein mit Collin zu Abend essen zu können.

Nur hatte er dummerweise sofort gerochen, dass Josie einen Joint geraucht hatte und so beschwerte er sich: „Ich begreife nicht, warum sie immer noch da ist.“

„Ich verstehe deine Gefühle“, erwiderte Willow leise. „Ich gebe zu, dass Josie nicht leicht zu ertragen ist. Und ich erwarte auch gar nicht, dass du viel Zeit mit ihr verbringst. Ich möchte dich nur bitten zu versuchen, einigermaßen ruhig zu bleiben. Es wäre nicht gut, wenn du dich auf einen Streit mit ihr einlässt. Sie ist zu hitzig für ein zivilisiertes Gespräch.“

„Es ist nur schwer, gelassen zu reagieren, wenn man angegriffen wird.“

„Ich weiß." Willow zuckte zusammen, als sie daran dachte, wie hässlich Josie sich Collin gegenüber verhalten hatte, als er am Nachmittag hereingekommen war, um mit Willow zu reden. Sie war auf ihn losgegangen, als wäre er ihr Bruder, da war von Muttergefühlen keine Spur zu entdecken. Es war beinahe so, als bestände zwischen ihnen eine geschwisterliche Rivalität. Natürlich hatte das Collin verletzt.

„Es tut mir so leid, dass sie so schwierig ist."

„Sogar Mr Emerson hatte die Nase voll von ihr." Collin strahlte sie an. „War es nicht toll, wie er ihr gestern Abend die Meinung gesagt hat?"

„Das war wirklich erstaunlich, so viel ist sicher."

„Vielleicht braucht sie Menschen, die sie in ihre Schranken weisen", überlegte Collin. „Sicher hat sie in den letzten Jahren mit ihrer Launenhaftigkeit alle untergebuttert, und jetzt ist es höchste Zeit, dass sie mal bekommt, was sie verdient hat. Ich wette, darum hat Garth sie auch verlassen. Er konnte es nicht mehr mit ihr aushalten."

„Du könntest recht haben. Und es ist möglich, dass sie tatsächlich Menschen braucht, die sie in ihre Schranken weisen, wie du es sagst, aber du solltest nicht dazugehören. Doch du bist klug, und ich denke, du wirst schon einen guten Weg des Umgangs mit ihr finden."

„Heißt das etwa, dass sie eine Weile hierbleiben wird?" Er runzelte die Stirn.

„Ich weiß es nicht. Sie kann nirgendwo anders hin. Sie hat niemanden, bei dem sie unterkommen kann."

„Aber durch ihr Verhalten zeigt sie doch, dass sie uns verabscheut. Und sie sagt selbst, dass sie diese Stadt hasst. Warum will sie dann in *Warner* bleiben?"

„Ich weiß es wirklich nicht. Nur eines weiß ich, dass sie Liebe braucht – bedingungslose Liebe."

„Nun, erwarte aber bitte nicht von *mir*, dass ich ihr diese Liebe gebe." Mit einem lauten Knall stellte Collin sein Glas mit Eistee auf den Tisch. „Ich hasse sie nämlich."

„Ich weiß. Das hast du bereits gesagt. Ich bitte dich nur, Geduld zu haben."

„Im Augenblick wünsche ich mir nichts mehr, als ihr nicht begegnen zu müssen. Ach, da fällt mir etwas ein. Du hattest mich doch gefragt, ob ich im Sommer in der Galerie aushelfen möchte, nicht wahr?", fragte er. „Ich habe es mir anders überlegt und möchte das nicht."

„Warum?"

„Zum einen will ich Josie aus dem Weg gehen, falls sie dann immer noch hier ist. Und Mr Emerson hat gestern Abend etwas gesagt. Ich erzählte ihm, dass ich im Sommer gerne arbeiten würde, und er erzählte, dass in der Buchhandlung eine Aushilfe gesucht wird. Ich würde mich gerne um diesen Job bewerben. Du weißt ja, wie sehr ich Bücher liebe, und ich denke, ich würde dort besser hinpassen als in die Galerie. Außerdem weiß ich wirklich nicht viel über Kunst."

„Du weißt eine ganze Menge über Kunst, Collin. Du bist damit aufgewachsen und zwar nicht nur mit meiner Kunst. Gemeinsam haben wir alle Galerien in San Francisco besucht, und –"

„Ich weiß, aber das meine ich nicht, Nana. Die Wahrheit ist, ich interessiere mich nicht für Kunst. Nimm mir das bitte nicht übel. Ich meine, deine Kunst mag ich. Aber Kunst im Allgemeinen, nun, das ist mir nicht so wichtig. Nicht so wichtig wie Bücher und Literatur."

„Dann solltest du dich auf jeden Fall in der Buchhandlung bewerben." Um seinetwillen zwang Willow ein Lächeln auf ihr Gesicht. „Sie können sich glücklich schätzen, dich zu bekommen."

„Und außerdem verringert es die Chance, auf meine Mutter zu treffen. Aus irgendeinem Grund kann ich mir nicht vorstellen, dass sie jemals eine Buchhandlung betreten würde. Vermutlich kann sie nicht einmal lesen."

„Oh, Collin", lachte Willow. „Aber du hast natürlich recht, dass sie sich vermutlich nicht für Bücher interessiert."

„Du wärst also nicht böse, wenn ich nicht in der Galerie arbeite?"

„Ganz und gar nicht, du sollst tun, was das Beste für dich ist. Doch das bedeutet, dass ich mich jetzt dringend nach einer Aushilfe für die Galerie umschauen muss. Wie ich gehört habe, kommen im Sommer viele Besucher in diese Stadt."

„Vielleicht möchte Josie ja für dich arbeiten." Collin lachte, als hätte er gerade einen Witz gemacht.

„Das könnte durchaus sein."

„Das ist ja wohl nicht dein Ernst, Nana. Du würdest zulassen, dass Josie deine Kunden terrorisiert?"

„Guter Punkt." Bei der Vorstellung, dass Josie mit einem nichts ahnenden Kunden aneinander geriete, zuckte Willow zusammen.

„Hey, aber Marissa könnte doch für dich arbeiten. Sie ist auf der Suche nach einem Job für den Sommer. Und sie *mag* Kunst sogar."

Willow strahlte. „Das, mein Junge, ist keine schlechte Idee. Sag Marissa doch, sie soll mal vorbeischauen, damit wir das besprechen können. Ich meine, wenn sie wirklich Interesse daran hat."

Collins Augen leuchteten auf. „Magst du sie eigentlich, Nana? Nicht nur um meinetwillen? Ich meine, *magst* du sie wirklich?"

Willow lächelte. „Ich mag sie wirklich. Sehr sogar. So weit ich das beurteilen kann, ist sie ein freundliches, umsichtiges Mädchen."

„Und sie ist intelligent."

„Dann scheint sie ja genau die Richtige für die Galerie zu sein."

„Ich rufe sie sofort an." Collin räumte sein Geschirr zusammen. „Danke für das Abendessen. Soll ich dir noch helfen, die Küche aufzuräumen?"

„Nein, geh ruhig und telefoniere mit Marissa. Das würde mir schon reichen."

Nachdem Collin weg war, blieb Willow noch auf der Terrasse sitzen. Es war ein außergewöhnlich warmer Tag gewesen, aber eine leichte Brise aus Westen brachte eine erfrischende Kühle mit, und der Himmel färbte sich gerade rosig und versprach einen wundervollen Sonnenuntergang. Willow atmete langsam und tief ein und legte in erschöpfter Zufriedenheit den Kopf an die Rückenlehne.

Die vergangenen Tage waren sehr hektisch und turbulent verlaufen, und sie genoss diesen ruhigen Augenblick hier in ihrem wunderschönen Garten. Das Plätschern des Springbrunnens war so beruhigend. Eine Zeit nur für sie. Wie herrlich war es doch, allein zu sein.

13

Am Sonntagnachmittag endlich, nachdem er etwa eine Stunde lang ausgemessen, gerechnet und genau überlegt hatte, und nach zwei weiteren Ausflügen zum Baumarkt – der erste, um Ketten zu kaufen, der zweite, um S-Haken zu besorgen – gelang es George, seine Hängematte zwischen dem Pfirsich- und dem Apfelbaum aufzuhängen.

Sich in die Hängematte hineinzulegen, stellte die nächste Herausforderung dar. Dieses verflixte Ding blieb einfach nicht ruhig hängen. Wann immer er hineinsteigen wollte, schwang sie von ihm fort, und er konnte sich nur mit Mühe halten. Nach mehreren erfolglosen Versuchen hatte er es fast geschafft, doch dann schlug dieses verflixte Ding um, und er landete auf dem Boden. George erhob sich wieder, ballte frustriert die Fäuste und beherrschte sich gerade noch, dass er nicht einige heftige Schimpfwörter von sich gab.

Die Zeit für die Entscheidungsschlacht war gekommen. Entweder er oder die Hängematte. George atmete tief durch, konzentrierte sich und ging rückwärts zur Hängematte, dann packte er sie fest mit beiden Händen, eine auf jeder Seite, und schob sein Hinterteil hinein. So weit, so gut. Als Nächstes hob er vorsichtig die Beine, verlagerte sein Gewicht und lehnte sich sanft zurück. Georges Herz raste, während er steif wie ein Brett in seiner Hängematte lag und darauf wartete, dass dieses widerspenstige Ding erneut seinen Willen durchsetzte, aber nichts passierte.

Da er so gerne entspannen wollte, versuchte George die Seile, aus der die Hängematte gemacht war und die sich in seinen Rücken bohrten, zu ignorieren. Es dauerte dann auch nicht lange, bis sein Kopf zu pochen begann. Warum wurde behauptet, eine Hängematte sei entspannend? Und wie sollte er diese verflixte Todesfalle in Bewegung setzen, wenn selbst die kleinste Bewegung Leib und Knochen bedrohten?

Nach ein paar Minuten fand er, dass es reichte, und George schwang seine Beine über den Rand, doch diese Bewegung reichte aus, um die Hängematte wieder in Drehung zu versetzen, und er landete auf allen vieren auf der Erde. Schimpfend wie ein Rohrspatz rappelte er sich hoch und klopfte das Gras von seiner Hose. Von Lorna Atwoods Seite des Zaunes drang Lachen zu ihm herüber. Natürlich hatte sie das ganze Fiasko beobachtet.

Im Bemühen, seine Würde zu wahren, nickte George ihr grüßend zu. „Guten Tag."

„Sieht so aus, als hätten Sie Probleme mit Ihrer Hängematte", rief sie herüber.

Seufzend machte er sich auf den Weg zum Zaun, um mit ihr zu reden. „Ja, ich scheine für eine Hängematte nicht geschaffen zu sein." Er hob hilflos seine Hände. „Irgendwie dachte ich, das wäre eine gute Möglichkeit, um mich in meinem gerade begonnenen Ruhestand zu entspannen. Aber jetzt würde ich das dumme Ding am liebsten in die Mülltonne werfen."

„Tun Sie das nicht", erwiderte Lorna. „Sie müssen nur die richtigen Handgriffe kennen."

„Ich wurde gerade beinahe stranguliert."

„Es gibt ein paar Kniffe für den Umgang mit einer Hängematte", erklärte sie. „Glauben Sie mir, in meinem vorigen Haus hatte ich eine. Ich hätte sie mitgebracht, wenn ich sie im Garten hätte aufhängen können. Allerdings überlege ich, ob ich nicht eine von diesen frei stehenden kaufe."

„Nun, wenn Sie einen Platz hätten, um eine Hängematte aufzuhängen, würde ich Ihnen diese hier anbieten."

„Was Sie brauchen, Mr Emerson, ist eine Lektion im richtigen Umgang mit der Hängematte." Sie strahlte ihn an. „Und ich bin genau die richtige Person, die sie Ihnen geben kann."

„Also, ich weiß nicht."

„Kommen Sie schon", drängte sie. „Mit ein paar guten Tipps werden Sie bald das Wunder des guten Hängemattenliegens entdecken."

„Des Hängemattenliegens?" Er runzelte die Stirn. „Ich glaube nicht, dass dieses Wort in unserem Sprachgebrauch existiert."

Sie lachte nur. „Wir treffen uns auf Ihrer Veranda – und dann gebe ich Ihnen eine kostenlose Übungsstunde." Mit diesen Worten eilte sie davon.

Da er keine andere Wahl hatte, ging er ins Haus, doch als er seine Haustür öffnete, suchte er bereits fieberhaft nach einem Vorwand, um seine *hilfsbereite* Nachbarin ihrer Wege zu schicken. „Vielen Dank für …"

„Ach, das ist doch nicht der Rede wert", sagte sie und drängte sich an ihm vorbei ins Haus. Sie hatte es noch nie betreten und schaute sich neugierig überall um. „Scheint derselbe Grundriss zu sein wie in meinem Haus, aber nicht ganz so gemütlich." Sie grinste. „Eher eine Junggesellenbude, nicht?" Und schon ging sie ihm voran durch die Küche und hinaus in den Garten.

„Lektion Nummer eins", erklärte sie streng. „Wir müssen Ihre Hängematte ein wenig tiefer hängen." Und gleich machte sie sich an dem Fleischerhaken und der Kette auf der einen Seite zu schaffen.

„Nehmen Sie die Hängematte einige Glieder herunter", wies sie ihn an.

„Aber das ist so niedrig", wandte er ein. „Dann schleife ich doch über die –"

„Glauben Sie mir, das ist genau richtig. Als Nächstes brauchen Sie ein dünnes Seil." Sie deutete auf einen niedrigen Ast des Apfelbaums.

„Wir binden es an diesem Ast fest. Es sollte so lang sein, dass es fast bis zum Boden reicht."

„Wozu?" Sollte er sich etwa aufhängen?

„Mit diesem Seil", erklärte sie, „setzen Sie die Hängematte in Bewegung, wenn Sie daran ziehen."

„Ach so?" Er nickte. „Das ergibt Sinn."

„Außerdem brauchen Sie noch eine dicke Decke oder auch zwei."

„Aber es ist doch gar nicht kalt."

„Damit polstern Sie die Hängematte aus", erklärte sie. „So liegen Sie weicher. Ich hatte einmal eine solche Hängematte, und glauben Sie mir, diese Seile hinterlassen hässliche Abdrücke auf Ihrem Rücken. Das ist gar nicht schön."

„Oh ja, das ist eine gute Idee."

„Und dann sollten Sie noch ein schönes, weiches Kissen für den Kopf bereithalten."

Er nickte. „Sie scheinen sich tatsächlich mit Hängematten auszukennen." Er überlegte, ob er sich vielleicht Notizen hätte machen sollen.

„Zuletzt brauchen Sie noch einen kleinen Tisch, den Sie in erreichbarer Nähe aufstellen. Nicht zu dicht, damit Sie ihn nicht umstoßen. Darauf können Sie ein Buch oder Ihre Sonnenbrille ablegen oder ein Getränk abstellen. Sie verstehen schon, alles, was Sie brauchen, um wirklich entspannen zu können."

George musterte seine Nachbarin mit neuer Wertschätzung. „Sie haben wirklich an alles gedacht."

„Wie ich bereits sagte, ich habe Erfahrung." Sie lachte leise. „Also lassen Sie uns ins Haus gehen und alles Nötige zusammensuchen, und dann zeige ich Ihnen, wie Sie am besten in die Hängematte ein- und wieder aussteigen. Das mit dem Einsteigen hat ja schon ganz gut geklappt, aber dann, na ja, Sie haben ja erlebt, was dann passiert ist."

Überzeugt davon, dass diese Frau Expertise besaß, ließ George sie erneut sein Haus betreten, und es dauerte nicht lange, bis sie einen alten Quilt, den seine Großmutter genäht hatte, ein weiches Daunenkissen, ein Stück Wäscheleine und sogar einen kleinen Tisch zusammengesucht hatten. Mit Lornas Hilfe brachte er alles nach draußen.

„Das sieht sehr einladend aus", gestand George, als er zurücktrat und ihr Werk begutachtete. „Aber ich weiß nicht so genau … Ich muss gestehen, dass ich nicht wieder stürzen und auf dem Boden landen möchte."

„Darum müssen Sie lernen, wie man richtig in eine Hängematte ein- und wieder aussteigt. Ich zeige es Ihnen. Sich rückwärts hineinzulegen war richtig, aber Sie müssen es folgendermaßen machen." Sie stellte sich mit dem Rücken zur Hängematte, packte sie mit beiden Händen und setzte sich hinein. Dann legte sie sich vorsichtig zur Seite und drehte sich um. Als Nächstes griff sie nach der Wäscheleine und zog daran. „So. Sehen Sie? Ganz leicht."

„Hmm."

„Und genauso steigen Sie auch wieder aus." Sie wiederholte in umgekehrter Reihenfolge den Bewegungsablauf und stand jetzt unbeschadet wieder auf ihren Füßen. „Sehen Sie?"

„Ich, äh, ich denke schon."

Sie strich die Decke glatt und schüttelte das Kissen auf. „Jetzt sind Sie an der Reihe."

Eigentlich wollte er keine Zuschauer bei seinem Versuch, und am liebsten hätte er abgelehnt. Aber da sie seine frühere Demütigung beobachtet hatte, beschloss George, es einmal in ihrem Beisein zu probieren. Vorsichtig trat er rückwärts an die Hängematte heran und ahmte ihre Schritte nach – und zu seinem Erstaunen funktionierte es.

„Voilà." Sie klatschte in die Hände und reichte ihm das Seil, das sie am Ende der Wäscheleine festgebunden hatte.

Ganz vorsichtig zog er daran, und er lag stocksteif, während die Hängematte sanft von einer Seite zur anderen schaukelte.

„Und? Wie ist es?“, fragte sie.

Er begann sich zu entspannen. „Nicht übel.“

„Jetzt brauchen Sie nur noch ein Getränk und einen guten Liebesroman.“ Sie kicherte. „Das ist zumindest für mich das Richtige.“

„Vielleicht sollte ich noch das Aussteigen üben“, sagte George. „Nur für den Fall.“

George wiederholte die Schritte in umgekehrter Reihenfolge und hoffte, dass er nicht wieder stürzen würde. Doch es klappte ganz wunderbar. „Ich denke, Ihr Vorschlag, die Hängematte etwas tiefer zu hängen, war sehr hilfreich“, erklärte er. „Vielen Dank für die Lektion.“

„Sehr gern geschehen, Mr Emerson.“

„Sagen Sie doch George“, schlug er etwas verlegen vor. „Immerhin sind wir Nachbarn. Es spricht doch nichts dagegen, befreundet zu sein.“

„Sehr gern, George.“ Lorna lächelte. „Und ich denke, ich sollte mich entschuldigen. Mir ist klar, dass ich manchmal etwas überschwänglich bin. Meine Freundin Karen sagte das schon vor ein paar Tagen. Also, wenn ich Sie mit meiner Begeisterung überfordert habe, dann hoffe ich, dass Sie meine Entschuldigung annehmen.“

„Vielen Dank.“ Er nickte „Ich muss gestehen, ich mag das ruhige Leben. Wenn mich jemand zu stark bedrängt, neige ich dazu, mich zurückzuziehen.“

„Und ich habe bemerkt, dass Sie viel mit Ihrer Freundin Willow West zusammen sind. Sie scheint sehr nett zu sein.“

George wusste nicht, was er antworten sollte. Auf der einen Seite wäre es eine willkommene Möglichkeit, unerwünschte Annäherungsversuche seiner überschwänglichen Nachbarin abzuschmettern, aber auf der anderen Seite entspräche das nicht der Wahrheit.

„Willow ist eine gute Freundin", erwiderte er aufrichtig. „Aber manchmal neigt auch sie zu übermäßiger Begeisterung."

Lorna grinste. „Nun, dann bin ich ja in guter Gesellschaft." Sie winkte. „Jetzt überlasse ich Sie Ihrer Hängematte, damit Sie sie in aller Ruhe genießen können. Aber wenn Sie etwas brauchen, George, dann wissen Sie ja, wo ich zu finden bin."

Am Sonntag jammerte und schluchzte Josie immer noch den ganzen Tag, aber wenigstens schimpfte sie nicht mehr wegen jeder Kleinigkeit. Doch Willow begriff nicht, wie jemand so viel weinen konnte, wenngleich sie erkannte, dass ihre Gefühlsäußerungen nicht vorgetäuscht waren. Josies Tränen waren echt. Am Nachmittag hatte Willow ernsthaft Sorge, ihre Tochter könnte dehydrieren, weil sie so viel weinte.

„Ich habe dir einen Becher grünen Eistee gemacht", sagte Willow, als Josie die Tür zur Wohnung öffnete. Ihre Nase war rot und geschwollen, und ihre Augen so aufgedunsen, dass sie nur noch Schlitze waren. „Alles in Ordnung?"

„Natürlich ist nicht alles in Ordnung", fuhr Josie sie an. „Ich vermisse Garth. Es ist, als hätte mir jemand ein Bein amputiert. Ich weiß nicht, wie ich ohne ihn weiterleben soll."

„Das tut mir leid." Willow reichte ihr den Becher. „Kann ich dir irgendwie helfen?"

„Bring mir doch bitte meinen Garth zurück." Hoffnungsvoll blickte Josie sie an, als könnte Willow tatsächlich einen solchen Zaubertrick vollbringen.

„Hast du versucht, ihn anzurufen?"

„Ich glaube, er hat meine Nummer blockiert."

„Oh."

„Vielleicht könntest du ihn anrufen, Mama."

„Ich weiß nicht."

„Deine Nummer hat er bestimmt nicht blockiert."

„Ich wüsste gar nicht, was ich sagen sollte, Schatz. Und ich glaube nicht, dass ich mich in eure …"

„Dann lass mich dein Telefon benutzen", bettelte Josie.

Wider besseren Wissens gab Willow nach. „Du kannst in deiner Wohnung telefonieren", erklärte sie. „Und mach es kurz. Wenn er mit dir reden will, dann bitte ihn doch, dich auf deinem Telefon anzurufen."

„In Ordnung", stimmte sie zu.

Leider war das Telefonat mit Garth sehr kurz – und dann saß Josie wieder heulend in Willows Wohnung.

„Es tut mir leid." Willow gab ihr eine Handvoll Taschentücher im Austausch gegen ihr Telefon. Nur mühsam unterdrückte sie einen Spruch wie: *Manchmal ist das Leben schwierig*, oder: *Manchmal gehen Türen zu.* Solche Plattitüden bewirkten nichts. Vielmehr nahm sie Josie einfach in den Arm und freute sich sehr, dass sie nicht gleich wieder zurückgestoßen wurde. Vielleicht war das schon ein Schritt nach vorn.

„Ich weiß nicht, was ich machen soll", gestand Josie. Sie warf sich auf Willows Couch und drückte ein Kissen mit gebatiktem Bezug an ihre Brust. „Ich fühle mich so verloren."

„Das glaube ich dir gern." Willow setzte sich ihr gegenüber und betete im Stillen um Hilfe.

„Was soll ich tun, Mama?"

Willow verbarg ihren Schock. Josie fragte sie um Rat? Das war neu.

„Sag es mir, Mama", drängte Josie. „Was soll ich mit dem Rest meines Lebens anfangen?"

Willow atmete vorsichtig ein. „Nun, zuerst einmal könntest du einen Tag nach dem anderen angehen."

„Was soll das heißen?"

„Als Asher starb, fühlte ich mich auch vollkommen verloren", gestand sie. „Aber eine Freundin erinnerte mich daran, dass wir nur einen Tag nach dem anderen zu bewältigen brauchen."

„Aber ich weiß doch noch nicht einmal, wie das geht." Josie putzte sich die Nase. „Ich habe das Gefühl, innerlich zu sterben."

„Ich weiß." Willow sammelte ihre Gedanken. „Du musst ganz kleine Babyschritte machen, Josie. Das bedeutet, einen Augenblick nach dem anderen erleben. Zum Beispiel Schritt eins: Du stehst morgens auf und atmest einfach tief durch. Dann Schritt zwei: Du putzt dir die Zähne und …"

„Ich putze mir morgens nie die Zähne."

„Nun, das ist doch nur ein Beispiel." Willow runzelte die Stirn. „Aber vielleicht solltest du mal damit anfangen." Sie zählte weiter auf, wie sie vorgehen könnte. „Du denkst nur an den Augenblick, in dem du lebst, Josie, und tust dein Bestes. Und du machst dir keine Gedanken wegen dem, was als Nächstes geschieht – oder morgen – oder nächstes Jahr. Und irgendwann merkst du, dass es dir langsam besser geht."

„Es wird mir nie besser gehen."

„Ich weiß, dass du das jetzt denkst. Aber glaube mir, nach Ashers Tod habe ich genauso empfunden. Irgendwann wurde es leichter."

Josie blickte auf. „Es tut mir leid, dass ich nicht bei seiner Beerdigung war, Mama."

Willow spürte, wie ihre Brust eng wurde. „Danke, Schatz. Dass du das sagst, bedeutet mir viel. Weißt du, Asher hat dich sehr geliebt."

Sie nickte. „Ich weiß."

„Und auch wenn ich viele Fehler gemacht habe, habe ich dich auch geliebt. Und tue es noch."

Sie nickte erneut und lange Zeit saßen sie einfach nur da. Dann läutete Willows Telefon. Es war Marissa, die klären wollte, wie viele Stunden sie in der Galerie arbeiten würde.

„Kann ich dich zurückrufen?", fragte Willow. Marissa stimmte zu. Doch als sich Willow wieder Josie zuwendete, merkte sie, dass der Augenblick, der sich wie ein Neuanfang angefühlt hatte, verflogen war.

„Du hast sicher noch einiges zu tun", sagte Josie kurz angebunden. „Ich will dich nicht mit meinen Problemen behelligen und von deiner Arbeit abhalten."

„Eigentlich habe ich nichts Wichtiges vor", versicherte Willow ihr. „Leslie und Joel haben die Galerie für heute übernommen. Und das war Collins Freundin Marissa. Sie wird in diesem Sommer in der Galerie aushelfen."

„Marissa wird für dich arbeiten?" Josie runzelte missbilligend die Stirn. „Ist sie nicht viel zu jung dazu?"

„Jung, aber sehr motiviert. Und sie liebt Kunst."

Josie zog die Augenbrauen zusammen. „Vielleicht könnte ich ja für dich arbeiten."

„Wirklich? Hättest du Interesse daran?" Willow musterte sie eingehend. Spielte sie nur mit ihr? Die Neigung ihrer Tochter, Menschen zu manipulieren, wenn sie ihren Willen durchsetzen wollte, kannte Willow nur zu gut.

„Ich brauche Geld – ich meine, wenn ich hier wegwill."

„Aber darüber brauchst du dir doch heute noch keine Gedanken zu machen", versicherte Willow ihr. „Du hast einen Ort, an dem du sein kannst, und Essen. Wenn du bereit bist, was hoffentlich bald sein wird, können wir überlegen, ob du für mich arbeiten kannst. Vielleicht möchtest du dir aber auch lieber einen Job in der Stadt suchen."

„Mir ist eigentlich egal, wo ich arbeite."

„Hast du denn, äh, viel Arbeitserfahrung?"

Josie verdrehte die Augen. „Ich habe schon gearbeitet. Okay, keine wichtigen, ausgefallenen Jobs, aber ich habe Burger gedreht, in billigen Hotels die Zimmer gereinigt, Bier gezapft und ein paar andere Jobs gemacht, von denen du vermutlich lieber nichts wissen willst."

Willow bemühte sich, sich nicht anmerken zu lassen, dass sie geschockt war.

„Keine Sorge, *das* habe ich nicht gemacht."

„Ich habe doch gar nichts gesagt."

„Ich wollte sagen, dass ich Jobs gemacht habe, auf die ich nicht stolz bin. Aber nur vorübergehend. Ich habe in Clubs getanzt, mein Blut verkauft und sogar gebettelt, als wir liegen geblieben waren und die Band Geld für Benzin brauchte. Frauen gegenüber sind die Leute großzügiger. Aber das ist nicht die Art von Tätigkeit, die du als Job bezeichnen würdest."

„Gibt es denn etwas, das du gerne tun würdest? Vielleicht irgendetwas, für das du eine Ausbildung machen könntest?"

„Auf keinen Fall werde ich wieder zur Schule gehen", erklärte sie.

Willow hob die Hände. „Das ist ja in Ordnung. Ich habe auch nicht wirklich eine Antwort von dir erwartet. Aber vielleicht könntest du mal darüber nachdenken, jetzt wo du Muße hast. Vielleicht ist es an der Zeit, ein wenig zu träumen, dir vorzustellen, was du tun oder sein möchtest."

„Träumen?"

„Warum nicht?"

Josie kuschelte sich in die Ecke der Couch. „Vielleicht sollte ich hier ein kleines Schläfchen machen und versuchen zu träumen. Deine Wohnung ist viel schöner als die, in der du mich untergebracht hast. Ich denke, ich ziehe hier ein."

Willow unterdrückte ihre Verärgerung. Warum wollte Josie wohl in Willows Wohnung einziehen? Sie war gemütlich, schön und sauber und der Kühlschrank war gut gefüllt. Aber mit den Annehmlichkeiten wäre es schnell vorbei, wenn Josie ihren Willen bekäme. Und es würde nicht lange dauern, bis sie deswegen in Streit geraten würden. „Ich habe eine bessere Idee", erklärte Willow.

„Was?“

„Nun, du willst doch Geld verdienen, richtig?“

Josie nickte vorsichtig.

„Und mir wäre es lieb, wenn die Wohnung, in der du gerade übernachtest, schön hergerichtet würde.“

„Was stellst du dir vor?“ Josie zog die Augenbrauen zusammen.

„Das, was ich hier gemacht habe und was Collin in seiner Wohnung gemacht hat. Wir haben die Teppiche und das Linoleum herausgerissen, die Holzböden abgeschliffen, die Wände und Schränke gestrichen, also eine Grundrenovierung.“ Willow beschrieb mit der Hand einen Kreis. „Aber das Ergebnis ist eine Wohnung wie diese.“

Mit echtem Interesse, wie es schien, blickte sich Josie um.

„Und du hättest dann eine Wohnung, in der du dich wohlfühlen kannst. Diese Wohnung hat Potenzial. Sie kann sehr hübsch werden. Allerdings würde ich von dir erwarten, dass du sie sauber und ordentlich hältst. Ich meine, wenn du hier in der Stadt bleiben möchtest.“

„Ich weiß nicht.“ Josie runzelte die Stirn.

„Und vergiss nicht, ich würde dir einen fairen Lohn für deine Arbeit zahlen.“

„Aber ich habe so etwas doch noch nie gemacht.“

„Ich kann es dir zeigen und Collin auch. Dafür braucht man in erster Linie die Bereitschaft, hart zu arbeiten, und beharrliche Entschlossenheit.“

Es wäre ein Wunder, wenn Josie sich auf diesen Vorschlag einließe und tatsächlich umsetzte, das war Willow bewusst. Aber ihr war auch klar, dass dies vermutlich genau die Art von Arbeit wäre, die Josie im Augenblick brauchte. Doch wie sollte sie sie dazu bringen? Willow erinnerte sich, dass sie Josie in ihrer Jugend manchmal zu etwas bewegen konnte, indem sie versuchte, ihr genau das auszureden. Würde das auch jetzt klappen?

Willow zuckte die Achseln. „Aber es ist in Ordnung, wenn du das lieber nicht möchtest, Josie. Es ist ein Haufen Arbeit und du schaffst das vermutlich gar nicht. Man muss körperlich fit sein, um solche Arbeit zu machen. Es ist ziemlich anstrengend, und …"

„Ich bin in bester körperlicher Verfassung."

„Aber das ist ein großes Projekt, Liebes. Vielleicht bist du dazu gar nicht in der Lage …"

„Du könntest es mich zumindest versuchen lassen", protestierte Josie. „Vielleicht besitze ich ja mehr Fähigkeiten, als du und Collin denken. Ja, sicher, in den vergangenen Tagen war ich vielleicht nicht in der besten Verfassung, aber mein Aufenthalt hier war auch ziemlich anstrengend. Du könntest mir wenigstens eine Chance geben, dir zu zeigen, was ich kann."

„Ja, natürlich. Ich wollte nur, dass du weißt, worauf du dich einlässt."

„Warum lässt du mich das nicht selbst beurteilen?"

„Prima. Wie wäre es, wenn wir das gleich morgen in Angriff nehmen?"

„Gut." Josie schob entschlossen ihr Kinn vor. „Womit fangen wir an?"

„Der Teppich und das Linoleum müssen herausgerissen werden. Ich werde einen Container für den Müll kommen lassen."

Willow griff nach einem Block und schrieb eine Liste mit Dingen auf, die zu tun waren. Eine für sich und eine für Josie. Dieser Plan konnte sehr gründlich in die Hose gehen und sie wäre dann wieder die Schuldige. Aber was wäre dabei denn das Schlimmste, das passieren konnte? Selbst wenn die Arbeiten nicht richtig ausgeführt würden, Willow hatte sowieso vorgehabt, diese Wohnung zu renovieren. Wenn Josie ein wenig Zeit und Energie hineinsteckte – vielleicht war das für beide Seiten von Vorteil. Ansonsten wäre eben alles umsonst. Willow setzte noch *weitere Rauchmelder installieren* auf ihre Liste.

14

Am Ende der ersten Woche seines Ruhestands empfand George eine gewisse Unruhe und fühlte sich sogar ziemlich zappelig. Während er seiner üblichen Vormittagsarbeit nachging, überlegte er, woher diese Unruhe kam. Im Sommer freie Zeit zu haben war nichts Neues für ihn, aber sogar das Lesen in der Hängematte hatte mittlerweile seinen Reiz verloren.

Während er den Küchenboden fegte, kam ihm der Gedanke, dass er vielleicht doch lieber eine Reise oder so etwas hätte planen sollen – ein Ereignis, mit dem er das Ende seiner Lehrtätigkeit feierte. Einige Lehrer hatten damit geprahlt, in ihrem Ruhestand eine Weltreise machen zu wollen. Als er den Besen in den Schrank zurückstellte, überlegte George, ob er vielleicht doch noch einen Urlaub buchen sollte.

Noch mit Anfang 40 hatte George viele Reisen unternommen. Immer waren es organisierte Touren gewesen, bei denen jede Minute und jeder Kilometer festgelegt und in einem detaillierten Zeitplan festgehalten waren, den George bereits im Winter studiert hatte.

Im Laufe des letzten Jahrzehnts hatte George jeden Kontinent besucht, und in seinem Pass fanden sich bunte Stempel von Dutzenden Ländern. Die Reisen waren immer ziemlich anstrengend gewesen, doch bei Schulbeginn hatte er seine Kollegen mit seinen *Abenteuern* beeindrucken können.

Diese Reisen hatte er auf Initiative seiner Freunde Brad und Tracie hin unternommen, die ein Reisebüro besaßen. Sie hatten ihn jedes Jahr für ihre jährlichen Sommerreisen angeworben – aus dem einfachen Grund, um für die alleinstehenden Frauen auch einige Junggesellen dabeizuhaben. Aber das Reisebüro hatte leider Pleite gemacht, und schon seit mehr als zehn Jahren hatte George keine größere Reise mehr unternommen.

Manchmal stachen ihm in der Zeitung Anzeigen für Gruppenreisen ins Auge. Er hatte sie gelesen, aber nie genügend Interesse aufgebracht, sich tatsächlich zu einer dieser Fahrten anzumelden. Wenn er ehrlich war, schreckte ihn schon allein die Vorstellung ab, in ein Flugzeug zu steigen und in ein anderes Land zu fliegen. George wollte nicht weg. Aber warum nur spürte er diese große Unruhe in sich?

Während George seine Kaffeemaschine reinigte, wanderten seine Gedanken zu Willow West – wieder einmal. Diese Gedanken, die ihn immer wieder beschlichen, waren höchst unwillkommen. Sie überfielen ihn ganz unvermittelt und verschwanden dann wieder, bis er irgendwann beschloss, sie einfach zuzulassen, da er sowieso wenig dagegen tun konnte.

Er schrieb eine Einkaufsliste und überlegte, was Willow wohl gerade in diesem Augenblick tat. Vermutlich arbeitete sie in ihrer Galerie. Er stellte sie sich vor, wie sie in ihren etwas ausgefallenen Kleidern freundlich mit einem Kunden plauderte. Im Hintergrund spielte klassische Musik – kein schlechtes Leben. Ob ihre unausstehliche Tochter sie wohl immer noch quälte, oder war Josie mittlerweile weitergezogen? Und ob Collin wohl diesen Job in der Buchhandlung bekommen hatte? Der Inhaber hatte George um eine Empfehlung gebeten, und natürlich hatte George Collin in den höchsten Tönen gelobt.

Vielleicht sollte George auf dem Weg zum Supermarkt einen Abstecher in die Buchhandlung machen. Vielleicht würde er sogar ein Buch kaufen, eines, das er normalerweise nicht las. Das wäre mal etwas anderes.

Während er ein letztes Mal seine Arbeitsplatte abwischte, fragte er sich, ob Willow wohl weitere exotische Partys auf ihrer wundervollen Dachterrasse plante. Die Wettervorhersage für das Wochenende war gut. Er stellte sich vor, wie sie und ihre Künstlerfreunde sich dort im Mondschein vergnügten. Dort wäre Musik und Lachen. Vermutlich würden sie sich ausgefallene Horsd'œuvre schmecken lassen und guten Wein trinken.

Das alles faszinierte ihn einerseits, bereitete ihm andererseits aber auch Unbehagen. Doch George war entschlossen, etwas Abstand zwischen sich und Willow zu schaffen. Diese Beziehung war für seinen Geschmack zu eng geworden, wenn auch bereichernd, wie er zugeben musste.

Während George ein sauberes weißes Hemd – ohne Krawatte – überstreifte, spürte er in sich eine tiefe Sehnsucht ... und gleichzeitig das Bedürfnis, die Flucht zu ergreifen. Nicht notwendigerweise aus diesem Haus oder aus der kleinen Stadt *Warner*, nein, George empfand vielmehr das Bedürfnis, vor sich selbst zu fliehen. Aber sobald er dieses Gefühl in sich spürte, verdrängte er es auch schon gleich wieder. Und so machte er sich mit seiner Einkaufstasche, die ordentlich gefaltet in seiner Jackentasche steckte, auf den Weg in die Stadt.

Seine erste Station war die Buchhandlung, doch leider traf er Collin dort nicht an. George überlegte, ob er nachfragen sollte, aber die Verkäuferin war ziemlich beschäftigt. Also setzte er seinen Weg fort, ohne nach einem Buch gesucht zu haben.

Als Nächstes ging er weiter zu Mabels Supermarkt. So lange er denken konnte, kaufte er dort schon ein. Mabel hatte den kleinen Lebensmittelmarkt zwar an die Familie Patel verkauft und war nach Florida gezogen, doch George war ein treuer Kunde geblieben. Das hatte zwei Gründe: Erstens, der Laden war nicht weit von seinem Haus entfernt und zu Fuß gut zu erreichen, und zweitens, das Sortiment war überschaubar, was ihm bei der Auswahl half.

Während des Schuljahres kaufte George gewöhnlich am Mittwochnachmittag und am Samstagmorgen ein, aber jetzt im Sommer, und nachdem er nun pensioniert war, würde er seine Einkäufe vermutlich flexibler gestalten können.

„Guten Tag, Mr Emerson", grüßte Mrs Patel höflich. „Wie geht es Ihnen an diesem wundervollen Morgen?"

„Sehr gut, vielen Dank." George nahm einen Einkaufskorb.

„Wir haben heute frisches Obst. Kiwis, Papayas, Granatäpfel, Ananas." Sie deutete zur Obst- und Gemüseabteilung hinüber.

George betrachtete die bunte Auslage und das ansprechende Obst, bevor er wie üblich zwei noch etwas grüne Bananen, zwei rote Äpfel und zwei Orangen auswählte. „Das genügt mir, vielen Dank."

Er nickte ihr zu und ging weiter zu den Milchprodukten. Während er seine Lebensmittel zusammensuchte, fragte er sich, warum er sich überhaupt die Mühe machte, eine Einkaufsliste zu schreiben, da er doch immer dasselbe auswählte. Aber es tat gut, diesen Zettel in der Tasche zu haben für den Fall, dass er abgelenkt wurde und etwas vergaß.

Mit seiner gefüllten Einkaufstasche machte sich George auf den Heimweg, doch anstatt in seine Straße einzubiegen, blieb er stehen, und sein Blick wanderte zur *Main Street* und Willow Wests Galerie. Vielleicht konnte er einfach mal vorbeischauen und Hallo sagen. Er konnte Willow fragen, wie es mit ihrer Tochter gelaufen sei. Hatte er ihr nicht seine Freundschaft angeboten? Und doch hatte er die ganze Woche nicht mit ihr gesprochen. Was für eine Freundschaft war das?

So schlug er den Weg zur Galerie ein, fest davon überzeugt, dass eine zufällige Begegnung mit seiner Freundin Willow überfällig war. Doch als er die Galerie betrat, bedauerte er sofort, keine Krawatte umgebunden zu haben. Angenehme Musik begrüßte ihn, und der Duft von etwas, das er nicht so richtig einordnen konnte. Es roch würzig, aber gut.

„George?“ Mit einer etwas altmodischen Werkzeugkiste in der Hand kam Willow um die Ecke geeilt und rannte beinahe in ihn hinein.

„Hallo.“ Er trat schnell zur Seite, denn sie schien in Eile zu sein.

„Was machen Sie denn hier?“ Sie schien etwas verwirrt, doch dann lächelte sie. „Entschuldigung. Das war nicht besonders höflich, nicht?“

„Sie scheinen sehr beschäftigt zu sein.“ George bemerkte ihren mit Farbklecksen beschmutzten Overall und ihr gebatiktes T-Shirt. Nicht unbedingt eine Aufmachung, die sie seiner Einschätzung nach in ihrer Galerie tragen würde.

„Ja, ich helfe Josie.“ Sie deutete zur Tür. „Ich wollte nur kurz das hier holen.“ Sie hob die Werkzeugkiste hoch. „Und dann schleunigst hier wieder verschwinden, bevor die Kunden mich in dieser Aufmachung sehen. Wollen Sie schnell mit hochkommen?“

„Gern.“ Er nickte und folgte ihr durch die Tür ins Treppenhaus. „Ich wollte nur kurz Hallo sagen“, erklärte er. „Wir haben schon länger nicht mehr miteinander gesprochen.“

„Das stimmt.“ Sie stellte die Werkzeugkiste ab und steckte eine Strähne ihrer rotblonden Haare unter das blaue Tuch, das sie sich um den Kopf gebunden hatte. „Um ehrlich zu sein, erst heute Morgen habe ich an Sie gedacht.“

„Ach, wirklich?“ Aus irgendeinem Grund überraschte ihn das.

„Ja, ich dachte an diese wunderschönen Schränke aus Kirschholz, die Sie geschreinert haben.“

„Oh ja, ich überlege tatsächlich, wieder ein wenig mit Holz zu arbeiten. Das hatten Sie mir doch vorgeschlagen und vielleicht ist das wirklich eine gute Idee.“ Er lächelte. „Ich spiele mit dem Gedanken, diese Schränke, die Sie so gerne haben würden, tatsächlich zu bauen, falls ich das noch kann.“

„Das ist eine gute Nachricht. Aber ich wollte Sie eigentlich bei dem Projekt, an dem ich gerade arbeite, um Rat bitten.“

„Was für ein Projekt?"

„Nun, Josie und ich renovieren die Wohnung, die sie gerade bewohnt." Sie senkte die Stimme. „Ich habe sie sozusagen überzeugt hierzubleiben, indem ich ihr angeboten habe, für mich zu arbeiten und die Wohnung herzurichten."

Sorge stieg in George hoch. Josie war kein angenehmer Mensch. Wären Willow und Collin ohne sie nicht besser dran? „Und wie läuft es?"

„Nun, wir hatten unsere Auseinandersetzungen. Ich würde nicht behaupten, dass es leicht ist." Sie schaute die Treppe hoch. „Aber ich denke, es ist die Mühe wert. Und ich habe sogar Collin überzeugen können, ein wenig mitzuhelfen."

„Das ist interessant." George wechselte seine Einkaufstasche in die andere Hand. „Dann hat er den Job in der Buchhandlung also nicht bekommen?"

„Doch, er hat ihn bekommen, aber er fängt erst morgen dort an, darum habe ich ihn gebeten, mir und Josie in dieser Woche bei der Wohnung zu helfen, natürlich gegen entsprechende Bezahlung." Sie lächelte ihn verlegen an. „Eigentlich geht es mehr darum, dass sie lernen, miteinander auszukommen. Und es scheint tatsächlich zu funktionieren."

„Das ist gut."

„Auf jeden Fall überlegen wir gerade, was wir mit den Küchenschränken machen. Ursprünglich hatte ich vor, die Küche herauszureißen und neue Schränke zu bestellen. Aber Collin meint, man könnte die Schränke aufarbeiten." Willow deutete auf George. „Doch wir brauchen die Meinung eines Experten."

„Ich verstehe." George suchte fieberhaft nach einem Vorwand, schnell wieder verschwinden zu können.

„Hätten Sie kurz Zeit, sich die Schränke mal anzusehen", fragte sie, „und uns Ihre Einschätzung zu sagen?"

„Ich bin aber kein Experte."

„Im Vergleich zu uns schon."

Er hielt seine Einkaufstasche in die Höhe. „Ich habe gerade eingekauft. Verderbliche Ware, Sie verstehen."

„Ja, natürlich." Ihr Lächeln erstarb. „Ich verstehe. Ich hätte nicht fragen sollen. Außerdem sieht es dort oben ziemlich übel aus, überall Farbe und Chaos. Ich entschuldige mich." Dann hellte sich ihr Gesicht wieder auf. „Aber es ist wirklich schön, Sie zu sehen, George. Ich hoffe, es geht Ihnen gut." Sie deutete auf seine Einkaufstasche. „Ich lasse Sie jetzt damit Ihrer Wege ziehen. Hoffentlich haben Sie keine Eiscreme gekauft. Es ist schon ziemlich warm draußen."

Jetzt plagten ihn Gewissensbisse und vielleicht noch etwas anderes, das er nicht so ganz einordnen konnte. „Wie wäre Folgendes, Willow", sagte er. „Ich bringe schnell meine Lebensmittel nach Hause, räume sie weg, ziehe meine, äh, Arbeitssachen an und komme dann wieder. Wie klingt das?"

„Wirklich?" Ihre Augen leuchteten auf. „Das klingt wundervoll!"

Während George nach Hause eilte, spürte er wieder einmal diese Zerrissenheit in sich. Auf der einen Seite wollte er diese Beziehung zu Willow erhalten. Auf der anderen Seite, nun, für ihn war das alles ein bisschen zu viel. Vor allem da er es auch mit ihrer Tochter zu tun hatte. Während er seine Lebensmittel verstaute und anschließend in seine Kakihose, ein kariertes, kurzärmeliges Hemd und seine alten Schuhe schlüpfte, versuchte er nicht über die Folgen nachzudenken. Auf dem Weg zurück in die Stadt nahm er sich vor, die Schränke zu begutachten, seine Meinung mitzuteilen, falls er eine hatte, und sich dann schleunigst wieder zu verabschieden und nach Hause zu gehen, wo ihn Frieden und Ruhe erwarteten.

George hatte gerade an die Tür geklopft, als er in der Wohnung Geschrei hörte. Er war versucht, auf dem Absatz kehrtzumachen und wieder nach Hause zu gehen, als die Tür aufgerissen wurde. In einem mit Farbe verschmierten Tanktop und Shorts stand Josie vor ihm und funkelte ihn aufgebracht an. In der Hand hielt sie einen Pinsel, von dem Farbe auf den Fußboden tropfte.

„Was wollen Sie?", fragte sie unfreundlich.

„Ihre Mutter hat mich gebeten …"

„Mr Emerson." Collin kam herbeigeeilt. „Kommen Sie doch herein. Nana hat gesagt, dass Sie kommen."

„Warum?", fragte Josie. „Wir brauchen nicht noch jemanden hier. Es sind jetzt schon zu viele Leute hier drin." Sie funkelte Collin böse an.

„Du wolltest doch gerade das Bad streichen", gab Collin zurück. „Mr Emerson will sich die Küchenschränke ansehen, hat Nana gesagt."

„Wie ich bereits sagte, ich bin dafür, dass die Küchenschränke herausgerissen werden", erklärte Josie ihm.

„Da bin ich anderer Meinung", hielt Collin dagegen. „Ich finde, sie sind noch ganz in Ordnung."

„Aber das ist *meine* Wohnung", schrie sie. „Ich sollte doch das …"

„Es ist Nanas Wohnung", gab Collin genauso laut zurück. „Sie lässt dich nur …"

„Wo ist Willow?", ging George dazwischen.

„Sie ist zum Baumarkt gefahren, um etwas zu besorgen", erwiderte Collin gepresst. „Ich hoffe, sie kommt bald wieder zurück, bevor Josie hier ganz übernimmt."

Georges Blick wanderte zwischen Josie und Collin hin und her. Beide blickten finster drein. In was für ein Hornissennest war er da geraten? Und wie konnte er die Situation entschärfen?

Er wandte sich an Josie. „Ich möchte Sie nicht von der Arbeit in Ihrem Bad abhalten." Er deutete auf den tropfenden Pinsel. „Das ist übrigens ein schönes Blau."

Josies Gesicht hellte sich ein wenig auf. „Wirklich? Es gefällt Ihnen? Ich habe die Farbe selbst ausgesucht."

„Sie erinnert mich an das Mittelmeer", erwiderte er.

„Sind Sie schon mal dort gewesen?"

„Allerdings." Er nickte.

„Mama und Collin finden die Farbe zu intensiv." Ihr sehnsüchtiger Blick blieb an dem Pinsel hängen. „Aber mir gefällt sie. Ich denke, ich gehe jetzt mal besser wieder an die Arbeit."

„Gut." Er blickte Collin an. „Nun, da ich jetzt hier bin, sollte ich mir die Schränke mal anschauen."

Collin schien etwas lockerer zu werden, als er George durch das Chaos in die Küche führte. Überall standen Farbeimer, Kisten und andere Arbeitsmaterialien herum.

„Das sind dieselben Schränke wie in meiner Wohnung", erklärte Collin. „Meine waren auch ziemlich heruntergekommen, und Nana war nicht der Meinung, dass man sie erhalten könnte." Er öffnete eine Schranktür, die nicht mehr richtig schloss. „Aber auf mich wirken sie ziemlich robust. Ich meine, mit kleineren Reparaturen und ein wenig Farbe könnte man sie durchaus erhalten. Und ich habe sie bereits abgewaschen. Was meinen Sie?"

„Nun, ich bin natürlich kein Experte." George probierte einige Schubladen und Türen aus. „Aber ich bin immer dafür, alte Dinge zu reparieren." Er erzählte Collin von seinen Häusern, und wie es ihm gelungen war, einen großen Teil der Originalausstattung zu erhalten. „Damals war die Bauqualität viel besser als heute. Und ich stimme dir zu. Diese Schränke sollte man überarbeiten."

„Prima."

„Das ist aber sehr arbeitsintensiv." George erklärte, dass alle Metallteile ersetzt werden müssten. „Wenn du die Türen abschraubst und die Schubladen herausnimmst, solltest du sie nummerieren, damit du sie nicht durcheinanderbringst." Er überprüfte ein Scharnier. „Ich glaube, das Hauptproblem sind die Scharniere. Manchmal lohnt sich der Aufwand, alte Scharniere zu säubern und wieder zu verwenden, aber bei denen hier bringt das nichts. Es ist viel einfacher, sie durch neue zu ersetzen."

Er wollte Collin gerade zeigen, wie leicht die Tür abzuschrauben war, als Willow die Küche betrat.

„Mr Emerson meint, dass wir diese Schränke reparieren können", erklärte Collin ihr. „Er wird mir dabei helfen, sie zu überarbeiten."

George wollte Collin korrigieren, beschloss aber, seine Äußerung erst mal so stehen zu lassen. Schließlich war er ja gekommen, um zu helfen, aber eigentlich nur, um ihnen ein paar Tipps zu geben, nicht um die eigentliche Arbeit zu tun. Zumindest war das nicht seine Absicht gewesen, denn letztlich war er im Ruhestand – ein Mann, der viel Freizeit hatte. Und tatsächlich befanden sich bereits viel zu viele Menschen und Persönlichkeiten in dieser Wohnung, worauf Josie so nachdrücklich hingewiesen hatte.

Doch während George Collin einige einfache Schritte zeigte und ihm erklärte, die Schränke müssten unbedingt abgeschmirgelt werden, bevor sie neu gestrichen wurden, wollte er auf einmal nicht mehr gehen. Und so kam es, dass George in der Küche blieb, während Willow Josie half, das Bad blau zu streichen, und Collin und er sich an die Küchenschränke machten. Er schrieb sogar eine Liste mit Dingen, die noch besorgt werden mussten.

„So, jetzt sollten wir mit dem Abschmirgeln beginnen."

George nahm ein Stück Schmirgelpapier zur Hand, das er in einer Werkzeugkiste gefunden hatte, und zeigte Collin, wie er es falten und benutzen musste, um die rauen Ränder einer Schranktür zu glätten.

„Wir brauchen etwas stärkeres Schmirgelpapier." Er erklärte die verschiedenen Qualitätsstufen von Schmirgelpapier. „Das gibt es von sehr rau bis ganz fein. Zuerst brauchen wir das raue, später das ganz feine für die letzten Unebenheiten. Wenn das Holz abgeschmirgelt ist, kommt der Anstrich. Habt ihr bereits eine Farbe ausgewählt?"

„Das ist Josies Territorium." Collin verdrehte die Augen. „Und ihr Geschmack ist ein wenig, äh, gewöhnungsbedürftig."

„Nun, ich denke, das wird ihre Wohnung sein, dann muss es ihr auch gefallen."

Collin runzelte die Stirn. „Aber sie betont ständig, wie sehr sie *Warner* hasst", flüsterte er. „Ich verstehe nicht, warum sie alle Farben aussucht. Was, wenn sie wieder abdampft und jemand diese Wohnung mieten will, dem die Farben nicht gefallen?"

„Dann wird er sich bestimmt nach etwas anderem umschauen oder neue Farben auswählen."

„Wie läuft es?", fragte Willow, als sie und Josie die Küche betraten.

Collin erklärte, sie bräuchten Farbe und noch ein paar andere Dinge. Josie schnappte sich eine Farbkarte und blätterte sie durch.

„Das gefällt mir." Sie hob einen grellen Orangeton in die Höhe. „Piment."

„Dieses ekelhafte Zeug in grünen Oliven?" Collin zog die Nase kraus.

„Mir gefällt es." Josie wandte sich an George. „Was meinen Sie?"

„Nun, die Farbe ist auf jeden Fall sehr lebhaft." Eine Farbe wie diese in seiner Küche würde ihn verrückt machen.

„Cool. Ich denke, eine Küche sollte lebhaft sein."

„Achten Sie bitte darauf, dass die Farbe für Holzschränke geeignet ist", rief George ihr hinterher. „Und vier Liter reichen vollkommen aus."

„Könnten Sie vielleicht auch kurz noch einen Blick auf den Waschbeckenschrank im Bad werfen, solange Sie noch da sind?" fragte Willow ihn. „Ich bin nicht sicher, ob er noch zu reparieren ist."

George betrat das kleine Bad und zuckte angesichts der intensiven blauen Farbe zurück. Doch schnell wandte er sich dem Schränkchen zu.

„Wie bei den Küchenschränken sind das Hauptproblem meiner Meinung nach die Scharniere. Sie müssen ersetzt werden. Dann werden die Fronten gestrichen, und alles ist wieder gut." Er blickte Josie an. „Ich weiß ja nicht, welche Farbe Sie ins Auge gefasst haben, aber weiß wäre ein schöner, frischer Kontrast zu Ihren blauen Wänden."

Sie legte den Kopf zur Seite und nickte schließlich. „Ja, das ist eine gute Idee. Das hebt sich gut von dem Blau ab. Und vielleicht gibt es ja ein paar coole Griffe für den Schrank."

Willow warf George einen dankbaren Blick zu. „Ich gehe jetzt in den Baumarkt, um die Farbe zu besorgen. Brauchen wir sonst noch etwas?"

Er reichte ihr die Liste, die er geschrieben hatte.

„Möchten Sie nicht mitkommen?", fragte sie. „Während die Farbe gemischt wird, könnten wir die anderen Sachen aussuchen."

George fühlte sich nicht wirklich wohl, als er in seiner Arbeitskleidung durch die Stadt lief, doch Willow in ihrem Overall mit den Farbflecken schienen die neugierigen Blicke, die in ihre Richtung flogen, nichts auszumachen.

„Ich denke, Sie hatten recht mit Ihrer Einschätzung, dass dieses Projekt Josie guttut", bemerkte er. „Sie scheint sich verändert zu haben."

„Das wechselt. Im Augenblick ist ihr Benehmen in Ordnung, aber sie und Collin geraten schon die ganze Woche über immer wieder in Streit. Um ehrlich zu sein, ich hatte schon Sorge, dass sie auf Sie losgehen würde, aber anscheinend haben Sie sie für sich gewonnen."

„Vielleicht für den Augenblick."

„Das sehen Sie richtig." Willow seufzte. „Das Zusammensein mit Josie ist so, als würde man durch ein Minenfeld laufen. Man weiß nie, wann die nächste Explosion kommt."

„In der Schule ist das nicht viel anders."

Willow lachte. „Dann sind Sie für so etwas doch wirklich viel geeigneter, als ich angenommen hatte."

„Ich helfe Collin gern", erwiderte er. „Er leistet gute Arbeit."

„Ich gebe zu, mir tut es beinahe leid, dass er den Job in der Buchhandlung bekommen hat. Es ist selbstsüchtig von mir, das weiß ich.

Aber wenn er morgen mit der Arbeit dort anfängt, verliere ich meine beste Hilfskraft."

„Eigentlich ist das ja meine Schuld", räumte George ein.

„Nun, vielleicht kann ich Sie ja verpflichten, für ihn einzuspringen." Sie warf ihm einen scheuen Blick zu und lachte. „Das war nur ein Scherz, George."

„Oh." Er öffnete für sie die Tür zum Baumarkt und fing an, die Sachen auf seiner Liste zusammenzusuchen, während sie die Farbe bestellte. Nach kurzer Zeit waren sie mit ihren Einkäufen wieder auf dem Heimweg.

„Denken Sie, die Renovierung der Wohnung wird Josie veranlassen, in *Warner* zu bleiben?", fragte George.

„Ich habe wirklich keine Ahnung, was dieses Mädchen tun wird, nicht mal von einem Moment zum nächsten." Sie schüttelte den Kopf. „Aber da ich es mir zur Aufgabe gemacht habe, im Augenblick zu leben, dann werde ich diesen Augenblick auch einfach genießen."

George fragte sich, wie man es genießen konnte, mit jemandem zusammenzuleben, der so unberechenbar war wie Josie, aber Willow selbst war schließlich auch ziemlich unberechenbar und anstrengend, und durch Josie bekam sie ihr Verhalten gespiegelt. Beim besten Willen konnte sich George nicht vorstellen, wie Willow das aushielt.

15

Zurück in der Wohnung stellte George erfreut fest, dass Collin bereits die Hälfte der Schränke abgeschmirgelt hatte. „Ich bearbeite sie jetzt mit dem feineren Papier."

George nahm sich eine der schon vorbearbeiteten Türen vor. Als er fertig war, wischte er mit einem Lappen darüber und präsentierte Collin das Ergebnis.

„Wow, das hat wirklich etwas bewirkt", staunte Collin. „Das Holz ist so glatt."

„Je glatter die Oberfläche ist, desto leichter lässt sich die Farbe auftragen."

„Wo haben Sie all das gelernt?", fragte Collin. „Ich meine, für mich sind Sie ein Englischlehrer – immer korrekt gekleidet mit Anzug und Krawatte."

George erklärte, dass er und sein Großvater einige Sommer damit zugebracht hatten, seine Häuser zu renovieren. „Nachdem mein Großvater das Sägewerk verkauft hatte, hatte er Zeit, ernsthaft mit Holz zu arbeiten. Und wie sich herausstellte, war er handwerklich sehr geschickt. Er hat mir viel beigebracht."

„Mein Großvater besaß überhaupt keine handwerklichen Fähigkeiten", erzählte Collin. „Wenn im Haus etwas repariert werden musste, rief er einen Handwerker und ließ es machen."

Sie wollten gerade mit dem Anstreichen der Schränke beginnen, als Willow verkündete, es sei Zeit für eine Mittagspause. Aus dem Feinkostladen hatte sie Sandwiches und Salate kommen lassen.

Während sie auf Farbeimern und Kisten saßen und ihr Mittagessen verspeisten, wurde wenig gesprochen. George war nicht sicher, ob sie zu müde waren, um sich zu unterhalten, oder einfach nur verärgert, aber es war eine Erleichterung, als sich alle wieder an die Arbeit machten.

Willow und Josie nahmen sich das Schlafzimmer vor. Auch für dieses Zimmer hatte Josie eine recht mutige Farbe ausgewählt. George warf einen Blick hinein und bemühte sich um eine gelassene Reaktion, als er den dunklen Fuchsiaton sah. Ihn würde diese Farbe bestimmt die ganze Nacht wach halten, aber wenigstens hatte Willow Josie zu einem schönen milchigen Weiß für die Türen und Holzrahmen überredet. Das milderte den Effekt.

George und Collin strichen die Küchenschränke in der ausgewählten Farbe. Collin machte ein paar Vampirscherze, und es dauerte nicht lange, bis sie ihren Rhythmus fanden und während der Arbeit nett miteinander plauderten, sodass die Zeit schneller verging. Umgeben von zahllosen orangefarbenen Türen und Schubladen betrachteten George und Collin ihr Werk.

„Gute Arbeit", verkündete George zufrieden. „Jetzt muss die Farbe trocknen. Die Scharniere kann ich nicht vor morgen anschrauben."

„Dann sind wir schon fertig?", fragte Collin.

George schaute auf seine Uhr und war erstaunt, dass es noch nicht vier Uhr war. „Wie wäre es, wenn wir uns den Schrank im Bad noch vornehmen? Das dauert bestimmt nicht lange."

Collin stöhnte auf, doch tatsächlich hatten sie den Schrank im Bad schnell auseinandergenommen, und während George die Scharniere und Griffe abschraubte, machte sich Collin ans Abschmirgeln. Gegen halb sechs waren sie mit der Arbeit fertig.

„Gut gemacht", lobte er Collin.

„Dann sind wir für heute also fertig?"

„Du scheinst es eilig zu haben." George betrachtete Collin. „Großes Date heute Abend?"

Collin grinste. „Marissa und ich gehen ins Kino."

„Aha." George nickte. „Nun, dann solltest du jetzt langsam in die Gänge kommen, junger Mann. Es könnte schwierig werden, dir die Farbe von deinen Fingernägeln zu schrubben."

Nachdem Collin gegangen war, wusch George die Pinsel im Bad aus. Er konnte kaum glauben, dass er so lange geblieben war. Aber dieser Tag war irgendwie erstaunlich zufriedenstellend verlaufen. Fast genauso wie damals vor vielen Jahren, als er und sein Großvater miteinander seine Häuser renoviert hatten. Nur dass heute George die Opa-Rolle übernommen hatte.

„Das sieht toll aus", lobte Willow, als George die gereinigten Pinsel auf ein Tuch legte. „Und auch die Küchenschränke. Sie und Collin sind ein gutes Team. Vielen Dank."

Während er sich die Hände wusch, erklärte er, die Farbe müsse erst trocknen, bevor die Schränke wieder zusammengebaut werden könnten. „Und da Collin morgen in der Buchhandlung arbeitet, könnte ich morgen wiederkommen und die Schränke zusammenbauen."

„Oh George, das wäre wundervoll! Das ist so großzügig von Ihnen."

Sie machten eine Uhrzeit aus, und anschließend verabschiedete sich George. Willow begleitete ihn die Treppe hinunter.

„Sie sind sicherlich erschöpft", bemerkte sie. „Aber wenn Sie möchten, würde ich gerne für uns kochen – als Dankeschön. Ich habe noch zwei schöne Steaks im Kühlschrank. Nun, es sei denn, Sie sind Vegetarier." Sie grinste. „Früher, als ich 30 war, war ich Vegetarierin. Aber jetzt gönne ich mir von Zeit zu Zeit ein schönes Stück Fleisch."

„Ein Steak?" Wie auf ein Stichwort begann Georges Magen zu knurren. „Äh, wird Josie dabei sein?"

Willow runzelte die Stirn. „Ich habe sie nicht eingeladen. Um ehrlich zu sein, ich könnte eine Pause von ihr vertragen, aber bestimmt wird sie in meiner Wohnung übernachten wollen, da in ihrer Wohnung noch ein solches Chaos herrscht." Sie hob den Finger. „Wie wäre es denn, wenn ich mit den Steaks zu Ihnen komme und sie dort für uns zubereite?"

So verlockend die Aussicht auf ein Steak war, George war nicht sicher, ob es ihm recht war, dass Willow in seiner sauberen kleinen Küche herumwerkelte. Der Geruch, der Rauch, das Fett, das Chaos, der Stress, das wäre es einfach nicht wert.

„Meine Küche ist für ausgefallene Gerichte nicht ausgestattet", gestand er. „Um ehrlich zu sein, ich habe dort noch nie ein Steak gebraten."

Sie schaute ihn verblüfft an. „Oh, okay. Wie wäre es dann mit einem Gutschein? Und nur damit Sie es wissen, ich bin eine sehr gute Köchin. Wenn ich einen guten Ofen und einen guten Bratrost habe, zaubere ich ein leckeres Steak. Noch besser als auf einem Grill."

George brachte es noch nicht ganz über sich, auf das Steak zu verzichten. „Ich habe eine Idee", sagte er, ohne sie wirklich durchdacht zu haben. „Im Haus meiner Großeltern gibt es eine große, gut ausgestattete Küche. Meine Großmutter war eine ausgezeichnete Köchin und ..."

„Das ist perfekt!" Willows Augen leuchteten auf. „Ich würde mir das Haus zu gerne einmal anschauen. Und dann hätte ich auch meine Pause von Josie. Um welche Uhrzeit soll ich kommen?"

Natürlich kamen George sofort wieder Zweifel. Seit dem Tod seiner Großeltern hatte er noch niemanden in ihr Haus mitgenommen. Abgesehen von seinen Besuchen, wenn er staubwischte, fegte und die Haupträume saugte, betrat niemand das Haus. Aber Willow plante bereits voller Begeisterung, was sie kochen würde, und ihm war klar, dass es jetzt zu spät war, um seine Meinung noch zu ändern.

Sie vereinbarten, sich um sieben Uhr dort zu treffen. So hätte George genügend Zeit, schnell unter die Dusche zu gehen und im

Haus seiner Großeltern alles vorzubereiten. Aber auf dem Heimweg kamen ihm ernsthafte Bedenken. Vermutlich hatte er gerade einen großen Fehler gemacht.

Willow konnte es kaum fassen. Sie würde nicht nur die *Rockwell Villa* von innen sehen, sie würde dort sogar kochen. Wer hätte das gedacht! Natürlich war es durchaus möglich, dass George seine Einladung bereute und wieder einen Rückzieher machte. Er könnte sich sogar darüber ärgern, dass sie ihn ein wenig in diese Richtung geschubst hatte. Aber wenn man diesem Mann nicht etwas auf die Sprünge half, kam er vermutlich keinen einzigen Schritt voran. Außerdem würde sie ihm ein wirklich leckeres Essen vorsetzen.

Während sie geduscht und in einen bequemen Kaftan gekleidet den Berg hochfuhr, verspürte sie erstaunlich viel Energie in sich. Es war ein guter Tag gewesen. Und dieser Abend konnte sogar noch besser werden. Doch als sie vor dem großen Haus parkte, bekam ihr Überschwang einen Dämpfer. Das Haus sah so unbewohnt aus. War George etwa noch gar nicht da? Schlimmer noch, hatte er seine Meinung geändert? An seinem Gesichtsausdruck hatte sie gemerkt, dass er nicht mehr so ganz hinter seinem Vorschlag stand, aber sie hatte ihm keine Gelegenheit gegeben, einen Rückzieher zu machen.

Als sie ihre Tüte mit Lebensmitteln aus dem Wagen holte, war sie ziemlich sicher, dass George ihre Anwesenheit dort nicht recht war. Aber auf der anderen Seite fiel es George schwer, von seinem normalen Tagesablauf abzuweichen. Das bereitete ihm Unbehagen. Mittlerweile war in Willow die Überzeugung gewachsen, dass George unter irgendeiner Form von Zwangsneurose litt. Natürlich hatte sie ihm gegenüber nichts darüber verlauten lassen, zumindest noch nicht. Vielleicht würde sie eines Tages, wenn ihre Freundschaft etwas gefestigter war, mit ihm darüber reden.

Sie stieg die Stufen zu der vorderen Veranda hoch. Obwohl das Haus von den Leuten immer nur die *Rockwell Villa* genannt wurde, konnte man sie, gemessen an den heutigen Maßstäben, eigentlich nicht als groß bezeichnen. Vor etwas mehr als hundert Jahren hatte sie sicherlich als groß gegolten. Es war ein hübsches Ziegelhaus in edwardianischem Stil und strahlte eine gewisse Würde aus. Es war drei Stockwerke hoch und hatte eine umlaufende Veranda. Obwohl es solide und in gutem Zustand zu sein schien, kam es ihr trotzdem ziemlich vernachlässigt vor. Vielleicht wirkte es deshalb auch ein wenig traurig. Zögernd läutete Willow und zu ihrer Überraschung öffnete George sofort die Tür.

„Oh, Sie sind schon da!", rief sie.

„Ich habe doch gesagt, dass ich da sein werde." Er öffnete die Tür weiter.

„Das stimmt, aber Sie hätten Ihre Meinung ja auch noch ändern können."

Er warf ihr einen neugierigen Blick zu, ließ sie aber eintreten.

„Ich wollte gerade ein paar Fenster öffnen", erklärte er. „Ich fürchte, die Luft hier ist etwas abgestanden."

Neugierig schaute Willow sich um. Das Foyer war etwa so groß wie ihre ganze Wohnung. Ein monumentaler Messingleuchter hing von der hohen Decke herab und warf sein Licht auf den Marmorfußboden mit dem dunklen Perserteppich und einem eleganten runden Tisch mit einer großen chinesischen Vase in der Mitte.

„Das ist wunderschön", schwärmte sie.

„Seit dem Tod meines Großvaters ist hier nichts mehr verändert worden. Sogar die Tapete ist noch von früher."

Sie schaute sich aufmerksam um. Der Raum wirkte düster und ernst. „Interessant."

„Einige der anderen Räume wurden im Laufe der Jahre ein wenig modernisiert, aber schöner sind sie dadurch nicht geworden, nur etwas zeitgemäßer, denke ich."

Willow bewunderte die breite Treppe und stellte sich vor, wie eine zierliche, hübsche Frau aus einer anderen Zeit anmutig die Stufen hinunterstieg, vielleicht um ihren Galan zu treffen.

„Sie sind also in diesem Haus aufgewachsen, George?"

„Ja. Einige meiner ersten Erinnerungen hängen mit diesem Haus zusammen. Und nach dem Tod meiner Eltern war dies mein Heim."

„Sind Sie jemals dieses Treppengeländer heruntergerutscht?"

„Das bin ich tatsächlich." Mit abwesendem Blick nickte er.

Sie war erstaunt. Es fiel ihr schwer, sich vorzustellen, dass der ernste George so etwas mit Hingabe tat.

„Nun, ich vermute, dass Sie das schon länger nicht mehr gemacht haben", neckte sie.

„Nein, nein nicht in letzter Zeit."

Willow betrachtete die gerahmten Schwarz-weiß-Fotografien am Treppenaufgang. „Sind das Familienfotos?"

„Ja. Meine Großmutter hat leidenschaftlich gerne fotografiert."

„Die sind sehr gut." Willow betrachtete das Foto eines jungen Mannes, der an einem alten Pick-up lehnte. „Wer ist das?"

„Alex", erwiderte George. „Kurz vor Vietnam."

„Oh." Sie nickte. „Er sah sehr gut aus." Sie deutete auf das Foto eines sommersprossigen Jungen, der eine gestreifte Katze an sich drückte. „Und das sind Sie, George?"

„Mit meiner Katze Buddy."

„Sie hatten eine Katze?"

„Ja. Die einzige Katze, die ich je gemocht habe. Es war eine *Maine Coon*-Katze, also keine typische Hauskatze."

„Buddy." Eingehend betrachtete sie das hübsche Gesicht der Katze. „Man könnte den Eindruck gewinnen, dass sie lächelt."

„Buddy besaß hervorragende Eigenschaften. Mein Großvater sagte immer, er sei eher ein Hund als ein Kater."

„Er sieht sehr freundlich aus."

„Der beste Kater, den es je gegeben hat. *Maine Coons* sind keine normalen Katzen. Abgesehen von ihren ungewöhnlichen körperlichen Merkmalen, wie zum Beispiel drei Schichten Fell, langen, buschigen Schwänzen und großen Pfoten, sind sie außergewöhnlich intelligent. Außerdem sind sie herausragende Mäusefänger. Die Puritaner haben sie nach Amerika mitgebracht, damit sie ihr Korn an Bord des Schiffes schützen."

„Interessant." Willow war erstaunt, dass er so begeistert über Katzen sprach. Wer hätte das gedacht?

Jetzt führte George sie durch eine Schiebetür in ein großes Wohnzimmer mit einem polierten Holzboden.

„Ich verstehe, was Sie mit Modernisierung meinen." Willow deutete mit dem Kopf zu dem modernen Sofa mit Sesseln und Couchtisch, die auf einem gelben Zottelteppich standen. „Eine Kombination aus modern und edwardianischem Stil. Sehr interessant."

„Meine Großmutter hat diese Möbel in den 60er-Jahren ausgesucht. Ich glaube, sie sagte, das sei neudänisch."

„Ihre Großmutter hatte einen guten Geschmack."

„Obwohl die Sitzgruppe nicht wirklich zum Stil des Hauses passt?"

„Nun, ich bezweifle, dass die Leute die viktorianischen Möbel, die vor 100 Jahren modern waren, besonders bequem fanden."

„Vielleicht nicht. Zur Küche geht es hier entlang." George führte sie durch ein großes Esszimmer. Obwohl es mit dunklem Holz verkleidet und mit einem Kristallleuchter ausgestattet war, waren der Esstisch und die Stühle aus hellem Holz, schlank und stammten ebenfalls aus den 60er-Jahren. Die Möbel waren in hervorragendem Zustand.

„Diese Möbel sind bestimmt ziemlich wertvoll", erklärte sie George.

„Ich glaube schon." Er stieß eine Schwingtür auf. „Die Küche."

Willow blickte sich in dem großen Raum um und war erstaunt, dass die Einrichtung aus den 80er-Jahren zu stammen schien.

Eichenschränke, blaue Resopalplatten, weiße Vinylböden und weiße Geräte. „Interessant."

„Allerdings." George seufzte. „Sie passt nicht so recht ins Haus. Meine Großmutter hat sie kurz nach meinem Schulabschluss einbauen lassen. Etwa 1985."

„In Fragen des Stils nicht gerade eine herausragende Zeit."

„Ja, das ist der Raum, den ich gerne in seinen ursprünglichen Zustand zurückversetzen würde."

„Wie sah die Küche denn vorher aus?" Sie packte ihre Lebensmittel aus.

„Die Originalküche habe ich nie gesehen. Sie wurde in den 50er-Jahren umgebaut. Das war noch vor meiner Geburt", erklärte er. „Ich war enttäuscht, als meine Großmutter sie dann neu ausgestattet hat."

„Aber haben Sie nicht gesagt, dass einige Schränke in Ihrer Küche von hier stammen?" Willow suchte in den Schränken und Schubladen nach den Küchenutensilien, die sie brauchte.

„Ja, ich nehme an, das war das Gute daran."

„Und die Geräte funktionieren noch?" Sie öffnete eine Tür des makellos sauberen Backofens.

„Soweit ich weiß schon. Heute machen sie nicht mehr viel her, aber damals waren sie hochmodern und technisch das Beste, was es gab."

Willow testete die Kochstelle des Gasherds und stellte zufrieden fest, dass die Flamme gleichmäßig brannte. „Sieht gut aus."

Sie blickte zu George hinüber. Es passte ihm nicht so recht, dass sie hier schaltete und waltete. Das sah sie ihm an.

„Wenn Sie etwas zu tun haben oder wenn Sie sich gerne ein wenig ausruhen möchten, tun Sie das ruhig. Ich bin sicher, dass ich mich in dieser Küche zurechtfinde. Und in etwa 30 Minuten sollte das Abendessen fertig sein."

„Nun, ich wollte tatsächlich einiges aus der Werkstatt meines Großvaters im Keller holen. Ein elektrischer Schraubenzieher wäre von Nutzen, wenn ich morgen die Schränke wieder zusammenbaue." Er runzelte die Stirn. „Fühlen Sie sich ruhig wie zu Hause."

Froh, dass George mit anderen Dingen beschäftigt war, suchte sich Willow zusammen, was sie brauchte, und machte sich an die Arbeit. Sie fühlte sich wie in der Zeit zurückversetzt, aber es machte Spaß, über Georges Großmutter nachzudenken. Offensichtlich hatte sie keine Angst vor Veränderungen gehabt. Zu schade, dass George dieses Wesensmerkmal nicht geerbt hatte. Und doch war es nett, sich vorzustellen, dass George als kleiner Junge die Küche seiner Großmutter aus den 50-Jahren geliebt haben musste. So sehr, dass er sie in seinem Haus wiedererstehen ließ.

Willow hatte das Gefühl, *Hausfrau* zu spielen, als sie den Tisch im Esszimmer mit Platzdeckchen, Besteck und Geschirr deckte. Kurz hatte sie überlegt, ob sie das Abendessen in der Küche einnehmen sollten, aber das helle Neonlicht an der Decke war künstlich und ungemütlich. Das konnte sie einfach nicht ertragen. In einer Schublade fand sie Kerzenleuchter aus Messing und Kerzen, und beschloss, sie auf den Tisch zu stellen. Hoffentlich hatte George nichts dagegen. Sie wollte ihn gerade zu Tisch rufen, als sie Schritte hörte.

„Ach du meine Güte." Er starrte auf den Esstisch. „Das sieht sehr nett aus."

„Sie haben gesagt, ich solle mich wie zu Hause fühlen."

George schien ein wenig unbehaglich zumute zu sein, als er ihr den Stuhl zurechtstellte. „Ich habe seit Jahren nicht mehr in diesem Raum gegessen", murmelte er, als er langsam an der anderen Seite Platz nahm.

„Ich hoffe, es ist Ihnen recht."

„Ja ja, es ist nur ein wenig ungewohnt." Und genauso ungewöhnlich war es, dass er die Hände faltete und den Kopf neigte.

„Beten Sie?", flüsterte sie.

Verlegen blickte er hoch. „Ich, äh, ich glaube, das war eine eingeübte Reaktion. Wissen Sie, wenn ich hier mit meinen Großeltern gegessen habe, hat mein Großvater immer ein Tischgebet gesprochen."

„Dann auf jeden Fall." Sie lächelte.

„Nun, ich, äh – okay." Erneut senkte er den Kopf. „Für alles, was wir empfangen werden, möge der Herr uns aufrichtig dankbar machen."

„Amen", sagte Willow leise.

„Das fühlte sich ungewohnt an." George griff nach seiner Serviette. „Und war ein wenig unehrlich, wenn ich offen sein darf."

„War das das Tischgebet Ihres Großvaters?"

„Ja, obwohl ich es nie richtig verstanden habe. Welchen Sinn hat es, Gott zu bitten, uns dankbar zu machen?"

„Sie wollen sagen, wir sollten auch ohne Gottes Hilfe dankbar sein?" Sie reichte ihm die Salatschüssel.

„Ich denke schon." Er zuckte die Achseln, während er Salat auf seinen Teller tat. „Nicht dass das jetzt überhaupt noch von Bedeutung wäre."

„Weil Sie nicht an Gott glauben?"

„Genau." George lächelte. „Das ist köstlich, Willow. Vielen Dank."

Zwar hätte Willow das Thema Gott und Glaube gerne noch ein wenig vertieft, doch sie spürte, dass ihm das unangenehm war. Darum bemühte sie sich um eine leichte Konversation während des Essens. Mehr als alles andere wünschte sie sich, dass George einfach locker wurde und einen netten Abend genoss, aber das gestaltete sich sehr schwierig.

„Wann sind Ihre Großeltern denn gestorben?", fragte sie. George griff beim Salat noch einmal zu.

„Oh, das ist jetzt etwa 15 Jahre her. Sie starben beide innerhalb von einem Jahr", erwiderte er ein wenig zerstreut.

„Und seither steht dieses Haus leer?"

Er nickte. „Ich habe überlegt, es zu verkaufen, aber es ist schon so lange im Besitz meiner Familie."

„Und es ist ein wunderschönes Haus." Sie blickte sich in dem mit dunklen Paneelen verkleideten Esszimmer um. „Wünschen Sie sich manchmal, diese Wände könnten sprechen?"

Er runzelte die Stirn. „Eigentlich nicht."

„Haben Sie unglückliche Erinnerungen an dieses Haus?"

„Nein, ganz und gar nicht. Einige meiner schönsten Erinnerungen sind mit diesem Haus verbunden."

„Haben Sie nie in Betracht gezogen, hier zu wohnen?"

„Nein, es ist viel zu groß."

„Haben Sie noch andere Verwandte, die gerne hier wohnen würden? Ich weiß ja, dass Ihr Bruder in Vietnam ums Leben gekommen ist, aber vielleicht Tanten, Onkel, Cousins?"

„Der einzige Bruder meines Großvaters ist im Ersten Weltkrieg gefallen. Er war nicht verheiratet und hatte auch keine Kinder. Und meine Mutter war ein Einzelkind. Sie ist hier aufgewachsen und hat alles geerbt."

„Ich verstehe."

„Darum fühle ich mich auch irgendwie für dieses Haus verantwortlich."

„Es ist so, als würde das Haus Sie besitzen, und nicht umgekehrt?"

Er nickte. Verblüfft schaute er sie an. „Es fühlt sich tatsächlich beinahe so an."

Willow wusste nicht, was sie sagen sollte. Sie war versucht, ihn zu drängen, sich von dem alten Haus zu trennen und von dem Ballast zu befreien, damit eine andere Familie hier einziehen und es zu ihrem Heim machen konnte. Doch sie hatte das unbestimmte Gefühl, dass ein solcher Rat nicht gut ankäme.

„Nun, es ist auf jeden Fall ein wunderschönes altes Haus", sagte sie. „Aber ganz ehrlich, diese Küche." Sie lachte. „Sie passt so gar nicht hierhin."

Er lächelte. „Das sehe ich auch so. Ich hatte immer das Gefühl, dass es ein Fehler war."

„Sie können so gut mit Holz umgehen", fuhr sie fort. „Ich wundere mich, dass Sie die Küche nicht herausgerissen und ersetzt haben durch Möbel, die zum Rest des Hauses passen."

„Vielleicht tue ich das noch." Er kräuselte die Lippen. „Allerdings weiß ich nicht so genau, wie eine neue Küche aussehen sollte. Einen 100 Jahre alten Herd finde ich jetzt auch nicht so praktisch."

„Ich hätte da so einige Ideen."

„Wirklich?" Er blickte sie mit echtem Interesse an.

„Ich würde einige schöne, hohe Holzschränke und vielleicht ein paar offene Regale aussuchen und außerdem Arbeitsplatten aus Speckstein. Wenn Geld kein Thema ist, würde ich auch Markengeräte einbauen – Sie wissen schon, diese großen Herde und Kühlschränke. Sie wirken irgendwie zeitlos, und in dieser Küche ist Platz genug für solche Geräte." Sie überlegte kurz. „Die Böden würde ich fliesen, vielleicht sogar im Schachbrettmuster."

„Interessant." Er nickte. „Das sind gute Ideen. Wenn ich mich tatsächlich mal daranmachen sollte, werde ich Sie bitten, mir bei der Ausstattung zu helfen."

„Ich schulde Ihnen was für Ihre Hilfe heute in Josies Wohnung."

George deutete auf seinen leeren Teller. „Das war ein ziemlich gutes Dankeschön."

„Hat es Ihnen geschmeckt?"

Er nickte. „Ich gehe nicht oft aus zum Essen. Und wie Sie vermutlich bereits erraten haben, bin ich kein guter Koch. Aber dann und wann freue ich mich sehr über ein leckeres Essen. Allerdings muss ich einräumen, dass es sich seltsam anfühlt, hier mit Ihnen zu sitzen." Mit glücklichem Gesichtsausdruck blickte er sich in dem Raum um. „Ich hatte vergessen, wie sehr ich dieses Haus liebe."

„Es ist wirklich wunderschön." Sie stellte das Geschirr zusammen.

„Wenn ich ehrlich bin, muss ich sagen, dass ich mich nicht wirklich umschaue, wenn ich herkomme. Ich sehe nach, ob alles in

Ordnung ist, mache ein wenig sauber, überprüfe, ob nicht eingebrochen wurde, und gehe wieder."

„Dieses Haus wirkt auf mich ein wenig traurig", gestand sie. „Als ob es einsam wäre."

„Das verstehe ich." Er nickte, und als sie seine gerunzelte Stirn bemerkte, bereute sie ihre negative Bemerkung sofort.

„Es gibt noch Vanilleeis und Himbeeren zum Dessert." Sie stellte die Teller aufeinander. „Wie hört sich das an?"

„Sehr gut." Er lächelte. „Brauchen Sie Hilfe?"

„Nein. Sie bleiben einfach sitzen und entspannen." Als sie in die Küche ging, stieg Hoffnung in ihr auf. Es war beinahe so, als hätte sie bei George einen Durchbruch erzielt. War es möglich, dass er sich für sie erwärmte? Oder war das nur ein gewisser Zauber im Heim seiner Kindheit, der seine Schutzmauer durchlässig machte? Was immer es war, es war definitiv ein Fortschritt.

16

Als Willow sich in Josies Wohnung umschaute, konnte sie kaum glauben, wie viel sie in der vergangenen Woche bereits geschafft hatten. Ohne Georges Hilfe wären sie niemals so weit gekommen. Er hatte nicht nur die Schränke wieder zusammengebaut, sondern auch eine Schleifmaschine mitgebracht und die Eichenböden abgeschliffen. Und er hatte Josie geholfen, in der Küche und im Bad Fliesen im Schachbrettmuster zu verlegen.

Natürlich waren die beiden häufig aneinandergeraten. George war Perfektionist, und Josie, nun, sie wollte einfach nur fertig werden. Aber am Ende der Woche war die kleine Wohnung fertig und Josie überglücklich. Willow konnte sich nicht erinnern, Josie jemals so glücklich gesehen zu haben. Das machte ihr beinahe Angst.

„Mit welchen Möbeln wollen Sie die Wohnung denn ausstatten?“, fragte George Willow und Josie, als er sein Werkzeug neben der Tür abstellte.

„Ach, so dies und das zusammengewürfelt“, erwiderte Willow.

„Nun, wenn Ihnen noch etwas fehlt, auf dem Dachboden meiner Großeltern stehen noch jede Menge Möbel. Meine Großmutter konnte nichts weggeben.“

„Im Ernst?“ Josies Augen leuchteten auf.

Stirnrunzelnd wanderte Georges Blick zu den limonengrünen Wänden im Wohnzimmer. „Obwohl ich nicht sicher bin, dass irgendetwas davon hierherpassen würde zu den, äh, interessanten Farben, die Sie ausgewählt haben.“

„Collin nennt das meinen Farbkasten", erklärte Josie.

George lächelte, während er seinen Akkuschrauber einpackte.

„Nun, wenn Sie wirklich Möbel übrig haben, die Sie gerne loswerden möchten, dann könnte Josie sie ja ein wenig aufpeppen, sodass sie in ihren Farbkasten hineinpassen", bemerkte Willow. „Mit Farbe und Stoff kann man viel erreichen."

„Wann kann ich denn kommen, um mich auf Ihrem Dachboden umzuschauen?", fragte Josie.

George rieb sich das Kinn, beinahe so als hätte er Bedenken. „Nun, wie wäre es, wenn Sie eine Liste von den Möbeln machen, die Sie brauchen", schlug er Josie vor. „Dann schaue ich mich ein wenig um und sehe, was ich finde. Der Dachboden ist wirklich sehr voll gestellt. Da ist wenig Platz."

„Cool." Josie drehte sich auf ihrem glänzenden Fußboden im Wohnzimmer einmal um die eigene Achse. „Gefällt es euch nicht auch?"

„Ich finde, die Wohnung ist wundervoll geworden, Schatz", bestätigte Willow. „Okay, ich würde George mit seinem Werkzeug jetzt gerne nach Hause bringen. Wenn du Hilfe brauchst, um das Bett zusammenzubauen, dann sag Bescheid, und ich komme …"

„Das kann ich selbst." Josie stemmte die Hände in die Hüften und nickte zuversichtlich. „Ich habe mittlerweile handwerkliches Geschick entwickelt, Mama. Oder ist dir das noch nicht aufgefallen?"

„Doch, das habe ich bemerkt." Willow griff nach Georges Werkzeugkasten. „Wollen wir?"

Er nickte müde und ging zur Tür.

Willow stieß Josie an. „Geh doch schnell in meine Wohnung und nimm den Behälter mit den übrig gebliebenen Nudeln aus dem Kühlschrank. Ich würde sie George gerne mitgeben."

Nachdem alles in Willows Auto verladen war, saß George schweigend auf dem Beifahrersitz. Seinen Werkzeugkasten hielt er auf dem Schoß.

„Ich hoffe, das alles hat Sie nicht zu sehr angestrengt", meinte Willow, als sie losfuhr.

„Nein, nein. Ganz und gar nicht. Aber irgendwie ist es schade, dass wir fertig sind."

„Wirklich?" Willow lachte.

„Obwohl ich mich kaum noch bewegen kann und mir alle Knochen wehtun", gestand er. „Bestimmt brauche ich heute Abend ein heißes Bad."

„Das kann ich nachvollziehen. Ich würde mir zwar gerne einreden, dass die heutigen 50er die 30er von gestern sind, aber ich kann mich nicht daran erinnern, jemals so erschöpft gewesen zu sein."

„Vermutlich dient es dazu, sich selbst Grenzen zu setzen."

„Vermutlich." Sie seufzte. „George, ich weiß nicht, wie ich Ihnen jemals für Ihre Hilfe bei Josies Wohnung danken soll. Haben Sie gesehen, wie glücklich sie war?"

„In ihrem kleinen Farbkasten." George lachte leise.

„Es ist wirklich ziemlich bunt. Aber auch fröhlich. Und ich denke, im Augenblick braucht sie mehr als je zuvor fröhliche Farben in ihrer Umgebung."

„Ich hoffe, es hilft, sie glücklich zu machen."

Vor seinem Haus stellte Willow den Wagen ab und half ihm, seine Sachen auszuladen. Zuletzt stellte sie die Reste vom Vortag in seine Küche.

„Vielleicht möchten Sie sich das zum Abendessen aufwärmen, George. Nur ein kleines Zeichen meines Dankes."

Auf der Heimfahrt überlegte Willow, wie sie George ihre Dankbarkeit zeigen konnte. Es sollte nicht immer ein Essen sein. Natürlich hatte sie angeboten, ihn für seine Arbeit zu bezahlen, aber das hatte er abgelehnt. Freunde würden Freunden helfen, hatte er betont. Und obwohl ihr diese Philosophie gefiel, überlegte sie, wie sie ihm seine Hilfe vergelten konnte.

Sie ging gerade an ihrer Galerie vorbei, als ihr ein Poster im Schaufenster ins Auge stach. Es war die Werbung für ein Heißluftballonfestival einige Kilometer vor der Stadt. Sie blieb stehen und starrte das Poster an. Das war es! Sie würde George mit einer Fahrt im Heißluftballon überraschen. Perfekt! Kurz darauf wählte sie die Nummer des Veranstalters und bestellte zwei Karten für eine Ballonfahrt um 14 Uhr am Sonntagnachmittag.

Obwohl George sich vorgenommen hatte, den folgenden Nachmittag mit einem Buch in seiner Hängematte zu verbringen, fühlte er sich erstaunlich energiegeladen, nachdem er seine Samstagsarbeit abgeschlossen hatte. Darum machte er sich auf den Weg zum Haus seiner Großeltern.

Seit dem Abendessen mit Willow hatte er es nicht mehr betreten. Das war ein höchst ungewöhnlicher Abend gewesen. In gewisser Weise beunruhigend, aber auch sehr angenehm. George wusste nicht recht, wie er es beschreiben sollte, aber in ihm war der Wunsch entstanden, einige Veränderungen in dem Haus vorzunehmen – vor allem in dieser Küche. Er hatte sie nie leiden können, aber seit er sie durch Willows Augen sah, hasste er sie regelrecht. Und ihre Vorschläge waren nicht von der Hand zu weisen.

George nahm Maß und machte sich einige Notizen. Nachdem er ein wenig nachgedacht hatte, stieg er zum Dachboden hinauf, aber dort oben konnte er es kaum aushalten. Er fühlte sich regelrecht eingeengt. Vielleicht war das doch keine so gute Idee, denn schließlich hatte er keine klaren Vorstellungen, was er mit den Dingen dort anfangen sollte. Auch wenn er den ganzen Dachboden gerne leer räumen würde, war ihm doch klar, dass hier einige Familienerbstücke und wertvolle Antiquitäten in dem Sammelsurium herumstanden.

Gedankenverloren beobachtete er die Staubkörner, die im Sonnenlicht tanzten, das durch das hohe Fenster hereinfiel. Wollte er hier oben wirklich ausmisten, um Josie zu helfen oder weil er das Haus verkaufen wollte? Sollte er in diesem Fall nicht lieber das ganze Haus ausräumen? Aber was war, wenn er gar nicht verkaufen wollte? Denn schließlich liebte er dieses Haus. Vielleicht würde er doch eines Tages hier wohnen. Doch das wiederum war natürlich lächerlich, denn das Haus war viel zu groß für ihn. Er verließ den Dachboden unverrichteter Dinge wieder und schloss die Tür. Er konnte auch später noch darüber nachdenken. Im Augenblick lockte ihn seine Hängematte.

Irgendwie vermisste George Willow, aber er hatte keinesfalls vor, sie anzurufen oder zu besuchen. Er brauchte eine Pause, eine lange Pause. Die Arbeit in Josies Wohnung hatte ihm zwar Spaß gemacht – ganz besonders, wenn Collin mit dabei gewesen war, aber der Lärm, die Unordnung und die ständigen Zankereien hatten ihn Nerven gekostet. Ganz ehrlich, George konnte sich nicht vorstellen, wie Willow das aushielt.

Sicher, Josie tat ihm irgendwie leid. Sie hatte wirklich einiges durchgemacht und während der Renovierung hatte sie einiges aus ihrem Leben erzählt. Dieses Mädchen war eigentlich ihr eigener schlimmster Feind.

Als Willow am Sonntagnachmittag vor seinem Haus anhielt, war George nicht sicher, was er davon halten sollte. Sicher, er freute sich, sie zu sehen, aber er war auch auf der Hut. Er fegte gerade seine vordere Veranda, als sie aus ihrem Wagen ausstieg. Zugegeben, in ihrem blauweißen Sommerkleid und den Sandalen sah sie sehr hübsch aus. Vermutlich kam sie gerade aus der Kirche. Sie gehörte zu einer komischen kleinen Gemeinde, die ihre Gottesdienste in einer Scheune am Stadtrand abhielt. Zwar hatte sie ihn ein paarmal zum Gottesdienst eingeladen, doch er hatte sich immer irgendwie herausgeredet.

„Ich habe eine Überraschung für Sie", verkündete sie beim Näherkommen.

„Was meinen Sie?" Er sah keine Tüte aus der Bäckerei oder irgendetwas anderes.

„Es sind keine Fragen zugelassen", erklärte sie. „Schließen Sie einfach Ihr Haus ab und kommen Sie mit."

„Nun, ich weiß nicht." Er stellte seinen Besen zur Seite.

„Bitte, George. Es wird Ihnen gefallen. Und wir haben es eilig."

„Aber ich, äh, ich ..."

„Keine Ausreden." Sie strahlte ihn an. „Vertrauen Sie mir einfach, okay? Ich habe eine Überraschung für Sie, mit der ich Ihnen für Ihre Hilfe in der vergangenen Woche danken möchte."

Seufzend drehte George sich um, um seine Haustür abzuschließen. Vielleicht wollte sie ihn ja zum Essen einladen. Das wäre nicht schlecht, denn George hatte noch nicht zu Mittag gegessen.

„Na gut", erwiderte er. „Ich vertraue Ihnen."

„Prima." Sie führte ihn zum Wagen und fuhr los. Doch als sie die Stadt hinter sich ließen, wurde er misstrauisch.

„Wohin fahren wir?"

„Sie wissen doch, Fragen sind nicht erlaubt." Sie erzählte ihm, wie begeistert Josie von ihrer Wohnung war. „Sie sollten ihren Farbkasten jetzt mal sehen. Im Secondhandladen hat sie sich einige verrückte, bunte Teile für die Einrichtung ausgesucht. Man fühlt sich jetzt an einen Zirkus erinnert, aber sie ist ganz begeistert."

„Das ist schön." Stirnrunzelnd blickte George aus dem Fenster. Sie waren jetzt zehn Minuten von der Stadt entfernt und auf einen alten Feldweg abgebogen. Wo fuhr sie mit ihm hin?

„Was ist das?" Er deutete auf etwas Buntes über einigen Baumwipfeln.

„Sie werden schon sehen", erwiderte sie geheimnisvoll. Sie bog erneut ab und stellte den Wagen auf einer Wiese ab, wo bereits ein Dutzend anderer Autos parkten. „Kommen Sie."

Eingehakt führte sie ihn über einen Trampelpfad durch ein kleines Wäldchen zu einem offenen Feld, wo eine riesige Menge Heißluftballons standen, die zum Teil noch nicht voll aufgeblasen waren.

„Du meine Güte", rief er. „Was für ein Anblick!"

„Ist das nicht unglaublich?", rief sie. „Ich wollte schon immer mal eines dieser Festivals besuchen."

„Es ist beeindruckend." George betrachtete die bunten Heißluftballons. „Steigen sie auch auf?"

„Ja. Start ist um zwei Uhr."

Sie führte ihn weiter, vorbei an einer Reihe bunter Ballons. George wäre gerne stehen geblieben und hätte dem Treiben zugeschaut, doch Willow zog ihn mit sich. Vielleicht kannte sie einen guten Aussichtspunkt, von wo aus sie den Start der Ballons beobachten konnten. Vielleicht gab es auch irgendwo etwas zu essen. George hätte jetzt gegen einen Hotdog nichts einzuwenden.

„Der hier ist doch sehr hübsch." Willow führte ihn zu einem großen rot-gelb gestreiften Ballon, der bereits voll aufgeblasen war. „Ich würde gerne mal ausprobieren, wie es ist, in dem Korb zu stehen."

„Oh, das ist bestimmt nicht erlaubt", wandte George ein.

„Sie haben doch nichts dagegen, oder?", fragte sie einen jungen Mann, der sich an den Seilen zu schaffen machte. „Ich bin Willow, und das ist mein Freund George."

„Und ich bin Rod. Schauen Sie sich mein Luftschiff ruhig an. Ich nenne sie Molly." Er öffnete das kleine Tor des Korbes. „Kommen Sie an Bord. Ich beantworte Ihnen gerne alle Ihre Fragen."

Willow zerrte George in den Korb. „Sehen Sie sich das an." Sie deutete nach oben. „Man kann sogar in die Ballonhülle hineinsehen."

George schaute hoch. Durch die gestreifte Ballonseide schimmerte das Sonnenlicht. „Ist das ein Propangasbrenner?“, fragte er Rod.

„Genau.“ Rod trat näher und demonstrierte seine Funktion. „Sehen Sie, wie die heiße Luft in die Ballonhülle steigt?“

„Die Ballonhülle?“, fragte George.

„Ja, genau.“ Rod drehte die Flamme des Brenners höher.

„Haben Sie keine Angst, dass die Hülle Feuer fängt?“ George wirkte besorgt, als Rod mit dem Propan experimentierte.

„Nee, das ist leicht zu kontrollieren.“

„Und wie wird der Ballon gesteuert, wenn er in der Luft ist?“, fragte George.

Rod lachte. „Das hängt sehr stark vom Wind ab.“

„Machen Sie mal Platz.“ Rod schob George und Willow zur Seite, als ein Mann und zwei kleine Jungen in den Korb kletterten. Rod begrüßte sie und erklärte ihnen die Grundlagen des Ballonfahrens. In dem Korb wurde es langsam eng. George wollte sich gerade an den Neuankömmlingen vorbeidrängen und aussteigen, als Rod das Tor schloss und den Helfern am Boden Anweisungen gab.

„Anker lichten!“, rief er, und auf einmal hob der Ballon langsam vom Boden ab.

„Moment mal!“ Georges Magen hob sich. „Wir sind doch noch an Bord.“

„Hoch und höher und fort“, rief Willow begeistert. „Das ist die große Überraschung, George. Wir machen eine Ballonfahrt.“

„Ich auf keinen Fall.“ George umklammerte den Korb und beugte sich über den Rand. Geschockt starrte er nach unten. Sie waren bereits mindestens drei Meter über dem Boden und stiegen schnell höher.

„Lassen Sie mich aus diesem verflixten Ding aussteigen“, rief er in Panik.

Rod lachte nur. „Es kann nichts passieren, George. Genießen Sie einfach die Fahrt.“

„Was hat denn der Mann?“, fragte der kleiner Junge.

„Er hat Angst.“ Der ältere Junge kicherte.

Während der Vater seine Söhne zur Ordnung rief, spürte George, wie seine Knie weich wurden und sein Magen sich hob – ein ähnliches Gefühl wie in einem Aufzug.

„Ist das nicht wundervoll?“, zwitscherte Willow. „Sehen Sie doch nur, jetzt steigen auch die anderen Ballons auf. Was für ein Anblick!“

George klammerte sich an die Reling des Korbes. Er schloss die Augen. Sein ganzer Körper war schweißbedeckt, er fühlte sich zittrig und elend, und ihm war so übel, dass er sich über kurz oder lang bestimmt übergeben würde. Das war zu viel! Das konnte alles nicht wahr sein!

„Geht es Ihnen nicht gut?“ Besorgt blickte Willow ihn an. „Sie sind so blass, George.“

„Mir – mir ist übel.“ Er öffnete die Augen und fragte sich, ob sie ihn *absichtlich* in eine solche Situation gebracht hatte.

„Das tut mir leid.“ Sie legte ihre Hand auf seine. „Atmen Sie tief durch. Versuchen Sie zu entspannen, George. Ihnen kann nichts passieren. Das ist ein großer Spaß. Sie werden schon sehen.“

„Ich – ich habe Höhenangst“, flüsterte er. „Ich – ich kann das nicht.“

„Kommen Sie.“ Rod half George, sich auf einen umgedrehten Eimer zu setzen und reichte ihm eine Flasche Wasser. „Trinken Sie langsam und atmen Sie tief durch.“

Mit zitternder Hand öffnete er die Flasche, trank vorsichtig einen Schluck und versuchte zu atmen. Was, wenn er sich hier übergab? Oder schlimmer noch, was, wenn er hier einen Herzanfall bekäme? Wie lange würde es dauern, bis sie wieder am Boden wären und Hilfe holen könnten?

Er hockte auf dem Eimer, trank langsam sein Wasser, versuchte zu atmen und lauschte den Kommentaren der anderen, wie wundervoll die Aussicht von hier oben sei. Die Jungen knipsten abwechselnd Fotos mit dem Telefon ihres Vaters und verhielten sich, als wäre es ganz normal, in solcher Höhe durch die Luft zu schweben. Wussten sie denn nicht, dass dieser Ballon reißen oder in Flammen aufgehen konnte – und dass sie dann alle abstürzen würden?

„Möchten Sie nicht auch die Aussicht genießen?", fragte Willow.

Er schüttelte nur den Kopf, und sie kehrte an die Reling zurück.

Mehrere Minuten lang versuchte er, sich zu beruhigen. Allmählich kam George sich töricht vor. Was war denn nur los mit ihm? Er zwang sich aufzustehen, doch seine Beine fühlten sich an wie Pudding. Sich an dem Geländer des Korbes abstützend, holte er tief Luft und schaute hinunter. Sie waren so weit oben, dass ihn eine neue Welle der Panik ergriff. Ohne ein Wort zu sagen, setzte er sich wieder auf den Eimer. Vorgebeugt stützte er den Kopf in die Hände und sehnte das Ende der Folter herbei.

„Wie geht es Ihnen, George?", fragte Rod fröhlich.

„Großartig", brummte George. „Wie lange dauert die Fahrt?"

„Nun, dies ist die De-luxe-Fahrt. Wir werden um drei Uhr auf dem Fußballfeld der *Warner High* landen."

George stöhnte. Sein Blick wanderte zu den Jungen, die jetzt lieber auf das Handy ihres Vaters starrten, als die Aussicht unten zu genießen. Er war versucht, ihnen das Handy zu entreißen, den Notruf zu wählen und einen Krankenwagen zum Fußballfeld kommen zu lassen, da er ziemlich sicher war, dass er, wenn er keinen Herzanfall bekam, ganz bestimmt einen Schlaganfall erleiden würde. Sein Blutdruck war garantiert in ungeahnte Höhen geschossen.

Um sich von seiner Phobie abzulenken, beobachtete George die beiden Jungen, die jetzt neben ihm auf dem Boden hockten, um ein Videospiel auf dem Handy ihres Vaters zu spielen. Sosehr er elektronische Geräte verabscheute, im Augenblick war er froh über dieses dumme Ding. Er beobachtete die Jungen und war dankbar für diese ungewöhnliche Art der Kameradschaft.

Willow, Rod und der Vater der Jungen begeisterten sich für den Ausblick und unterhielten sich über den vorherrschenden Wind, aber George hockte auf seinem Eimer und wünschte, diese schreckliche Pein möge bald vorüber sein. Vielleicht würde es ihm nicht einmal etwas ausmachen, wenn sie seinen leblosen Körper als Futter für neugierige Gaffer auf das Fußballfeld werfen würden. Dann wäre es wenigstens vorbei.

Willow und Rod sahen in dieser seinem Gefühl nach längsten Stunde seines Lebens immer mal wieder nach ihm. Der Vater nörgelte an seinen Kindern herum und drängte sie, sich hinzustellen und die Fahrt zu genießen, und schließlich nahm er ihnen sein Telefon einfach weg, sodass sie nichts Besseres zu tun hatten, als die Landschaft unter ihnen anzuschauen. Und endlich, endlich drehte Rod die Gasflamme herunter, und der Ballon begann zu sinken.

Dieser rasche Abstieg verursachte George natürlich neue Übelkeit. So sehr, dass er, sobald sie auf den Boden aufschlugen, aufsprang und durch das Türchen stürmte, obwohl Rod versuchte, ihn aufzuhalten. George hatte nicht realisiert, dass der Korb wieder hochgesprungen war, und so stürzte er zu Boden und blieb zusammengekauert liegen.

„Oh, George“, rief Willow und eilte zu ihm hin. „Alles in Ordnung?“

„Ich weiß nicht“, gab er kurz zurück.

„Haben Sie sich was gebrochen?“

„Ich glaube nicht.“ Mit finsterem Gesichtsausdruck richtete er sich auf.

„Sie hätten nicht so schnell aussteigen sollen.“ Sie half ihm auf die Beine. „Sie hätten sich verletzen können.“

„Es ist ein Wunder, dass ich nicht aus diesem dummen Ding gesprungen bin, als wir noch in der Luft waren“, fuhr er sie an. „Nie in meinem Leben habe ich etwas so Entsetzliches erlebt.“

„Es tut mir leid …“

„Adieu, Willow“, schnappte er. Und ohne ein weiteres Wort stürmte er davon.

Eine schöne Art, jemandem zu danken! George hätte es doch besser wissen müssen. Wie konnte er dieser Frau vertrauen. Willow West war einfach nur durchgeknallt. Und George hatte jetzt endgültig die Nase voll von ihr!

17

Nach der katastrophalen Ballonfahrt ging es Willow sehr schlecht, und sie war fast davon überzeugt, dass George nie wieder ein Wort mit ihr reden würde. Natürlich wusste sie genau, dass sie ihn jetzt einfach in Ruhe lassen sollte – doch sie hatte immer noch das Gefühl, ihm irgendwie Danke sagen zu müssen. Nur hatte sie keine Ahnung, wie dieser Dank aussehen könnte. Vielleicht war das Beste, was sie für ihn tun konnte, einfach gar nichts zu tun. Aber das war nicht ihr Stil.

Willow konnte George nicht so ganz verstehen, aber sie vermutete, dass er in einem Leben gefangen war, das er nicht mal besonders mochte. Oh sicher, George glaubte, er würde sein ruhiges, vorhersehbares Leben, das er sich selbst geschaffen hatte, lieben, aber immer wieder war auch kurz ein anderer George zum Vorschein gekommen. Ein Mann, der mehr wollte – ein Mann, der es bedauerte, dass das Leben an ihm vorbeiglitt. Wie konnte sie ihn ermutigen, mehr seinen verschütteten Wünschen nachzugehen? Sie wusste es nicht.

Nachdem eine Woche vergangen war, ohne dass sie George begegnet war, machte sich Willow Sorgen. Sie stellte sich vor, wie er sich in seinem kleinen Haus eingeigelt und Angst hatte, auch nur einen Fuß vor die Tür zu setzen, geschweige denn mit einem anderen Menschen zu reden. Konnte es sein, dass die Ballonfahrt ein gravierender Rückschlag für ihn gewesen war? Und falls das so war, war das nicht ihre Schuld? Und wenn es ihre Schuld war, sollte sie dann nicht etwas tun, um das wiedergutzumachen?

Wie an jedem Freitag vertiefte sie sich in das Lokalblatt, das alle zwei Wochen erschien. Sie interessierte sich vor allem für die Anzeigen des Tierheims und das aus zwei Gründen. Zum einen liebte sie Tiere, und ihr gefiel die Vorstellung, dass die armen Tiere ein neues, gutes Heim fanden. Aber sie hoffte auch, auf ein Tier zu stoßen, das zu ihrem Lebensstil passte, was aber vermutlich weder ein Hund noch eine Katze wäre, vielleicht nicht einmal ein Vogel. Aber sie war offen für ein Haustier, und eines Tages, wenn ihr Leben wieder etwas ruhiger verliefe, würde sie sich bestimmt im Tierheim ein Haustier aussuchen.

Ein Foto des Tierheims ließ jedoch ihr Herz schneller schlagen. Staunend betrachtete sie die getigerte Katze mit den großen Augen und dem freundlichen Gesichtsausdruck. Sie las den Text und erfuhr, dass das Tier ein vier Jahre alter *Maine Coon*-Kater mit Namen Baxter war, dessen Besitzer kürzlich verstorben war. Ohne nachzudenken schnappte sie sich ihre Handtasche und die Schlüssel, fuhr auf direktem Weg zum Tierheim und hoffte, dass die Katze noch da war.

„Wir hatten einige Anrufe wegen Baxter", teilte die Frau am Empfang ihr mit. „Aber Sie sind die Erste, die herkommt."

„Darf ich ihn sehen?"

„Natürlich." Die Frau führte Willow nach hinten. „Wenn ich nicht bereits drei Katzen hätte, würde ich ihn selbst behalten."

„Ich habe gehört, dass *Maine Coon*-Katzen ganz besondere Tiere sind", bemerkte Willow.

„Dieser Kater ganz bestimmt. Er besitzt Charakter und Intelligenz." Die Frau öffnete einen Käfig. „Darf ich vorstellen: Baxter."

„Hallo Baxter." Willow streckte die Hand in den Käfig, um den Kater zu streicheln. „Wie geht es dir?" Er rieb den Kopf an ihrer Hand. Sie holte ihn aus dem Käfig und nahm ihn auf den Arm. „Du bist ganz schön schwer." Sie betrachtete seine großen Tatzen. „Und außerdem hast du große Füße."

„Das sind charakteristische Merkmale für eine *Maine Coon*-Katze." Sie erklärte noch ein paar andere Besonderheiten dieser Katzenart.

„Nun, ich würde dieses Tier gerne adoptieren", erklärte Willow ihr. „Eigentlich wollte ich ihn für einen Freund haben, aber nachdem ich ihn nun kennengelernt habe, bin ich versucht, ihn selbst zu behalten."

„Hauptsache ist, der Kater bekommt ein gutes Heim."

Willow suchte noch einiges an Katzenspielzeug aus, zahlte die fällige Gebühr, und kurz darauf waren sie und Baxter auf dem Heimweg. Doch sie nahm ihn nicht mit hinauf in ihre Wohnung, obwohl sie das am liebsten getan hätte, sondern fuhr mit ihm gleich weiter zu George. Oh, sie kannte George gut genug, um zu wissen, dass er protestieren und ihr Geschenk vermutlich gar nicht erst annehmen würde, aber sie musste es versuchen. George war einsam und eine so hübsche Katze wie Baxter würde sein trauriges kleines Leben etwas aufhellen. So gerne sie Baxter auch für sich behalten hätte, sie hatte das Gefühl, dass George ihn mehr verdient hatte. Die Frage war jetzt nur, wie sie ihn davon überzeugen könnte.

Willow parkte vor Georges Haus, und nachdem sie sich selbst Mut zugesprochen hatte, nahm sie den Katzenkäfig aus dem Auto und marschierte zur Tür. Sie läutete und hoffte beinahe, er würde nicht öffnen, denn dann würde sie die Katze samt Zubehör und einem kleinen Gruß einfach vor die Tür stellen können. Doch George öffnete die Tür.

„Guten Morgen", sagte sie. „Entschuldigen Sie bitte, dass ich Sie störe, aber ich habe eine besondere Lieferung für Sie. Darf ich hereinkommen?"

George blickte sie verblüfft an, trat aber zurück und ließ sie ein.

„Sie haben sich über mich geärgert, George, und das verstehe ich, aber ich habe etwas gefunden, bei dem ich ziemlich sicher bin, dass Sie es brauchen."

„Und was ist *das*?" George deutete auf die Katzenbox.

„Das ist Baxter." Sie stellte die Katzenbox auf den Boden, kniete sich hin, holte ganz vorsichtig den Kater heraus und drückte ihn einen Augenblick lang an sich. „Um ehrlich zu sein, ich habe mich so in Baxter verliebt, dass ich ihn am liebsten selbst behalten würde, aber ich weiß, dass Baxter für Sie bestimmt ist, George." Sie hielt ihm den Kater hin. „Er ist vier Jahre alt, und sein Herrchen ist kürzlich verstorben. Baxter braucht ein gutes Zuhause."

Georges Augen wurden riesengroß, als Willow ihm den Kater in den Arm drückte.

Schnell gab sie ein paar Informationen der Frau aus dem Tierheim weiter und erklärte, wie wichtig es sei, dass Baxter zunächst mindestens zwei Wochen im Haus bliebe. Dann sagte sie noch: „Bitte entschuldigen Sie mich jetzt kurz", und bevor George noch ein Wort äußern konnte, eilte Willow auch schon nach draußen. Sie suchte die verschiedenen Artikel zusammen, die sie im Tierheim ausgewählt hatte, brachte sie ins Haus und legte sie auf den Couchtisch.

„Was soll ich mit all diesem Zeug?" Mit angewidertem Gesichtsausdruck setzte George den Kater auf den Boden. „Sie können doch nicht einfach ..."

„Es tut mir leid, aber ich muss die Ausstellung heute Abend vorbereiten. Es ist schon wieder der letzte Freitag im Monat."

„Aber Sie können nicht ..."

„Wie ich bereits sagte, heute Abend ist Ausstellung."

„Wissen Sie, was Sie sind, Willow West?" George hob eine geballte Faust. „Sie sind eine Kamelnase."

„Wie bitte?" Willow starrte ihn schockiert an. „Das ist ja ein nettes Kompliment!"

„Haben Sie schon mal das Sprichwort vom Kamel im Zelt gehört?"

Sie runzelte die Stirn. „Sie wollen mir jetzt im Ernst eine Geschichte erzählen?"

„Das will ich tatsächlich.“ Er lächelte selbstgefällig und verschränkte die Arme vor der Brust. „Es ist ein kalter Abend in der Sahara. Ein arabischer Reisender hat sich in sein Zelt zurückgezogen und sein Kamel steht zitternd draußen.“

„Also wirklich, George, sind Sie ...“

„Das Kamel sagt zu seinem Herrn: ‚Mir ist so kalt, bitte lass mich meine Nase in dein Zelt stecken, um mich zu wärmen.‘ Nun, der Herr ist damit einverstanden und lässt das Tier seine Nase hereinstecken. Dann fragt das Kamel, ob es auch seinen Kopf hereinstecken könnte, dann seine Schultern. Und es dauert nicht lange, bis das ganze Kamel im Zelt steht und kein Platz mehr für den Herrn ist und ...“

„Sie wollen also sagen, ich sei eine Kamelnase?“ Willow schniefte entrüstet. „Ich habe verstanden.“

„Dann nehmen Sie Ihre Katze wieder mit“, forderte er.

„Passen Sie auf, George.“ Zornig stieß sie mit dem Finger in die Luft. „Wenn Sie aus irgendeinem Grund zu der Einsicht kommen, dass Baxter und Sie nicht zueinander passen, rufen Sie mich einfach an. Dann komme ich sehr gern und hole ihn sofort wieder ab.“ Sie funkelte ihn an.

„Vielen Dank!“

Ohne ihm die Gelegenheit zu geben, sie noch mehr zu beleidigen, stürmte sie durch die Tür. Auf dem Heimweg wusste sie nicht so genau, was sie mehr aufregte – Georges Unverschämtheit ihr gegenüber oder dass sie diese süße Katze bei ihm gelassen hatte. Aber so wie es aussah, würde sie Baxter sowieso zurückbekommen. Auch gut!

In Georges Augen war Willow mehr als nur exzentrisch – die Frau war nachweislich durchgeknallt. Wer kaufte denn, ohne zu fragen, für einen anderen Menschen eine Katze, lud sie dann bei demjenigen ab und verschwand? Er starrte den Kater auf dem Boden an. Er mochte keine Katzen. Warum um alles in der Welt sollte er diese hier behalten? Haustiere machten Unordnung und Dreck, sie brauchten Pflege und machten Lärm. Das war absolut lächerlich. Willow sollte sofort wieder umkehren und diese Katze abholen.

George ging zu seinem Telefon, nahm den Hörer ab und wollte gerade wählen, als Baxter sich an seinen Beinen rieb. Diese Bewegung fühlte sich irgendwie so vertraut an – genauso war Buddy um seine Beine gestrichen. George legte den Hörer wieder auf, kniete sich hin, um den Kater genauer anzuschauen. Das Tier schnurrte zufrieden. Er streichelte den Kopf des Katers und war verblüfft, wie sehr er Buddy ähnelte. Das war schon beinahe unheimlich.

„Baxter?", sagte George leise. „Willst du wirklich bei einem alten Griesgram wie mir leben? Ich bin so eingefahren. Eigentlich mag ich keine Katzen. Nun, die meisten Katzen."

Er ließ sich in seinem Lieblingssessel nieder und versuchte, seine Gedanken zu ordnen. Manchmal hatte es beinahe den Anschein, als hätte Willow ihn mit irgendeinem Zauber belegt, der ihn dazu brachte, Dinge zu sagen, die er gar nicht sagen wollte, oder Dinge zu tun, die er nie beabsichtigt hatte.

Dieses Gemälde war ein gutes Beispiel. Er betrachtete den alten Pick-up im Mohnfeld und schüttelte den Kopf. Ein großes, buntes Bild hatte er nie an seiner Wand haben wollen … und doch wusste er, dass er es jetzt nicht mehr herunternehmen konnte. Er wollte es auch nicht mehr. Und was war mit diesem Kaffee? Nachdem er eine Woche lang die Bohnen selbst gemahlen hatte, konnte er nicht mehr zu seiner sonst üblichen Sorte zurückkehren. Wie hatte so etwas passieren können?

Baxter sprang auf Georges Schoß, so anmutig, dass George nicht einmal die Krallen des Katers auf seinen Beinen spürte. Und er schaute George mit seinen erstaunlich intelligenten moosgrünen

Augen und seinem zufriedenen Gesichtsausdruck an, der ihm seltsam vertraut erschien.

George streichelte das dichte Fell des Katers. Es fühlte sich genauso an wie das von Buddy damals. Er untersuchte die großen, flauschigen Tatzen, was für ihn auch sehr vertraut war.

„Bist du mit Buddy verwandt?", flüsterte George.

Der Kater antwortete natürlich nicht. Aber als er sich auf Georges Schoß kuschelte, als seien sie schon immer Freunde gewesen, hatte George seine Antwort bekommen. Obwohl der Gedanke für ihn keinen Sinn ergab, war sich George ziemlich sicher, dass Baxter bleiben würde.

Während sie ihre Einkäufe erledigte und in ihrem Atelier arbeitete, hielt Willow ihr Handy griffbereit. Jeden Augenblick rechnete sie damit, dass George anrufen und sie auffordern würde, die Katze abzuholen. Aber der Anruf blieb aus. Sie fragte sogar später am Nachmittag in der Galerie nach, aber Leslie versicherte ihr, George hätte nicht angerufen.

„Ist alles für heute Abend vorbereitet?", fragte Willow. „Kann ich noch irgendwie helfen?"

„Ich glaube nicht. Die Musiker kommen um halb sieben. Ich habe für sie eine Ecke freigeräumt. Marissa wird das Podest aufbauen und Collin will ihr dabei helfen." Leslie zwinkerte ihr zu. „Ich glaube, das ist nur ein Vorwand, um in ihrer Nähe zu sein. Der arme Junge ist bis über beide Ohren verliebt."

„Und die Häppchen sollen bis fünf Uhr geliefert werden."

„Ich kümmere mich darum, dass nachgelegt wird. Joel wird vorne die Stellung halten."

„Prima. Dann kann ich mich unter die Gäste mischen." Willow dankte ihr und wandte sich zum Gehen. „Ich werde bis sechs Uhr in meiner Wohnung sein. Sollte George Emerson zufällig hier unten anrufen, dann bitte ihn doch, sich auf meinem Handy zu melden. Es ist wichtig.“

„Dann ist zwischen euch also wieder alles gut?“, neckte Leslie.

Willow hatte ihr vermutlich zu viel anvertraut, aber nach dieser missglückten Ballonfahrt hatte sie jemanden zum Reden gebraucht. „Ich bezweifle, dass George mir diese verhängnisvolle Ballonfahrt jemals vergeben wird.“

Leslie lachte leise. „Ich stelle mir vor, wie er mit grünem Gesicht auf diesem Eimer hockt und schließlich auf das Fußballfeld stürzt.“

„Wage es nicht, diese Geschichte jemals weiterzuerzählen“, warnte Willow, „sonst ist es mit unserer Freundschaft aus.“

„Keine Sorge, ich verspreche es.“ Sie senkte die Stimme. „Aber wenn du bei George immer noch in Ungnade bist, warum rechnest du dann damit, dass er anruft?“

Willow verzog das Gesicht. „Weil ich ihm eine Katze geschenkt habe.“

„*Was*?“

„Ich weiß, ich weiß.“ Willow hob die Hände. „Vermutlich hatte ich einen Aussetzer. Aber ich hatte einfach den Eindruck, dass er eine Katze braucht.“

„Der zugeknöpfte Mr Emerson mit einem Haustier?“ Leslie blickte sie zweifelnd an.

„Nun, die Abmachung ist folgende: Wenn George die Katze nicht will, dann nehme ich sie. Wenn er also anruft, dann will ich mit ihm reden. *Verstanden*?“

Leslie salutierte, und Willow kehrte wieder in ihre Wohnung zurück – und hockte sich neben das Telefon.

Eigentlich war es doch ganz gut, dass George nicht bei ihr anrief. Dafür sollte sie wirklich dankbar sein. Vielleicht hatte der Kater ja mittlerweile sein Herz erobert, obwohl sie sich das kaum vorstellen konnte.

Sie sollte Erleichterung darüber empfinden, doch irgendwie war sie enttäuscht, und sie machte sich Sorgen. Er hatte doch hoffentlich verstanden, dass sie die Katze nehmen würde, wenn er sie nicht wollte. Er würde sie wohl nicht ins Tierheim zurückbringen? Sie stellte sich vor, wie er mit der Katzenbox in der Hand dort auftauchte und die Katze zurückgab.

Aber sie hatte jetzt keine Zeit, dich darüber Gedanken zu machen. Willow musste sich für den Abend umziehen. Sie war gerade dabei, sich zu schminken, als es an ihrer Tür klopfte. Sie eilte hin, um aufzumachen, denn sie war davon überzeugt, dass es George und Baxter wären, aber Josie stand mit einem Becher in der Hand vor der Tür.

„Ich wollte Makkaroni mit Käse machen und habe keine Milch mehr. Kann ich mir welche ausborgen?"

Willow nickte. „Bedien dich." Sie wollte Josie daran erinnern, dass sie von ihr ein Budget für Lebensmittel bekommen hatte und dass es vielleicht an der Zeit wäre, ernsthaft auf Jobsuche zu gehen.

„Wofür hast du dich so aufgedonnert?", fragte Josie, als sie den Kühlschrank öffnete. „Große Verabredung mit George heute Abend?"

„Nein." Von der verhängnisvollen Ballonfahrt hatte sie Josie nichts erzählt.

„Wo steckt er überhaupt?" Josie füllte ihren Becher. „Ich habe ihn schon länger nicht gesehen."

„Ich glaube, er ist beschäftigt, Liebes."

„Und warum hast du dich dann in dein Zigeuneroutfit geworfen?"

Willow schaute an ihrem unkonventionellen Kleid herunter. „Ja, ich sehe tatsächlich aus wie eine Zigeunerin", gestand sie. „Heute Abend ist eine Ausstellungseröffnung in der Galerie. Und natürlich muss ich ein wenig ausgefallen und künstlerisch aussehen. Denkst du, das ist mir gelungen?"

„Ja, das kann man so sagen." Josie zog die Augenbrauen in die Höhe. „Gibt es bei deiner kleinen Party auch was zu essen?"

„Eigentlich nur Käse und Cracker."

Willow hoffte nur, dass Josie nicht auch kommen wollte. Sie stellte sich vor, wie ihre Tochter in ihrer zerrissenen, mit Farbe bespritzten Jeans und einem dreckigen T-Shirt nach unten kam und eine Szene machte. Willow wusste, dass sie ganz vorsichtig vorgehen musste.

„Es wird auch Livemusik gespielt. Nur ein kleines Folktrio. Es wird also nicht zu laut werden."

„Essen *und* Musik?" Josie nickte. „Dann werde ich wohl kommen, denke ich."

Willow zwang ein, wie sie hoffte, glaubwürdiges Lächeln auf ihr Gesicht. „Das wäre schön, Schatz. Nur, weißt du, die Leute neigen dazu, sich für eine Ausstellung schick zu machen. Keine formelle Kleidung, meine ich, aber sie ziehen sich eben hübsch an."

„*Hübsch?*" Josie runzelte die Stirn. „Was soll das heißen? Willst du etwa sagen, dass meine Klamotten nicht schick genug sind für die erlesene Ausstellung meiner Mutter?"

„Nun, hast du vielleicht noch etwas, das nicht abgetragen, zerrissen oder fleckig ist?" Willow wappnete sich.

Josies Blick verfinsterte sich. „Tatsächlich habe ich das nicht."

„Wirklich nicht?" Willow betrachtete ihre Tochter. „Ich würde dir ja was von mir anbieten, aber ich fürchte, das würde dich beleidigen."

Josies Gesicht hellte sich ein wenig auf. „Ich weiß nicht. Was hast du denn?"

Willow versuchte, ihren Schock zu verbergen. „Komm, wir gehen nachschauen."

Josie stellte ihren Milchbecher ab, folgte Willow in ihr Schlafzimmer und warf sich auf ihr Bett. „Zeig mir, was du hast."

Willow betrat ihren begehbaren Kleiderschrank und schaute sich um. „Du bist natürlich schlanker als ich, Josie, aber vielleicht werden wir trotzdem fündig."

Sie suchte ein wenig herum und nahm schließlich ein Sommerkleid aus Jeansstoff heraus. Es war ihr zu klein, aber sie hatte es immer gemocht.

„Wie wäre es damit?“ Sie hielt es in die Höhe, doch Josie zog die Nase kraus.

„Nee, lieber nicht.“

„Angezogen sieht es richtig gut aus“, versuchte Willow sie zu überreden.

„Was hast du sonst noch?“ Josie trat zu ihr in den Schrank und schaute sich um. „Wie wäre es hiermit?“ Sie hielt eines von Willows Lieblingstops in die Höhe. „Künstlerschick?“

„Das würde dir bestimmt stehen.“

„Ich habe noch eine Jeans, die gar nicht so übel ist.“ Vor dem Spiegel hielt Josie sich das Top an. „Was meinst du?“

„Ich finde, es steht dir.“ Willow berührte Josies strähnigen Haare, die wie üblich eine Wäsche brauchten. „Wie wäre es noch mit ein Paar hübschen Sandalen? Trägst du immer noch Größe 40?“

„Ja.“

Willow hielt ein Paar geflochtene Ledersandalen mit Plateausohle in die Höhe, die sie nicht mehr gerne trug. Sie waren ihr zu hoch. „Du kannst die hier haben, wenn du möchtest.“

„Wirklich? Die sind cool, Mama. Danke.“ Sie deutete auf das Sommerkleid, das noch auf dem Bett lag. „Vielleicht nehme ich das auch noch. Nur für den Fall.“

„Prima. Ich sollte jetzt besser nach unten gehen“, erklärte Willow ihr. „Aber du brauchst dich nicht zu beeilen. Vor sieben Uhr ist da unten nichts los. Du kannst sogar noch unter die Dusche springen, wenn du möchtest.“

„Soll das eine Anspielung sein?“, fragte Josie scharf, doch sie grinste verschmitzt.

„Ich meine ja nur.“ Willow schlüpfte in ihre mit Strass besetzten Sandalen mit niedrigem Absatz, die relativ bequem waren, sodass sie den Abend darin gut überstehen könnte. „Wir sehen uns später, Liebes."

Während Willow die Treppe zur Galerie hinunterstieg, sprach sie ein stummes Gebet für Josie … dass sie ihren Platz in dieser Stadt finden möge – und in der Welt generell. Aber dass Josie Interesse hatte, sich unter die Leute zu mischen, machte ihr Mut. Sie hoffte nur, dass ihre unberechenbare Tochter keine Szene machte. Und dass Collin ebenfalls da war, gab ihr nicht unbedingt Hoffnung.

18

Schon am Abend waren George und Baxter dicke Freunde. Doch jetzt hatte George ein schlechtes Gewissen, dass er am Morgen so auf Willow losgegangen war. Hatte er sie tatsächlich „Kamelnase“ genannt? Ach du meine Güte.

„Vielleicht sollte ich versuchen, die Sache mit ihr wieder in Ordnung zu bringen“, sagte er zu Baxter, während er das Geschirr abtrocknete.

Er überlegte, Willow anzurufen und sich zu entschuldigen, doch dann fiel ihm ein, dass sie die Ausstellung am Abend erwähnt hatte. George hängte das feuchte Geschirrtuch auf und beugte sich herunter, um Baxter zu streicheln. „Was meinst du, Kumpel, könntest du mich für eine Stunde oder so entbehren?“

Baxter rieb sich an seinen Beinen, beinahe, als wolle er ihm versichern, dass er prima allein klarkommen würde. George streifte ein frisches Hemd über, band eine Krawatte um und zog ein Jackett an.

„Magst du klassische Musik?“, fragte er Baxter und schaltete sein Radio an, das wie üblich auf den Klassiksender eingestellt war. „Mozart kann dir eine Weile lang Gesellschaft leisten.“

George gab Baxter ein Leckerli und verließ das Haus. Auf dem Weg zur Stadt probte er seine Entschuldigung. Sie durfte nicht zu lang ausfallen, für den Fall, dass in der Galerie viel Betrieb herrschte. Nach seiner Entschuldigung wollte George ihr versichern, dass Baxter sich gut eingelebt hatte und seinen einfachen Haushalt wundervoll zu ergänzen versprach. Und dann würde er wieder gehen.

Musik drang durch die geöffnete Tür von Willow Wests Galerie. Wie er erwartet hatte, herrschte viel Betrieb. Nervosität erfasste ihn, als er eintrat. Nicht zum ersten Mal überlegte er, wie diese Frau es nur schaffte, ihn ständig dazu zu bringen, über seinen Schatten zu springen.

„Hallo, Mr Emerson." Marissa schien sich zu freuen, ihn zu sehen. „Willkommen zur Ausstellungseröffnung. Heute Abend gibt es einige wirklich tolle Kunstwerke zu bewundern. Und leckere Häppchen finden Sie hinten."

Auch Collin kam, um ihn zu begrüßen. Wie Marissa begegnete er ihm so herzlich und freundlich, dass George hoffte, Willow hätte ihm nichts von dem Fiasko der Ballonfahrt vom vergangenen Wochenende erzählt.

„Wie läuft es mit deinem Job im Buchladen?", fragte George Collin.

„Wirklich sehr gut. Ich arbeite jetzt Vollzeit."

„Wie schön." George suchte die Menge nach Willow ab und entdeckte sie am hinteren Ende der Galerie.

„Sie sollten nächste Woche mal vorbeikommen", schlug Collin ihm vor. „Bei uns gibt es gerade ein kleines Preisausschreiben, um Kunden für den *Bücherecken-Club* zu werben."

„Was ist denn das?"

„Das ist eine Werbekampagne, und es gibt Rabattcoupons und besondere Einladungen zu Veranstaltungen in der Bücherecke."

George nickte. „Nun, ich komme bestimmt mal vorbei."

„Hallo, Mr Emerson." Josie, die viel hübscher aussah, als George sie jemals gesehen hatte, stellte sich zu ihnen. In der Hand hielt sie einen Plastikbecher mit Rotwein und Käse in der anderen. „Tolle Party, nicht?"

„Ja, sehr nett."

„Und es gibt kostenlosen Wein." Sie lachte leise.

„Sieht so aus, als hättest du genug", fuhr Collin sie ziemlich scharf an.

„Sagt wer, Junior?“ Josie blickte ihn finster an, während sie das Stück Käse in den Mund steckte.

„Ich werde Leslie Bescheid sagen, dass du genug Wein hattest“, sagte Collin bestimmt.

„Halte dich da raus!“, erwiderte sie etwas zu laut.

„Ich denke, es ist Zeit für dich zu gehen“, erwiderte Collin leise. „Ich nehme nicht an, dass du vorhast, ein Bild zu kaufen …“

„Und was hast du mir zu sagen?“, fuhr sie ihn an.

„Hey, ihr zwei“, ging Marissa erschrocken dazwischen. „Vielleicht solltet ihr euren Streit draußen austragen.“

„Sag du mir nicht, was ich machen soll“, schoss Josie zurück.

„Entschuldigung“, meldete sich George sachlich zu Wort. „Ich möchte diesen Familienaustausch ja nicht unterbrechen.“ Er blickte Josie an. „Aber ich habe Ihre Wohnung noch gar nicht gesehen, nachdem alle Schränke wieder an ihrem Platz stehen. Ob wohl die Möglichkeit besteht, dass Sie sie mir heute Abend mal zeigen?“

Josie sah immer noch so aus, als wollte sie ihrem Sohn eine Ohrfeige geben, doch zu Georges Erleichterung drehte sie sich zu ihm um und nickte. „Natürlich. Ich habe genug von diesem Laden. Kommen Sie mit hoch, dann zeige ich Ihnen, was ich diese Woche gemacht habe.“

George lächelte Collin und Marissa zu, und ohne ein weiteres Wort nahm er Josie am Arm und führte sie aus der Galerie.

„Sie sehen heute Abend sehr hübsch aus“, sagte er, sobald sie den Raum verlassen hatten.

„Vielen Dank.“ Sie warf ihren leeren Becher in einen Mülleimer. „Hier entlang, Mr Emerson. Dann wollen wir mal meinen verrückten Farbkasten besichtigen.“

George bemühte sich, nicht zusammenzuzucken, als sie die schreiend bunte Wohnung betraten.

„Die ist aber wirklich sehr lebhaft geworden“, sagte er, als sie ihm das limonengrüne Wohnzimmer zeigte. Es gab nicht einen Punkt in dem Raum, an dem sich das Auge ausruhen konnte. Die Sitzkissen, Teppiche und Wandbehänge waren alle bunt bedruckt.

„Mama hat mir geholfen, den Schonbezug für das Sofa zu machen. Aber ich hätte schon gerne noch zwei Sessel. Für den Fall, dass ich mal Freunde einlade."

„Vielleicht habe ich ja etwas, das für Sie passt", bot George an. „Ich habe mich ein wenig auf dem Dachboden umgesehen, allerdings bin ich noch nicht weit gekommen."

„Außerdem brauche ich noch einen Tisch und Stühle für die Küche." Als sie das Küchenlicht einschaltete, widerstand George dem Drang zu blinzeln. „Ich hätte gerne Möbel, die ich anmalen kann."

„Natürlich."

„Kommen Sie, Sie müssen unbedingt den Duschvorhang in meinem Bad sehen", rief sie. „Ich habe mich von Ihnen inspirieren lassen."

„Ich kann es kaum erwarten", murmelte er.

Sie schaltete das Licht an, und vor George entfaltete sich ein tropisch anmutender Strand.

„Das ist *mein* Mittelmeer", erklärte sie ihm.

„Sehr hübsch." Er nickte zustimmend. Das war bisher tatsächlich der am wenigsten schrille Raum in ihrer Wohnung.

„Und jetzt müssen Sie sich noch mein Schlafzimmer anschauen. Mama hat einen richtig coolen gebatikten Quilt ausgegraben, den sie im College genäht hat."

George stellte sich innerlich auf noch mehr Augenschmerz ein, als sie das Deckenlicht einschaltete. Doch zu seiner großen Erleichterung war es gar nicht so übel, obwohl der Quilt in mehreren Rottönen gehalten war.

„Sehr hübsch", lobte er.

„Jetzt brauche ich nur noch zwei Nachttische und Lampen."

„Nun, vielleicht möchten Sie einmal auf dem Dachboden meiner Großeltern herumstöbern", sagte er, als sie ins Wohnzimmer zurückgingen. „Wenn es sich nicht gerade um ein Familienerbstück handelt, dann würde ich mich gern von fast allem dort oben trennen."

„Cool." Sie deutete auf die Couch. „Setzen Sie sich doch, wenn Sie mögen."

„Ich weiß nicht." Seufzend ließ er sich nieder.

Zum eigentlichen Grund seines Besuchs war er noch gar nicht gekommen, doch in der Galerie war so viel los gewesen. Und Willow hatte nicht einmal in seine Richtung geschaut. Nicht dass er ihr das vorhalten konnte.

„Sind Sie traurig, Mr Emerson?"

Er kräuselte die Lippen. „Nein. Nur ein wenig nachdenklich, denke ich."

„Sie waren enttäuscht über Collin und mich, nicht wahr?"

Darüber dachte er nach. „Nun, um ehrlich zu sein, das war ein wenig verstörend."

„Ich weiß wirklich nicht, warum wir uns so oft streiten. Ich glaube, Collin hasst mich."

„Das glaube ich nicht." George überlegte, wie viel er sagen sollte. „Aber mir kommt Ihr Verhältnis beinahe so vor wie eine Rivalität zwischen Geschwistern."

„Wir sind aber keine Geschwister."

„Nicht wirklich. Aber Willow ist Ihnen beiden eine Mutter."

„Vielleicht, aber denken Sie nicht, dass Collin mehr Respekt vor mir haben sollte? Ich bin schließlich seine Mutter."

„Begegnen Sie denn Ihrer Mutter immer mit Respekt?"

Verlegen lächelte sie ihn an.

„Und wir sollten Collin gegenüber fair sein. Er kennt Sie nicht als seine Mutter. Es ist etwas viel von ihm verlangt, wenn Sie erwarten, dass er Sie wie eine behandelt."

„Ich weiß. Und das erwarte ich auch gar nicht von ihm. Ich wünschte nur, er würde nicht immer Streit mit mir anfangen."

„Zu einem Streit gehören immer zwei Personen.“

„Sie wollen also sagen, dass ich mit daran schuld bin?“

„Was meinen Sie?“ Er blickte sie gleichmütig an.

„Sie waren Englischlehrer, richtig?“

„Ganz genau.“

„Nun, Sie reden eher wie ein Seelenklempner.“

George lächelte amüsiert.

„Aber Sie könnten recht haben.“

Sie schwiegen eine Weile. Das einzige Geräusch war die Musik, die von unten zu ihnen heraufdrang. Schließlich ergriff George das Wort. „Josie, was sind Ihre Pläne für Ihre Zukunft? Was wollen Sie mit Ihrem Leben machen?“

Sie zuckte die Achseln. „Ich weiß es nicht.“

„Nun, ich habe den Eindruck, dass Willow Ihnen eine wundervolle Gelegenheit gibt, Ihr Leben selbst zu bestimmen. Sie könnten eine Ausbildung machen oder zum College gehen oder ...“

„Ich will nicht zum College gehen“, erklärte sie hitzig.

„Warum denn nicht?“

Sie legte die Stirn in Falten. „Die Wahrheit?“

„Das ist normalerweise der beste Weg.“

„Ich bin dumm.“

„Dumm?“ Er runzelte die Stirn. „Sie scheinen mir nicht dumm zu sein, Josie. Im Gegenteil, Sie sind scharfsinnig und witzig. Und ganz bestimmt haben Sie eine schnelle Zunge.“

Sie grinste. „Große Klappe, meinen Sie.“

„Wie immer Sie das nennen wollen. Ich bezweifle, dass Sie dumm sind.“ Er deutete ins Zimmer. „Und Sie scheinen künstlerisches Talent zu besitzen. Zugegeben, das ist nicht unbedingt mein Geschmack, aber bestimmt gibt es Leute, die so etwas mögen. Haben Sie schon mal überlegt, dem Vorbild Ihrer Mutter zu folgen?“

Sie legte den Kopf zur Seite. „Sie meinen wirklich, ich könnte das?“

„Wie ich schon sagte, ich bin kein Experte auf diesem Gebiet. Aber Ihre Mutter könnte Ihnen bestimmt raten. Sie scheint ja Erfolg in der Kunstwelt zu haben."

„Wow, das wäre cool, wenn ich mit Kunst meinen Lebensunterhalt bestreiten könnte."

„Allerdings habe ich gehört, dass manche Künstler noch einen anderen Job ausüben müssen, um ihren Lebensunterhalt zu verdienen – zumindest am Anfang."

„Das wäre okay." Josie erhob sich und lief mit hoffnungsvollem Gesichtsausdruck durch den Raum. „Ich könnte einen langweiligen Job aushalten, wenn ich noch etwas anderes hätte." Sie drehte sich zu George um. „Sie sagten, dass auf dem Dachboden Ihrer Großeltern viel altes Zeug herumsteht, nicht? Sachen, die Sie loswerden wollen. Abgesehen von den Erbstücken der Familie." Sie deutete auf einen kleinen Tisch, der mit einem bunten Schachbrettmuster und Streifen und Punkten bemalt war. „Wie wäre es, wenn ich die alten Sachen so anmalen würde? Denken Sie, ich könnte sie verkaufen?"

George hätte am liebsten gesagt, dass er für so etwas niemals Geld ausgeben würde, doch stattdessen nickte er. „Ich wette, dass es Leute gibt, die so etwas kaufen würden." *Einige verrückte Leute*, dachte er bei sich. „Und natürlich ist Kunst eine Frage des Blickwinkels. So wie auch Schönheit eine Frage des Geschmacks ist."

„Mr Emerson, Sie sind für mich wie ein Mentor. Wussten Sie das?"

George hätte am liebsten protestiert, aber er wollte sie nicht vor den Kopf stoßen. „Das ist schön." Er erhob sich langsam. „Wir müssen noch einen Termin vereinbaren, wann Sie kommen und sich auf dem Dachboden umschauen. Ich sollte jetzt aber zurückgehen, denn meine Katze ist alleine zu Hause."

Schnell erklärte er, dass es Baxters erster Tag in einem fremden Heim war.

„Oh ja", sagte sie. „Sie sollten besser nachschauen, ob alles in Ordnung ist. Als Kind hatte ich einmal eine kleine Katze. Sie hieß Bingo und spielte immer verrückt, wenn ich sie allein zu Hause gelassen habe. Sie hat so viel Zeug zerrissen, dass ich sie schließlich weggeben musste."

„Genau." George dankte ihr für die Besichtigungstour, verabschiedete sich und eilte nach Hause, voller Sorge, ob Baxter vielleicht in seiner Abwesenheit *verrückt gespielt* hatte. Doch zu seiner großen Erleichterung ging es Baxter gut, und in seinem Haus war nichts beschädigt.

Erst nach der Vernissage konnte Willow mit Collin und Marissa reden. „Kann es sein, dass ich Mr Emerson heute Abend hier gesehen habe?", fragte sie.

„Ja", antwortete Collin, „aber er ist mit Josie nach oben gegangen."

„Wirklich?" Sie bemühte sich, nicht allzu überrascht zu wirken.

„Nachdem Josie und Collin in Streit geraten waren", stellte Marissa klar.

„Du hast dich wieder mit Josie gestritten?", fragte Willow Collin.

„Sie hatte zu viel getrunken. Ich wollte ihr nur sagen, sie solle es sein lassen."

„Ach du meine Güte."

„Aber Mr Emerson ist ganz toll dazwischengegangen", erklärte Marissa. „Er hat Josie gefragt, ob sie ihm ihre Wohnung zeigt. Dann haben sie die Galerie verlassen und er ist nicht mehr zurückgekommen."

„Ich verstehe." Willow bemühte sich, so zu tun, als sei dies eine ganz natürliche Erklärung. Aber eigentlich wirbelten ihre Gedanken durcheinander. Collin und Josie waren in einen Streit geraten? George war dazwischengegangen und hatte den Abend dann mit Josie verbracht? Das war verrückt.

„Hat Mr Emerson einen Kater erwähnt?"

„Einen Kater?“ Marissa runzelte die Stirn.

„Von einem Kater hat er nichts gesagt“, erwiderte Collin. „Wessen Kater?“

„Ach, nicht so wichtig.“

„Also, wenn du uns nicht mehr brauchst, dann würde ich jetzt gern mit Marissa ins *Common Grounds* gehen. Dort wird Musik gespielt.“

Sie bedankte sich bei ihnen für ihre Hilfe. Georges ungewöhnlicher Besuch in der Galerie an diesem Abend beschäftigte sie noch weiter, während sie mit Leslie in der Galerie aufräumte. Bestimmt war George mittlerweile längst wieder zu Hause, aber sie war versucht, nach oben zu gehen und Josie zu fragen, wie ihr der Abend gefallen hatte.

Doch als Willow endlich die Galerie abschloss, war sie zu müde für ein Gespräch mit ihrer Tochter, denn der Ausgang war nicht abzusehen. So stieg sie leise die Treppe zu ihrer Wohnung hoch. Ihre Fragen in Bezug auf George und Baxter und Josie konnten bis zum Morgen warten.

Aber als sie sich bettfertig machte, drehte sich ihr Gedankenkarussell weiter: Warum war George zur Vernissage gekommen? Warum war er dann mit Josie verschwunden und nicht mehr wiedergekommen? Und was war mit Baxter? Wollte George sie darüber informieren, dass er den Kater nicht haben wollte? Hatte er ihn möglicherweise sogar Josie geschenkt? Willow hoffte nicht. Josie konnte kaum für sich selbst sorgen. Sie brauchte keinen Kater.

Diese Gedanken quälten sie, und an erholsamen Schlaf war nicht zu denken. Darum schaltete sie das Radio ein, um innerlich zur Ruhe zu kommen, und begleitet von den Klängen klassischer Musik schlief sie endlich ein.

19

Am nächsten Morgen hatte Willow einen Entschluss gefasst. Sie wollte nicht mehr an George und Baxter denken. Tatsächlich war sie bereit, George Emerson endgültig aufzugeben. Sie nahm sich vor, sich abzulenken, indem sie den Tag in ihrem Atelier verbrachte. Und da es sehr heiß werden sollte, würde sie in ihrem Atelier im Keller arbeiten. Dort war es schön kühl. Ihre Töpferarbeiten waren gestern auf großes Interesse gestoßen, und sie hatte sogar zwei Stücke verkauft, darum fühlte sie sich inspiriert, heute mit Ton zu arbeiten. Sie war gerade dabei, mit einem Draht eine große Vase von der Töpferscheibe abzuschneiden, als jemand ihren Namen rief.

„Hier unten", rief sie und schaute hoch, um zu sehen, wer es war.

Mit einem verlegenen Gesichtsausdruck tauchte George aus dem Dunkel auf. „Entschuldigen Sie, dass ich Sie bei der Arbeit störe", begann er. „Aber Leslie hat mir gesagt, Sie seien hier unten."

„Hallo, George." Sie blieb kühl, als sie die Vase von der Töpferscheibe nahm und ganz vorsichtig zum Trocknen auf dem Brett abstellte. Sie drehte sich zu ihm um. „Was kann ich für Sie tun?"

„Zuerst einmal können Sie meine aufrichtige Entschuldigung annehmen", sagte er.

„Entschuldigung wofür?", fragte sie. Sie wischte ihre Hände an einem Tuch ab und wartete.

„Da hat sich einiges angesammelt." Er seufzte. „Erst einmal für mein Benehmen auf der Fahrt mit dem Heißluftballon. Mir ist mittlerweile klar geworden, dass Sie mir damit eine Freude machen wollten, aber …"

„Oh George, das war gedankenlos von mir. Das erkenne ich jetzt. Ich hätte wissen müssen, dass Sie keine Überraschungen mögen. Ich dachte nur, wenn Sie erst einmal in dem Korb wären, würden Sie sehen, wie viel Spaß das macht. Ich hatte keine Ahnung, dass Sie unter Höhenangst leiden."

„Ja, nun, ich habe gehört, dass man sich seinen Ängsten stellen sollte, um sie zu überwinden."

„Vielleicht schon, aber das sollte man selbst entscheiden. Das darf einem nicht aufgezwungen werden." Sie lächelte. „Und Sie haben recht, ich bin tatsächlich eine Kamelnase. Ich bin etwas zu forsch und sollte mich mehr zurücknehmen. Das ist mir jetzt klargeworden. Also, wenn Sie meine Entschuldigung annehmen, nehme ich auch Ihre an."

Er nickte. „Angenommen. Aber das war noch nicht alles. Gestern, als Sie mir Baxter gebracht haben, habe ich mich ganz scheußlich benommen. Auch das tut mir leid."

„Um ehrlich zu sein, das war eine ähnliche Geschichte wie die mit der Fahrt im Heißluftballon. Ich bin eine Kamelnase. Ich habe einfach gemacht, was mir in den Kopf kam, und Sie vor vollendete Tatsachen gestellt."

„Es stimmt, Sie haben mich überrumpelt. Aber wenn Sie zuerst gefragt hätten, ob ich eine Katze aufnehmen möchte, dann hätte ich ganz bestimmt abgelehnt. Denn ich wollte kein Haustier – unter keinen Umständen."

„Nun, dann nehme ich Ihnen den Kater gerne ab. Ich finde, er ist ein wundervolles Tier, und ich freue mich, ihn …"

„Aber ich will ihn doch behalten." George wirkte besorgt. „Sie haben recht. Baxter ist ein wundervoller Kater. Und er fühlt sich bei mir anscheinend recht wohl. Wir haben uns schon aneinander gewöhnt."

„Oh."

„Und darum muss ich mich entschuldigen. Ich war wirklich schrecklich unhöflich zu Ihnen, Willow, aber es hat sich gezeigt, dass Sie recht hatten. Ich danke Ihnen aufrichtig, dass Sie mir Baxter gebracht haben."

Willow spürte, wie ihre Entschlossenheit, sich von George fernzuhalten, ins Wanken geriet. „Dann mögen Sie ihn also? Er hat auch mein Herz im Sturm erobert. Ich würde ihn sonst wirklich sehr gern nehmen."

„Das kann ich verstehen. Aber ich habe das Gefühl, dass er sich bei mir sehr wohlfühlt. Seit meiner Pensionierung bin ich meistens zu Hause. Und Sie sind immer auf dem Sprung oder arbeiten in der Galerie. Ich denke, bei Ihrem Lebensstil könnte sich Baxter einsam fühlen."

Sie nickte. „Vermutlich haben Sie recht." Sie deutete auf die Hocker an ihrer Arbeitsbank. „Möchten Sie sich setzen? Ich habe gerade frischen Kaffee gekocht, wenn Sie mögen."

Während er Platz nahm, wusch sie ihre Hände und kehrte mit zwei Bechern aromatischem Kaffee zurück.

„Ich habe gehört, dass Collin und Josie gestern Abend in der Galerie in Streit geraten sind und dass Sie dazwischengegangen sind. Stimmt das?"

„Ja. Ich hatte Sorge, dass es hässlich werden könnte. Darum habe ich meinen Lehrerhut aufgesetzt und Josie gefragt, ob sie mir ihre Wohnung zeigt."

„Vielen Dank."

„Und dann hatten Josie und ich tatsächlich ein sehr nettes Gespräch."

„Wirklich?" Willow konnte sich das kaum vorstellen.

„Sie sieht in mir anscheinend eine Art Mentor." George schüttelte ungläubig den Kopf.

„Wie das?" Willow stellte ihren Kaffeebecher ab.

George erzählte von ihren Überlegungen. „Sie hat vor, einige meiner alten Möbel mit ihrer Dekorationsmalerei ein wenig aufzupeppen. Ich habe ihr versprochen, dass sie sich auf meinem Dachboden umschauen kann. Ich hänge nur an einigen Familienerbstücken, alles andere kann sie gerne mitnehmen. Der Dachboden muss sowieso ausgeräumt werden. Ganz ehrlich, dort bekomme ich Platzangst. Sie tut mir also einen Gefallen, wenn sie ein paar Stücke abholt."

„Wie interessant."

„Josie möchte ihre bemalten Möbelstücke als Kunst verkaufen." Er runzelte zweifelnd die Stirn.

„Das ist wirklich eine sehr gute Idee. Ich traue ihr das wirklich zu. Vor allem wenn sie bereit ist, sich beraten zu lassen und ordentlich arbeitet. Wenn sie gute Arbeit leistet, stelle ich ihre Werke gern in meiner Galerie aus."

George strahlte sie an. „Das würde sie sehr glücklich machen, Willow." Er deutete auf die Vase, die sie gerade getöpfert hatte. „Haben Sie die gemacht?"

„Ja."

Er stand auf und betrachtete sie eingehend. „Sie haben Talent."

„Gefällt sie Ihnen?"

„Sie ist sehr hübsch. Ich kann mir gar nicht vorstellen, wie es sich anfühlt, so etwas zu machen."

„Haben Sie es jemals probiert?"

„Nein, nein. Ich wüsste gar nicht, wo ich anfangen sollte." Mit gerunzelter Stirn steckte er die Hände in seine Taschen.

„Das ist leichter, als Sie denken, George." Sie ging zu ihrer Werkbank und erklärte ihm die Grundlagen der Töpferei, während sie ein Stück Ton zu einem Ball formte und auf ihre Töpferscheibe legte. „Es ist ziemlich dreckig, aber das ist ein sauberer Dreck." Sie tauchte ihre Hände in Wasser, setzte sich auf die Bank und begann den Ton zu einer Säule zu formen und schließlich zu öffnen. „Sehen Sie."

„Faszinierend."

Willow entdeckte einen beinahe sehnsüchtigen Ausdruck in Georges Gesicht.

„Möchten Sie das auch mal probieren?“, fragte sie.

„Oh nein, nicht im Augenblick. Ich muss jetzt sowieso los.“ Er blickte auf seine Uhr. „Ich möchte Baxter nicht zu lange zu Hause allein lassen, wissen Sie. Er muss sich vermutlich erst noch an seine neue Umgebung gewöhnen.“

„Dann vielleicht ein anderes Mal.“ Sie nahm ein Tuch und wischte ihre Hände sauber. „Es macht wirklich viel Spaß, und für manche ist das sogar ein therapeutischer Zeitvertreib. Aber ich verstehe Ihre Sorge um Baxter. Wie lebt er sich ein?“

Mit strahlendem Gesicht beschrieb George Baxters ungewöhnliche Intelligenz. „Ich muss zugeben, ich war nicht allzu begeistert, dass er sich ausgerechnet mein Bett zum Schlafplatz erkoren hat. Aber Baxter hat sich erstaunlich rücksichtsvoll gezeigt und sich höflich auf der anderen Seite zusammengerollt. Beinahe als hätte man ihm das beigebracht.“

„Was für ein Kater.“

„Ja. Noch mal vielen Dank, dass Sie ihn mir gebracht haben.“

„Grüßen Sie ihn herzlich von mir.“

Willow lachte leise in sich hinein, als George ihr Atelier verließ. Baxter schien in ein weiches Nest gefallen zu sein. Und ihre Freundschaft mit George schien wiederhergestellt.

George hielt sich nicht für besonders einfühlsam, aber er spürte, dass mit Collin etwas nicht stimmte, als er ihn am Montagmorgen in der Buchhandlung aufsuchte.

„Sie brauchen nur dieses Formular auszufüllen.“ Mit düsterem Gesichtsausdruck deutete Collin auf den Computer. „Dann bekommen Sie unseren Newsletter mit Angeboten und Coupons zugemailt.“

„Aber ich habe gar kein E-Mail."

Collin runzelte die Stirn. „Im Ernst?"

„Nein." George zog die Stirn kraus. „Und ohne E-Mail kann ich nicht an dieser Aktion teilnehmen? Kannst du mir euren Newsletter nicht einfach per Post nach Hause schicken?"

„Der Newsletter ist elektronisch", erwiderte er kurz angebunden.

„Oh, nun, dann muss ich wohl darauf verzichten." George musterte Collin eingehend. „Alles in Ordnung, Collin? Du scheinst heute ein wenig neben dir zu stehen."

Collin zuckte die Achseln.

„Natürlich geht mich das nichts an." George lächelte steif. „Ich denke, ich schaue mich noch ein wenig um."

Er wartete kurz, ob Collin ihn beraten wollte, doch als er merkte, dass sein junger Freund keine Anstalten machte, ihn zu begleiten, zog George alleine los. Nachdenklich streifte er durch die Gänge und fand sich schließlich vor einem Regal mit Selbsthilfebüchern wieder.

George war noch nie ein Freund von Selbsthilfebüchern gewesen. Er konnte sich nicht erinnern, schon jemals eines gelesen zu haben. Aber ein bestimmter Titel in der Mitte des Regals stach ihm ins Auge: *Zwangsstörungen besiegen.* Er war sich nicht sicher, ob es an dem bunten Cover oder dem Titel lag, aber er spürte in sich den Drang, es zur Hand zu nehmen, und als er die Beschreibung auf der Rückseite las, war es, als würden die Worte ihn direkt ansprechen.

Eigentlich wollte er das Buch direkt ins Regal zurückstellen, aber irgendetwas in ihm wollte es nicht loslassen. So ging er zur Kasse und bezahlte dafür. Die Verkäuferin gab ihm einen Penny zurück, und George ärgerte sich bereits, weil die 14 Dollar 99 vermutlich verschwendet waren.

„Hier bitte." Sie reichte ihm lächelnd die Tüte. „Viel Freude damit."

George nickte. Hatte irgendjemand Spaß daran, ein Selbsthilfebuch über Zwangsneurosen zu lesen? Und falls das so war, würde er so etwas einem anderen Menschen gegenüber eingestehen?

„Vielen Dank.“ Er nahm seine Tüte entgegen und war auf dem Weg zur Tür, als sich eine Hand auf seine Schulter legte.

„Mr Emerson?“, fragte Collin mit bebender Stimme. Seine Augen blickten traurig. „Sind Sie heute Mittag zu Hause? Wäre es wohl möglich, in meiner Mittagspause mit Ihnen zu reden? Ich meine, falls Sie nicht zu beschäftigt sind.“

„Ich habe Zeit, Collin.“ Er lächelte. „Komm gerne zu mir rüber, wenn du magst. Dann kannst du meinen Kater Baxter kennenlernen.“

Collin dankte ihm und versprach, mittags zu kommen. Als George den Laden verließ, überlegte er, ob Collins Kummer wohl mit seiner Mutter zusammenhing. Josie besaß die Fähigkeit, das Schlimmste in ihrem Sohn zum Vorschein zu bringen. Eigentlich hatte George gehofft, sein Gespräch mit ihr hätte etwas bewirkt. Aber die Beziehung zwischen Mutter und Sohn war nun mal ziemlich schwierig.

Collin tat George leid. Bevor er die Straße überquerte, warf er einen Blick auf die Uhr. Er hatte gerade noch genug Zeit, um eine Tüte mit Katzenstreu zu kaufen und nach Hause zu gehen, bevor Collin zu Besuch käme.

George hatte soeben Baxters Katzenklo geleert und frisch aufgefüllt, als Collin eintraf. Er machte ihn mit Baxter bekannt und bot ihm etwas zu essen an.

„Normalerweise esse ich mittags ein Sandwich mit Erdnussbutter und Honig und einen Apfel und trinke ein Glas Milch dazu“, gestand er, während er sich die Hände wusch. „Wenn du das magst, kannst du das auch bekommen.“

Collin zuckte die Achseln. „Ich denke schon. Ich habe keinen großen Hunger.“

„Setz dich ruhig.“ George deutete auf den kleinen Tisch am Fenster. „Während ich unser Mittagessen vorbereite, kannst du mir erzählen, was dich traurig macht.“

Nach einer langen Stille ergriff Collin das Wort: „Es geht um Marissa. Sie hat mit mir Schluss gemacht."

George seufzte und bestrich zwei Scheiben Brot mit Erdnussbutter. „Das tut mir sehr leid. Marissa ist ein sehr nettes Mädchen."

„Das dachte ich auch", bemerkte Collin niedergeschlagen.

George wusste nicht so genau, wie er weiter vorgehen sollte. In Herzensangelegenheiten war er nun wahrhaftig kein Experte. „Habt ihr euch gestritten?"

„Nein, nein, gar nicht. Unsere Trennung verlief ganz zivilisiert."

„Ach ja?" George schnitt das erste Sandwich durch.

„Es fing am Freitagabend an, nachdem wir die Galerie verlassen hatten. Marissa und ich sind wie geplant zum *Common Grounds* gegangen. Und alles war ganz in Ordnung, bis dieser Typ auftauchte. Danach hat sie sich ganz seltsam verhalten."

„Seltsam?" George schnitt den Apfel auf, nahm das Gehäuse heraus und teilte ihn in Achtel. Auf jeden Teller legte er vier Stücke.

„Seltsam im Sinne von albern und flirtend. So benimmt sie sich sonst nicht, aber es lag an dem Jungen. Marcus Schnell heißt er. Er war mit uns auf der *Warner High*."

„Ich erinnere mich an ihn. Hat er nicht vor einem oder zwei Jahren seinen Abschluss gemacht?"

„Ja. Er hat gerade sein erstes Jahr am *Oregon State College* beendet und ist über den Sommer zu Hause. Er und Marissa kennen sich von der Schule. Genauer gesagt, Marissa war in ihn verliebt, seitdem sie 15 war, aber sie waren nie zusammen oder so etwas."

„Ich verstehe."

George stellte ihre Teller auf den Tisch, legte Papierservietten dazu und holte die Gläser mit der Milch. Dass Marcus ein guter Schüler und bei allen beliebt gewesen war, behielt George lieber für sich.

„Aus irgendeinem Grund war Marcus Marissa gegenüber besonders aufmerksam. Sie ist voll darauf abgefahren, und ich war auf einmal unsichtbar."

George kehrte mit den Gläsern zurück, setzte sich und überlegte, wie er den jungen Mann trösten konnte.

„Auf jeden Fall hat Marissa am Samstag auf meine Textnachrichten nicht geantwortet. Dann rief sie mich am Sonntagmorgen an und sagte, sie wolle mit mir Schluss machen. Ich habe sie natürlich gefragt, ob es wegen Marcus sei. Sie gestand, dass sie am Samstagabend mit ihm ausgegangen wäre. Und von jetzt auf gleich bin ich Geschichte. Einfach abserviert."

In Collins Augen schimmerten Tränen.

„Das ist bestimmt sehr schwierig." Georg biss in sein Sandwich, kaute langsam und wünschte, er könnte den Jungen irgendwie trösten.

„Was soll ich denn jetzt machen, Mr Emerson?" Mit der Papierserviette wischte sich Collin die Tränen ab.

George schluckte und trank etwas Milch.

„Wissen Sie, wie es ist, wenn einem das Herz gebrochen wird?" Collin blickte ihn voller Verzweiflung an. „Haben Sie so etwas schon mal erlebt?"

„Nicht eine solche Situation, Collin. Aber auch mein Herz ist gebrochen, als ich ein Mädchen verlor, das die Liebe meines Lebens gewesen ist."

George war verblüfft, dass er das gesagt hatte. Seit vielen Jahren hatte er nicht mehr darüber gesprochen.

„Was ist passiert?" Collin blickte ihn aufmerksam an.

George dachte nach. Wollte er diese Geschichte wirklich erzählen? Aber als er Collins Schmerz sah, die Tränen in seinen Augen, begann er zu sprechen.

„Nun, weißt du, im College habe ich mich in ein Mädchen verliebt. Laura Vincent hieß sie und sie war sehr hübsch. Ein ganzes Jahr lang bewunderte ich sie aus der Ferne, bevor ich mir endlich ein Herz fasste und sie fragte, ob sie mit mir einen Kaffee trinken geht. Ich konnte es nicht fassen, als sie meine Einladung annahm.

Es war Herbst und mein zweites Jahr am College. Laura hatte gerade erst mit dem Studium begonnen. Uns beiden war das Studium sehr wichtig, und in unserer Beziehung gab es wie überall Höhen und Tiefen und kleinere Missverständnisse, aber wir liebten uns. Ein paar Wochen vor meinem Collegeabschluss fragte ich Laura, ob sie mich heiraten will."

„Und sie hat Nein gesagt?"

George seufzte. „Sie hat Ja gesagt. Wir wollten uns verloben und heiraten, wenn ich meinen Master und sie ihren Bachelor hätte."

„Und was ist passiert?"

„Laura kam bei einem Autounfall ums Leben." George spürte, wie sich seine Kehle zusammenzog. „Nur drei Tage vor meinem Abschluss."

„Oh, das tut mir leid."

„Normalerweise spreche ich nicht darüber", erklärte George. „Aber angesichts deiner Umstände schien es mir angebracht. Meine Umstände waren anders, aber auch mein Herz war gebrochen."

„Wie haben Sie das überwunden?"

George dachte über diese Frage nach. Hatte er es überhaupt überwunden? Natürlich drehten sich seine Gedanken nicht mehr täglich um Laura. Aber wie lange hatte es gedauert, bis er dahin gekommen war?

„Nun, das war eine wirklich schlimme Zeit. Ich habe nicht einmal meine eigene Abschlussfeier besucht. Aber meine Großeltern haben sich sehr bemüht, mir zu helfen, und sie haben mir Mut gemacht, am College zu bleiben und meinen Master zu machen. Danach, nun, ich zog nach *Warner* zurück und ging an die Schule." Er seufzte. „Die Zeit vergeht, der Schmerz wird weniger und man macht einfach weiter."

Nachdem er das gesagt hatte, kamen George seine Worte irgendwie heuchlerisch vor. Hatte er tatsächlich weitergemacht? Wirklich?

„So schrecklich ich mich wegen Marissa fühle, ich denke, Sie waren schlimmer dran, Mr Emerson. Ich kann mir nicht einmal vorstellen, wie man so etwas verkraftet."

„Ich weiß nicht, ob man Schmerz messen kann. Schmerz ist vermutlich subjektiv und jeder erlebt ihn anders." George lächelte bemüht. „Die Sache ist die, Collin, du musst irgendwie weitermachen. Und da kommt mir eine Idee. Wie wäre es, wenn du jetzt doch zum Studium an ein anderes als unser kleines College gehen würdest? Wie wäre es mit einer richtigen Universität?"

Collin runzelte die Stirn. „Eigentlich hatte ich mich nur wegen Marissa für unser College entschieden. Wie sich gezeigt hat, war das dumm. Aber vermutlich ist es jetzt zu spät, sich noch woanders zu bewerben. Vielleicht lasse ich dieses Jahr einfach sausen und arbeite im Buchladen und ..."

„Wie wäre es, wenn ich mich für dich einsetzen würde?", bot George an. „Ich habe am *Whitfield College* studiert. Gerade erst habe ich in dem aktuellen Rundbrief gelesen, dass das College einen neuen Dekan bekommen hat, und zufälligerweise ist er ein alter Freund von mir. Natürlich kann ich nichts versprechen, aber ich könnte mal nachfragen."

„Das wäre toll."

„Es ist ein kleines College und auf Geisteswissenschaften ausgerichtet", erklärte George. „Manche mögen es für altmodisch halten, aber mir hat es dort gefallen."

„Ich finde, das klingt gut." Collin nahm sein Sandwich und biss hinein.

Während sie gemeinsam aßen, erzählte George Collin mehr von dem College, und als sie aufgegessen hatten, schien Collin nicht mehr ganz so niedergeschlagen zu sein.

„Vielen Dank, Mr Emerson. Es bedeutet mir sehr viel, dass Sie mir Ihre Geschichte erzählt haben."

„Wie ich schon sagte, ich rede nicht so oft darüber."

„Ich verstehe.“ Collin nickte. „Ich glaube, ich möchte auch nicht mit anderen über Marissa reden. Aber Nana wird mich natürlich irgendwann fragen. Vielleicht verrät ja auch Marissa, was los ist, denn schließlich arbeitet sie für sie.“

„Du kannst ihr doch sagen, dass Marissa und du euch getrennt habt. Einzelheiten brauchst du dabei nicht preiszugeben, wenn du das nicht möchtest.“

„Das stimmt.“

„Vielleicht könntest du erwähnen, dass du Interesse hast, ans *Whitfield College* zu gehen. Darüber freut sich deine Großmutter bestimmt. Sie hat sich nämlich wegen deiner Ausbildung Sorgen gemacht.“

„Ich weiß.“ Collin legte die Stirn in Falten. „Wann wollen Sie denn mit Ihrem Freund sprechen? Ich meine, dem Dekan des Colleges?“

„Solche Sachen sollte man nicht aufschieben.“

George holte sein Telefon, ließ sich bei der Auskunft die Nummer des Colleges geben und sprach kurz darauf mit der Zentrale. Während er darauf wartete, mit dem Büro des Dekans verbunden zu werden, stand Collin gespannt neben ihm.

„Vielleicht kann ich ja auch eine Nachricht hinterlassen“, flüsterte George ihm zu.

Doch zu seinem Erstaunen meldete sich gleich darauf sein alter Freund.

Nachdem sie kurz miteinander geplaudert hatten, erzählte George Martin von Collin: „Er interessiert sich sehr für Englisch und ist vermutlich einer der besten Schüler, die ich je unterrichtet habe.“ Er hörte zu, was sein Gesprächspartner sagte, und drehte sich schließlich zu Collin um. „Er möchte, dass du ihm deine Bewerbung zumailst. Geht das?“

„Natürlich.“ Collin nahm sein Handy aus der Tasche. „Das mache ich sofort.“

George nannte ihm die E-Mail-Adresse.

Während George sich noch weiter mit seinem Freund unterhielt, tippte Collin in sein Handy und zeigte George schließlich den hochgereckten Daumen und formte mit dem Mund die Worte: „Die Mail ist rausgegangen."

„Wie es aussieht, hat mein junger Freund dir seine Bewerbung gerade zugemailt."

George versuchte, sein Erstaunen darüber, dass das so schnell und effizient gehandhabt werden konnte, zu verbergen. Die Wunder der modernen Technologie!

Martin versprach ihm, die Bewerbung so bald wie möglich anzuschauen. George bedankte sich, legte auf und wandte sich zu Collin um.

Unbehaglich steckte er sein Handy wieder in die Tasche und schaute auf die Uhr. „Ich muss jetzt zur Arbeit zurück. Aber vielen Dank für alles. Besonders, dass Sie Ihren Freund angerufen haben."

„Ich sage Bescheid, sobald ich etwas höre", versprach George.

„Das wäre toll." Collin runzelte die Stirn. „Ich verstehe, wenn es nicht mehr klappen sollte, aber es ist nett, dass Sie es versucht haben. Dafür bin ich sehr dankbar." Daraufhin verabschiedete er sich von George und ging zur Tür.

Weniger als eine Stunde später rief Martin zurück. Er versicherte George, dass Collins Bewerbung ihn wirklich beeindruckt hatte. „Und dazu noch deine von Herzen kommende Empfehlung! Ich nehme ihn gern an."

„Das ist wundervoll!"

„Du musst wissen, dass wir normalerweise anders mit Bewerbungen verfahren, aber in diesem Jahr hatten wir nicht so viele Bewerber, und ich habe das Gefühl, dass Collin eine Bereicherung für uns sein wird. Du kannst ihm die gute Nachricht gerne übermitteln, George. Meine Assistentin wird die Formalitäten per E-Mail regeln. Sie wird Collin bei der Einschreibung und allem behilflich sein."

George bedankte sich überschwänglich. „Euch einen schönen Urlaub, Martin. Ich hoffe, wir bleiben in Kontakt."

„Vielleicht kannst du uns ja mal besuchen."

„Gerne." Noch einmal bedankte sich George bei Martin, und nachdem er aufgelegt hatte, war er so aufgeregt, dass er beschloss, sofort zur Buchhandlung zu gehen und Collin die gute Nachricht persönlich zu überbringen.

Collin räumte gerade den Tisch mit den Sonderangeboten auf.

„Du wirst es nicht glauben", teilte George ihm mit, „aber du bist angenommen."

„Im Ernst?", fragte Collin verblüfft. „Einfach so?"

„Nun, Mr Howard erklärte mir, dass er heute nur zufällig im Büro gewesen sei. Wir hatten Glück, dass wir ihn erwischt haben und persönlich mit ihm reden konnten. Er hat deine Bewerbung durchgelesen und war angemessen beeindruckt." George hielt inne, um Luft zu holen. „Er und seine Frau brechen morgen nach Kanada auf, und er wird erst Ende Juli wieder in seinem Büro sein. Das war also perfektes Timing."

Collins Gesicht leuchtete auf. „Vielen Dank, Mr Emerson. Das ist die beste Nachricht, die ich je bekommen habe. Ich hätte nicht gedacht, dass ich so schnell eine Zusage bekomme. Das hätte ich wirklich nie für möglich gehalten."

George nickte. „Ich war auch ziemlich verblüfft."

„Wie wäre es, wenn Sie meiner Großmutter die gute Nachricht überbringen? Sie wird sicher erleichtert sein – und sehr froh."

Auf dem Weg durch die Stadt empfand George eine tiefe Zufriedenheit. Er hatte nicht nur Collin aufgeheitert, auch Willow würde sich bestimmt sehr freuen.

20

Willow fehlten die Worte, als George ihr seine große Neuigkeit überbrachte. Normalerweise war sie nie um Worte verlegen, doch im Augenblick schwieg sie lieber aus Angst, etwas zu sagen, das sie später bereuen würde. Verärgert zog sie sich hinter den Verkaufstresen zurück. Wie gut, dass sie an diesem Nachmittag allein in der Galerie arbeitete. Das, was George ihr gerade erzählt hatte, konnte sie nicht so leicht wegstecken.

„Ist das nicht wundervoll?“, fragte George begeistert.

„Lassen Sie mich das noch mal rekapitulieren“, begann sie langsam. „Collin will also am *Whitfield College* studieren? Noch in diesem Herbst?“

„Genau. Ich dachte, Sie würden sich freuen.“

„Aber wie um alles in der Welt ist es dazu gekommen? Und warum hat mir niemand etwas davon gesagt?“

„Ich habe Collin heute Morgen in der Buchhandlung getroffen, dann ist er zum Mittagessen bei mir gewesen. Anschließend an unser gemeinsames Essen hat er mich gebeten, herzukommen und es Ihnen zu erzählen.“

„Aber warum hat er das vor mir geheim gehalten?“

„Er hat das nicht geheim gehalten, Willow. Es war eher eine unerwartete Entwicklung. Das hat sich alles sehr schnell ergeben.“ In aller Kürze berichtete George von Marissas und Collins Trennung und dass sein Freund vor Kurzem zum Dekan von Georges Alma Mater ernannt worden sei.

„Vielleicht bin ich etwas schwer von Begriff", wandte sie ein. „Aber das macht für mich alles keinen Sinn."

„Sehen Sie, Collin ging es nicht gut", erklärte George langsam. „Er leidet sehr darunter, dass Marissa mit ihm Schluss gemacht hat …"

„Auch davon hat Collin mir nichts erzählt. Und auch Marissa nicht. Und Collin ist mit seinem Kummer tatsächlich zu *Ihnen* gekommen?"

„Und was ist so schlimm daran?", fragte George verletzt.

Doch Willow kümmerte das nicht, denn schließlich war auch sie verletzt.

„Nein, das ist nicht schlimm." Sie schüttelte den Kopf. „Aber ich fühle mich ein wenig übergangen. Normalerweise bespricht Collin solche Dinge mit mir." Zumindest hatte er das früher getan. Doch dann war Josie aufgetaucht. Und dann war da auch noch Marissa. „Haben sich Collin und Marissa wirklich getrennt?"

„Ja. Deshalb hat sich Collin so plötzlich für dieses College interessiert. Er freut sich sehr darüber, und ich sollte Ihnen unbedingt erzählen, dass er angenommen worden ist."

„Und er hat wirklich einen Studienplatz bekommen? Einfach so? Wie um alles in der Welt ist das gekommen?"

George erzählte ihr von seinem Freund Martin, der zufällig in seinem Büro war, bevor er mit seiner Frau nach Kanada in den Urlaub aufbrach.

„Ich verstehe es immer noch nicht." Ihre Verärgerung wuchs.

„Sehen Sie, Martin Howard ist mein Freund, und er ist Dekan dieses Colleges. Nach meinem Gespräch mit ihm hat er sich Collins Bewerbung angeschaut und ihn als Student angenommen. Er kann in diesem Herbst sein Studium aufnehmen. Ergibt das jetzt einen Sinn?" George wirkte etwas verstört.

„Und was ist mit dem Schulgeld? Das ist ein privates College. Ich nehme an, das ist ziemlich teuer. Hätte man nicht auch über die

Kosten reden müssen? Außerdem ist Collin noch minderjährig. Ist nicht die Zustimmung des Erziehungsberechtigten nötig?"

„Die richtigen Bewerbungsunterlagen sind vermutlich bereits unterwegs. Collin und ich sind einfach davon ausgegangen, dass Sie sich über diese neue Entwicklung freuen. Ich erinnere mich noch, wie besorgt Sie waren an dem Tag, an dem wir uns kennenlernten. Es war Ihnen gar nicht recht, dass Collin sich mit dem College hier in *Warner* begnügt, und ..."

„Ja, und Sie haben mir geholfen zu erkennen, dass es ein vernünftiger Plan war."

„Damals vielleicht, aber nur, weil Marissa auch dort studieren wollte. Nachdem sich Collin und Marissa nun getrennt haben, scheint mir das keine gute Idee mehr zu sein." George runzelte die Stirn. „Wollen Sie etwa sagen, dass die Schulgebühren ein Problem darstellen könnten?"

„Ich weiß nicht, was ich sagen soll, George. Nur dass ich Ihre Beteiligung an dieser Sache infrage stelle. Mir kommt es so vor, als hätten Sie eine Grenze überschritten. Und mir gefällt es nicht, dass ich bei dieser wichtigen Entscheidung in Bezug auf das Leben meines Enkels kein Mitspracherecht hatte. Collin ist mir anvertraut, und Sie hatten kein Recht, all dies hinter meinem Rücken zu regeln."

Auf einmal war alles auf den Kopf gestellt, und George wusste nicht, was er sagen sollte. Ihre deutlichen Worte taten Willow zwar ein wenig leid, doch es stimmte, sie ärgerte sich tatsächlich über seine Einmischung. Es war nicht richtig, und sie einfach so damit zu überfallen, war auch nicht richtig. Die Türklingel ging. Ein Kunde war gekommen.

„Ich muss mich jetzt um meine Kunden kümmern", erklärte sie.

„Sie haben mehr als deutlich geäußert, was Sie denken", erwiderte George leise. „Klären Sie die Angelegenheit doch bitte mit Collin. Ich bin sicher, dass sich alles auch wieder rückgängig machen lässt." Ohne ein weiteres Wort verließ er die Galerie.

In den folgenden Tagen erlebte George ein Wechselbad der Gefühle. Sie schwankten zwischen Selbstmitleid und Gewissensbissen. Doch in erster Linie war er verwirrt. Er konnte gar nicht genau sagen, was an jenem Tag geschehen oder warum alles so schrecklich schiefgelaufen war. Aber eines wusste er genau – von jetzt an würde er es sich verkneifen, jemandem zu helfen.

Darum erfand er eine Ausrede, als Josie anrief und fragte, ob sie sich auf seinem Dachboden umschauen könnte. Er behauptete, es sei kein guter Zeitpunkt für ihn. Enttäuschung lag in ihrer Stimme, aber ganz ehrlich, was sollte er denn machen? Die Ironie des ganzen Debakels war, dass George bisher immer stolz darauf gewesen war, dass er sich nicht in die Angelegenheiten anderer einmischte. Warum nur hatte er sich so in die Belange der Familie West hineinziehen lassen?

„Hallo, George", rief Lorna über den Zaun. „Wie geht es Ihnen und Baxter an diesem wundervollen vierten Juli?"

George war gerade dabei, Baxters dickes Fell zu bürsten. Er legte die Drahtbürste aus der Hand und trat an den Zaun, um Lorna zu begrüßen.

„Uns geht es gut", erwiderte er. „Hatten Sie eine schöne Zeit bei Ihrer Schwester?"

„Ja. Wir haben das Zusammensein sehr genossen. Ich bin gerade nach Hause gekommen. Du meine Güte, es herrschte unglaublich viel Verkehr auf den Straßen. Ich hatte vollkommen vergessen, dass heute Feiertag ist." Sie deutete auf Baxter, der sich an Georges Knöcheln rieb. „Sie lassen ihn jetzt auch nach draußen?"

„Ich glaube, er hat sich mittlerweile eingelebt. Allerdings lasse ich ihn nicht alleine nach draußen. Er hat gerade ein schönes Sonnenbad genommen und sich anschließend im Dreck gewälzt."

„Und, haben Sie Pläne für den Unabhängigkeitstag?"

Er zuckte die Achseln. „Nur dass ich mich an meiner Unabhängigkeit freuen werde."

Sie lachte leise. „Also, keine Verabredung mit Ihrer Freundin Willow?"

„Nein, nein." George steckte die Hände in seine Hosentaschen und senkte den Blick.

„Wann haben Sie sich denn zum letzten Mal das Feuerwerk am See angeschaut?", fragte sie.

Er überlegte eine Weile. „Das letzte Mal vermutlich als Teenager."

„Das soll wohl ein Witz sein!" Sie schob ihre Sonnenbrille hoch und blickte ihn fassungslos an. „Ich treffe mich nachher mit einigen Freundinnen am See. Wir wollen ein Picknick machen. Sie können gerne dazukommen, wenn Sie mögen."

George überlegte. „Ich weiß nicht. Vielleicht fühlt sich Baxter ohne mich einsam."

„Sie sagten doch, er hätte sich eingelebt", erinnerte sie ihn. „Kommen Sie, George. Es ist ein unglaublicher Anblick, wenn sich das Feuerwerk auf der Wasseroberfläche des Sees spiegelt. Und meine Freundin Cathy ist eine hervorragende Köchin. Sie bringt Rippchen und Kartoffelsalat und viele andere leckere Sachen mit."

„Das klingt verlockend." Bei ihm sollte es nur Suppe und Sandwich zum Abendessen geben.

„Dann sagen Sie doch zu." Sie lächelte strahlend. „Und keine Sorge, George, das ist keine Verabredung. Sie und ich und meine Freundinnen treffen uns, lassen uns miteinander das Essen schmecken, lachen miteinander und bewundern das Feuerwerk."

„Also gut", stimmte George zu, „ich komme mit."

„Prima. Wir brechen um sechs Uhr auf. Ich nehme einen Campingstuhl für Sie mit."

Bevor George seine Meinung noch ändern konnte, entschuldigte sie sich, sie müsse jetzt den Obstsalat machen, den sie mitnehmen wolle. Es war abgemacht, George würde sich mit Lorna und ihren Freundinnen zusammen das Feuerwerk anschauen. Interessant.

Willow hatte Gewissensbisse wegen ihres Verhaltens George gegenüber, vor allem nachdem Collin sich so ausgesprochen begeistert gezeigt hatte, dass er an dem kleinen privaten College angenommen worden war. Als Willow ihn nach Marissa fragte, blieb er verschlossen, aber sie merkte, dass er tief verletzt war. Und sie merkte auch, dass Georges *Einmischung* ihm gutgetan hatte. Allein schon aus diesem Grund wollte sie ihre Beziehung zu George wieder in Ordnung bringen, aber in der Galerie war die Hölle los gewesen.

Zum einen hatte Marissa von heute auf morgen ihren Job bei ihr aufgegeben. Zuerst hatte Willow angenommen, dass es mit der Trennung von Collin zusammenhing, doch später hörte sie, dass Marissa eine Rucksacktour mit ihrem neuen Freund machen wollte. Zum anderen war Joel gerade in den Urlaub gefahren, und jetzt musste sie die Galerie alleine mit Leslie führen. Und da die Touristen allmählich die Stadt bevölkerten, hatten sie kaum Zeit zum Luftholen. Aber wegen des heutigen Feiertags hatte sie vor, die Galerie früh zu schließen. Leslie hatte sich den Tag freigenommen, und Collin hatte freundlicherweise angeboten, ihr zu helfen. Sie war also mit Collin alleine.

„Ich habe eine Idee“, sagte sie, als sie die Tür abschlossen. „Wie wäre es, wenn wir heute Abend oben auf der Dachterrasse eine kleine Party zum vierten Juli feiern? Leslie meinte, von dort oben könnte man vermutlich das Feuerwerk sehen.“

„Klingt nicht schlecht“, erwiderte er wie üblich ohne große Begeisterung.

„Wir könnten ja George einladen, sich uns anzuschließen.“

Das munterte ihn ein wenig auf. „Das gefällt ihm bestimmt. Er scheint mir ein wenig einsam zu sein."

„Wie wäre es, wenn du ihn anrufst, während ich überlege, was wir noch einkaufen müssen." Auf dem Weg zu ihrer Wohnung begegnete Willow Josie und erklärte ihr ihren Plan.

„Cool." Josie nickte. „Ich wollte sowieso noch mit ihm über seinen Dachboden reden. Eigentlich hatte ich den Eindruck, dass er ihn unbedingt ausgeräumt haben wollte, doch wann immer ich ihn anrufe, um einen Termin zu vereinbaren, passt es ihm nicht."

„Mr Emerson kann nicht kommen", verkündete Collin, als er die Treppe hochkam.

„Kann er nicht kommen", fragte Willow, „oder will er nicht?" War er immer noch böse auf sie? War das ihre Bestrafung?

„Er sagte, er hätte bereits etwas vor." Collin schloss seine Wohnungstür auf.

„Was hat er denn vor?", fragte Josie.

„Er will mit einigen Freunden zum See gehen, um sich dort das Feuerwerk anzuschauen."

„Ich dachte, er hätte keine Freunde", erwiderte Josie scharf.

„Offensichtlich doch", schoss Collin zurück. „Er sagte, sie wollten ein großes Picknick veranstalten mit Rippchen und Kartoffelsalat und Schokoladenkuchen."

„Interessantes Klischee." Willow fragte sich, ob George das alles wohl nur erfunden hatte, um sie auf Distanz zu halten.

„Ich möchte das Feuerwerk auch sehen, Mama", bettelte Josie mit kindlichem Ton. „Wir könnten doch auch zum See gehen."

„Das können wir natürlich machen."

Willow hätte jedoch einen etwas ruhigeren Abend auf der Terrasse vorgezogen. Sie stellte sich vor, wie sie dort saß, im Hintergrund spielte ruhige Jazzmusik, und das Feuerwerk explodierte in der Ferne.

Sie blickte Collin an. „Was meinst du? Hast du Lust zu gehen?"

„Vielleicht." Seine Begeisterung hielt sich in Grenzen.

„Wir können uns unterwegs ja was zu essen holen", schlug Josie vor.

„Ich wäre für *Kentucky Fried Chicken*", erklärte Collin mit etwas mehr Begeisterung.

Es war also entschieden, Familie West würde den Abend am See verbringen. Aber Willow hatte ernste Zweifel daran, dass sie George dort antreffen würden. Wenn sie sich nicht irrte, saß er mit seinem Kater zu Hause, ganz allein und vollkommen zufrieden. Verblüfft stellte sie fest, dass sie ein wenig Neid empfand.

In aller Eile suchten sie ein paar Dinge zusammen und machten einen Abstecher zu *KFC*. Es war kurz nach sieben, als sie beladen mit ihrem Essen und einigen Decken auf dem Weg zum See waren. Willow atmete tief durch und freute sich, dass sie sich aufgerafft hatte. Der See sah im Dämmerlicht wundervoll aus und der Park füllte sich langsam mit Menschen jedes Alters. Kinder und Hunde streiften umher. Einige Gruppen hatten sich zum Picknick auf dem Rasen niedergelassen oder saßen an den Tischen im Park. Andere tummelten sich in Ruderbooten und Kajaks auf dem Wasser. Die Szene war so malerisch, dass Willow versucht war, mit ihrem Handy einige Fotos zu machen, doch sie wollte den Zauber des Augenblicks nicht zerstören. Stattdessen gab sie sich diesem Zauber hin.

„Wie wäre es dort drüben?" Collin deutete auf eine freie Stelle in der Nähe des Flussufers, und kurz darauf hatten sie sich auf ihren Decken niedergelassen.

Bisher hatten Collin und Josie noch keine ernsten Feindseligkeiten ausgetauscht. Um ehrlich zu sein, sie hatten kaum ein Wort miteinander gewechselt, aber das war schon mal eine Verbesserung. Nur zur Vorsicht setzte sich Willow zwischen sie, denn wenn sie Josie mehr Aufmerksamkeit widmete, wäre es für sie alle besser. Willow rechtfertigte sich, indem sie sich bewusst machte, dass Collin sie 14 Jahre lang für sich allein gehabt hatte, aber Josie hatte nur während ihrer turbulenten Teenagerjahre bei Willow gelebt. Kein Wunder, dass sie sich betrogen fühlte.

„Was für ein wundervoller Abend." Willow sammelte ihren Müll ein. „Ich bin so froh, dass wir hergekommen sind." Mit einem zufriedenen Seufzer lehnte sie sich zurück.

„Ich bringe unseren Müll weg", bot Collin an. „Und schaue mich ein wenig um." Er nahm die Tüten und Trinkbecher und verschwand.

„Vermutlich hält er Ausschau nach Marissa", meinte Josie, nachdem er fort war.

„Das könnte sein." Willow setzte sich auf und beobachtete die Leute. „Er sagt nicht viel, aber ich merke, dass er immer noch leidet."

„Der erste Liebeskummer ist hart."

Willow studierte Josies Profil. „Wann hattest du denn deinen ersten Liebeskummer?"

„Ich war viel jünger als Collin", gestand Josie. „Du erinnerst dich vermutlich gar nicht mehr daran."

„Dann kann es nicht Zeke gewesen sein."

Zeke war zwar Collins Vater, doch Josie hatte den Kontakt zu ihm verloren, nachdem Zeke sie sitzen gelassen hatte und weggezogen war.

„Ich erinnere mich allerdings an einen Jungen, den du sehr gemocht hast. Das war in dem ersten Jahr, in dem du bei Asher und mir gewohnt hast. Ich glaube, er hieß Nathan. Und er schien ein sehr netter junger Mann zu sein."

Überrascht wandte sich Josie zu ihr um. „Ja. Es war Nathan. Ich war erst 14, aber bis über beide Ohren in den Jungen verliebt. Und er war wirklich sehr nett. Nun, bis er mich wegen Mattie Harris sitzen gelassen hat." Josie blickte finster drein. „Dieses Mädchen hasse ich noch immer. Ich hoffe, sie ist mittlerweile fett und hässlich geworden."

Willow unterdrückte den Drang zu lachen. Gern hätte sie Josie darauf hingewiesen, dass ihr Hass auf Mattie ihr selbst viel mehr schadete als Mattie, aber sie vermutete, dass das nicht gut ankäme.

„Dann weißt du zumindest, wie Collin sich gerade fühlen muss."

„Ja, ich habe versucht, ihn in Ruhe zu lassen."

„Das ist gut." Willow bemerkte, dass Collin zurückkam. Zu ihrer Erleichterung sah er nicht übermäßig betrübt aus. Vermutlich hatte er Marissa und ihren neuen Freund nicht entdeckt.

„Mr Emerson ist dort drüben." Collin deutete mit dem Daumen über die Schulter zurück. „Er ist mit ein paar Frauen zusammen."

„Machst du Witze?" Josie erhob sich und spähte in die angezeigte Richtung.

„Du solltest nicht so hinschauen, Liebes."

Willow gab sich gleichmütig. George war also tatsächlich mit einigen Frauen zusammen? Und wenn schon. Was kümmerte es sie?

„Sie sind dort drüben beim Bootssteg", erklärte Collin Josie.

„Ich gehe rüber und begrüße ihn", sagte sie und zog los.

„Da wird sich Mr Emerson aber freuen", bemerkte Collin sarkastisch, als er sich auf der Decke niederließ.

„Wie viele Frauen waren bei ihm?", fragte Willow.

„Ich habe sie nicht gezählt. Aber es waren etwa sechs oder so. Einer von ihnen hat er mich vorgestellt. Sie ist seine Nachbarin und er schien mit ihr zusammen gekommen zu sein."

„Das ist vermutlich Lorna Atwood. Sie wohnt gleich nebenan."

Willow hätte gerne noch gefragt, ob George mit ihr wie bei einer Verabredung zusammen war, aber sie wollte kein übergroßes Interesse zeigen. Es war doch wirklich nett, dass George an diesem Abend ausgegangen war. Während sie sich auf der Decke zurücklehnte, hoffte sie nur, dass ihm das Schauspiel am heutigen Abend gefallen würde. Hoffentlich hatte er keine Feuerwerksphobie oder eine Lärmphobie. Wenigstens hatte er eine Menge Frauen in seiner Nähe, die ihn trösten würden.

21

An dem Wochenende nach dem vierten Juli herrschte mehr Betrieb in der Galerie als jemals zuvor, sodass Willow tatsächlich Josie bat, ihr ein wenig zu helfen. Zu ihrem großen Erstaunen erschien sie mit gewaschenen Haaren und anständig angezogen, und meistens benahm sie sich auch gut. Trotzdem war sie nicht die ideale Besetzung.

„Ich bin lieber Künstlerin als Verkäuferin in einer Galerie“, bemerkte Josie, als sie mit Willow zusammen am Sonntagabend die Galerie abschloss.

„Ich sehe das genauso.“ Seufzend drehte Willow den Schlüssel um. „Zum Glück ist morgen geschlossen. Und am Dienstag ist Joel wieder da. An dem Tag wollen sich auch einige neue Bewerberinnen vorstellen.“

„Das ist gut, denn ich muss an meinen Projekten weiterarbeiten.“

Josie war es zwar noch nicht gelungen, einen Termin mit George zu vereinbaren, um seinen Dachboden zu sichten, doch sie hatte in Willows Studio einige Teile gefunden, mit denen sie sich beschäftigte. Bisher hatte sie eine kleine Trittleiter und eine Apfelkiste bemalt, und sie wollte jetzt mit zwei Holzhockern anfangen.

„Ich würde auch nur allzu gerne an meinen Projekten weiterarbeiten“, sagte Willow, als sie sich müde nach oben schleppten. Sie hatte ihre Kreationen aus Ton zwar gebrannt und glasiert, doch für den letzten Brennvorgang hatte sie bisher nicht die Kraft oder Zeit gehabt. Morgen vielleicht.

Auf dem Weg zu ihrer Wohnung dachte sie über George nach. Sie hatte immer noch nicht mit ihm gesprochen, nicht seit ihrer Meinungsverschiedenheit wegen Collins Collegeplänen. Obwohl nicht zu leugnen war, dass George in dieser Sache etwas zu weit gegangen war, musste Willow auch zugeben, dass sie unfreundlich gewesen war und unvernünftig reagiert hatte. Sie schuldete ihm eine Entschuldigung.

Während sie bequemere Kleidung anzog, überlegte sie, ob sie George mit ihrer Entschuldigung nicht auch ein Geschenk überreichen sollte. Ihr fiel ein, dass ihm die hohe Vase, die noch auf ihren letzten Brennvorgang wartete, so gut gefallen hatte. Sie hatte sie in einem strahlenden Türkisblau lasiert, das in Georges Bungalow wundervoll aussehen würde. Und sie würde einen Strauß Sonnenblumen hineinstellen. Trotz ihrer Müdigkeit beschloss sie deshalb, nach unten in den Keller zu gehen und den Ofen anzufeuern.

Natürlich dauerten die Arbeiten länger als erwartet, aber wenigstens war der Ofen mit einer automatischen Zeitschaltuhr ausgestattet, sodass sie nicht wie früher dabeibleiben und auf das Ende des Brennvorgangs warten musste. Trotzdem blieb sie noch eine Weile unten, kehrte das Atelier und wusch die Pinsel aus, die Josie liegen gelassen hatte. Sie hinterließ ihr eine Notiz, sie möge die Pinsel in Zukunft bitte selbst auswaschen.

Anschließend schaute sie sich Josies Trittleiter genauer an. Sie war wirklich recht hübsch geworden. Josie hatte Willows Ratschläge ernst genommen und darauf geachtet, dass alle Oberflächen komplett bemalt waren. Josies Farbgeschmack war definitiv interessant, aber Willow war ziemlich sicher, dass sich diese Stücke verkaufen ließen, wenn die richtigen Kunden in die Galerie kämen. Zumindest half ihre Kunst Josie, Selbstvertrauen aufzubauen und die Kunstwerke passten hervorragend in ihre Wohnung.

Nachdem der Ofen die richtige Temperatur hatte und sie sich davon überzeugt hatte, dass die Zeitschaltuhr richtig funktionierte, sprach Willow ein leises Gebet für gute Ergebnisse, schaltete das Licht aus und ging hoch in ihre Wohnung.

Sie wollte gerade ihre Wohnung betreten, als Collin den Kopf zur Tür herausstreckte. „Du hast Mr Emerson verpasst, Nana."

„Wie bitte?"

„Er ist vor etwa einer Stunde während seines Spaziergangs vorbeigekommen und wollte nur kurz Hallo sagen."

„Oh, das ist nett." Sie strich ihre feuchten Haare aus der Stirn. „Wie war er so?"

„Es schien ihm gut zu gehen. Er erzählte, das Feuerwerk neulich Abend sei wundervoll gewesen." Collin runzelte die Stirn. „Denkst du, dass er jetzt mit seiner Nachbarin befreundet ist?"

„Ich weiß es nicht."

„Ich dachte, er mag dich."

Willow lächelte erschöpft. „Nun, George und ich sind wie Feuer und Wasser, Collin. Wir sind so verschieden, dass ich nicht …"

„Aber Gegensätze ziehen sich doch an."

„Vielleicht kurzfristig. Aber mit der Zeit reiben sie sich aneinander." Sie schloss ihre Tür auf. „Auf jeden Fall habe ich vor, bald mit ihm zu reden. Ich schulde ihm noch eine Entschuldigung."

„Ja, das wäre vermutlich gut."

Sie sagte Gute Nacht und betrat ihre Wohnung. Die Einzelheiten ihres unglückseligen Gesprächs mit George hatte sie für sich behalten, aber Collin schien Bescheid zu wissen. Vielleicht hatte George ihm davon erzählt.

George war niedergeschlagen, als er sich für die Nacht fertig machte. Es hatte ihn große Überwindung gekostet, heute Abend an Willows Tür zu klopfen. Die Galerie war geschlossen, das wusste er, und Collin hatte gesagt, dass sie zu Hause sei. Doch als sie nicht öffnete, war George davon überzeugt gewesen, dass sie ihn nicht sehen wollte. Er stellte sich vor, wie sie in ihrer Wohnung stand und durch das kleine Guckloch in der Tür spähte und sich immer noch über Georges übergriffiges Verhalten ärgerte. Und auch er hatte geglaubt, er sei endgültig fertig mit ihr. Doch die Tage vergingen … und Georges Gedanken wanderten immer wieder zu ihr hin.

Es war unbegreiflich, das wusste er, doch er konnte es nicht leugnen: er vermisste sie. Und ihn plagte sein Gewissen, weil er sie neulich Abend am See nicht wenigstens kurz begrüßt hatte. Collin und auch Josie hatten ihm erzählt, dass sie ebenfalls da war. Aber George war eigensinnig im Kreis von Lornas Freundinnen in seinem geliehenen Gartenstuhl sitzen geblieben.

Zugegeben, es war wirklich amüsant, der einzige Mann in der Gesellschaft dieser Frauen zu sein – zumindest anfangs. Doch als der Abend fortschritt, war ihm ihr klatschsüchtiges Geschnatter zunehmend auf den Geist gegangen und zwar so sehr, dass sich George am liebsten die Ohren zugehalten hätte und weggelaufen wäre.

Seltsamerweise war Lorna die am wenigsten unangenehme und interessanteste Frau der Gruppe gewesen. Sie hatte von ihrer Reise mit ihrer Schwester erzählt. Gemeinsam hatten sie den *Yosemite* Nationalpark und noch ein paar andere Orte besucht. Endlich begann dann irgendwann das Feuerwerk, und obwohl er das laute Knallen nicht mochte, zog er es dem Geschnatter der Frauen bei Weitem vor. Nach dem Ende des Feuerwerks verabschiedete er sich sofort und ging nach Hause. Baxter fehlte ihm.

„Ich schätze, du und ich, wir werden wohl alleine bleiben“, sagte er zu Baxter, als er seine Zahnbürste in den Halter steckte. Baxter hockte wie üblich auf dem Wasserbehälter der Toilette und verfolgte interessiert seine Bewegungen. Vielleicht war da sogar ein Ausdruck von Mitgefühl in seinen jadegrünen Augen zu erkennen. „Zwei Junggesellen, die ein ruhiges Leben führen.“

Er ging hinüber ins Wohnzimmer, um dort das Licht auszuschalten. Sein Blick blieb an dem Bild über seiner Couch hängen. Es war seltsam. Er erinnerte sich noch, wie sehr ihn dieses Gemälde anfangs gestört hatte. Oh sicher, das Motiv hatte ihn wegen Alex' altem Pick-up angesprochen, aber dieses große und bunte Bild hatte er zuerst als zu aufdringlich empfunden. Mittlerweile hatte er sich jedoch so sehr daran gewöhnt, dass es ihm ganz bestimmt fehlen würde, wenn jemand es von der Wand nähme. Er konnte sich nicht vorstellen, dass es nicht mehr dort hing – interessant.

Vielleicht war es doch möglich, sich an Neues zu gewöhnen. Vielleicht war es möglich, eine Beziehung mit einem Menschen anzustreben, der so unberechenbar war wie Willow West. Wenn sie sich denn herabließe, wieder mit ihm zu reden. Aber wer konnte es ihr übel nehmen, wenn sie nichts mehr mit ihm zu tun haben wollte?

George wusste, dass er etwas sonderbar war. Er war distanziert und festgelegt und nach Meinung einiger Leute richtiggehend wunderlich. Aber da er ein Fan von Ralph Waldo Emerson war, hatte George seinen atypischen Lebensstil als Individualität entschuldigt. Er lebte eben nach seinem eigenen Rhythmus. Wenn das den Leuten nicht passte, sollten sie ihn eben in Ruhe lassen.

Willow genoss es, am Montagmorgen ausschlafen zu können. Sie trank ihren Kaffee auf der Dachterrasse, nahm sich Zeit, ihre Pflanzen zu gießen und ein wenig im Garten zu werkeln. Etwas Schöneres, als in der Kühle des Morgens draußen zu sein, gab es für sie nicht. Am linken Rand ihrer Terrasse hatte sie Dutzende Sonnenblumen gepflanzt, sozusagen als Sichtschutz. Sie standen bereits in üppiger Blüte und in Georges türkisblauer Vase, die den Brennvorgang in der Nacht hoffentlich unbeschadet überstanden hatte, würden sie wundervoll aussehen.

Als erfahrene Töpferin wusste sie um die Überraschungen, die einen beim Öffnen des Brennofens manchmal erwarteten. Gelegentlich entstand bei einem Tontopf eine Luftblase, die zu einer Explosion führte und alle anderen Teile ruinierte. Oder die Zeitschaltuhr funktionierte nicht richtig, und die Gegenstände wurden nicht heiß genug oder zu heiß gebrannt. Auch die Glasur konnte verlaufen oder heruntertropfen oder reißen oder flockig werden, man wusste nie, was bei einem Brennvorgang herauskam. Aber genau das liebte sie so an der Töpferei. Man musste mit dem Unerwarteten rechnen. Genau wie im Leben.

Während sie ihre zweite Tasse Kaffee trank, überlegte sie, was sie an diesem Tag tun wollte. Sie wollte Josie für einige Aufräumarbeiten in der Galerie ein verlockendes Angebot machen. Und sie musste Termine mit den Bewerbern für den Job in der Galerie abstimmen und hoffte, am Ende des Tages eine Aushilfe zu haben. Außerdem wollte sie in ihrem Atelier weiterarbeiten und den neuen Gymnastikkurs besuchen, den Lulu aus ihrer Gemeinde ganz neu anbot. Sie hatte Lulu gesagt, wenn sie den Kurs auf den Nachmittag legen würde, dann wäre sie dabei. Und Lulu hatte ihn für 16 Uhr angesetzt.

Außerdem wollte Willow George natürlich ihre Friedensgabe bringen, doch das stand ganz unten auf ihrer Liste. Obwohl sie sich gefreut hatte, dass George am vergangenen Abend vorbeigekommen war, wusste sie nicht so genau, ob er nicht vielleicht nur Collin besuchen wollte und nicht sie. Trotzdem war sie entschlossen, ihm die Vase zu bringen – falls sie nicht explodiert war. Und wenn die Vase ruiniert war, dann würde sie das als Fingerzeig Gottes nehmen, sich von George fernzuhalten, was ihn vermutlich sehr freuen würde.

Es war früher Nachmittag, als Willow fast alles, was sie sich vorgenommen hatte, erledigt hatte. Angenehm überrascht war sie darüber, dass die Tonarbeiten im Ofen alle perfekt gebrannt worden waren und die türkisfarbene Vase einfach atemberaubend schön geworden war. Noch atemberaubender sah sie mit den Sonnenblumen in unterschiedlichen Schattierungen von Hellgelb bis Rostrot aus.

Willow hatte sich vorgenommen, die Friedensgabe auf ihrem Weg zu dem Gymnastikkurs bei George abzugeben. Dann hatte sie eine gute Ausrede und würde keinesfalls zu lange bleiben und ihm lästig fallen. Für den Fall, dass George nicht zu Hause war, hatte sie eine kurze Entschuldigungskarte geschrieben.

In ihrer schwarzen Yogahose, einem neongrünen Tanktop und Flip-Flops machte sich Willow auf den Weg. Am liebsten hätte sie ihr Geschenk einfach vor die Haustür gestellt, aber sie hatte die Veranda kaum betreten, als die Tür aufging und George in Kakihose und einem blauen Hemd herauskam. Er trug sogar Sandalen – zwar mit Socken, aber immerhin Sandalen! Willow versuchte ihre Überraschung zu verbergen.

„Hallo." Georges Lächeln wirkte aufrichtig.

„Das ist für Sie." Sie streckte ihm die Vase entgegen und begann ihre einstudierte Entschuldigung. „Ich möchte mich für meine Reaktion auf Collins Studienplatz im *Whitfield College* entschuldigen. Ich war sehr unfreundlich und überaus undankbar. Eigentlich hätte ich dankbar sein sollen, doch ich war beleidigt und fühlte mich irgendwie ausgeschlossen. Aber Collin freut sich so sehr über seine Collegezulassung, dass ich Ihnen eine Entschuldigung schulde. Und ich bin Ihnen wirklich außerordentlich dankbar. Bitte, nehmen Sie meine Friedensgabe an."

Überrascht nahm George die Vase entgegen. „Vielen Dank. Das ist sehr nett."

„Die Blumen sind von meiner Terrasse und die Vase habe ich selbst gemacht", erklärte sie schnell. „Erinnern Sie sich? Sie haben gesehen, wie ich sie von der Töpferscheibe genommen habe, als Sie mich in meinem Atelier besucht haben."

„Sie ist wirklich wundervoll, Willow. Sie hätten sich nicht so viel Mühe machen sollen."

„Ich wollte das aber – das ist meine kleine Friedensgabe."

„Nun, ich denke, auch ich schulde Ihnen eine Entschuldigung. Haben Sie Zeit, mit hereinzukommen? Sie könnten Baxter begrüßen."

„Aber nur für ein paar Minuten. Ich habe um vier Uhr einen Gymnastikkurs." Sie folgte ihm ins Haus. „Eine Freundin von mir bietet diesen Kurs an."

Sie hockte sich hin, um Baxter zu streicheln und am Kopf und Kinn zu kraulen. Schließlich erhob sie sich wieder und schaute George an. „Hey, Sie könnten doch mitkommen. Das würde Spaß machen."

„Oh, ich weiß nicht." George wand sich unbehaglich.

„Wirklich, George. Das wird Ihnen bestimmt gefallen. Ihre Art der Gymnastik soll sehr entspannend sein – für den Geist wie für den Körper. Und sie ist gut für ältere Menschen." Sie grinste. „Nicht dass wir alt sind. Das sind wir nicht. Kommen Sie schon", drängte sie. „Dann sind wir Gymnastikkollegen."

„Vielleicht das nächste Mal", erwiderte er mit einem verheißungsvollen Lächeln. „Ich – äh – ich bin dafür heute noch nicht bereit."

„Aber das ist die erste Stunde, George. Alle sind Anfänger. Wenn Sie erst später dazukommen, werden Sie einiges aufzuholen haben." Sie stieß ihn in die Rippe. „Außerdem tragen Sie bequeme Kleidung. In meinen Augen scheinen Sie mehr als bereit zu sein."

„Nun, ich …"

„Kommen Sie, George. Was ist denn das Schlimmste, das passieren könnte? Wenn es Ihnen nicht gefällt, brauchen Sie nicht mehr hinzugehen. Aber wenn Sie heute nicht gehen, dann wette ich, dass Sie sich nie dazu aufraffen werden." Ihr Blick wanderte zu seiner Wanduhr. „Der Kurs beginnt in 15 Minuten." Sie zupfte ihn am Ärmel. „Verabschieden Sie sich von Baxter und kommen Sie mit."

Erstaunlicherweise stellte George seine Proteste ein und kam tatsächlich mit. Auf dem Weg zur Kirche, die eigentlich eine wieder aufgebaute Scheune war, plauderte Willow mit George über die vergangenen Tage, erzählte ihm von Josies Fortschritten als Künstlerin und dass Collin seinen Herzschmerz allmählich zu überwinden schien.

„Hier findet der Kurs statt?“ George runzelte die Stirn, als sie auf den gekiesten Parkplatz abbog. „Ich dachte, das sei Ihre Kirche.“

„Na ja, sie ist multifunktional, eine Art Aktivitätszentrum.“ Sie parkte den Wagen und stieg aus. „Kommen Sie, George. Wir wollen doch nicht zu spät kommen.“ Doch während sie über den Parkplatz eilten, machte sich Sorge in ihr breit. Was, wenn nur Frauen an dem Kurs teilnahmen? Oder wenn George sich ärgerte, weil sie ihn schon wieder zu etwas gedrängt hatte? War sie wieder eine Kamelnase gewesen? Aber wie sonst schaffte man es, George Emerson aus seinem gewohnten Trott herauszuholen?

Zum Glück war George nicht der einzige Mann in der Runde. Lulus Vater Donald war auch dabei. Er war schon fast 80, doch in guter körperlicher Verfassung und zeigte aufrichtiges Interesse an George. Die Übungen waren erstaunlich entspannend, und obwohl die Bewegungen langsam und nicht übermäßig anstrengend waren, hatte Willow am Endes des Kurses das Gefühl, sich vollkommen verausgabt zu haben. Aber es war eine gute Erschöpfung. Und ihr hatte gefallen, wie Lulu Gott in den meditativen Teil der Übungen mit einbezogen hatte.

„Das war wundervoll“, bedankte sie sich später bei Lulu. „Vielen Dank.“

„Denkst du, dass es deinem Freund gefallen hat?“, fragte Lulu leise. George unterhielt sich im hinteren Teil des Raumes mit Donald. „Ich konnte seinen Gesichtsausdruck nicht deuten.“

„Das ist schwer zu sagen“, erwiderte Willow. „Aber ich werde es in Erfahrung bringen.“

„Es wäre schön, wenn er auch weiterhin kommen würde. Papa hatte schon Sorge, er wäre vielleicht der einzige Mann."

Als Willow George nach Hause brachte, fragte sie ihn, wie es ihm gefallen habe.

„Mir ist klar, dass ich Sie mal wieder sozusagen entführt habe", gestand sie. „Ich hoffe, es war nicht zu quälend für Sie."

„Es war in Ordnung. Wie Sie wissen, glaube ich nicht an Gott, darum fand ich Lulus Hinweise auf den Glauben und die zitierten Bibelverse nicht so gut. Aber ich muss zugeben, dass die Übungen gut waren." Er seufzte. „Und ich fühle mich tatsächlich entspannter. Es ist so schade, dass sie ihre religiöse Propaganda nicht einfach für sich behalten konnte."

Seine Worte stimmten Willow traurig. George behauptete zwar, Atheist zu sein, und ihr war auch bewusst, dass sie unterschiedlicher Ansicht waren, aber irgendwie sah sie ihn jetzt in einem anderen Licht. Er besaß einen freundlichen und großzügigen Geist. Er wirkte verletzlich – wie ein verletzter Wanderer auf seiner Glaubensreise. Ein Wanderer, den sie am Ende hoffentlich zu Gott würde führen können. Aber sein Urteil über den Gymnastikkurs machte ihr nicht unbedingt Mut. Es war beinahe ein Rückschlag. Vielleicht war es ein Fehler gewesen, ihn mitzunehmen.

22

Willow war nicht so ganz bereit, dieses Gespräch mit George über Gott und den Glauben auf sich beruhen zu lassen. Auch wenn es unangenehm war, für sie war es wichtig. Außerdem mochte sie George sehr.

„Ich bin neugierig", sagte sie auf ihrem Weg durch die Stadt. „Ich weiß, dass Sie nicht an Gott glauben, George, aber Sie haben erwähnt, dass Ihre Großeltern in die Kirche gegangen sind. Ich frage mich, wie Sie zu Ihrer atheistischen Einstellung gekommen sind."

„Die Zeit und das Leben. Es ergab für mich einfach Sinn."

„Das ist witzig. Ich wuchs in einer Familie auf, deren Schatten niemals auf eine Kirchentür gefallen ist. Ich war ein wildes, durchgeknalltes junges Mädchen, das an nichts geglaubt hat. Und als ich feststellte, dass Gott wirklich existiert, nun, ich habe mich an ihn geklammert und ihn seither nicht mehr losgelassen."

„Interessant."

George klang eher gelangweilt als interessiert. Aber Willow wollte sich nicht entmutigen lassen. Zumindest noch nicht.

„Mich beschäftigt etwas." Sie stellte den Wagen vor seinem Haus ab. „Ich denke, ein Atheist muss einen großen Glauben haben. Einen noch größeren Glauben als ein Christ."

„Ich verstehe nicht."

„Nun, Sie vertrauen darauf, dass Gott nicht existiert." Sie schaltete den Motor aus und blickte ihn an. „Was, wenn Sie am Ende Ihres Lebens feststellen, dass Sie sich geirrt haben? Wenn Sie feststellen, dass Gott doch existiert, aber Sie waren fest davon überzeugt, dass es ihn nicht gibt. Was dann?"

„Wie ist es bei Ihnen?", entgegnete George. „Haben Sie nicht voll und ganz auf die Möglichkeit gesetzt, dass Gott existiert? Und wenn das nun nicht stimmt?"

Über seinen Einwand dachte sie nach. „Nun, wenigstens kann ich dann trotzdem sagen, dass ich ein gutes Leben geführt habe. Dass ich glücklich war und im Frieden mit meinen Mitmenschen gelebt habe. Dass ich versucht habe, die Menschen zu lieben und Vergebung zu praktizieren. Ich habe nicht in Furcht gelebt. Und ich freue mich an der Schönheit der Natur und nutze meine Talente. Falls also Gott tatsächlich nicht existieren sollte, habe ich trotzdem ein reiches und ausgefülltes Leben gehabt. Können Sie dasselbe von sich sagen?"

George antwortete nicht, sondern runzelte die Stirn.

„Sie sehen also, meine Überzeugung schadet mir nicht. Was ist mit Ihrer?"

Schweigend starrte er vor sich hin.

„Aber George, falls Gott doch existiert – wovon ich überzeugt bin –, dann werde ich außerordentlich dankbar sein, dass ich an ihn geglaubt habe. Nicht nur wegen meines erfüllten Lebens hier auf der Erde, sondern weil sich auch in der Ewigkeit meine liebevolle Beziehung zu Gott fortsetzen wird."

„Das ist eine lange Zeit." George seufzte.

„Es wäre eine sehr viel längere Zeit, wenn Sie die Ewigkeit *ohne* Gott verbringen müssten. Ich kann mir nicht vorstellen, auch nur einen Tag lang von der Liebe Gottes getrennt zu sein."

„Folgendes ist die Wahrheit, Willow." Mit düsterem Gesichtsausdruck wandte er sich zu ihr um. „Wenn ich an Gott glauben würde, müsste ich glauben, dass er ein gehässiger, selbstsüchtiger und gemeiner Gott ist."

„Aber das ist er nicht. Er ist liebevoll und gnädig, freundlich und …"

„Da muss ich widersprechen. Falls Gott existiert, was ich nicht akzeptieren kann, dann müsste ich annehmen, dass Gott mich hassen muss."

„Wie könnte Gott Sie hassen?" Sie runzelte die Stirn. „Gott ist Liebe. Er liebt seine Schöpfung, George. Er liebt Sie."

„Nein ..." Er wandte sich ab und streckte seine Hand nach dem Türgriff aus. „Wenn Sie recht haben und Gott existiert, dann hat er es auf George Emerson abgesehen. Er hat sich viel Mühe gemacht, mich zu quälen. Und aus diesem Grund ist es leichter und weniger schmerzlich für mich, nicht an Gott zu glauben."

George stieg aus dem Wagen aus.

Willow wollte dieses Gespräch nicht so zu Ende gehen lassen. „Warten Sie", rief sie und eilte ihm nach. „Sie können mich jetzt nicht so hängen lassen. Sie schulden mir eine Erklärung, George. Was haben Sie gemeint? Was macht Sie so sicher, dass Gott Sie hasst?" Sie folgte ihm ins Haus, setzte sich auf sein Sofa und wartete.

George ließ sich ihr gegenüber langsam in den Ohrensessel sinken und schaute sie verdutzt an. „Wollen Sie das wirklich hören, Willow?"

„Natürlich will ich das. Und nur dass Sie es wissen, mein Abend ist noch nicht verplant. Ich habe alle Zeit der Welt."

„Nun, ich werde mich so kurz wie möglich fassen." Er verschränkte die Arme vor der Brust. „Zuerst einmal waren da meine Eltern. Sie sind an jedem Sonntag mit meinem Bruder und mir zur Kirche gegangen. In die Kirche, zu der auch meine Großeltern gehörten. Meine Mutter war freundlich und gut und meinte es ernst mit ihrem Glauben, aber mein Vater ... nun, er war ein guter Mann, wenn er nicht gerade trank.

An dem Abend, an dem er und meine Mutter bei einem Autounfall ums Leben kamen, war er betrunken. Damals war ich sechs Jahre alt, und meine Großeltern haben mir erzählt, Gott bräuchte meine Eltern, und deshalb hätte er sie in den Himmel geholt. Aber mir haben sie gefehlt – vor allem meine Mutter. Ich habe sie so sehr vermisst, und ich fand es gemein und selbstsüchtig von Gott, mir meine Eltern zu nehmen."

„Das muss sehr schwer gewesen sein."

Er nickte. „Meine Großeltern haben Alex und mich zu sich genommen, wie Sie bereits wissen. Und auch sie gingen mit uns in die Kirche, und im Laufe der Zeit hatte ich mich fast mit Gott bezüglich meiner Eltern ausgesöhnt. Und dann ist Alex nach Vietnam gegangen. Ich war zehn, als er starb."

Eine Welle der Traurigkeit erfasste Willow. „Oh George, wie entsetzlich für Sie."

Er nickte erneut. „Gott hatte mir jetzt also meine gesamte unmittelbare Familie genommen. Und mich quälten zwei Fragen. Hasste mich Gott so sehr, dass er sie alle bei sich haben wollte, aber nicht mich? War ich nicht gut genug? Oder hasste er mich so sehr, dass er mir die Menschen nehmen wollte, die ich liebte?"

„Ich kann das verstehen, ganz besonders aus der Perspektive eines Kindes."

„Nach Alex' Tod war ich ziemlich in mich gekehrt. In den folgenden Jahren lernte ich, meine Gefühle für mich zu behalten. Denn sonst würden meine Großeltern mir entweder eine Predigt halten oder mich zum Pastor in die Seelsorge schicken."

Baxter sprang auf Georges Schoß, und er streichelte ihn, während er weitererzählte: „Erst im College begann ich mich zu öffnen. Im letzten Collegejahr lernte ich ein Mädchen kennen, das ihren Glauben sehr ernst nahm. Ich liebte sie so sehr, dass ich sie zu ihrer Kirche begleitete, und ganz langsam öffnete ich mich wieder für Gott. Wir verlobten uns." George kräuselte die Lippen. „Und dann starb sie."

Finster schüttelte er den Kopf, doch seine Augen schimmerten feucht. „Danach war mir klar, dass Gott mich wirklich hassen musste, falls er denn überhaupt existierte, und das glaubte ich nicht mehr.

Es war ganz klar. Alle, die ich geliebt habe, waren gestorben, auch mein bester Freund Greg Walters. Sie erinnern sich bestimmt an ihn. Er starb an Krebs. Und nur wenige Zeit später sind dann auch meine beiden Großeltern gestorben. Das war für mich der letzte Schlag."

„Oh, George." Willow spürte, wie ihr Tränen über die Wangen liefen. „Ich hatte keine Ahnung, dass Sie so viel Leid erlebt haben. So viele Verluste. Kein Wunder, dass Sie glauben, was Sie glauben."

„Können Sie mir immer noch sagen, dass Gott existiert?" Mit traurigen Augen blickte er sie an.

Sie wischte sich mit den Händen ihre Tränen fort. „Ich kann nur sagen, dass viele entsetzliche Dinge in dieser Welt geschehen, George. Es gibt Abscheulichkeiten wie den Holocaust und schreckliche Kriege und Hungersnöte und Naturkatastrophen, es gibt Serienmörder und alle möglichen anderen Abscheulichkeiten. Aber dass solche Dinge passieren, bedeutet nicht, dass Gott nicht existiert. Da könnte man ja auch behaupten, dass es keine Sonne gibt, weil es nachts dunkel wird. Oder weil es das Böse gibt, bedeutet das, dass es nichts Gutes gibt."

Er nickte andeutungsweise. „Das stimmt."

„Wir leben in einer wunderschönen Welt, aber sie ist mit Fehlern behaftet. Wir sind Menschen, darum haben auch wir Fehler. Und Gott will uns nicht kontrollieren, George. Er hat uns einen freien Willen gegeben. Und unsere Entscheidungen, oder die Entscheidungen anderer, ziehen Konsequenzen nach sich. Aber ich glaube fest daran, dass die schlimmen Dinge uns helfen können, uns Gott zuzuwenden. Wir kommen durch sie an den Punkt, an dem wir erkennen, dass wir alleine nicht weiterkönnen. An dem uns klar wird, dass wir das nicht alleine schaffen. Wo wir gezwungen sind, uns einzugestehen, dass wir Gott brauchen. Und dann bitten wir ihn um Hilfe. Das habe ich selbst erlebt.

Als Asher krank wurde und mir klar wurde, dass ich ihn verlieren würde … das war der Zeitpunkt, an dem ich zum Glauben fand.

Ich brauchte Gott – ich rief zu ihm. Und er antwortete. Er hat mich nicht im Stich gelassen."

„Nun, mich hat er aber im Stich gelassen."

Sie nickte. „Ich kann verstehen, dass Ihnen das so vorkommen muss. Aber Ihre Geschichte ist noch nicht zu Ende, George. Sie leben vielleicht, als wäre es so. Ich weiß, dass Sie sich selbst in einer Art Sicherheitskapsel verschanzt haben, als würden Sie ganz allein in einer Zeitschleife leben, aber Ihre Geschichte ist noch nicht zu Ende. Ich glaube, dass noch ein ganzes Stück Leben und Erfahrung vor Ihnen liegt."

Sie erhob sich. „Aber ich wollte Ihnen keine Predigt halten. Ich hoffe, ich habe nicht zu viel gesagt."

Sie merkte, dass es ihm nicht gut ging, und der Gedanke, dass sie vielleicht schuld daran war, belastete sie. Willow trat an seinen Ohrensessel, streichelte Baxter und legte ihre Arme um George und hielt ihn einfach fest.

„Aus irgendeinem Grund hat Gott Sie mir ans Herz gelegt, George, und mir drängt sich der Gedanke auf, dass er Ihnen dadurch zeigen möchte, wie sehr er Sie liebt. Ich bin absolut davon überzeugt, dass er Sie sehr liebt."

Ohne ihre Bemerkung weiter auszuführen, richtete sie sich auf, lächelte ihn an und verließ leise das Haus. Auf dem Heimweg sprach sie ein inbrünstiges Gebet für George.

Willow hatte das Haus kaum verlassen, als George seine Tränen nicht mehr zurückhalten konnte. Nicht nur ein paar Tränen, nein, eine ganze Tränenflut brach sich Bahn. Er begann zu schluchzen und so laut zu schreien, dass selbst Baxter erschrocken zusammenfuhr. Er sprang von seinem Schoß hinunter und blickte neugierig zu George hoch.

George wusste nicht so genau, was diese Reaktion in ihm ausgelöst hatte, aber während er heulte und schluchzte wie ein kleines Kind, hoffte er, dass dies kein Dauerzustand werden würde. Und er hoffte nur, dass Lorna von seinem Ausbruch nichts mitbekam. Zum Glück waren seine Fenster geschlossen.

Schließlich ging er ins Bad, um sich kaltes Wasser ins Gesicht zu spritzen. Und tatsächlich putzte er sich die Nase mit einem Handtuch, was überhaupt nicht zu ihm passte, aber er konnte einfach nicht aufhören zu weinen. War das eine Nebenwirkung des Gymnastikkurses? Oder die Folge davon, dass er alte Wunden geöffnet und sich alten Verletzungen gestellt hatte? Oder war Willows Umarmung der Auslöser für diesen Ausbruch? Und das, was sie gesagt hatte – wie sehr Gott ihn liebte?

George wusste ganz ehrlich nicht, was diese ungewöhnliche Reaktion ausgelöst hatte. Allerdings war ihm bewusst, dass er sich unbedingt wieder beruhigen musste. Vielleicht sollte er um seiner emotionalen Gesundheit willen diese besondere Form der Gymnastik ganz sein lassen. Und vielleicht sollte er Willow West unter allen Umständen aus dem Weg gehen. Er musste die Kontrolle zurückgewinnen – auch wenn das bedeutete, seine Türen zu verrammeln und alles und jeden aus seinem Leben auszuschließen.

Mit zitternden Händen goss sich George ein Glas Milch ein. Milch übte immer eine beruhigende Wirkung auf ihn aus, aber noch immer schluchzte er so heftig, dass er kaum schlucken konnte. Er stellte das Glas ab, klammerte sich am Rand der Arbeitsplatte fest und versuchte, einmal tief und langsam durchzuatmen. Irgendwie musste er die Kontrolle zurückgewinnen und diesen emotionalen Ausbruch beenden.

Nach einigen vergeblichen Versuchen, sich zu beruhigen, taumelte George aus der Küche in sein Schlafzimmer. Verloren, hoffnungslos, elend und schwach warf sich auf sein Bett und weinte sich, obwohl es noch nicht einmal 19 Uhr war, in den Schlaf.

Willow war von Georges schmerzlicher Geschichte tief berührt, und Schuldgefühle quälten sie, weil sie ihn in so tiefer Verzweiflung zurückgelassen hatte, aber ihr war auch bewusst, dass sie im Augenblick nichts anderes für ihn tun konnte, als für ihn zu beten. Und das tat sie, als sie sich mit einem großen Glas Eistee auf ihrer Dachterrasse niederließ.

Sie bat Gott ganz konkret, sich George zu zeigen. Was mehr gab es zu sagen? Sie hatte zu großen Respekt vor Gott, um ihr Gebet weiter auszudehnen – als wäre Gott begriffsstutzig und würde ihre Bitte nicht verstehen. Gott war groß und klug genug, um Georges Aufmerksamkeit irgendwie auf sich zu lenken – und sie glaubte fest daran, dass er das tun würde. Aus diesem Grund befahl sie Gott die ganze Situation an.

Doch während sie in ihrem bequemen Liegestuhl lag und ihren grünen Tee trank, dachte sie über das nach, was sie gerade gehört hatte. Dass George einiges an Leid in seinem Leben erlebt hatte, hatte sie bereits vermutet, aber nie hätte sie gedacht, dass er so viele leidvolle Erfahrungen gemacht hatte. Irgendwie war es kein Wunder, dass der arme Mann zu der Überzeugung gekommen war, dass es keinen Gott gab. Das war seiner Meinung nach einfach weniger schmerzlich. Doch Gott würde ihm hoffentlich das Gegenteil beweisen.

Während Willow sich an der Schönheit um sich herum freute – ihre kleine Welt, die sie auf einem vernachlässigten Dach, auf dem es nach Teer und Katzenurin gestunken hatte, geschaffen hatte –, dachte sie über Gottes wunderschöne Welt nach. Die Meere und Berge und Wälder und Wiesen … genau hier in Oregon, wo George sein ganzes Leben verbracht hatte.

Sie fragte sich, ob George die Schönheit in seiner Umgebung wohl wahrgenommen hatte, ob er die These, das alles sei von ganz allein entstanden, nicht hinterfragt hatte. Aber vielleicht hatte sein Schmerz ihn blind gemacht. Ganz sicher hatte er ihn gefangengehalten. Der arme Mann.

George fuhr aus dem Schlaf hoch und versuchte sich zu orientieren. Es war dunkel und stickig und warm. Und obwohl er vollkommen angekleidet war, lag er in seinem Bett.

Er richtete sich auf, schüttelte den Kopf und versuchte, sich an den Traum zu erinnern. Das war ein wunderschöner Traum gewesen. So schön, dass George eine große Enttäuschung empfand, jetzt wieder wach zu sein. Er stand aus dem Bett auf und schaltete die Nachttischlampe an. Es war schon nach Mitternacht! Mit der Hand rieb er sich seinen Kopf. Hatte er wirklich mehr als fünf Stunden geschlafen?

Baxter, der sich auf der anderen Seite des Bettes zusammengerollt hatte, hob den Kopf und musterte George neugierig, als wollte er fragen, warum er denn mitten in der Nacht aufstand.

George schwitzte und hatte schrecklichen Durst. Barfuß tappte er in die Küche, um sich ein Glas Orangensaft einzuschenken. Während er in kleinen Schlucken das kalte, süße Getränk zu sich nahm, versuchte er sich an den Traum zu erinnern.

Er hatte sich an einem wundervollen Ort aufgehalten – hell und strahlend und ganz anders als alles, was er jemals zuvor gesehen hatte. Eine unbeschreibliche Ruhe und Frieden war in ihm gewesen. Er hatte eine Art Schwerelosigkeit erlebt, als hätte sich all sein Kummer in Luft aufgelöst. Als er das leere Glas abstellte, fiel ihm noch etwas ein. Seine Mutter war dort gewesen. Sie hatte glücklich gelächelt und ihm über den Kopf gestrichen, wie sie es früher immer getan hatte. Das hatte so gut getan! Wie gerne würde er das noch einmal erleben.

Während er die Fenster öffnete, um die kühle Nachtluft ins Haus zu lassen, hätte George gerne an dem schönen Traum festgehalten. Aber er war wie die sanfte Sommerbrise, die durch das Fenster hereinwehte – er entglitt ihm einfach. Sein Magen knurrte, und George kehrte in die Küche zurück, um sich ein Sandwich mit Erdnussbutter und Honig zu schmieren. Doch bevor er sich an den Tisch setzte, um das Sandwich zu essen, wurde das Gefühl in George übermächtig, dass in seinem dunklen, stillen Haus etwas fehlte. Etwas, das er sich wünschte, doch was es war, konnte er nicht in Worte fassen.

Er ließ sein Brot auf dem Tisch stehen, ging ins Wohnzimmer und öffnete den Schrank mit den alten Schallplatten. Vielleicht brauchte er jetzt ein wenig Musik. Willow gegenüber hatte er behauptet, wenn er erst mal pensioniert sei, würde er wieder häufiger Musik hören. Aber bisher hatte er seine Schallplatten noch nicht einmal angerührt.

George überflog die beiden Reihen mit Schallplatten, die früher Alex gehört hatten. Eine war besonders abgegriffen, mehr als die anderen, und er zog sie heraus. Es war *Bridge Over Troubled Water* von *Simon and Garfunkel.* Sein Blick hing an den beiden Männern auf dem Cover. Sie waren ganz typische Männer aus den Siebzigern und doch hätten sie auch in der heutigen Zeit leben können. Er nahm die schwarze Schallplatte aus der Hülle, legte sie auf den Plattenteller und schaltete das Gerät ein in der Hoffnung, dass noch alles funktionierte.

Das erste Lied war *Bridge Over Troubled Water*, und obwohl George ziemlich sicher war, dieses Lied schon einmal gehört zu haben, konnte er sich nicht daran erinnern. Es war, als würde er es zum ersten Mal hören. Der Text fesselte ihn so sehr, dass er sich in seinem Sessel niederließ, um einfach nur zuzuhören.

Dieses Lied schien nur für ihn geschrieben worden zu sein. Trotz des lauen Sommerabends überlief George am ganzen Körper eine Gänsehaut. Beinahe befürchtete er, Halluzinationen zu haben oder kurz vor einem Herzinfarkt oder einem Schlaganfall zu stehen, aber ihm kam es vor, als würden die Worte dieses Liedes von einer höheren Macht gesungen. Von Gott vielleicht?

Noch dreimal hörte er sich das Lied an, dann schaltete er die Anlage aus und blieb kopfschüttelnd auf dem Sofa sitzen. Was war da gerade passiert? War es möglich, dass der allmächtige Gott – falls er existierte – durch *Simon and Garfunkel* zu ihm gesprochen hatte?

Sein Magen meldete sich jetzt mit Nachdruck, und George ging, noch immer ein wenig benommen, in die Küche, verzehrte sein Sandwich und spülte es mit Milch hinunter. Dann nahm er eine lange Dusche und kehrte todmüde und vollkommen ausgelaugt ins Bett zurück – in der Hoffnung, der wundervolle Traum würde sich fortsetzen.

23

Wann immer Willow in den folgenden Tagen an George dachte, schickte sie ein kurzes, aber von Herzen kommendes Gebet nach oben. Eigentlich hatte sie vorgehabt, einmal nach ihm zu sehen, doch immer wieder kam ihr etwas dazwischen. Collin musste seine Collegeunterlagen ausfüllen und nach der Trennung von seiner Freundin brauchte er außerdem ein wenig moralische Unterstützung. Darüber hinaus wünschte sich Josie Gesellschaft bei ihrer Arbeit unten im Atelier. Aus diesem Grund begann Willow wieder zu töpfern und brachte tatsächlich ein paar schöne Stücke für die Galerie zustande.

Dazu kam noch, dass Willow das neue Mädchen einweisen musste, das sie für die Galerie eingestellt hatte. Haley war zwar ziemlich klug, aber ihr fehlte es noch ein wenig an Selbstvertrauen. Und weil Joel nicht mehr so viele Stunden arbeiten wollte und Leslie sich mehrere Urlaubstage genommen hatte, wurde die Situation für Willow nicht gerade leichter. Als dann endlich das Wochenende vor der Tür stand, hatte Willow das Gefühl, selbst urlaubsreif zu sein. Zum Glück war die Galerie am Montag geschlossen und am Dienstag würde Leslie wieder da sein.

Obwohl Willow George vermisste, was ungefähr so war, als würde man einem Zahnschmerz nachtrauern, rief sie sich ins Bewusstsein, dass sein Leben längst nicht so hektisch verlief wie ihres. Er hatte einen süßen Kater, um den er sich kümmern musste, und eine Hängematte, in der er ausspannen konnte. Wenn er mit ihr hätte zusammen sein wollen, dann wusste er genau, wo er sie finden konnte.

Am Sonntagmorgen jedoch siegte ihre Neugier, vor allem da sich auch Josie Sorgen zu machen schien.

„Er geht nie an sein Telefon, wenn ich anrufe", hatte sich Josie am Samstagabend beklagt.

Darum beschloss Willow, einen Spaziergang zu seinem Haus zu unternehmen und freundlich Hallo zu sagen. Sie hoffte nur, dass ihr spontaner Besuch nicht ungelegen käme. Bei ihrer letzten Begegnung hatte sie ihm sehr zugesetzt, vermutete sie. Bestimmt suchte er etwas Abstand und das war in Ordnung. Wenn er nicht bereit war, mit ihr zu reden, würde sie einfach weitergehen.

Bei Georges Haus angekommen klingelte Willow ein paarmal und klopfte auch laut an die Tür, aber er rührte sich nicht. Das war höchst ungewöhnlich. Voller Sorge ging sie ums Haus herum und spähte über seinen Zaun. Die Hängematte war leer.

„George ist nicht zu Hause", rief die Nachbarin, als Willow wieder zurückkam. „Er ist schon die ganze Woche weg."

„Weg?" Willow schirmte ihre Augen gegen die Sonne ab. Lorna goss gerade ihre Petunien. „Im Urlaub? Hat er Baxter mitgenommen?"

„Ich meine nicht, auf Dauer weg. Kein Urlaub." Lorna legte den Schlauch ab und trat an ihren Zaun. „Aber er verlässt jeden Morgen das Haus – ziemlich früh. Er nimmt Baxter in einer Transportbox mit und bleibt dann den ganzen Tag weg."

„Wirklich? Aber Sie wissen nicht, wo er hingeht?"

„Ich habe George danach gefragt, aber er antwortete nur, er habe etwas zu erledigen. Sehr mysteriös." Lorna lachte leise. „Aber Sie wissen ja, dass George ein Einzelgänger ist. Ein komischer Kauz, aber sympathisch. Und er ist ein guter Nachbar."

Willow nickte nur. Doch als sie sich verabschiedete, hatte sie eine Ahnung, wo George seine Tage verbringen könnte. Sie bog in die

Straße ein, die den Berg hoch zur *Rockwell Villa* führte. Bestimmt hatten sich George und Baxter dorthin verkrochen. Sie war neugierig, womit er sich wohl beschäftigte, und hoffte nur, dass er sich nicht über ihr Auftauchen ärgerte, aber es war schließlich nicht ungewöhnlich, dass Freunde unangemeldet zu Besuch kamen.

Das große alte Haus wirkte von außen unverändert – ziemlich vernachlässigt, einsam und irgendwie traurig. Es wirkte so verlassen, dass Willow schon Zweifel hatte, ob George tatsächlich dort war. Trotzdem klingelte sie und wartete. Als niemand öffnete, versuchte sie es erneut und probierte schließlich, ob die Tür offen war. Tatsächlich war sie nicht verschlossen, was absolut untypisch für George war. Ob vielleicht irgendetwas passiert war?

„George?“, rief sie, als sie vorsichtig eintrat. „Sind Sie da?“

Sie blickte sich in dem eleganten Foyer um und war überrascht, dass dort alle möglichen alten Möbel, Kisten und Krimskrams herumstanden – gänzlich ohne Ordnung und Plan. Es sah aus, als hätte jemand einen Lagerraum aufgelöst.

Sie spähte ins Wohnzimmer, doch auch das war mit alten Möbeln und Gerümpel vollgestellt. George schien also seine Dachbodenphobie überwunden zu haben. Sie rief erneut nach ihm, aber er antwortete immer noch nicht. Vermutlich war er oben auf dem Dachboden und hoffentlich nicht unter lauter Schutt begraben.

Sie stieg die Treppe hoch und blieb kurz stehen, um die Familienfotos zu bewundern. Seine Großmutter hatte ein gutes Auge gehabt. Diese Fotos waren wahre Schätze, und Willow war froh, dass er sie nicht auch noch von der Wand genommen hatte. Aber sie fragte sich schon, was er generell vorhatte. Hatte er beschlossen, das Haus seiner Familie doch zu verkaufen? Auch wenn das sinnvoll war, fand sie es traurig, dass er sich davon trennen wollte. Er liebte dieses alte Haus, das wusste sie, oder zumindest die damit verbundenen Erinnerungen.

„George?“, rief sie erneut, als sie den zweiten Stock erreicht hatte.

Dann entdeckte sie eine geöffnete Tür und eine steile Holztreppe, die bestimmt zum Dachboden führte. Sie wollte gerade noch einmal rufen, als George, staubig und schmutzig und mit Spinnweben im Haar auftauchte. Mit einem alten Schaukelpferd im Arm kam er die Treppe herunter.

„Willow!“, rief er. „Was machen Sie denn hier?“

„Entschuldigen Sie bitte, ich bin einfach hereingekommen. Aber ich habe mir Sorgen um Sie gemacht“, gestand sie. „Ich war bei Ihnen zu Hause, und Lorna sagte, Sie seien …“

„Woher wusste sie, dass ich hier bin?“ Er putzte sich seine staubigen Hände an seiner nicht minder staubigen Hose ab.

„Sie sagte nur, Sie seien fort, dass Sie jeden Tag weggingen und Baxter mitnehmen würden. Den Rest habe ich erraten.“

„Oh.“ Er nickte etwas steif. „Nun, wie geht es Ihnen?“

„Bei mir ist viel los.“

Während sie ihm und dem Schaukelpferd die zwei Treppenfluchten nach unten folgte, beschrieb sie in aller Kürze ihre ausgefüllte Woche. „Sieht so aus, als seien auch Sie ziemlich beschäftigt gewesen.“

Er stellte das Schaukelpferd ab. „Ja, ich fand, es sei an der Zeit, den Dachboden endlich auszuräumen. Das war längst überfällig.“

„Dann haben Sie also vor, das Haus zu verkaufen?“

Er strich mit der Hand durch seine ungewöhnlich zerzausten Haare. „Ich weiß es noch nicht genau. Ich möchte einfach nur den Müll loswerden. Für Josie habe ich einige Stücke beiseitegestellt. In ein oder zwei Tagen wollte ich sie anrufen, damit sie sich die Sachen einmal anschaut.“

„Brauchen Sie Hilfe dabei?“ Sie verzog das Gesicht zu einer Grimasse. „Das sieht nach ziemlich viel Arbeit aus.“

Er seufzte. „Ich habe tatsächlich überlegt, einen Müllwagen kommen zu lassen, der alles wegbringt.“

„Nein." Sie schüttelte entschieden den Kopf. „Hier stehen ganz offensichtlich ein paar wundervolle Stücke herum, George. Aber mir scheint, das ist zu viel für nur eine Person. Sie wissen ja, Josie würde wirklich gerne helfen. Und ich wette, Collin würde ebenfalls mithelfen. Er hat am Montag und Dienstag frei."

Mit gerunzelter Stirn schaute sich George in dem voll gestellten Foyer um. „Das Problem ist, ich weiß wirklich nicht, was ich mit all diesem Zeug anstellen soll. Ich versuche immer wieder, Dinge auszusortieren, doch es dauert nicht lange und ich bin total frustriert." Verzweiflung zeigte sich in seinen Gesichtszügen. „Ich wünschte nur, die Sachen, die ich nicht mehr haben möchte, würden einfach verschwinden."

„Sie sollten einen Hausflohmarkt veranstalten, George. Vielleicht könnten Sie den Erlös dafür verwenden, die Küche neu zu gestalten, und …"

„Das kann ich nicht, ich bin kein Verkäufer. Es war schon schwierig genug, dieses ganze Zeug nach unten zu schaffen. Ich kann keinen Verkauf organisieren. Ich habe überhaupt keine Vorstellung, wie viel ich für diesen Müll verlangen sollte."

„Das ist nicht alles Müll", protestierte sie. „Es finden sich sicher noch ein paar wertvolle Stücke darunter."

„Alles, was noch Wert hatte, habe ich bereits vor Jahren aussortiert", sagte er. „Den Schmuck meiner Großmutter, wichtige Papiere und solche Sachen. Ich hatte Sorge, in das Haus könnte eingebrochen werden, obwohl das zum Glück nie passiert ist."

„Trotzdem, Sie wollen doch nicht Dinge wegwerfen, die sich noch verkaufen lassen. Damals im College habe ich in einem Antiquitätenladen gearbeitet. Ich kann also schon ein wenig beurteilen, was noch von Wert ist und was nicht." Sie hob einen Finger. „Und Betty Harris, eine gute Freundin von mir, die Sie vielleicht sogar kennen, hatte hier in der Stadt einen Antiquitätenladen. Sie ist jetzt zwar im Ruhestand, aber ich wette, sie würde uns gerne helfen."

„Ich weiß nicht … Ich glaube nicht, dass sich das lohnt.“ George wirkte überfordert, und Willows Herz flog ihm entgegen.

„Sie brauchen Hilfe, George. Einer allein kann das auf keinen Fall schaffen. Lassen Sie Josie, Collin und mich helfen. Wir können auch noch ein paar andere Leute engagieren.“ Sie schaute sich in dem vollgestellten Wohnzimmer um. „Vielleicht sollten wir zuerst einmal aussortieren, was Sie noch behalten wollen.“

„Ich will gar nichts behalten! Nicht ein einziges Teil!“

„Gar nichts?“ Das war schlimmer, als sie befürchtet hatte. George hatte vollkommen den Überblick verloren.

Er winkte mit beiden Händen ab. „Ich will einfach nur, dass es vorbei ist.“

Willow machte sich Sorgen. Es war, als wäre etwas in George zerbrochen – oder würde jeden Augenblick zerbrechen. „George“, sagte sie langsam. „Glauben Sie, dass ich Ihre Freundin bin?“

Er nickte ernst.

„Dann können Sie mir vertrauen?“

Er zuckte die Achseln. „Ich denke schon.“

„Wie wäre es dann, wenn Sie es mir überlassen würden, Ihren Hausflohmarkt zu organisieren? Seit mehr als 20 Jahren bin ich Geschäftsfrau. Ich kann Ihnen das abnehmen.“

Mittlerweile schien er den Tränen nahe zu sein. „Das kann ich nicht von Ihnen verlangen.“

„Ich bin Ihre Freundin, George.“ Ihr Blick fiel auf Baxter, der zwischen einem alten Koffer und einem Schaukelstuhl kauerte. „Ich denke, Sie und Baxter sollten jetzt nach Hause gehen. Sie können eine schöne, lange Dusche nehmen und mir das alles hier überlassen. Ich werde Josie und Collin bitten, mir bei den schweren Möbeln zu helfen.“

„Ich kann Sie doch nicht einfach hier …“

„Gönnen Sie sich eine Pause, George. Kommen Sie wieder, wenn Ihnen danach ist.“

„Ja, ich denke, ich könnte tatsächlich eine Pause gebrauchen." Er zog ein schmuddeliges Taschentuch aus der Hosentasche und wischte sich über die Stirn. Dann übergab er ihr den Schlüssel, setzte Baxter in seinen Transportkorb und ging.

Als er fort war, fragte sich Willow, ob sie sich nicht doch ein wenig zu weit vorgewagt hatte. Aber sie war an Herausforderungen gewöhnt, ja, sie liebte sie sogar, was Asher oft geärgert hatte. Nach einigen gemeinsamen Jahren hatten sie jedoch gelernt, sich gegenseitig ihre Freiräume und Freiheiten zu lassen. Am Ende hatte das ihrer Ehe gutgetan. Vielleicht würde diese Sache auch ihrer Freundschaft mit George guttun.

Zuerst telefonierte Willow mit Josie und bat sie um ihre Hilfe.

„Du kannst dir hier dann auch gleich einige Schätze aussuchen. George hat ein paar nette Sachen für dich zur Seite gestellt."

Anschließend rief sie Collin an und erklärte ihm, dass George im Augenblick alles zu viel würde. „Ich weiß, dass du heute bis 14 Uhr arbeitest, aber wenn du Lust hast, anschließend noch vorbeizukommen, dann könnte ich deine Muskelkraft wirklich gut gebrauchen."

Collin war sofort bereit, ihr zu helfen, und sie bat ihn, mit dem Auto zu kommen, damit sie einige Dinge einladen konnten.

Nachdem das geregelt war, streifte Willow durch das Gewirr von Kisten und Möbeln, ging durch jedes Zimmer und versuchte, einen Plan für den Hausflohmarkt zu entwerfen. In einem Zimmer, ein Arbeitszimmer wie es schien –, obwohl auch dieser Raum so zugestellt war, dass man seinen Zweck kaum erkennen konnte –, fand sie einen Block und einen Stift und begann sich Notizen zu machen. Anschließend rief sie ihre Freundin Betty an und erklärte ihr die Situation.

„Einen Hausflohmarkt in der *Rockwell Villa*?", wiederholte Betty voller Begeisterung. „Wie aufregend. Wann, denkst du, soll der stattfinden?"

„Nun, ich bin gerade hier und versuche ein wenig Ordnung zu schaffen, aber die Situation ist etwas chaotisch. Ich habe meine Kinder um Hilfe gebeten. Ich hoffe, in den nächsten Tagen."

„Meine Enkelin Savannah ist den Sommer über bei mir zu Besuch und sie langweilt sich zu Tode. Vielleicht könnte ich mit ihr zum Helfen kommen. Ich würde mir das Haus zu gerne einmal anschauen. Vielleicht nehme ich sogar selbst ein paar Dinge."

Willow vereinbarte mit ihr, dass sie am Dienstagnachmittag kommen sollten. „Bis dahin können wir ein wenig Ordnung schaffen. Im Augenblick ist es hier nicht so ganz ungefährlich."

„Was meinst du, wann der Verkauf stattfinden kann?", fragte Betty.

„Ganz ehrlich, ich kann eigentlich kaum Zeit für dieses Projekt aufbringen", gestand Willow. „Mir wäre es lieb, wenn der Verkauf so schnell wie möglich über die Bühne gehen könnte."

„Vielleicht schon nächstes Wochenende?", fragte Betty. „In der Stadt gibt es dann bereits einige andere Hausflohmärkte. Davon könnten wir profitieren. Wenn du möchtest, würde ich eine Anzeige in die Zeitung und auf die Facebookseite von *Warner* setzen."

„Das wäre wundervoll, Betty. Und eine gute Motivation für uns, rechtzeitig fertig zu werden." Willow schaute sich in der Eingangshalle um und fragte sich, ob das nächste Wochenende nicht vielleicht zu früh sei. Doch dann stand ihr die Verzweiflung in Georges Gesicht wieder vor Augen. Also, je früher, desto besser.

Als sie anfing, alles durchzugehen und Möbel zu rücken, überlegte sie, ob George nicht irgendwann seine Entscheidung, alles wegzugeben, bereuen würde. Bestimmt waren einige dieser Dinge von emotionalem Wert.

Sie ging ins Wohnzimmer, wo ihr Blick auf die dänischen Möbel fiel, die ganz hinten im Raum an der Wand standen. George schien diese Möbel zu mögen, auch wenn sie nicht ganz zu den dunklen Böden, den Holzdecken und schweren Vorhängen zu passen schienen. Wenn man dieses Haus etwas aufhellen würde, dann würden sie doch ganz gut hineinpassen.

Willow traf eine wichtige Entscheidung. Als Georges Freundin, der er vertraute, würde sie versuchen, die Dinge zu retten, die ihrer Meinung nach gut in dieses Haus passen würden sowie alles, was von emotionalem Wert sein könnte, wie zum Beispiel die Familienfotos. Sie würde einen großen Lagerraum suchen, wo das alles untergestellt werden konnte, ohne Schaden zu nehmen. Und wenn George diese Dinge wirklich nicht mehr haben wollte, konnte man sie immer noch entsorgen oder verkaufen. Sie selbst würde bestimmt auch einiges von diesen Möbeln gebrauchen können, denn sie musste schließlich noch eine Wohnung als Mietwohnung einrichten.

Am Sonntagabend, nach nur einer relativ kurzen Auseinandersetzung, hatten Collin und Josie es geschafft, den ganzen Dachboden leer zu räumen, und die Präsentation der einzelnen Gegenstände nahm langsam Gestalt an. Obwohl es immer noch viel zu tun gab, war eine gewisse Ordnung eingekehrt, und Willow hatte für diesen Tag genug.

„Wie wäre es mit Pizza?", fragte sie, nachdem Collin und Josie in dem großen Schlafzimmer eine Kommode abgestellt hatten.

„Klingt gut." Josie ging zu der Ecke, in die George die für sie bestimmten Möbel gestellt hatte. „Darf ich das alles wirklich behalten?", fragte sie Willow.

„George sagte, das sei für dich. Du könntest jetzt schon ein paar Sachen mitnehmen, den Rest holen wir morgen."

„Cool." Josie hob einen kleinen Holzstuhl in die Höhe. „Ich kann es gar nicht erwarten, den hier anzumalen."

„Will Mr Emerson wirklich alles loswerden?", fragte Collin, als Willow die Haustür abschloss.

„So hat er es gesagt. Aber ich denke, er ist gestresst. Wir sollten sehr vorsichtig vorgehen", erklärte sie ihm. „Wenn du etwas entdeckst, von dem du meinst, dass er es vielleicht doch gerne behalten würde, dann stellen wir es erst einmal ins Lager."

Am nächsten Morgen fühlte sich George nicht ganz wohl bei dem Gedanken, Willow das Haus seiner Großeltern überlassen zu haben. Aber irgendwie sah er keinen anderen Weg. Er fühlte sich so kraftlos, als hätte bei ihm jemand den Stecker gezogen. Selbst der Löffel, mit dem er sein Müsli aß, schien ihm zu schwer zu sein. Nachdem er seine Schale ungespült im Spülbecken stehen gelassen hatte, setzte er sich in seinen Ohrensessel und schlief mit Baxter auf dem Schoß sofort ein. Erst um elf Uhr wachte er wieder auf.

Während er in seinem Haus herumhantierte und sich zwang, sein Frühstücksgeschirr zu spülen, fragte sich George, ob er wohl ernsthaft krank sei – möglicherweise todkrank. Seine letzte jährliche Kontrolluntersuchung war noch kein Jahr her. Dabei hatten keine gesundheitlichen Probleme festgestellt werden können. Vielmehr hatte der Arzt erklärt, dass Georges Gesundheitszustand ausgezeichnet sei. Trotzdem rief George in der Arztpraxis an, um so bald wie möglich einen neuen Untersuchungstermin zu vereinbaren.

Nach dem Anruf fühlte er sich schon wieder vollkommen erschöpft. Und so ging er nach draußen und legte sich in seine Hängematte. Er nahm sein Selbsthilfebuch zur Hand, las bestimmt zum vierten Mal das erste Kapitel und hielt noch ein Schläfchen.

Als George erwachte, überlegte er, ob er Willow anrufen und nachfragen sollte, wie es lief. Aber die Wahrheit war, er wollte es gar nicht wissen. Falls sie ihre Meinung geändert hatte, weil ihr klar geworden war, dass der Aufwand zu groß war, wäre es ihm egal. Dann würde er eben eine Entrümplungssfirma beauftragen, das

Haus auszuräumen. Vielleicht würde die Firma als Bezahlung ja die Möbel akzeptieren, die noch zu gebrauchen waren.

Als George am Montagabend zu Bett ging, hatte er sich vorgenommen, am nächsten Tag einmal nach Willow zu schauen. Denn schließlich war es verantwortungslos von ihm, etwas zu beginnen und sich dann nicht mehr darum zu kümmern. Aber jeder Schritt dorthin würde ihn sehr viel Kraft kosten. Diese alten Möbel zu sehen – die Erinnerungen an seinen Bruder, seine Mutter, seine Großeltern und sogar die Vorfahren, die er gar nicht kannte –, das alles hatte seinen Tribut gefordert. Er fühlte sich vollkommen ausgelaugt und so kraftlos, dass ein Sommerwind ihn einfach davonwehen konnte. Er war wirklich der Überzeugung, seine einzige Rettung, die einzige Möglichkeit, diese Pein zu überleben, sei, dieses Haus ganz leer zu räumen. Wie einen Exorzismus. Aber dazu fehlte ihm die Kraft, weshalb er erst einmal zu Hause blieb.

Am Dienstagmorgen fühlte George sich immer noch ausgelaugt und ohne jede Hoffnung. Irgendwie fühlte er sich in seinem Haus gefangen. Er hatte aber auch die Sorge, dass ihn das Unheil treffen würde, sobald er diesen kleinen Bungalow verließe. Vielleicht würde ihm dann sein Herz gänzlich den Dienst versagen. Mehrmals im Laufe des Tages nahm er das Telefon zur Hand in der festen Absicht, Willow anzurufen und sie zu fragen, wie es liefe. Doch dann legte er den Hörer wieder auf. Es war einfach zu viel, zu schwer, zu schmerzlich. Vielleicht morgen.

24

Obwohl Willow einerseits erleichtert war, dass George Zurückhaltung übte und sie räumen und sortieren ließ, machte sie sich auch Sorgen. Es passte so gar nicht zu ihm, dass er alles in andere Hände legte und nicht einmal vorbeischaute und fragte, wie es laufen würde. Sie hatte gemerkt, dass er erschöpft und gestresst war, aber mittlerweile hatte er drei Tage Zeit gehabt, wieder zu Kräften zu kommen.

Betty hatte ihr empfohlen, für die Dinge, die man beim besten Willen nicht mehr gebrauchen konnte, einen Müllcontainer aufstellen zu lassen. Während sie eine Kiste mit stinkenden alten Kleidern zum Container brachte, überlegte Willow, ob sie George anrufen und ihn bitten sollte, sich ihre Fortschritte anzusehen. Eigentlich müsste er doch erleichtert sein und darüber staunen, was sie in den wenigen Tagen bereits geschafft hatten.

Bettys Enkelin Savannah war wirklich ein Gottesgeschenk. Sie war energiegeladen und klug, und sie wusste gut über Antiquitäten und Sammlerstücke Bescheid. Dem neunzehnjährigen Mädchen war es sogar gelungen, mit ihren gutmütigen Neckereien und ihrer Koketterie Collin den Kopf zu verdrehen. Oder zumindest hatte sie ihn von seinen düsteren Gedanken an Marissa abgelenkt. Savannah hatte fast den ganzen Montag und Dienstag mitgeholfen. Willow fragte sich, ob vielleicht Collin der Grund dafür war. Aber am Dienstag musste er in der Buchhandlung arbeiten und Savannah war trotzdem zur Stelle.

„Eines Tages möchte ich einen Secondhandladen aufmachen“, vertraute sie Willow an, während sie verschiedene Küchenutensilien sichteten, mit Preisschildern versahen und zum Verkauf auf Tischen und Arbeitsplatten aufbauten. „Wenn mein eigenes Geschäft nicht in so weiter Ferne läge, würde ich vermutlich eine ganze Menge von diesen Sachen behalten. Aber zuerst kommt die Ausbildung.“ Sie hielt eine Auflaufform aus den Siebzigern in die Höhe. „Außerdem kann man solche Sachen auch bei anderen Haushaltsauflösungen finden – und wer weiß schon, was bis dahin in Mode ist?“

„Du bist eine kluge junge Frau.“

„Trotzdem habe ich ein paar gute Stücke für mich beiseitegelegt“, erinnerte Savannah sie. „Und Sie sind sicher, dass Mr Emerson damit einverstanden ist?“

„Er sagte, alles soll weg“, erwiderte Willow. „Und es scheint mir eine passende Bezahlung für deine Mithilfe zu sein. Aber um sicher zu sein, werde ich heute Abend noch mal nachfragen.“

„Ich bin auf jeden Fall froh, dass Sie einiges für ihn aufheben.“ Savannah stellte einen alten gusseisernen Kochtopf auf den Küchentisch. „Nur für den Fall, dass er seine Meinung noch ändert. Diese skandinavischen Möbel gefallen mir sehr gut. Die würde ich auch gerne nehmen. Das heißt, wenn ich sie irgendwo unterstellen könnte.“

„Was passiert hiermit?“ Josie stellte eine Kiste mit den Fotos aus dem Treppenhaus auf den Küchentisch. „Nur damit du Bescheid weißt, der Lagerraum ist schon ziemlich voll.“

„Stell sie in mein Auto“, bat Willow sie. „Vielleicht hängt George sie ja in seinem Bungalow auf. Viele Wände sind frei, sie würden gut dort hinpassen.“

Einige der persönlicheren Dinge aus Georges und Alex’ Kinderzimmer hatte sie auf dem Dachboden gelagert, zum Beispiel eine alte Geige, die sie in Georges Zimmer gefunden hatten, und eine

Gitarre aus Alex' Zimmer. Und aus Sorge, sie könnte trotzdem einige Schätze noch übersehen haben, hatte sie Collin gebeten, beide Räume noch einmal sorgfältig nach Gegenständen abzusuchen, die George seiner Meinung nach gerne aufheben würde. Soweit sie das beurteilen konnte, hatte auch Collin gute Arbeit geleistet. Mehrere interessante Kisten mit der Aufschrift „Für George aufheben" standen auf dem Dachboden.

Alles in allem hatten sie den Hausflohmarkt am Freitag, der das ganze Wochenende andauern sollte, gut vorbereitet. Aber bevor es offiziell losging, wollte Willow erst mit George sprechen.

Nachdem Savannah und Josie weg waren, schaltete Willow in der Villa die Lichter aus und schloss die Haustür ab. Sie würde George jetzt einen kleinen Besuch abstatten. Dass er sich in der ganzen Zeit nicht einmal hatte blicken lassen, ärgerte sie ein wenig. Aber auch ihr Gewissen quälte sie, dass sie bisher nicht versucht hatte, Kontakt zu ihm aufzunehmen. Auf jeden Fall wurde es höchste Zeit, dass sie miteinander redeten. Sie würde die Fotos als Vorwand für einen Besuch bei ihm nutzen.

George wirkte auffallend blass, als er die Haustür öffnete. Willow musterte ihn eine Weile und fragte ihn, wie es ihm denn ginge, während sie die Kiste mit den Fotos ins Haus brachte.

„Die Wahrheit ist, eigentlich geht es mir gar nicht gut", gestand er leise.

Sie stellte die Kiste ab und drehte sich zu ihm um. Er war wirklich sehr blass. „Sind Sie schon beim Arzt gewesen?"

„Ich habe für Freitagnachmittag einen Termin."

„Ach ja?" Sie strich eine lose Strähne aus ihrer Stirn.

Sein Blick fiel auf die Kiste. „Was ist denn das?"

„Das sind die alten Fotos, die Ihre Großmutter gemacht hat. Sie wissen schon, aus dem Treppenhaus." Sie zog das Foto von Alex und George hervor. „Ich dachte, Sie würden sie vielleicht gerne hier in Ihrem Haus aufhängen."

Er nahm das Foto von ihr entgegen und betrachtete es mit einem Ausdruck, der schwer zu deuten war. „Vielen Dank." Dann legte er es auf den Couchtisch neben die Vase mit den verwelkten Sonnenblumen.

„Ich denke, die können weg." Sie nahm die Vase, brachte sie in die Küche und warf die Blumen in den Müll. Überrascht nahm sie zur Kenntnis, dass im Spülbecken jede Menge dreckiges Geschirr stand. Ohne das zu kommentieren, spülte sie die Vase aus und stellte sie zur Seite.

„Ich – äh – ich komme mit meiner Hausarbeit nicht nach", entschuldigte sich George verlegen.

„Nun, Sie fühlen sich eben nicht gut." Sie widerstand dem Drang, ihre Hand auf seine Stirn zu legen und seine Temperatur zu überprüfen. „Ich bin froh, dass Sie einen Termin beim Arzt haben." Sie lächelte ihn an. „Ich wollte Ihnen auch mitteilen, dass wir den Hausflohmarkt schon gut vorbereitet haben. Aber keine Sorge, Sie brauchen keinen Finger zu rühren. Alles ist organisiert, und ich habe Leute, die helfen und …"

„Ich bezahle sie gern."

„Das ist nicht nötig, George. Aber ich würde mich gerne noch mal vergewissern, dass Sie einverstanden sind mit der Art der Bezahlung, über die sich die Helfer freuen würden."

In aller Kürze schilderte sie, dass Savannah und Betty sich ein paar Dinge ausgesucht hätten. George hatte nichts dagegen.

„Josie ist begeistert von den Möbeln, die Sie für sie beiseitegestellt haben. Und Collin würde gern einige Bücher über Audubon und Naturbücher haben. Aber wenn Ihnen das nicht recht ist …"

„Er kann gerne so viele Bücher nehmen, wie er möchte", wandte George schnell ein. „Ich habe alle Bücher hier, die mir wichtig sind." Er deutete mit dem Kopf zu seinem Schrank.

„Und Sie wollen das Haus wirklich vollkommen leer geräumt haben?", vergewisserte sie sich.

Er nickte nur.

Willow lag auf der Zunge zu fragen, ob er an einer lebensgefährlichen Krankheit erkrankt sei, aber sie fand keine passende Formulierung dafür.

„Wollen Sie das Haus denn verkaufen?"

Er zuckte die Achseln. „Ich weiß es wirklich nicht."

„Wenn Sie es verkaufen wollen", sagte sie vorsichtig, „meinen Sie nicht, es würde sich lohnen, es ein wenig aufzufrischen – vielleicht mit einer helleren Farbe? Und vielleicht sollte auch die alte, dunkle Tapete entfernt werden. Nachdem ich in den vergangenen Tagen so viel Zeit dort verbracht habe, denke ich, dass es durchaus Möglichkeiten gibt, dieses Haus wieder zum Leben zu erwecken. Und dann bekommen Sie auch bestimmt einen besseren Preis dafür."

„Ja, es ist ziemlich dunkel, nicht?" Er runzelte die Stirn. „Meine Großmutter hat das immer gesagt. Mein Großvater ist in dem Haus aufgewachsen und sah keine Notwendigkeit für eine Veränderung."

„Eine Freundin von mir ist Innenarchitektin – sie ist Kundin in der Galerie", bemerkte Willow. „Donna besitzt einen ausgezeichneten Geschmack. Sie könnte Ihnen ein paar Tipps geben. Ich könnte sie anrufen, wenn Sie mögen."

„Gern, das ist eine gute Idee." Tief seufzend ließ sich George auf dem Sofa nieder.

„Nun, ich sehe, dass es Ihnen nicht gut geht." Willow beugte sich vor und streichelte Baxter. „Baxter, pass gut auf dein Herrchen auf." Sie schaute zu George hoch. „Kann ich Ihnen noch irgendwie helfen? Geschirr spülen oder …"

„Nein, nein, Sie haben schon genug getan, Willow." Er winkte ab. „Ich denke, ich muss mich nur ein wenig ausruhen … für den Augenblick. Am Freitag bin ich ja beim Arzt. Ich bin mal gespannt, was der sagt."

„Sagen Sie mir Bescheid, was bei der Untersuchung herauskommt." Sie ging zur Tür. „Und wegen des Hausflohmarkts brauchen Sie sich keine Gedanken zu machen." Sie lächelte. „Vielleicht verkaufen wir ja so viel, dass die Kosten für ein paar Renovierungsarbeiten im Haus Ihrer Großeltern davon gedeckt werden können."

George schien nicht überzeugt zu sein. „Es ist schon viel wert, wenn das Haus einfach nur geräumt ist."

Willow riet ihm noch einmal, sich keine Sorgen zu machen und verabschiedete sich. Doch auf dem Heimweg kroch die Sorge in ihr hoch. George hatte nicht gut ausgesehen. Und nachdem Willow erlebt hatte, wie rapide es mit Asher nach seiner Krebsdiagnose gesundheitlich bergab gegangen war, fragte sie sich, ob sie wohl so etwas gerade noch einmal erleben würde. Würde sie das verkraften können? Sie wusste es nicht.

25

Erst am Freitagabend hatte Willow Gelegenheit, erneut mit George zu reden. Dieses Mal wollte sie nicht wieder unangemeldet vor seiner Tür stehen, sondern ihn lieber anrufen. Das wäre vermutlich weniger anstrengend für ihn.

„Wie war Ihr Termin beim Arzt?", fragte sie sanft.

„Ich weiß nicht so genau", erwiderte er müde. „Er konnte keine Diagnose stellen, aber er hat jede Menge Blut abgenommen. Die Ergebnisse bekomme ich vermutlich erst Ende nächster Woche."

„Wie geht es Ihnen denn?", fragte sie.

„Immer noch nicht besser." Er seufzte leise, ein Seufzen, das sie an I-Aah, den Esel aus *Pu der Bär* erinnerte.

„Wie wäre es, wenn ich Josie zu Ihnen schicken würde? Sie könnte Ihnen ein wenig helfen."

„Das ist nicht nötig."

„Nun, das macht sie bestimmt gerne. Übrigens wollte ich Ihnen noch sagen, dass der Hausflohmarkt heute sehr gut gelaufen ist. Ich bin fest davon überzeugt, dass das Geld, das Sie einnehmen werden, für die Renovierung reichen wird. Ich habe auch mit meiner Freundin Donna gesprochen, der Innenarchitektin, von der ich Ihnen erzählt habe. Sie würde sich das Haus sehr gerne einmal anschauen. Sie wird morgen während des Verkaufs vorbeikommen und sich mal umschauen. Wären Sie damit einverstanden?"

„Ja, es ist sicher sinnvoll, ein paar Verschönerungen vorzunehmen. Ich fürchte, ich habe es ein wenig vernachlässigt."

„Nicht wirklich. Das Haus ist in einem guten Zustand, George. Sie haben es gut erhalten. Aber es wäre nicht verkehrt, ein paar Modernisierungen durchzuführen, um es für das neue Jahrtausend fit zu machen."

„Nun, Ihre Vorschläge für die Küche haben mir gut gefallen. Vielleicht könnten Sie Ihrer Freundin Donna Ihre Ideen mitteilen. Und ich finde auch, dass die anderen Räume etwas heller und freundlicher gestaltet werden könnten. Richten Sie Donna das doch von mir aus. Wenn es nicht zu viel Mühe macht."

„Ganz und gar nicht", versicherte sie ihm. „Ich freue mich, helfen zu können."

„Sie sind eine gute Freundin." Seine Stimme klang furchtbar erschöpft – und traurig.

„Jetzt will ich Sie aber nicht länger aufhalten. Ich hoffe, Sie essen gesund und passen gut auf sich auf."

„Der Arzt hat mir ein paar Vitamine verschrieben. Ich habe sie mir auf dem Heimweg besorgt."

„Sagen Sie mir auf jeden Fall Bescheid, wenn Sie etwas brauchen. Und sehen Sie zu, dass es Ihnen wieder besser geht", riet sie ihm fröhlich.

Doch als sie das Gespräch beendete, stiegen Zweifel in ihr auf. War George vielleicht ernstlich krank? Sie wollte ihm eine gute Freundin sein … aber diese Möglichkeit machte ihr auch Angst. Was, wenn er an einer lebensgefährlichen Krankheit litt?

Es war so schmerzlich, für einen Menschen zu sorgen, der im Sterben lag. Sie war sich nicht sicher, ob sie das noch einmal durchstehen konnte. Aber bei dem Haus würde sie ihm auf jeden Fall helfen.

Die Galerie hatte sie zwar in dieser Woche sträflich vernachlässigt, aber wenigstens hatte sie jetzt genügend Mitarbeiter – und sie hatten auch einige Stücke verkauft. Außerdem hatte Savannah, die sehr gut mit Leuten umgehen konnte, wie sich bei dem Hausflohmarkt zeigte, Interesse bekundet, stundenweise in der Galerie auszuhelfen. Natürlich hatte Josie ein wenig eifersüchtig darauf reagiert. Doch Willow hatte sie damit besänftigt, dass sie doch Künstlerin sei, keine Verkäuferin.

Am Samstagmorgen auf dem Weg zur Villa versuchte Willow, Josie davon überzeugen, dass sie George am besten helfen konnte, wenn sie ihn einfach mal besuchte.

„Gestern Abend klang er sehr niedergeschlagen", erklärte Willow. „Und vielleicht könnte er Hilfe bei der Hausarbeit gebrauchen."

„Ist er wirklich krank?" Josie runzelte die Stirn. „Eine ansteckende Krankheit?"

„Ich weiß nicht so genau, was er hat, aber er ist ganz und gar nicht so wie sonst. Ich bezweifle, dass er an einer ansteckenden Krankheit leidet. Aber vielleicht könntest du ihm im Bioladen etwas Hühnersuppe kaufen. Sie wird noch traditionell hergestellt und soll bei allerlei Beschwerden helfen." Sie stellte ihren Wagen ab und gab Josie Geld. „Du besorgst die Suppe, wärmst sie auf und bestehst darauf, dass er etwas isst."

„Und du denkst wirklich, er würde tun, was ich sage?" Josie schien nicht recht überzeugt, als sie aus dem Wagen ausstieg. „Er ist manchmal ziemlich eigensinnig."

„Wenn er sich so schlecht fühlt, wie er sich anhört, dann denke ich, sollten wir es auf jeden Fall versuchen."

„In Ordnung." Josie steckte das Geld ein.

„Und versuche ihn ein wenig aufzuheitern", riet Willow, als sie die Haustür der *Rockwell Villa* aufschloss. „Weißt du, er besitzt eine ganze Reihe richtig guter alter Filme. Vielleicht könntest du ihn bitten, sich einige mit dir zusammen anzuschauen."

„Das ist aber viel verlangt, Mama. Ich bin doch keine Zauberin."

Willow lächelte. „Tu einfach, was du kannst."

Als Willow das Haus betrat, musste sie darüber nachdenken, wie es kam, dass George auf einmal eine solche Gleichgültigkeit diesem Haus gegenüber empfand. Es war, als hätte er es ganz ihr überlassen. Aber wenn er ernsthaft krank war, dann wäre das natürlich verständlich. Dann wollte er vermutlich seine Angelegenheiten regeln. Dieser Gedanke erfüllte sie mit neuer Sorge. Doch dafür war jetzt keine Zeit. Die Kunden würden bald kommen, und da sie im Augenblick noch alleine war, hatte sie keine Zeit mehr, sich über George Gedanken zu machen.

Betty und Savannah trafen gegen zehn Uhr ein, und Willow machte sich daran, die Sachen neu zu arrangieren und aufzuräumen. Es war unglaublich, wie viel bereits verkauft worden war. Am Sonntagabend war hoffentlich alles weg – und hoffentlich hätten sie dann genügend Geld in der Kasse für die Renovierungsarbeiten. In ihrem kleinen Notizbuch hatte Willow bereits einige Ideen für die nötigen Verbesserungen notiert.

Als ihre Freundin eintraf, war Willow vorbereitet. Sie führte sie als Erstes durch das ganze Haus.

„Die Küche ist die größte Herausforderung." Sie erklärte ihr, wie sie sich die Umgestaltung der Küche vorstellte. „Und ansonsten geht es eigentlich nur um neue hellere Farben für die Räume."

„Was ist mit den Holzarbeiten? Sollen wir die auch anstreichen?"

Willow überlegte. „Ich denke, einigen Holzteilen wie den Fußleisten und Fensterrahmen, die schon ziemlich mitgenommen sind, könnte etwas Farbe guttun. Aber das Treppengeländer und die Türen und die Holzschnitzereien sollten so bleiben, wie sie sind."

„Heutzutage werden die Holzarbeiten in diesen alten Häusern gerne angestrichen. Dadurch entsteht ein etwas zeitgemäßeres Aussehen."

„Ich weiß." Willow strich mit der Hand über die Esszimmertüren. „Aber das Holz ist so schön. Es wäre eine Schande, das zu übermalen."

„Dann bist du also für dieses Projekt verantwortlich?“ Donna nahm ihre Brille ab und schaute Willow neugierig an.

„Nun, ja.“ Unsicherheit beschlich Willow. Vielleicht war es doch ein Fehler gewesen, Donna in dieser Angelegenheit um Rat zu fragen.

„Bist du mit Mr Emerson, äh, seid ihr ein Paar?“

„Wir sind sehr gute Freunde“, erklärte Willow. „Er hat mich gebeten, diese Angelegenheit für ihn zu regeln. Im Augenblick geht es ihm nicht so gut.“

„Wenn ich also bereit wäre, diese Renovierung zu übernehmen, dann wärst du meine Ansprechpartnerin? Würdest du dann die Aufsicht führen? Bei der Renovierung der Bäder, den Malerarbeiten, der Ausstattung, allem?“

Willow runzelte die Stirn. „Um ehrlich zu sein, ich weiß nicht so genau, ob George bereit ist, hier wirklich alles neu machen zu lassen, Donna. Ich fürchte, das könnte zu viel sein. Ich habe dich nur als Freundin hergebeten, um über Ideen zu reden.“

„Du schienst bereits sehr genaue Vorstellungen zu haben.“ Donna wirkte enttäuscht. „Dieses Haus hat so viel Potenzial – wenn es richtig hergerichtet wird. Selbst eine partielle Renovierung wäre schon eine Verbesserung. Aber wenn es von Grund auf hergerichtet würde, dann wäre es eine Augenweide.“

„Ich weiß.“ Willow nickte. „Nur weißt du, George wird leicht alles zu viel. Und wie ich bereits sagte, im Augenblick geht es ihm nicht so gut. Ich denke, wir sollten es langsam angehen.“

„Du bist eine wirkliche Freundin.“ Donna lächelte. „Also, ich könnte dir die Nummer des Bauunternehmers geben, mit dem ich am liebsten zusammenarbeite. Cliff Grant ist in dieser Stadt schon mehr als 20 Jahre tätig.“ Sie stieß Willow mit dem Ellbogen in die Seite. „Und er ist alleinstehend.“

„Hat er denn Erfahrung in der Umgestaltung von Küchen?“, fragte Willow.

„Er ist der Beste. Du solltest die Sache ins Rollen bringen, und wenn George bereit ist weiterzumachen, dann sagst du mir Bescheid. Okay?“

Willow lächelte. „Ja. Das klingt gut. Danke.“

„Ich habe gehört, dass George Emerson nicht ganz einfach im Umgang ist.“ Donna zwinkerte ihr zu. „Seit Jahren sitzt er auf diesem wundervollen Anwesen. Ich finde es beeindruckend, dass du ihn dazu gebracht hast, endlich etwas zu unternehmen. Viel Glück, Willow.“

Willow bedankte sich und tippte Cliff Grants Nummer in ihr Handy, während sie Donna zur Tür begleitete. Obwohl George sie gebeten hatte, sich um die Renovierung zu kümmern, fühlte sich Willow nicht recht wohl damit. Doch als sie das große, alte Haus betrachtete, das sich zunehmend leerte, empfand sie eine gewisse Ungeduld, diesem Haus das nötige Interesse zu widmen. Im Übrigen kam durch die Verkäufe ein hübsches Sümmchen zusammen, und vielleicht wäre die Renovierung genau das, was George im Augenblick bräuchte, damit es ihm wieder besser ging. Vielleicht hatte er sie ja bereits in Angriff nehmen wollen, doch dann war ihm alles über den Kopf gewachsen.

Wenn sie ehrlich war, musste sie zugeben, dass ihr Interesse an der Renovierung der *Rockwell Villa* ein wenig selbstsüchtig war, denn für sie wäre es eine reine Freude, sich damit zu beschäftigen. Als Künstlerin hatte sich Willow immer auch für Innenarchitektur interessiert, deshalb hatte sie auch ihr Haus in *Sausalito* ganz alleine eingerichtet, und es hatte ihr großen Spaß gemacht. Außerdem war die Galerie im Augenblick in guten Händen – also, warum eigentlich nicht?

Willow verließ das Haus und telefonierte mit dem Handwerker. Sie erklärte ihm das Projekt und bat ihn, einmal vorbeizukommen, sobald er Zeit hätte. Als er hörte, dass es um die *Rockwell Villa* ging, konnte er es kaum erwarten, sich das Haus anzusehen.

„Wie wäre es am Montagmorgen?", fragte er.

„Das passt gut. Bis dahin haben wir hoffentlich alles ausgeräumt."

Sie erzählte ihm von dem Hausflohmarkt, und er versicherte ihr, dass das kein Problem sei. Sie fand ihn sehr nett. Und wenn er so gut war, wie Donna angedeutet hatte, dann wäre es umso besser.

Am Samstagabend konnte Willow es kaum glauben, wie viele Sachen bereits verkauft worden waren.

„Morgen noch einmal weiterzumachen, scheint mir fast eine Zeitverschwendung zu sein", sagte sie zu Savannah, als sie das Haus abschlossen.

„Aber einige Leute wollten noch mal wiederkommen", wandte Savannah ein. „Sie rechnen damit, dass sie dann alles zum halben Preis bekommen."

„Oh, das stimmt." Willow schaltete das Licht aus. „Ich habe vergessen, dass deine Großmutter das in der Anzeige geschrieben hat."

„Ich werde also auf jeden Fall hier sein", versprach Savannah ihr. „Collin meinte, er würde auch zum Helfen kommen. Verraten Sie ihm nichts, aber ich habe vor, ihn zu bitten, anschließend mit mir auszugehen."

Willow lächelte. „Das ist eine gute Idee."

Sie dankte Savannah noch einmal für ihre Hilfe und winkte ihr nach, als sie auf ihr Fahrrad stieg und davonradelte. Zwar hatte Savannah für ihre Hilfe ein paar Sammlerstücke bekommen, doch Willow hatte den Eindruck, dass der Beitrag des Mädchens viel mehr wert war als die gebrauchten Gegenstände, die sie sich ausgesucht hatte. Sie schien jedoch großen Spaß dabei gehabt zu haben und nicht nur das, sie hatte Willow so sehr beeindruckt, dass sie ihr für den Sommer einen Teilzeitjob in ihrer Galerie angeboten hatte.

Sie hoffte nur, dass das nicht genauso schiefgehen würde wie bei Marissa.

Aber darüber wollte sich Willow keine Gedanken machen. Im Augenblick machte sie sich mehr Sorgen um George. Sie hatte nichts von Josie gehört und hoffte nur, dass George ihr Angebot, ihm zu helfen, nicht abgelehnt hatte. Auf dem Heimweg wollte Willow bei ihm vorbeischauen.

Falls George Josies Hilfe nicht gewollt hatte, dann würde sie sich durchsetzen und übernehmen. Doch als sie dort ankam, saß Josie auf der Couch und George und Baxter im großen Ohrensessel. Gemeinsam schauten sie in dem altmodischen Fernsehgerät einen alten Schwarz-Weiß-Film an. Doch das Haus sah absolut übel aus.

„Entschuldigt, wenn ich störe." Willow versuchte George in seinem verknitterten und fleckigen Hemd nicht anzustarren – oder den Stapel aus leeren Verpackungen von Fertiggerichten auf dem Couchtisch. „Ich wollte nur kurz nachfragen, wie es Ihnen geht."

George zuckte die Achseln, blieb aber in seinem Sessel sitzen. „Ich glaube, es geht mir besser. Wir schauen uns zusammen den Film *Lachende Augen* an."

Fassungslos blickte Willow zu dem altmodischen Fernsehgerät hinüber. „Ist das Shirley Temple?"

„Schsch!" Josie funkelte sie böse an.

„Sie hat noch nie Shirley Temple gesehen", flüsterte George. „Das ist unser dritter Film. Möchten Sie sich nicht setzen? Er hat gerade erst angefangen."

„Nein, nein, vielen Dank." Willow blieb an der Tür stehen. „Ich bin müde und brauche eine schöne lange Dusche."

Josie ermahnte sie erneut, darum winkte Willow ihnen zu und verließ das Haus. Doch als sie ihr Auto erreichte, fehlten ihr die Worte.

Nicht, dass Josie und George gemeinsam Filme mit Shirley Temple anschauten. Das war irgendwie süß. Aber George in seiner dreckigen Kleidung zu sehen, und diese Unordnung überall … nun, das war schon ziemlich beunruhigend. Vor allem, da sie ihre Tochter geschickt hatte, um ihm zu helfen. Allerdings musste sie einräumen, dass Josie noch nie eine gute Hausfrau gewesen war. Trotzdem war das irgendwie beunruhigend. George schien einfach aufgegeben zu haben.

Aber warum?

Willow kehrte gerade den Holzfußboden im großen Wohnzimmer der *Rockwell Villa*, als sie jemanden an der Haustür hörte.

„Ich bin es, Cliff Grant", rief ein Mann. „Die Tür stand offen, darum …"

„Ja, ja, bitte kommen Sie doch herein." Willow eilte in die Halle und stellte sich vor.

Angenehm überrascht schüttelte sie seine Hand. Cliff Grant sah ziemlich gut aus – groß, dunkelhaarig und attraktiv. Hatte Donna nicht davon gesprochen, dass er alleinstehend war? Willow schätzte ihn auf Mitte 40 – nicht dass Altersunterschiede ihr jemals etwas ausgemacht hätten.

„Das ist ja ein Haus." Er schaute sich in der Halle um.

„Ich danke Ihnen sehr, dass Sie gekommen sind, noch dazu so kurzfristig."

„Kein Problem." Er rüttelte am Geländer, das sich keinen Millimeter bewegte. „Ich bin noch nie hier drin gewesen, aber ich habe dieses Haus immer bewundert."

„Man nennt es zwar die *Rockwell Villa*", erklärte sie, „aber es ist längst nicht mehr das größte Haus auf dem Berg. Ich denke, es hat etwas über 370 Quadratmeter."

Er strich mit der Hand über die Wandvertäfelung neben der Treppe. „Wissen Sie zufällig, wann es gebaut wurde?"

„Ende 19. Jahrhundert.“ Sie führte ihn ins Wohnzimmer. „Von der Familie, der das Sägewerk gehört hat.“

Er musterte die dunkle Tapete. „Die ist bestimmt genauso alt wie das Haus.“

„Ja, das ist ziemlich übel. Wir denken, dass man sie herunternehmen und die Wände anstreichen sollte und auch diese Fußleiste. Die Holzböden müssen auf jeden Fall abgeschliffen werden.“ Sie erklärte ihm, dass sie einige der Holzarbeiten und die Türen gerne im Origianl erhalten würde. Er stimmte ihr zu und machte sich Notizen, als sie ihn ins Esszimmer führte.

„Ich mag es nicht, dass diesen alten Schönheiten ihr Charakter genommen wird“, vertraute er ihr an. „Ich verstehe natürlich, dass man in diesen Häusern angenehm leben will, aber ihre Geschichte sollte doch respektiert werden. Ach übrigens, steht dieses Haus unter Denkmalschutz?“

„Nein, obwohl ich denke, dass das durchaus angebracht wäre.“

„Nun, bei der Renovierung ist das eher von Vorteil. Dann gibt es weniger Hindernisse zu überwinden.“

„Auch wenn es nicht unter Denkmalschutz steht, erscheint es mir klug, Veränderungen zu vermeiden, die das in der Zukunft unmöglich machen. Ein weiterer Grund, vorsichtig bei der Renovierung vorzugehen.“

„Ja, bei einigen alten Häusern wurden die Räume vergrößert, und als sie dann zum Verkauf angeboten wurden, musste alles wieder in den Originalzustand zurückgebaut werden, weil dem Käufer das besser gefiel.“

Sie erklärte ihm kurz, was sie sich für das Esszimmer vorstellte und führte ihn anschließend in die Küche, wo Cliff in Gelächter ausbrach. „Was um alles in der Welt ist denn hier passiert?“

Sie erzählte ihm von Georges Großmutter. „Offensichtlich wollte sie das ganze Haus modernisieren und auffrischen, aber ihr Mann hat ihr wohl Einhalt geboten – außer in der Küche.“

Er nahm den Hörer des blauen Wandtelefons in die Hand. „Hallo? Die Achtziger rufen an – sie wollen ihre Küche zurück."

Willow lachte. „Ich schätze, es war richtig von ihrem Mann, sie nicht weitermachen zu lassen."

Cliff öffnete eine Schranktür und ließ sie mit einem lauten Knall wieder zufallen. „Ich arbeite mit einem hervorragenden Tischler zusammen. Er kann Schränke bauen, die sowohl funktional sind als auch in die Zeit passen."

„Das klingt gut." Willow erklärte ihm ihre Vorstellungen: hohe Schränke und Arbeitsflächen aus Speckstein oder Granit. „Und ich denke, ein Steinfußboden wäre schön."

„Auf jeden Fall schöner als dieses Vinyl." Cliff machte sich Notizen und wandte sich schließlich zu ihr um. „Sie entscheiden also über die Veränderungen oder beauftragen Sie Donna damit?"

„Nun, wir wollen es erst mal vorsichtig angehen", erklärte sie. „George Emerson ist der Eigentümer, und er ist, nun, ein wenig eigen. Aber ich bin Künstlerin und habe Erfahrung mit Inneneinrichtungen, darum hat er mir das Projekt anvertraut."

Cliff musterte sie jetzt etwas eingehender. „Ich will ja nicht neugierig sein, aber sind Sie und George ein Paar?"

„Nein, nein, wir sind nur gute Freunde. Ich helfe ihm bei dem Haus."

„Und ich nehme an, Ihnen gehört die neue Kunstgalerie in der Stadt?"

„Ja, sie gehört mir."

„Nett." Er nickte anerkennend. „Zeigen Sie mir den Rest des Hauses."

Sie führte ihn herum und erklärte ihm, was zu tun war, und er machte sich weiterhin Notizen. Schließlich standen sie wieder in der Halle.

„Ich arbeite einen Kostenvoranschlag für Sie aus", versprach er ihr. „In der Zwischenzeit können Sie die Schränke, die Verkleidungen und Farben aussuchen. Und meinen Malern würde es sehr helfen, wenn Sie die Holzoberflächen, die so belassen werden sollen, mit Kreppband markieren würden. Sparen Sie nicht mit Markierungen, damit es keine Verwechslungen gibt."

„Richtig. So machen wir das." Sie deutete auf die Reste von der Haushaltsauflösung. „Wir werden das alles hier noch entsorgen ..."

„Das können auch meine Leute mitnehmen, wenn sie die Küche abbauen. Was noch brauchbar ist, kommt ins Sozialkaufhaus."

„Das ist prima." Sie öffnete die Türen zum Wintergarten. „Das ist der einzige Raum, in dem vermutlich alles so bleiben kann, wie es ist. Das Glas ist in fabelhaftem Zustand. Und so weit ich sehen kann, hat es hier kein Leck gegeben. Ich habe hier die Möbel untergestellt, die meiner Meinung nach später noch zu gebrauchen sind, wenn das Haus fertig renoviert ist."

„Das ist ein wundervoller Raum."

Sie schloss die Türen und führte ihn in die oberen Stockwerke. „Wie Sie sehen können, muss hier oben eigentlich nur angestrichen werden. Die Holzböden sind noch in gutem Zustand."

„Was ist mit den Bädern? Müssen sie modernisiert werden?"

„Die Armaturen und Fliesen sind zwar altmodisch, aber nett anzusehen, und sie scheinen zu funktionieren. Für den Augenblick sollten wir die Räume nur mit etwas Farbe auffrischen."

Sie führte ihn wieder nach unten.

„Was ist mit der Fassade?", fragte er, als er das Haus verließ.

„Nun, ich bin nicht sicher", gestand sie. „Ich denke, das Gesims könnte einen neuen Anstrich gebrauchen. Es scheint mir an einigen Stellen auch brüchig zu sein."

Während sie das Haus umrundeten, überprüfte Cliff die Ziegel und einige andere Dinge und kam schließlich zu dem Schluss, dass vermutlich nur das Gesims sofortige Hilfe brauchte. Willow atmete erleichtert auf und räumte ein, dass es George vermutlich zu viel würde, wenn er die Rechnung sah.

„Wir machen im Augenblick nur das Nötigste", versprach er ihr. „Ich melde mich dann in ein paar Tagen." Er lächelte. „Soll ich Sie bei Ihrer Galerie absetzen?"

„Vielen Dank." Sie reichte ihm die Hand. „Können Sie schon sagen, wann Sie anfangen können?"

Er kratzte sich den Kopf. „Nun, wenn wir schnell genug fertig werden, könnten Sie das Haus für die Woche der offenen Häuser in der zweiten Augustwoche anmelden. Es wäre toll, ein solches Haus dabeizuhaben."

Willow schaute ihn verblüfft an. „So schnell könnten Sie fertig werden?"

„Nun, der Aufwand ist überschaubar. Ich müsste ein bisschen mit den Baustellen jonglieren – ich meine, falls wir das Haus mit in die Tour aufnehmen würden. Aber es müsste dann auch richtig hergerichtet sein."

„Was meinen Sie mit *richtig hergerichtet*?"

„So als Besichtigungsobjekt. Möbliert und voll ausgestattet. Ein Haus von einem solchen Kaliber habe ich bei der Woche der offenen Häuser noch nie gehabt. Es wäre eine Herausforderung, und ich würde gerne alles in meiner Macht Stehende tun, damit das klappt. Es wäre eine gute Werbung für mich."

„Wie wäre es, wenn ich es ausstatten würde?", fragte Willow. „Ich könnte Kunst aus meiner Galerie präsentieren, dazu einige interessante Möbelstücke. Und vielleicht habe ich noch ein paar andere Tricks, damit es in altem Glanz erstrahlt."

„Nun, wenn Sie das schaffen, dann lege ich mich ins Zeug, damit es rechtzeitig fertig wird." Er runzelte die Stirn. „Ich hoffe nur, dass mein Tischler mithalten kann. Sie sollten sich besser sofort mit ihm in Verbindung setzen." Er nahm eine Visitenkarte aus der Brieftasche und reichte sie ihr. „Wenn Ross weiß, dass es um die *Rockwell Villa* geht und dass sie in die Besichtigungstour aufgenommen werden soll, dann wird er sich mehr ins Zeug legen."

„Das ist so aufregend", bemerkte sie. „Ich tue mein Bestes, wenn Sie das auch tun."

„Und wenn dieses Haus eventuell verkauft werden soll, bräuchte auch der Garten etwas Zuwendung." Er deutete zum Garten hinüber.

Willow versprach, das mit George zu besprechen, und Cliff versprach, sich innerhalb von 24 Stunden bei ihr zu melden. Das alles ging viel schneller, als sie gedacht hatte. Aber es wäre die Mühe wert. Die Frage war, wie würde George reagieren? Während sie Georges Telefonnummer wählte, überlegte sie, was sie sagen wollte.

Sie brauchte ein paar Minuten, um ihm den Sachverhalt zu erklären, aber zu ihrer großen Erleichterung wirkte George immer noch ziemlich desinteressiert. Andererseits machte es ihr natürlich auch gewisse Sorgen. „Ich vertraue Ihnen, Willow. Tun Sie, was nötig ist, um das Haus für den Verkauf herzurichten. Das ist in Ordnung. Ich bin dankbar für Ihre Hilfe."

„Aber es könnte sein, dass wir mehr Geld brauchen als das, was wir beim Hausflohmarkt eingenommen haben. Bisher habe ich noch keinen Kostenvoranschlag. Natürlich habe ich den Handwerker gebeten, nur das Nötigste zu machen."

„Das Geld für die Renovierung ist da", versicherte er ihr teilnahmslos. „Und natürlich werde ich auch Sie für die Zeit, die Sie aufgewendet haben, entschädigen. Das ist ja selbstverständlich."

„Das ist nett, George, aber mir macht das großen Spaß. Und ich kann dem Handwerker nur zustimmen – es wäre toll, wenn Ihr Haus Teil der Besichtigungstour würde. Das wäre von Vorteil, wenn Sie es wirklich verkaufen möchten."

„Das hört sich doch gut an. Das Haus ist schon viel zu lange unbewohnt gewesen. Wie Sie sagten, es war *traurig*."

Schuldgefühle stiegen in Willow hoch. Sie hatte das Haus als traurig beschrieben. Und jetzt schien auch George traurig zu sein.

„Wie geht es Ihnen?", fragte sie leise.

„Ich, äh, ich weiß es nicht so genau."

„Sie haben noch nichts von Ihrem Arzt gehört, nehme ich an?"

„Nein, bisher nicht. Er meinte, gegen Ende der Woche."

„Nun, machen Sie sich keine Sorgen um Ihr Haus, George. Es bekommt die beste Zuwendung, die es gibt. Ich denke, Sie werden beeindruckt sein."

„Ja, davon bin ich überzeugt."

Sie plauderten noch ein wenig miteinander, aber George klang erschöpft … oder gelangweilt … oder einfach nur krank. Sie riet ihm, er solle es nicht so schwer nehmen, und beendete das Gespräch.

Armer George.

26

Willow stürzte sich hoch motiviert in die Renovierung der *Rockwell Villa*. Es machte ihr großen Spaß, mit Ross, dem Tischler, zusammen die Schränke zu entwerfen, und sie hatte auch keine Scheu, die Ärmel hochzukrempeln und bei den handwerklichen Arbeiten mit anzupacken. Gegen Ende der Woche hatte sie die Tapete im Wohnzimmer und dem Treppenhaus von den Wänden entfernt.

„Wenn ich mir einen zweiten Beruf aussuchen sollte, dann wäre es etwas Ähnliches wie das hier", sagte sie zu Cliff, als sie den Dampftapetenablöser ausschaltete. „Es macht solchen Spaß zu sehen, wie dieses alte Haus wieder zu neuem Leben erwacht." Sie deutete auf die nackte Wand. „Sogar ohne Farbe sieht es schon viel heller und fröhlicher aus. Als würde sich das Haus freuen."

Er lachte leise. „Das wäre ein guter Slogan für Ihre neue Renovierungsfirma: *Wir machen Ihr Haus fröhlicher.*"

Sie nickte. „Das gefällt mir."

„Ich bin nur schnell vorbeigekommen, um zu sehen, wie es vorangeht. Wie wäre es mit einer Mittagspause?" Er warf einen Blick auf seine Uhr. „Es ist schon nach eins."

Sie steckte ein Stück durchweichter Tapete in den Müll. „Jetzt wo Sie es sagen, ich habe tatsächlich Hunger."

„Wollen Sie sich mir anschließen?" Er lächelte sie freundlich an. „Wir könnten beim Essen über den Einbau der Küche reden. Da ist noch einiges zu entscheiden."

„Ein Geschäftsessen?“ Stirnrunzelnd blickte sie an ihrem fleckigen Overall und den Flip-Flops herunter. „Ich bin nicht gerade passend gekleidet.“

Er lachte. „In dem Lokal, das ich im Sinn habe, macht das gar nichts. Dort essen viele Handwerker, und Sie können so kommen, wie Sie sind.“

„Das klingt doch sehr gut.“

Cliffs Pick-up war einer von denen, bei denen Willow beinahe eine Trittleiter brauchte, um in die Fahrerkabine zu kommen. Zum Glück half Cliff ihr hoch. Unterwegs erzählte er, er hätte sich gerade mit Ross getroffen.

„Er kann es kaum erwarten loszulegen, aber bei ein paar Dingen würde er gerne noch mehr wissen.“

Er reichte ihr eine kurze Liste. Sie hatte sie gerade durchgelesen, als er den Wagen vor *Dot's Diner* abstellte.

„Das ist das Lokal“, verkündete er und eilte um den Wagen herum, um ihr beim Aussteigen zu helfen. „Dort gibt es die besten Burger der Stadt.“

Er wollte ihr gerade die Tür des Restaurants öffnen, als Willow George auf der anderen Straßenseite entdeckte. Er starrte sie direkt an. Sie winkte ihm zu, doch er drehte sich, ohne zu reagieren, einfach um und eilte davon. Obwohl sie das ein wenig verletzte, war sie doch froh, ihn außerhalb seines Hauses anzutreffen. Das bedeutete hoffentlich, dass es ihm wieder besser ging. Aber es war schon ein wenig seltsam, dass er sie ignoriert hatte.

George wusste nicht recht zu sagen, warum er auf dem Heimweg von der Arztpraxis so zornig war. Eigentlich hätte er doch erleichtert sein sollen, dass der Arzt nichts hatte feststellen können, zumal George doch sicher gewesen war, dass er an einer tödlichen Krankheit litt.

„Stress kann die Ursache sein, dass Sie sich unwohl fühlen", hatte der Arzt ihm erklärt. „Ich empfehle Ihnen, sich Aktivitäten zu suchen, die Ihren Stress abbauen."

„Wie zum Beispiel?" Nur mit Mühe hatte er seine Verärgerung über den Vorschlag des Arztes verbergen können. Immerhin war George im Ruhestand. Er hatte eine Hängematte und eine Katze. Warum sollte er *gestresst* sein?

„Machen Sie Yoga, lesen Sie, hören Sie Musik, machen Sie Spaziergänge oder Gartenarbeit, was immer Ihnen hilft zu entspannen und das Leben zu genießen." Und dann hatte er gelächelt, als wollte er sagen: *Das war's … der Nächste bitte.*

Ein wenig verstimmt hatte George die Praxis verlassen. Und dann musste er mit ansehen, wie ein Mann Willow aus dem großen schwarzen Pick-up half. Nun, das hatte ihn auch nicht gerade aufgeheitert.

Auf seinem Heimweg durch die Stadt kam ihm der Gedanke, dass es vermutlich der Bauunternehmer Cliff Grant gewesen war, der im Haus seiner Großeltern arbeitete. Zwar hatte George Willow dort freie Hand gelassen, doch jetzt fragte er sich, ob das nicht vielleicht ein Fehler gewesen war. Nicht so sehr wegen des Hauses. Seltsamerweise machte er sich in dieser Hinsicht keine allzu großen Gedanken. Aber ihm gefiel nicht, wie der große, dunkelhaarige Mann Willow aus diesem Pick-up geholfen hatte. Das wirkte viel zu freundlich und vertraut. Und George hatte den Eindruck gehabt, dass der Mann jünger war als Willow. Was dachte sich Willow dabei?

Als George nach Hause kam, kam er sich töricht vor, dass er seinen Ängsten so nachgegeben hatte. Der Arzt konnte tatsächlich recht haben. Vielleicht sollte sich George Aktivitäten suchen, die Stress abbauten. Und außerdem ging es ihn nichts an, was Willow in ihrer Freizeit tat oder auch in ihrer anderen Zeit. Sie hatten sich ja zweifelsfrei darauf verständigt, dass sie nur Freunde waren.

Warum also sollte er eifersüchtig sein auf den gut aussehenden Handwerker?

George dachte über die von seinem Arzt empfohlenen Aktivitäten nach. Nun, Gymnastik hatte George bereits ausprobiert – und er war sich nicht sicher, ob er sich dem noch einmal aussetzen sollte. Er las jeden Tag, und daran würde er auch nichts ändern. Was die Musik betraf – nun, *Simon and Garfunkel* hatten ihm arg zugesetzt. Blieben nur noch Spaziergänge – einen Spaziergang hatte er gerade gemacht – und Gartenarbeit. Er warf einen Blick durch das Fenster in seinen Garten hinaus. Das Gras war lang und der Löwenzahn stand in voller Blüte. Wann hatte er das letzte Mal gemäht oder Unkraut gejätet? Als er nach draußen ging, überlegte er, was seine Nachbarn wohl denken mochten. Wenn seine Mieter ihre Gärten so vernachlässigt hätten, hätte George sie ermahnt.

„Hallo George." Lorna kam an den Zaun, als er gerade den Rasenmäher aus dem Schuppen holte. „Na, wollen Sie heute mal Ihren Garten wieder auf Vordermann bringen?"

„Äh, ja." Er nickte nervös und sah sich um. „Ich hinke, äh, ein wenig hinterher."

„Geht es Ihnen wieder besser?", fragte sie.

„Ich, äh, ich denke schon."

„Wie wäre es, wenn ich Ihnen ein wenig helfe?", bot sie an. „Ich komme gleich …"

„Das ist nicht nötig. Ich komme schon …"

„Ich bestehe darauf", unterbrach sie ihn. „Ich hole nur schnell meine Gartenhandschuhe und komme durch das Gartentor."

Noch bevor er widersprechen konnte, eilte sie bereits davon. Als er das Tor für sie öffnete, dachte er, dass es vielleicht gar keine so schlechte Idee war, ihre Hilfe anzunehmen. Das Gras war so hoch, dass er Mühe haben würde, es zusammenzurechen. Und auch wenn der Arzt ihm bescheinigt hatte, dass er bei guter Gesundheit war, fühlte sich George immer noch ziemlich erschöpft.

Es brauchte mehrere Versuche, den Motor des Rasenmähers in Gang zu setzen, und nach dem Rasenmähen war George ziemlich außer Atem. Vielleicht fühlte man sich so, wenn man im Ruhestand war – zuerst fühlte man sich erschöpft und später war man durch und durch erschöpft!

Willow konnte kaum glauben, dass schon wieder der letzte Freitag im Monat und Vernissagetag war. Hatten sie nicht gerade erst einen gehabt? Trotzdem tat es gut, sich hübsch zu machen und Gäste in ihrer Galerie zu begrüßen.

Mit Leslie, Joel, Haley und Savannah waren sie personell gut besetzt. Nicht nur das, sondern auch Collin und Josie hatten vor, mit dabei zu sein. Collin wollte vermutlich nur in Savannahs Nähe sein, und Josie hoffte, für die drei in der Galerie ausgestellten Kunstwerke, wie Willow Josies Kreationen nannte, Interesse zu wecken. Willow hoffte nur, dass Josie ihren Rat beherzigte und sich nicht so verbissen benahm.

„Niemand lässt sich gerne zu einem Kauf drängen", hatte Willow sie gewarnt. „Schon gar nicht bei einer Ausstellung am Abend. Amüsiere dich einfach und erzähle, wie dein Kunstwerk entstanden ist und was du dir dabei gedacht hast, wenn dich jemand fragt. Wenn Interesse besteht, dann wird der Kunde schon den nächsten Schritt tun."

Willow hatte sich vorgenommen, diesen Abend zu genießen und sich an ihren Gästen zu freuen. Haleys Freund Nick, der klassische Gitarre spielte, sorgte für die musikalische Untermalung. Leslie hatte sich um die Häppchen gekümmert. Alles war vorbereitet, als Willow die Galerie betrat. Die Musik war leicht und fröhlich, die Kerzen verströmten einen angenehmen Duft nach Blutorange, und der Tisch mit den Häppchen verführte zum Zugreifen.

„Ihr habt tolle Arbeit geleistet", lobte sie ihre Leute, kurz bevor die Ausstellung offiziell eröffnet wurde. „Vielen Dank euch allen. Es ist sehr beruhigend zu wissen, dass die Galerie in so guten Händen ist."

Willow begrüßte die Künstlerin, die an diesem Abend ihre Werke ausstellte, eine ältere Frau mit Namen Belle, deren etwas altertümliche Landschaftsgemälde in Öl einfach nur großartig waren.

„Vielen Dank, dass Sie heute Abend bei uns sind", sagte sie zu Belle. „Es ist ein wunderschöner Sommerabend. Wir werden hoffentlich viele Gäste haben. Genießen Sie den Abend."

Es dauerte nicht lange, bis die ersten Gäste eintrafen. Manche waren offensichtlich nur wegen der Häppchen gekommen, aber einige waren geschätzte Kunden, und andere machten einfach nur Urlaub in der Stadt. Zum Glück gab sich Josie in einem weiteren von Willows abgelegten Kleidern recht entspannt. Und Collin hielt sich ständig in Savannahs Nähe auf und war locker und fröhlich. Alles war gut.

Willow stellte Belle gerade einem Kunden vor, als sie einen großen Mann mit dunklen Haaren entdeckte, der die Galerie betrat. Sie schaute ein zweites Mal hin, versuchte aber nicht überrascht zu wirken, als sie Cliff Grant erkannte. Sie beendete ihr Gespräch und ging auf ihn zu, um ihn zu begrüßen.

„Ich wusste gar nicht, dass Sie sich für Kunst interessieren."

„Ganz bestimmt wissen Sie noch vieles nicht über mich", erwiderte er mit einem Augenzwinkern.

„Ja, das stimmt natürlich." Sie lächelte ihn herzlich an. „Vielen Dank, dass Sie gekommen sind. Soll ich Sie herumführen?"

„Das wäre schön. Wenn Sie nicht zu beschäftigt sind."

Sie hakte sich bei ihm unter und führte ihn durch die Galerie. Sie machte ihn gerade mit Josie bekannt und zeigte ihm die Trittleiter, Josies neustes Werk, als sie eine weitere bekannte Person entdeckte, die gerade die Galerie betrat. Angenehm überrascht stellte sie fest, dass es George war, wie üblich in Anzug und Krawatte und ordentlich gekämmt. Willow musste unwillkürlich lächeln. Sicher, er war ein komischer Kauz, aber ein sehr liebenswerter alter Kauz. Sie wollte ihm gerade zuwinken, als er sich auf dem Absatz umdrehte und die Galerie wieder verließ.

„Was ist los mit George?", fragte Josie stirnrunzelnd.

„Keine Ahnung." Willow schüttelte nur den Kopf.

Sie setzte mit Cliff ihre kleine Führung fort und versuchte alle Gedanken an George und sein seltsames Verhalten beiseitezuschieben. Dass Cliff so viel über Kunst wusste, überraschte sie.

„Meine ältere Schwester ist Künstlerin", gestand er, als er sich am Tisch mit den Häppchen bediente.

„Welche Richtung?" Willow legte ein Kanapee auf eine kleine Serviette.

„Sie hat mittlerweile alle nur erdenklichen Techniken ausprobiert, aber im Augenblick arbeitet sie mit Aquarellfarben."

„Ist sie gut?"

„Natürlich ist sie gut. Sie ist meine Schwester." Cliff grinste. „Aber sie ist so gut, dass ihre Werke in einer Galerie an der Küste ausgestellt werden."

„Vielleicht möchte sie auch hier ein paar Bilder ausstellen. Wenn sie das nächste Mal in der Stadt ist, soll sie doch gerne einmal vorbeikommen."

„Sie hat vor, in der Woche der offenen Häuser zu kommen. Vielleicht kann ich Sie dann miteinander bekannt machen."

„Ach, da fällt mir ein", sagte Willow, „dass ich Ihnen noch gar nicht von meiner Idee erzählt habe. Ich werde meine Galerie in dieser Woche schließen und …"

„Sie wollen Ihre Galerie schließen?" Besorgt blickte er sie an. „Nur wegen der Woche der offenen Häuser?"

„Ich habe vor, die meisten der hier hängenden Kunstwerke in diesen vier Tagen in der *Rockwell Villa* auszustellen", erklärte sie.

„Meine Mitarbeiter werden mir helfen, sie im ganzen Haus zu platzieren. Und sie werden auch bei den Besichtigungen bereitstehen."

„Das ist eine ausgezeichnete Idee." Er hob seinen Plastikbecher wie zu einem Toast und lächelte Willow zu. „Sie sind eine kluge Geschäftsfrau, Willow."

„Nun, ich denke, das ist ein guter Weg, zwei Fliegen mit einer Klappe zu schlagen."

„Hey, da ist ja Ihre Freundin Donna, die Innenarchitektin." Cliff winkte Donna und ihrem Mann Lyle zu, die gerade die Galerie betraten. Kurz darauf standen die vier zusammen und plauderten vergnügt miteinander. Dabei erwähnte Cliff den Plan, die *Rockwell Villa* in der Woche der offenen Häuser zu präsentieren.

„Das soll wohl ein Witz sein." Etwas beleidigt wandte sich Donna an Willow. „Du hast mir gegenüber kein Wort darüber verloren."

„Das war meine Idee", stellte Cliff richtig. „Ich habe sie sozusagen dazu überredet."

„Wie willst du die Villa während dieser Zeit ausstatten?", fragte Donna.

Willow erklärte ihr ihren Plan, die Möbel zu nutzen, die sie zur Seite gestellt hatte, und außerdem ihre Kunst in dem Haus auszustellen.

„Das ist ja gut und schön, aber es ist ein großes Haus. Ich kann mir nicht vorstellen, dass du es komplett ausstatten kannst."

Willow zuckte die Achseln. „Ich werde tun, was ich kann. Einige Räume werden dann vielleicht etwas spärlich eingerichtet sein, aber wenigstens die Kunst wird sehenswert sein."

„Ich sage dir was." Donna hielt einen Finger in die Höhe. „Ich helfe dir mit dem Arrangement und besorge dir, was du noch brauchst, und dafür wird mein Name unter den Sponsoren erwähnt."

„Wirklich? Das würdest du tun?"

„Aber natürlich. Es wäre toll, wenn mein Name in Verbindung mit diesem Haus genannt würde."

Willow erklärte ihr, sie hätte vor, auch einige modernere Möbel zu platzieren. „Ich habe einige Ideen, wie man Zeitgemäßes mit Traditionellem vermischen könnte. Wäre das auch für dich okay?"

„Das klingt interessant. Wie wäre es, wenn wir uns nächste Woche in meinem Büro treffen? Dann können wir gemeinsam überlegen", schlug Donna vor. „Ich glaube, das wird ein großer Spaß."

Willow nickte. „Ja, genau so soll es sein. Es soll Spaß machen. Und es soll überraschend sein, jedoch ohne das Haus zu beleidigen." Noch während sie diese Worte aussprach, fragte sich Willow unwillkürlich, was wäre, wenn sie den Eigentümer des Hauses beleidigte? Vielleicht hatte sie das bereits.

Verloren machte sich George auf den Heimweg. Nicht wortwörtlich, denn er kannte ja den Weg, aber innerlich fühlte er sich verloren, als hätte er keine Ahnung, warum er unterwegs war. Und das war zweifellos frustrierend, weil er an diesem Abend wirklich den Versuch unternommen hatte, sein altes Ich wiederzugewinnen.

Nachdem er gestern seinen Garten in Ordnung gebracht hatte, hatte er den heutigen Tag mit Hausarbeit verbracht. Und anschließend hatte er beschlossen, sich schick zu machen und Willow einen Besuch abzustatten. Aber sie war wieder mit diesem Mann zusammen – Cliff Grant.

George hatte diesen Namen gestern bei Lorna fallengelassen – nur ganz flüchtig, als sie gemeinsam im Garten gearbeitet hatten. Er hatte beiläufig erwähnt, dass Cliff Grant einige Arbeiten an einem Familienbesitz durchführe. Einzelheiten über diesen Familienbesitz behielt er natürlich für sich, denn er hatte nicht die Absicht, Lorna mehr Einblick in sein Leben zu verschaffen. Als dann bei der Erwähnung dieses Namens ihre Augen aufleuchteten, versuchte George, ihr weitere Informationen zu entlocken.

„Ich hoffe, dass er als Handwerker gut ist – vertrauenswürdig und so. Man weiß ja nie."

„Zu seiner Arbeit kann ich nichts sagen, aber Cliff Grant ist schon ein Hingucker, das ist sicher."

Mit träumerischem Blick stützte sich Lorna auf ihren Bambusrechen. In diesem Augenblick erinnerte sie George an die Mädchen in der Schule, wenn ein gut aussehender Sportler vorbeiging. Ziemlich unreif, wenn man ihn fragte.

„Und er gehört zu den begehrtesten Junggesellen unserer Stadt."

Hatte George jemals als *begehrter Junggeselle* gegolten? Bestimmt nicht in letzter Zeit – vielleicht niemals. Der Lack war definitiv ab.

„Was bedeutet denn, *der begehrteste Junggeselle*?", fragte George Lorna.

„Das bedeutet einfach, dass Männer wie er sehr gefragt sind. In einer Stadt, in der es viel mehr alleinstehende Frauen als alleinstehende Männer gibt, ist ein Mann wie Cliff Grant ein großer Fang."

Lorna kräuselte ihre unnatürlich rosafarbenen Lippen. Die Farbe erinnerte George an einen Flamingo aus Plastik für den Garten.

„Kennen Sie ihn persönlich?"

„Ich bin ihm nie begegnet, aber ich habe ihn schon in der Stadt gesehen. Ganz bestimmt hätte ich nichts dagegen, ihn kennenzulernen. Meine Freundin Gayla ist mit ihm zur Schule gegangen. Sie erzählt, dass er bereits mehrmals geschieden ist und immer wieder eine neue Freundin hat. Also ist er offensichtlich auf der Suche. Wenn er so alt ist wie Gayla, müsste er jetzt um die fünfzig sein, aber ich glaube, er sieht viel jünger aus." Sie zupfte an ihren platinblonden Haaren herum und blickte George hoffnungsvoll an. „Besteht die Möglichkeit, dass Sie mich ihm einmal vorstellen? Wie wäre es denn, wenn wir einmal gemeinsam das Haus Ihrer Familie aufsuchen und ganz zufällig …"

„Nein, nein. Tut mir leid, aber das ist nicht möglich."

George beugte sich vor, um seinen Rasenmäher wieder in Gang zu setzen. Der Motor sprang an, und er konzentrierte sich darauf, seinen Rasen in schnurgeraden Linien zu mähen. Aber ihre Bemerkungen beschäftigten ihn so sehr, dass ihm das nicht so recht gelang. Die Linien waren so schief, als seien sie von einem Betrunkenen gemäht worden.

Doch nicht nur das, ihre Worte hatten ihn veranlasst, unter die Dusche zu gehen, einen Anzug anzuziehen und Willow in der Galerie einen Besuch abzustatten, nur um festzustellen, dass es bereits zu spät war. Die Art, wie sie diesen Schönling anschaute, wie sie sich bei ihm untergehakt hatte – George wusste einfach, dass es zu spät war. Und jetzt fühlte er sich schlechter als je zuvor. Er würde einfach aufgeben. Welchen Sinn hatte das alles noch?

27

Am nächsten Morgen fuhr George erschrocken zusammen, als es an seiner Haustür läutete – nicht nur einmal, sondern immer wieder. Schockiert stellte er fest, dass es bereits nach elf Uhr war, und er immer noch seinen Schlafanzug trug. Er wusste nicht, was er tun sollte. Wer immer auf seiner Veranda stand und jetzt an die Tür klopfte, konnte ihn problemlos durch das Fenster sehen, wie er zusammengekauert neben dem Bücherregal hockte.

Der arme Baxter war davongeflitzt, als George erschrocken zusammengefahren war, aber wenn er sich nicht flach auf den Boden legen und hinter seinen Sessel kriechen wollte, gab es für George keinen Ort, an dem er sich verstecken konnte. Sehr beharrlich klopfte es an die Tür. Wer um alles in der Welt war das? George nahm seine Zeitung zur Hand und versuchte sich dahinter zu verstecken.

„George Emerson!", rief die Stimme einer Frau. „Ich weiß, dass Sie da drin sind. Lassen Sie mich rein, bevor ich die Tür aufbreche!"

Über den Zeitungsrand hinweg konnte er Josie erkennen, die jetzt am Fenster neben der Tür stand. Erleichtert, dass es kein anderer war, öffnete George widerstrebend die Tür.

„Was wollen Sie?", fragte er grimmig.

„Ich will wissen, was zum Teufel mit Ihnen los ist." Sie drängte sich an ihm vorbei.

„Nichts ist mit mir los, außer dass ich keine Leute mag, die mich so überfallen …"

„Warum sind Sie gestern in die Galerie gekommen und haben uns nicht einmal begrüßt?", fragte sie und warf sich auf das Sofa, als wäre sie bei ihm zu Hause. „Ich habe Sie gesehen – Mama auch. Sie sind hereingekommen und sofort wieder gegangen, einfach so." Sie drohte ihm mit dem Zeigefinger. „Schlechte Manieren, wenn Sie mich fragen."

„Und darin sind Sie ja Expertin." Er funkelte sie an.

„Im Ernst, George. Was ist los?"

„Ich habe einfach meine Meinung geändert." George nahm in seinem Sessel Platz und faltete ordentlich seine Zeitung zusammen, als würde in dem Zimmer kein heilloses Durcheinander herrschen. Nicht dass Josie das etwas ausmachen würde. Sie hatte es auch nicht so mit der Ordnung.

„Ich glaube Ihnen nicht." Sie beugte sich vor und blickte ihn skeptisch an. „Irgendetwas beschäftigt Sie, George. Meine Mutter macht sich Sorgen und ich auch."

„Willow macht sich Sorgen?" Er behielt die Zeitung in den Händen.

„Ja, sie hat Angst, dass Sie schwer erkrankt sind und vielleicht sterben könnten." Josie verdrehte die Augen. „Und jetzt habe ich mein Versprechen, das ich ihr gegeben habe, gebrochen. Ich habe geschworen, Ihnen nichts davon zu erzählen."

Er starrte sie an. „Sie hat Sorge, ich würde sterben."

„Nun, Sie haben sich ja wirklich ziemlich seltsam verhalten. Ich meine, für Ihre Verhältnisse. Und sie erinnert sich noch gut daran, wie es war, als Asher starb. Ich meine, ihr Mann war natürlich viel älter als Sie, aber ich schätze, Ihr Verhalten hat Mama Sorge bereitet." Sie runzelte die Stirn. „Sie haben doch keine lebensgefährliche Erkrankung, oder George?"

Er schüttelte den Kopf. „Nicht, dass ich wüsste."

„Das klingt enttäuscht."

Er zuckte die Achseln.

„Sie wollen sterben?“, fragte sie.

„Nein, nein – eigentlich nicht. Aber ich nehme an, in meinem Leben gibt es nichts, wofür es sich zu leben lohnt.“

Josie runzelte die Stirn. „Ist das nicht bei allen so?“

„Ich weiß es nicht. Ihre Mutter ist der Meinung, es gäbe jede Menge, wofür es sich zu leben lohnt. Aber andererseits hat sie ihre Religion. Sie muss wohl so denken.“

„Sie war nicht immer so.“ Josie lehnte sich zurück und verschränkte die Arme hinter ihrem Kopf. „Und ich muss meiner Mutter gegenüber fair sein. *So* religiös ist sie nun auch wieder nicht. Das behauptet sie zumindest. Sie sagt, dass sie Gott liebt und die Menschen, und dass es dabei *nicht um Religion* geht. *Es geht um Beziehungen*, betont sie immer wieder.“ Sie verdrehte die Augen. „Zumindest korrigiert sie mich, wenn ich den Fehler mache, sie religiös zu nennen.“

„Ja, etwas Ähnliches hat sie auch zu mir gesagt.“ George legte die Zeitung aus der Hand. „Aber sie geht doch ziemlich regelmäßig zur Kirche.“

„Ja, ich habe sie und Collin einmal begleitet.“ Sie setzte sich wieder auf. „Und es war wirklich gar nicht mal so übel. Ganz anders, als ich Kirche in Erinnerung habe. Der Pastor ist ziemlich cool. Ich habe sogar einen Beratungstermin mit ihm vereinbart, aber verraten Sie das bloß meiner Mutter nicht. Sie weiß das nicht, doch ich bin mittlerweile schon ein paarmal bei ihm gewesen und werde wohl auch noch häufiger hingehen. Er gab mir tatsächlich einen hilfreichen Rat.“

„Interessant.“ Er versuchte sich vorzustellen, dass Josie den Rat eines Geistlichen annahm. Machte sie ihm etwas vor?

„Sie leiden also wirklich nicht an einer lebensgefährlichen Erkrankung, George?“

Seufzend schüttelte er erneut den Kopf. Die Wahrheit war, dass er tatsächlich gehofft hatte, er würde sterben. Er hatte sich gewünscht, dass der Arzt etwas sagen würde, wie: „Es tut mir leid, Sie haben noch sechs Monate bis ein Jahr zu leben, George." Und anschließend hätte George sein Leben ändern wollen.

Oh, sicher, er hatte nicht genau gewusst, wie er das tun sollte oder was er machen würde, aber er würde große Veränderungen herbeiführen. Vielleicht würde er ehrenamtlich in der Suppenküche mithelfen oder Geld für die Waisenkinder in Afrika spenden, oder er würde sich dem *Square Dance Club* von *Warner* anschließen.

Aber nun hatte er diese lästige Bestätigung, dass er bei guter Gesundheit war, und George hatte ganz ernsthaft in Erwägung gezogen, mit Zigaretten, Alkohol oder Drogen zu experimentieren. Vielleicht würde er sich sogar ein Motorrad anschaffen und ein Tattoo stechen lassen. Oder er würde es mit Fallschirmspringen versuchen.

Natürlich war George klar, dass er nichts davon tatsächlich tun würde. Das Problem war, er wusste nicht mehr, womit er sich beschäftigen sollte. Nichts bereitete ihm Vergnügen. Nichts motivierte ihn. Er hatte nichts, wofür es sich zu leben lohnte. Und die Wahrheit war, er hatte nicht einmal etwas, wofür es sich zu sterben lohnte. Vielleicht war er einfach ein hoffnungsloser Fall.

„Darf ich Ihnen einen Rat geben, George?"

Er zuckte die Achseln. „Warum nicht?"

„Nun, Sie scheinen mir ziemlich depressiv zu sein. Und ich denke, Sie brauchen jemanden, mit dem Sie reden können – jemanden, der sich mit so etwas auskennt. Pastor Hal hat eine Therapeutenausbildung und macht das ziemlich gut. Vielleicht sollten Sie überlegen, sich einmal mit ihm in Verbindung zu setzen."

Sie stand auf und ging zu seinem Telefontisch hinüber. Aus ihrem Handy suchte sie eine Nummer heraus und schrieb sie auf seinen Notizblock, bevor sie sich zu ihm umwandte.

„Ich bin sehr froh, dass Sie keine tödliche Krankheit haben, George. Aber vielleicht sollten Sie etwas unternehmen, damit Sie wieder mehr Lebensfreude empfinden."

„Alles ist möglich.“

Sie lächelte ihn verlegen an. „Nehmen Sie diesen Rat von jemandem, der zutiefst verzweifelt gewesen ist – es geht auch wieder aufwärts.“ Mit diesen Worten ging sie zu seiner großen Erleichterung zur Tür und verließ das Haus.

Nachdem er die Tür verschlossen und das Rollo heruntergezogen hatte, setzte er sich wieder in seinen Sessel und dachte über ihre Worte nach.

War George Emerson tatsächlich so tief gesunken, dass er jetzt sogar Ratschläge von jemandem wie Josie annahm? Er schaute sich in seinem unaufgeräumten Wohnzimmer um. Vielleicht war das tatsächlich so.

In der folgenden Woche verbrachte Willow viel Zeit in der *Rockwell Villa*, machte sauber, plante und half sogar beim Anstreichen. Obwohl sie George ein paarmal angerufen hatte, um ihn über den Stand der Renovierung auf dem Laufenden zu halten, legte er eine erschreckende Gleichgültigkeit an den Tag. Aber wenigstens litt er nicht an einer tödlichen Krankheit, wie Josie ihr versichert hatte. Dafür zumindest musste sie dankbar sein.

Obwohl George versprochen hatte, vorbeizukommen und sich die Fortschritte anzusehen, war er bisher nicht aufgetaucht. Vielleicht war das auch gut so. Willow hatte keine Ahnung, wie sie reagieren würde, wenn George etwas, das bereits in Arbeit war, nicht gut finden würde. Sie wusste ja, wie pingelig er manchmal war. Und ihr gefiel die Vorstellung nicht, dass er auftauchen könnte, solange die Wände noch aufgerissen waren, wie in den vergangenen Tagen. Aber am Ende der Woche war der Anstrich fast beendet und die Küche beinahe fertig, und sie fing an zu hoffen, dass er einmal vorbeischauen würde.

Am Sonntag, als keine Arbeiter im Haus waren, fuhr Willow nach dem Gottesdienst zur *Rockwell Villa* und rief George an.

„Ihnen scheint es ja vollkommen egal zu sein, wie die Arbeit hier vorankommt, aber ich fände es wirklich gut, wenn Sie mal vorbeikämen."

„Stimmt etwas nicht?", fragte er.

„Nein, alles ist in Ordnung. Das Haus sieht schon richtig gut aus. Und ich denke, Sie würden sich freuen, es zu sehen."

„Ich weiß nicht."

„Bitte, George", bat sie. „Ich tue das doch für Sie. Das Mindeste, was Sie für mich tun können, wäre einmal herzukommen. Schenken Sie mir doch 15 Minuten Ihrer Zeit. Wir gehen einmal durch das Haus, dann können Sie …"

„Gut", unterbrach er sie. „Ich mache mich sofort auf den Weg."

Nachdem sie das Gespräch beendet hatte, kroch die Nervosität in Willow hoch. Sie lief durch die Räume, vergegenwärtigte sich, was gemacht worden war, und freute sich daran, wie hell und sauber jetzt alles wirkte. Die Wände waren in hellen, neutralen Farben gestrichen, die das Haus nicht nur heller wirken ließen, sondern ihm auch Tiefe verliehen. Einige der abgegriffenen Holzarbeiten waren in einem cremigen Weiß gestrichen worden und hoben sich gut von den aufgearbeiteten Holzböden ab, die Wärme und Charakter ausstrahlten. Und die Küche – das war das Beste überhaupt.

Die hohen Kirschbaumschränke, die zum Teil mit Glastüren ausgestattet waren, passten in die Zeit, in der das Haus erbaut worden war, waren aber zeitgemäß und funktional. Der weiße Marmor war klassisch und sauber, und die Böden im Schachbrettmuster in Grau und Weiß wirkten modern, gleichzeitig aber auch klassisch. Sie war ziemlich sicher, dass es George gefallen würde, und sie konnte es kaum erwarten, es ihm zu zeigen.

Sie eilte zur Haustür und wartete in der frisch gestrichenen Halle ungeduldig auf Georges Eintreffen. Als sie ihn auf dem Bürgersteig entdeckte, öffnete sie die hohe und breite Haustür und strahlte ihn an.

„Willkommen", begrüßte sie ihn fröhlich.

Stirnrunzelnd kam George den Weg hoch. „Das Gesims ist gestrichen worden", bemerkte er scharf.

„Ja, sieht es nicht …"

„Das Gesims ist immer weiß gewesen", fuhr er sie an.

„Ja, aber das Weiß wirkte so hart. Finden Sie nicht, dass das Grau sich gut von den roten Ziegeln abhebt? Es ist klassisch und bringt die Bleiverglasung …"

„Das weiße Gesims war ganz in Ordnung."

„Aber es war schmutzig, und die Farbe war rissig und …"

„Das hätte ich selbst anstreichen können. Und ich hätte es weiß gestrichen." Er wedelte mit einigen Briefumschlägen. „Und ich nehme an, dafür sind diese Rechnungen …"

„Sie haben gesagt, ich solle sie Ihnen schicken …"

„Das sind Dinge, die ich selbst hätte machen können", erklärte er abermals, als er durch die Haustür stürmte.

„Aber Sie haben gesagt, Sie wollten nicht …"

„Oh, nein!" Mit entsetztem Gesichtsausdruck blieb er in der Halle stehen. „Nein, nein, nein!"

„Die alte Tapete ist fort, und die Holzarbeiten wurden …"

„Das ist einfach schrecklich."

„Aber es sieht wunderhübsch aus, George. So frisch und sauber und …"

„Ich kann es nicht glauben." Er ging weiter zum Wohnzimmer. „Oh, nein." Er schüttelte den Kopf. „Oh, nein, nein, nein."

Übelkeit stieg in Willow hoch. „George, Sie wussten doch, was wir vorhatten …"

„Das ist entsetzlich, einfach entsetzlich." Er ging weiter durch das Esszimmer und hatte an allem etwas auszusetzen. „Alles ist fort. Alles ist verändert. Nein, nein, nein."

„Das verstehe ich nicht“, wandte Willow leise ein. „Sie wollten doch, dass das Haus renoviert wird. Ich habe Ihnen genau erklärt, was wir vorhatten …“

„Oh, nein.“ In der Küche blieb George abrupt stehen und presste die Hand auf den Mund. „Hat dieser Handwerker das gemacht? Dieser Cliff Grant?“

„Ja. Cliff hatte alles in der Hand. Aber er hat nur das gemacht, worum ich ihn gebeten habe. Und die Schränke wurden von …“

„Das ist alles falsch.“

Er stürmte hinaus und murmelte vor sich hin. Und nachdem er schnell durch die Räume im ersten Stock gegangen war, stieg er die Stufen in den zweiten Stock hoch.

„Alles ist weg“, sagte er schließlich. „Alles ist verändert. Alles ist weg. Alles falsch. Alles verändert.“

„Aber genau das wollten Sie doch“, versuchte Willow es erneut. „Sie haben gesagt, Sie …“

„Sie hätten wissen müssen, dass ich eine schwierige Zeit durchmache.“ Er blickte sie mit tränenfeuchten Augen an. „Mir ging es nicht gut, Willow. Ich war ganz und gar nicht in der Verfassung für all dies.“ Er fuhr mit der Hand durch das leere Zimmer. „Alles ist weg.“

„Ich weiß, aber …“

„Egal, ich muss hier weg.“ Und ohne ihr die Gelegenheit zu geben, noch ein Wort zu sagen – nicht dass sie gewusst hätte, was sie sagen sollte –, stürmte George die Treppe hinunter.

Nachdem die Haustür ins Schloss gefallen war, ließ sich Willow auf die oberste Treppenstufe sinken und brach in Tränen aus. George hatte natürlich absolut recht. Sie hätte erkennen müssen, dass er nicht er selbst war. Vermutlich steckte er in einer Art Lebenskrise oder hatte einen Nervenzusammenbruch. Sie hätte sich einfach zurückhalten – ihm Raum geben sollen, wieder zu sich zu kommen. Stattdessen hatte sie alles in die Hand genommen.

Sie war in ihrer dominanten Art vorgeprescht, immer bereit, eine Herausforderung anzunehmen, eifrig darauf bedacht, die Welt auf den Kopf zu stellen. Für sie gab es nichts, das zu schwierig, nichts, das zu groß war – und jetzt das. Sie hatte alles kaputt gemacht.

28

Am Montagmorgen ging es George wieder sehr schlecht, und er hatte das Bedürfnis, mit jemandem zu reden und zwar mit einem Menschen aus Fleisch und Blut, nicht mit einer Katze. Nicht dass Baxter kein mitfühlender Zuhörer war oder Trost spenden konnte, aber George wollte mit einem menschlichen Wesen reden. Das an sich war schon sehr ungewöhnlich. Doch warum sollte ihn das überraschen? Nichts an diesem Sommer oder seinem Ruhestand war wie sonst. Das lag zum größten Teil an Willow, das war ihm bewusst. Und trotzdem war sie der letzte Mensch, mit dem er im Augenblick reden wollte.

Wie ein gefangener Tiger lief George in seinem Wohnzimmer herum – zahnlos, ohne Klauen und schon etwas älter, aber immer noch voll aufgestautem Zorn, der ihn einengte und ihm Angst machte.

Irgendwann fiel ihm ein Name und eine Telefonnummer auf dem Block neben seinem Telefon ins Auge. Er nahm den Block zur Hand und erinnerte sich daran, dass Josie beides aufgeschrieben hatte. Seltsam, dass er den Rat einer so labilen jungen Frau annahm, die ihr halbes Leben als Groupie verbracht hatte.

Trotzdem wählte George die Nummer und fragte nach Pastor Hal. Eine freundliche Stimme meldete sich, und George erklärte stotternd den Grund seines Anrufs. Schließlich sagte er: „Ich gehöre nicht zu Ihrer Gemeinde, aber ich bin ein Freund der Familie West. Sie wurden mir als Therapeut empfohlen, und …"

„Treffen wir uns doch auf einen Kaffee", schlug Pastor Hal vor. „Wie wäre es um halb elf im *Common Grounds*? Geht das bei Ihnen?"

„Sicher", stimmte George zu. Es blieb ihm noch genügend Zeit, unter die Dusche zu gehen und zum Café zu laufen.

Um kurz vor halb elf stand er in Anzug und Schlips an der Theke des *Common Grounds* und bestellte den *Kaffee nach Art des Hauses*, als wäre er ein ganz normaler Mensch. Zumindest hoffte er, dass er so wirkte. Die Barista hatte ihm gerade seinen Kaffee serviert, als ein kleiner, kahlköpfiger Mann hereinkam.

„Hallo, Hal", begrüßte die Barista ihn. „Sie nehmen das Übliche?"

„Danke." Er grinste. „Ich treffe mich hier mit einem gewissen George."

George trat zu ihm, um sich vorzustellen, und nach einem herzlichen Handschlag führte Hal ihn zu einem Tisch im hinteren Teil des Lokals.

„Erzählen Sie mir ein wenig von sich", forderte Hal ihn auf, als sie Platz nahmen.

Etwas stammelnd erklärte George, er sei Lehrer und gerade in den Ruhestand getreten, und möglicherweise hätte er Probleme, sich an die neue Situation zu gewöhnen. Als die Barista Hals Kaffee brachte, ein etwas ausgefallenes Getränk mit geschlagener Sahne, hielt George inne.

„Meine Frau sagt mir immer, dieser Kaffee sei eher ein Dessert in einer Tasse." Er lachte und trank einen Schluck. Zurück blieb ein kleiner Milchbart an seiner Oberlippe. Er wischte ihn mit einer Serviette ab und lächelte. „Sie erleben also gerade einen schwierigen Sommer?"

George hätte das eigentlich nicht so ausgedrückt, aber da es stimmte, nickte er.

„Und Sie haben einen Pastor angerufen und um Rat gebeten?"

George seufzte. „Eigentlich ziemlich widersinnig, da ich mich selbst als Atheisten betrachte."

„Ich glaube, ein Atheist ist einfach ein Suchender, der darauf hofft, dass Gott sich zeigt."

„Eine Bekannte von mir hat etwas Ähnliches gesagt." George war noch nicht bereit, Hal von seiner Beziehung zu Willow zu erzählen. Zumal er sie ja selbst nicht verstand.

„Und ist das so?"

„Was denn?"

„Hoffen Sie, dass Gott sich zeigen wird?"

George spielte nervös mit seiner Serviette und blickte Hal schließlich an. „Glauben Sie, dass Gott durch Musik reden kann – genauer durch *Simon and Garfunkel*?"

Hal grinste. „Aber ganz bestimmt."

Erleichterung durchströmte ihn, als er dem Pastor von seinem Erlebnis mit dem Lied *Bridge Over Troubled Water* erzählte. „Es ist mir peinlich, das zu sagen, aber dieses Lied hat mich vollkommen aus der Fassung gebracht. Ich hatte ganz ehrlich das Gefühl, einen Nervenzusammenbruch zu haben, als würde ich in einer Zwangsjacke aufwachen oder in einer gepolsterten Zelle in der Psychiatrie."

„Das ist ein wundervolles Lied, George. Wann immer ich es höre, ist es, als würde Gott es mir zusingen."

„Sie haben auch das Gefühl?" Es tat gut, das zu hören.

„Es ist ein Lied, in dem es um Schmerz, Einsamkeit, Erschöpfung und Niedergeschlagenheit geht … und dann gibt es diesen wundervollen Freund, der sich für dich hinlegt, wie eine Brücke über einen aufgewühlten Fluss, nur damit du hinübergehen kannst. Für mich ist das Jesus. Er legte sich selbst hin, um mich durch allen Schmerz und Einsamkeit zu führen … um mich sicher auf die andere Seite zu bringen."

Mit dem Ausdruck tiefer Zufriedenheit trank er einen Schluck von seinem schaumigen Kaffee. George wusste nicht so genau, ob der Grund dafür sein *Dessert in einer Tasse* war oder das, was er gerade gesagt hatte.

„Glauben Sie das wirklich?“ George musterte ihn eindringlich.

Hal stellte seine Tasse ab. „Unbedingt.“

Langsam schüttelte George den Kopf. „Nun, ich bin ein Anhänger von Ralph Waldo Emerson. Anfangs dachte ich, der Grund dafür sei der Name, denn mein Nachname ist Emerson. Aber je mehr ich über Ralph Waldo gelesen habe, desto mehr identifizierte ich mich mit ihm.“

„Wie das?“

„Nun, wir haben viele Gemeinsamkeiten. Er war Lehrer und er erlebte viele Verluste – sein Vater starb, als er noch ein Kind war, seine erste Frau starb mit 20 Jahren, sein Bruder …“

„Haben Sie viele Verluste erlebt?“ Hals hellgraue Augen blickten ihn freundlich an.

Schnell zählte George alle seine Lieben auf, die er verloren hatte.

„Das tut mir leid.“ Hal schüttelte den Kopf. „Das hat Ihnen sicher sehr zugesetzt, George.“

„Aber das war nicht alles, was mir an Emerson gefiel“, fuhr George schnell fort. Er wollte nicht über seinen persönlichen Schmerz reden … wollte nicht in der Öffentlichkeit die Fassung verlieren. „Ich fand Emersons Philosophie gut, die von Unabhängigkeit und Eigenverantwortung handelt. Er war ein Schriftsteller, der keinen Menschen brauchte. Ein Mann, der nichts für Religion übrig hatte.“

George musterte den Pastor und überlegte, ob er ihn wohl beleidigt hatte. Aber selbst wenn, es wäre ihm egal.

„Ich muss gestehen, ich kenne Ihren Emerson nicht besonders gut, aber ich denke, dass er sehr einsam gewesen sein muss.“ Hal lächelte traurig. „So wie ich ihn verstanden habe, beziehen sich seine Ausführungen gegen die Religion auf die Kirche seiner Zeit. Ich kann ihm zustimmen, wenn er gegen eine Kirche wettert, deren Mitglieder kalt sind und andere verurteilen. Meiner Meinung nach hat Jesus aber etwas anderes vorgelebt. Und leider muss ich sagen, dass auch in der Kirche heute diese Haltung viel zu oft zu finden ist.“

Georges Augenbrauen fuhren in die Höhe. „Aber Sie sind doch Pastor einer solchen Kirche."

„Das stimmt. Und auch unsere Gemeinde hat ihre Probleme. Aber ich möchte gerne denken, dass wir uns Mühe geben und versuchen aufrichtig, ehrlich und authentisch zu sein, dass unser Ziel darin besteht, so zu leben wie Christus es uns vorgelebt hat, auch wenn uns das leider viel zu oft nicht gelingt."

„Was heißt denn zu leben, wie Jesus es uns vorgelebt hat?"

„Das ist eine sehr gute Frage, George. Nicht leicht zu beantworten, aber ich denke, wir sollten uns Jesus zum Vorbild nehmen, unser Vertrauen auf ihn setzen und versuchen, unser Leben nach seinen Richtlinien zu gestalten."

„Und wie kann das konkret aussehen? Als Kind bin ich zur Kirche gegangen, aber ich habe alles, was da gesagt wurde, nicht wirklich verstanden. Es gab jede Menge Regeln und Gesetze: Tu dies, lass das. Verhalte dich so und nicht anders. Sag dies und nicht das. Ganz ehrlich, ich habe aufgeatmet, nachdem ich mich von der Religion abgewendet habe."

„Das ist das Problem mit der Religion, George. Und genau das ist, was Emerson vermutlich so abstoßend fand. Und wenn ich ehrlich bin, dann geht es mir genauso. Emerson und ich sind einer Meinung, dass Religion im Grunde genommen nutzlos ist."

„Aber Sie sind doch Pastor."

„Um eines klarzustellen, George, auch Jesus war kein Befürworter von Religion. Die religiösen Führer seiner Zeit hingen in ihrer Religiosität fest. Sie haben die Menschen mit ihren Gesetzen und Verboten unterdrückt, aber Jesus hat uns nur zwei Gebote gegeben."

„Ach ja?" George kam das vage bekannt vor, doch er konnte sich nicht mehr richtig daran erinnern.

Hal hob zwei Finger. „Erstens, Jesus sagte, wir sollen Gott lieben mit allem, was wir haben – mit Herz, Seele und Geist. Und zweitens sagte er, wir sollen die Menschen in unserer Umgebung lieben wie uns selbst."

„Und das ist alles?"

„Jesus wusste, dass wir Menschen mit komplizierten Regeln nicht umgehen können." Hal seufzte. „Aber er wusste auch, dass es menschlich unmöglich ist, diese beiden einfachen Regeln zu halten – ohne seine Hilfe."

„Ich verstehe nicht richtig."

„Das ist ungefähr so wie in dem Lied *Bridge Over Troubled Water*", erklärte Hal. „Allein sind wir müde und einsam, niedergeschlagen und traurig. Wir brauchen Jesus, der uns hilft, den tosenden Fluss zu überqueren."

„Ich glaube, ich verstehe die Metapher, aber mal ganz praktisch: Wie macht Jesus das?"

„Indem er Ihr Freund wird, George. Er möchte Ihr Freund im Alltag sein, aber dafür müssen Sie an ihn glauben und sich auf ihn einlassen. Und dann wird alles anders." Hal lächelte.

George wusste nicht, was er sagen sollte, darum trank er einen Schluck von seinem Kaffee. Dieses Gespräch verlief ganz anders, als er es sich vorgestellt hatte. Nicht, dass er viel Erfahrung mit so etwas hatte, aber er hatte damit gerechnet, dass der Pastor ihm ein paar ermutigende Ratschläge mit auf den Weg geben würde. Ganz ähnlich wie sein Arzt – nicht dass George sie befolgt hätte.

„Ich merke, dass ich Ihnen gerade ganz schön viel abverlange, George. Ich hoffe, ich habe Sie nicht überfordert. Was ich gesagt habe, klingt so einfach – und das ist es eigentlich auch –, aber es dauert ein ganzes Leben, um das wirklich zu verstehen. Und vielleicht schafft man es nie richtig. Das Gute ist, dass Sie immer nur einen Schritt nach dem anderen gehen müssen."

„Nun, Sie haben mir wirklich viel Stoff zum Nachdenken gegeben", gestand George. „Obwohl ich sagen muss, dass ich mich über das, was Sie gerade gesagt haben, wundere. Aus dem Mund eines

Geistlichen hätte ich so etwas nie erwartet. Und doch finde ich einiges davon erfrischend."

Besonders interessant fand er, was Hal über Emersons Einstellung zur Religion gesagt hatte.

„Ich sehe, dass Sie bereits auf dem Weg sind, George – auf Ihrer persönlichen geistlichen Reise." Hals Augen leuchteten auf. „Bitte rufen Sie mich doch jederzeit an, wenn Sie reden möchten. Und nicht nur über geistliche Dinge. Mich interessieren viele Themen – von Fußball über die französische Küche und Gartenarbeit bis hin zu Literatur. Und ich muss gestehen, Sie haben mich dazu angeregt, mich etwas eingehender mit Ralph Waldo Emerson zu beschäftigen. Ich glaube, seit dem Studium habe ich nichts mehr von ihm gelesen."

„Ich besitze einige Bücher von ihm und leihe sie Ihnen gerne aus, wenn Sie das wollen."

„Das wäre sehr nett. Und fühlen Sie sich frei, unseren Gottesdienst am Sonntag zu besuchen. Sie sind auf jeden Fall willkommen, ganz egal, was Sie über den Glauben denken. Ich kann mir vorstellen, dass Sie staunen werden, wie anders unsere Gemeinde ist, als diejenige, die Sie es aus Ihrer Kindheit in Erinnerung haben. Bei unserem Gespräch kam mir die Idee, in unserem nächsten Gottesdienst einige Lieder von *Simon and Garfunkel* zum Thema zu machen."

Hal schüttelte George die Hand, und George dankte ihm für seine Bereitschaft, sich so spontan mit ihm zu treffen.

Als George langsam nach Hause schlenderte, war er ziemlich durcheinander. Obwohl ihm Hal viel Stoff zum Nachdenken gegeben hatte, war er innerlich noch immer sehr aufgewühlt und unruhig. Trotzdem, der Gedanke, dass er sich vielleicht auf einer geistlichen Reise befand, war beruhigend. Zumindest bedeutete dass, dass er irgendwohin unterwegs war.

29

Wieder einmal hatte George das Gefühl, er sollte sich bei Willow entschuldigen. Das wievielte Mal wäre das dann? Oh sicher, auch sie hatte sich schon oft bei ihm entschuldigt. Aber häufiger war er derjenige gewesen, der mit dem Hut in der Hand vor ihr gestanden hatte. Und sein Ausbruch bei der Besichtigung des Hauses seiner Großeltern war wirklich das Allerletzte gewesen. Schließlich hatte er ihr doch vollkommen freie Hand gelassen.

Er wusste auch genau, was das Problem war – abgesehen von der Tatsache, dass die vielen Veränderungen ihn geschockt hatten –, es war das Wissen, dass Willow diese *Verbesserungen* mithilfe des gut aussehenden Handwerkers Cliff Grant zuwege gebracht hatte. Schon allein dieser Name klang ein wenig nach Hollywood. Vielleicht hatte er gehofft, für den Film entdeckt zu werden, doch leider vergeblich. Darum hatte er sich stattdessen dem Baugewerbe zugewendet.

George war klar, dass es töricht war, sich solche Geschichten auszudenken, aber das war eine typische Reaktion der Eifersucht. Und George konnte nicht leugnen, dass er eifersüchtig war.

„Was soll ich denn tun?“, fragte George Baxter am Dienstagmorgen, als sie miteinander in der Sonne saßen. „Soll ich versuchen, sie zurückzugewinnen? Oder sollte ich mich einfach entschuldigen und es dabei belassen?“

Baxter schnurrte, als wollte er sagen: *Vergiss das Ganze und bleib hier bei mir.*

„Ja, das wäre natürlich auch eine Möglichkeit." Vorsichtig hob George Baxter von seinem Schoß und setzte ihn auf den Boden. „Im Augenblick sind wir beide glücklich, aber das wird nicht lange so bleiben."

George brachte seinen Kaffeebecher in die Küche und machte sich daran, sein Frühstücksgeschirr zu spülen. Sein neues Ziel war es, zu seinen Alltagsgewohnheiten zurückzukehren, aber trotzdem flexibel zu bleiben. In dem ersten Kapitel seines Selbsthilfebuches hatte er gelesen, dass es wichtig war, selbst zu bestimmen und sich nicht bestimmen zu lassen, wenn man seine Zwangsstörung in den Griff bekommen wolle.

Die Wäsche konnte an jedem beliebigen Tag der Woche gewaschen werden, zu jeder beliebigen Uhrzeit. Und das Gras würde ebenfalls überleben, wenn es nicht an jedem Samstagmorgen gemäht wurde. Es war sogar in Ordnung, das Geschirr eine oder zwei Stunden im Spülbecken stehen zu lassen. Aber sobald sich die Fliegen in der Küche breitmachten, sprang George auf und spülte die schmutzigen Teller und Tassen, trocknete sie ab und räumte sie in die Schränke. Das war doch schließlich eine Frage der Hygiene, oder nicht?

Während George sein Geschirr abtrocknete, bemerkte er, dass Lorna draußen in ihrem Garten war. Zwar goss sie ihre Petunien, doch sie hatte sich schick gemacht und trug nicht die Kleidung, die sie sonst zu Hause trug. Anscheinend wollte sie ausgehen – vermutlich einkaufen. Das war Lornas liebste Freizeitbeschäftigung, und sie gestand das auch freimütig ein. Wenn sie natürlich wüsste, wie abstoßend dies auf George oder jeden anderen Junggesellen, der sein Bankkonto liebte, wirkte, dann würde sie vermutlich besser überlegen, was sie sagte.

George hatte eine Idee. Vielleicht sollte er heute auch mal einen Einkaufsbummel machen. Das konnte gerade heute genau das Richtige für ihn sein. Er stellte eine noch nasse Müslischale ab, warf sein Trockentuch auf die Spüle und eilte nach draußen, um Lorna zu begrüßen.

„Oh, hallo George." Sie winkte ihm zu.

„Sie wollen wohl ausgehen, ja?" Betont lässig trat er an die niedrige Hecke, die ihre Gärten voneinander trennte, und pflückte einen kleinen Ast ab, den er bei seinem letzten Heckenschnitt wohl übersehen haben musste.

„Nur nach *Lampton*." Sie lächelte verlegen. „Da ist im Outlet Ausverkauf."

„Aha, Shopping." Er nickte. „Darin sind Sie Expertin, richtig?"

„Ja, ich habe ein ziemlich gutes Auge für Schnäppchen, wenn ich das so sagen darf." Sie blickte ihn neugierig an. „Warum fragen Sie?"

„Nun, Einkaufen ist nicht unbedingt meine Leidenschaft. Schon gar nicht Kleidung." Er deutete auf sein blaues Hemd und die graue Hose. „Meine Garderobe habe ich in erster Linie für den Schuldienst gekauft. Eigentlich besitze ich keine Sachen, die …"

„Nun dann, George Emerson, kommen Sie heute mit mir. Das ist eine fabelhafte Idee. Wir kaufen Pensionärskleidung für Sie. Ich weiß gar nicht, warum ich nicht schon früher auf diese Idee gekommen bin. Sind Sie bereit?"

„Ich denke schon. Ich sehe noch kurz nach meiner Katze und kümmere mich um ein paar Dinge, dann bin ich gleich bei Ihnen."

„Das wird ein großer Spaß", rief sie ihm nach, als er in sein Haus eilte.

Beim Umziehen kamen George natürlich sofort wieder Bedenken. Was hatte er sich da eingebrockt? Ein Einkaufsbummel ausgerechnet mit Lorna? Ob das wohl klug war? Und weshalb machte er das überhaupt?

George wollte über seine Gründe nicht nachdenken und sie sich auch nicht eingestehen. Die Wahrheit war, er hoffte, mit diesem Cliff Grant konkurrieren zu können. Die Bilder von Willow im Gespräch mit dem lässig gekleideten, attraktiven Cliff ließen George nicht los und drängten ihn zu einigen drastischen Veränderungen.

Auch wenn Cliff nicht Anzug und Krawatte trug, was für einen Bauunternehmer auch nicht passend gewesen wäre, sah er immer aus, als wäre er einer Modezeitschrift entstiegen. Nicht dass George sich jemals eine solche Zeitschrift gekauft hätte, aber er hatte sie im Geschäft gesehen. Und Cliff besaß definitiv diese Ausstrahlung und Selbstsicherheit.

Während George sich die Zähne putzte und seine Haare kämmte, redete er sich ein, dass bestimmt eine von Cliffs Exfrauen oder Freundinnen ihm beigebracht hatte, sich so gut zu kleiden. Vielleicht hatten sie ihm die Kleidung sogar gekauft. Das würde George nicht wundern. Das war oberflächlich, kein Zweifel, aber George nahm an, dass es ihm vielleicht leichter fallen würde, sich bei Willow zu entschuldigen, wenn er etwas modischer gekleidet wäre. Und vielleicht, wenn er ganz viel Glück hatte, verbesserte er dadurch seine Chancen, sie zurückzugewinnen. Das war ein weiter Weg, das wusste er, aber an seinem äußeren Erscheinungsbild zu arbeiten, konnte nicht schaden.

„Irgendwie stecken wir fest“, sagte Willow zu ihrer Freundin Donna, der Innenarchitektin, als sie die Möbel im Wohnzimmer zum wiederholten Male umstellten.

Das war bereits ihr dritter Versuch, und da ihnen nur noch ein Tag blieb, um das Haus für die Woche der offenen Häuser auszustatten, war es um Willows Geduld nicht gut bestellt. Noch immer machte Georges Ausbruch ihr zu schaffen, und jetzt kamen sie auch noch in Zeitnot – allmählich waren ihre Nerven zum Zerreißen gespannt.

„Daran ist bestimmt dieser so schwer zu verstehende Mr Emerson nicht gerade unschuldig." Donna trat zurück und betrachtete ihr Werk. „Aber du solltest dir treu bleiben, Willow. Du hast es geschafft, dass dieses Haus in kürzester Zeit auf die Liste der offenen Häuser gekommen ist, und deshalb musst du das jetzt auch durchziehen. Die Sache mit Mr Emerson kannst du später klären." Sie deutete auf die beiden Sessel. „Wir sollten sie auf die andere Seite des Teppichs stellen."

„Denkst du nicht, dass diese modernen dänischen Möbel nicht wirklich zu diesem Raum passen?", fragte Willow, während sie die Sessel an ihren Platz rückte. „Ich meine, mir gefällt es, aber vielleicht …"

„Nein, nein, ich finde, sie passen sehr gut hier hin. Ich selbst wäre nie auf diese Idee gekommen, aber in der Kombination mit den eher traditionellen Möbelstücken von mir und diesem außergewöhnlichen Teppich, nun, ich denke, das passt wunderbar. Jetzt geht es nur noch darum, dass alles seinen richtigen Platz findet." Sie trat zurück und schaute sich um. „Wie ist das?"

„Ja, das ist es." Zufrieden betrachtete Willow den Raum. „Mir persönlich gefällt dieses Zimmer jetzt. Ich kann es kaum erwarten, die Bilder aufzuhängen und die Kunstwerke aufzustellen."

„Ich bin froh, dass du die cremeweißen Bezüge für die alten Polstermöbel gewählt hast." Donna nahm ein buntes Kissen aus einer Kiste und warf es auf das Sofa. „Das bringt etwas Farbe ins Zimmer."

„George hat sich so über die Rechnungen aufgeregt, dass ich die Bezüge aus eigener Tasche bezahlt habe", gestand Willow. „Aber diese gelben, grünen und orangen Polster – das ging einfach nicht. So ist es viel geschmackvoller."

„George sollte dankbar sein für das, was du mit einem so kleinen Budget zustande gebracht hast." Donna arrangierte die Kissen. „Glaube mir, du hättest gut und gerne das Doppelte und Dreifache dafür ausgeben können."

„Er hat mir ein so schlechtes Gewissen gemacht, dass ich die Reinigungsfirma, die ich für heute bestellt hatte, wieder abbestellt habe."

„Deine Leute sind aber auch richtig gut."

„Ja, Savannah, Josie und Collin sind ein gutes Team. Seit gestern schuften sie ziemlich hart." Willow hielt ein großes Gemälde über die antike Konsole an die schwarze Wand. „Was meinst du. Passt das hierher, Donna?"

„Oh, das ist fabelhaft. Ich liebe den Kontrast. Moderne Kunst über diesem bauchigen Möbelstück aus Walnussholz, toll. Und ich habe noch zwei Messinglampen, die wir zu beiden Seiten der Konsole aufstellen können. Das passt hervorragend. Ist das eines der *Rockwell-Bilder*, die du zurückbehalten hast?"

„Nein, das hier hatte ich noch." Willow stellte das Gemälde für den Augenblick zur Seite. „Es ist nett, wie viele meiner Freunde mich bei diesem Projekt unterstützen. Wenn das alles hinter uns liegt, würde ich gerne eine Party veranstalten, um mich bei allen zu bedanken."

„Und wirst du auch Mr Emerson einladen?"

Willow druckste herum. „Ich bin nicht sicher, ob er überhaupt kommen würde." Eigentlich hoffte sie eher, dass George wegbleiben würde. Wenn alles vorbei war, nun, darüber wollte sie im Augenblick nicht nachdenken.

Die Helfer arbeiteten sich weiter durch das Haus – sowohl innen wie auch außen – und am Mittwochabend sah die *Rockwell Villa* besser aus als je zuvor. Das zumindest fand Willow. Sie war ziemlich sicher, dass George anderer Meinung wäre.

„Mir fehlen die Worte", sagte Cliff Grant, nachdem sie ihn durch das Haus geführt hatte. „Sie haben wirklich ein Wunder vollbracht, Willow. Wie haben Sie das geschafft?"

„Mit viel Hilfe." Willow arrangierte den großen Blumenstrauß auf dem runden Esszimmertisch. Die Blumen stammten aus ihrem Dachgarten und steckten in einer großen Tonvase, die sie vor mehreren Wochen getöpfert hatte. „Ich mache keinen Hehl daraus, dass es ein großes Unterfangen ist, ein solches Haus wieder zum Leben zu erwecken."

„Nun, das ist Ihnen auf jeden Fall gelungen. Die Kunstwerke aus Ihrer Galerie, die unterschiedlichen Möbelstile und Donnas kleine Kniffe als Innenarchitektin – dass dieses Haus so aussehen könnte, hätte ich nie für möglich gehalten. Ich bin sehr stolz, dass ich an diesem Projekt mitarbeiten konnte." Er grinste. „Obwohl ich in Wahrheit ja eigentlich nur die Bauarbeiter eingeteilt habe."

„Da wir gerade davon sprechen, die Küche ist wunderschön geworden." Sie schob die Tür auf und betrat die renovierte Küche, in der alles an seinem Platz hing.

„Sie gefällt mir. Diese Kupfertöpfe, die Sie aufgehängt haben, machen alles sehr viel wärmer."

„Die habe ich mitgebracht", gestand sie. „Meine Küche ist im Augenblick ziemlich kahl und nüchtern."

„Ich denke, dieses Haus wird der Renner werden." Cliff strich mit der Hand über die glatte Granitplatte. „Ich bin sehr angetan von Ihren Bemühungen, Willow." Er lächelte sie herzlich an. „Sie haben wirklich hart gearbeitet."

„Danke. Und danke für Ihre Hilfe."

„Ich kenne viele Frauen, die es vorziehen, einfach herumzusitzen, während der Mann alle Arbeit tut." Er strich ihr eine Haarsträhne aus der Stirn. „Es ist erfrischend, eine Frau kennenzulernen, die auf eigenen Beinen steht. Und die noch dazu so attraktiv ist."

„Vielen Dank." Unbehagen stieg in ihr hoch.

Sie lenkte sich ab, indem sie die ineinander gestellten Rührschüsseln gerade rückte. Flirtete Cliff etwa gerade mit ihr? Obwohl sie sich geschmeichelt fühlte, hatte sie kein wirkliches Interesse an einer romantischen Beziehung zu ihm.

„Die letzten Tage waren ziemlich anstrengend", sagte sie mit großer Bestimmtheit. „Und ich würde jetzt gerne nach Hause gehen und mich ein wenig herrichten. Da sind einige Reparaturarbeiten zu leisten." Sie streckte ihre Hände aus. „Zum Beispiel wäre eine Maniküre jetzt angebracht." Lachend ging sie ihm voran ins Esszimmer zurück. „Morgen möchte ich doch gerne wieder die Restauratorin sein und keine gewöhnliche Bauarbeiterin."

Nachdem sie ihn durch die Haustür hinausgeführt und abgeschlossen hatte, warf Willow einen letzten Blick auf das Haus. Die Verandaleuchten brannten, und ihr Licht fiel auf die hübschen Korbmöbel, die Donna noch vorbeigebracht hatte. Alles in allem wirkte die vordere Veranda sehr einladend.

„Es ist bezaubernd hier draußen." Cliff ließ sich auf dem Zweiersessel nieder und klopfte auf das Sitzkissen neben sich. „Möchten Sie sich nicht zu mir setzen?"

Willow wollte nicht unhöflich sein, aber sie wollte ihn auch nicht noch ermutigen. Darum nahm sie in einem der Sessel Platz, die ihm gegenüberstanden.

„Und so bequem", wunderte sie sich. „Ich hatte bisher noch keine Zeit, sie auszuprobieren. Donna hat sie aufgestellt." Sie deutete auf die großen Blumentöpfe. „Die sind auch von ihr. Ihr Mann hat sie hergebracht."

„Sehr hübsch."

„Und sehen Sie nur den Ausblick von hier", staunte sie. „Das ist mir vorher gar nicht aufgefallen. Wie hübsch die Lichter der Stadt zu dieser Stunde aussehen. Das ist wirklich sehr schön." Sie war tatsächlich versucht, noch etwas länger zu bleiben.

„Und romantisch. Jetzt brauchen wir nur noch Champagner und …"

„Wie ich bereits sagte, ich muss jetzt wirklich nach Hause." Sie erhob sich. „Morgen ist ein großer Tag."

Sie eilte die Vordertreppe hinunter und stieg in ihren SUV, doch als sie rückwärts auf die Straße setzte, glaubte sie, eine dunkle Gestalt im Schatten der Eichen entdeckt zu haben. Sie bremste ab und schaute genauer hin. Im Rückspiegel sah sie, dass Cliff in seinen Pick-up stieg und in die andere Richtung davonfuhr. Zu spät, um ihn um Hilfe zu bitten.

Sie griff nach ihrem Telefon. Es wäre eine Katastrophe, wenn ausgerechnet jetzt ein Einbruch oder Vandalismus verübt würde. In dem Haus hingen so viele wertvolle Kunstwerke und es gab keine Alarmanlage. Das wäre wirklich übel.

Wer wusste schon, was ein übermütiger Teenager an einem heißen Augustabend einige Wochen vor Ferienende ausheckte? Schließlich war sie auch einmal Teenager gewesen. Sie ließ ihre Fensterscheibe herunter.

„Hey", rief sie streng. „Was machen Sie hier? Kommen Sie heraus und zeigen Sie sich, bevor ich die Polizei rufe."

Zu ihrer großen Überraschung trat George mit hoch erhobenen Händen aus dem Schatten, als würde sie eine Waffe auf ihn richten.

„Ich bin es nur", sagte er verlegen.

„*George Emerson!*" Ein breites Spektrum an Emotionen durchströmte sie, das von großem Entsetzen bis zu unendlicher Erleichterung reichte. Warum um alles in der Welt versteckte er sich hier im Dunkeln? Sie stieg aus dem Auto aus und ging zu ihm hin. War er hier, um ihr Einhalt zu gebieten? Schließlich war das sein Haus, sein Besitz – und obwohl er ihr die Erlaubnis gegeben hatte, hatte sie nichts schriftlich, und George war manchmal unberechenbar. Wenn er wollte, konnte er das Projekt noch kippen – einfach so. Und ihr wären die Hände gebunden.

„Sie haben mich zu Tode erschreckt", erklärte sie. „Warum verstecken Sie sich hier draußen wie ein Verbrecher?"

„Ich habe nur meinen üblichen Abendspaziergang gemacht", gab er kurz angebunden zurück. „Ist das etwa verboten?"

„Ein Spaziergang zwischen den Bäumen, im Dunkeln?"

„Um ehrlich zu sein, ich wollte mir mein Haus ansehen. Sie verstehen schon, vor der großen Eröffnung morgen. Aber ich hatte nicht damit gerechnet, Sie hier anzutreffen … mit Ihrem, äh, Freund … Cliff Grant. Sie beide hatten es sich auf der Veranda gemütlich gemacht.“ Sein Tonfall wurde schärfer. „Ich wollte nicht stören.“

„Sie hätten uns nicht gestört, George“, erwiderte sie ebenfalls scharf, doch sie bereute ihren Tonfall sofort. Was nützte es, wenn sie sich mit dem Mann stritt, der ihr einen dicken Strich durch die Rechnung machen könnte?

„Möchten Sie sich das Haus einmal ansehen?“, fragte sie etwas sanfter. „Ich hatte mir wirklich gewünscht, dass Sie vorbeischauen.“

„Wirklich?“ Auch sein Tonfall wurde sanfter.

„Kommen Sie, George.“ Sie hakte sich bei ihm ein. „Kommen Sie und schauen Sie sich Ihr Haus an.“

„Phh. Das kommt mir gar nicht mehr wie *mein* Haus vor.“

„War es denn jemals *Ihr* Haus?“ Untergehakt zog sie ihn den Weg zur Veranda hoch. „Mir kam es so vor, als hätten Sie das Haus einfach aufgegeben. Es erschien mir ziemlich verlassen, George, und es brauchte einfach ein wenig liebevolle Zuwendung.“ Auf der Veranda blieb sie stehen.

„Sehen Sie doch nur, wie bezaubernd das ist.“ Sie drehte sich um. „Und mir ist nie aufgefallen, dass man von hier aus einen so wundervollen Blick auf die Lichter der Stadt hat. Das ist wirklich sehr romantisch.“

„Sie und Cliff Grant haben das bestimmt genossen.“

Überrascht musterte sie George im Licht der Veranda. War er etwa eifersüchtig auf Cliff? Aber vermutlich war er eifersüchtig darauf, dass sein Haus in den Händen anderer war. Das kam ihr wahrscheinlicher vor.

„George“, sagte sie. „Sie sehen so anders aus.“ Im Licht der Halle erkannte sie verblüfft, dass er ungewöhnlich modisch gekleidet war. „Ich glaube, ich habe Sie noch nie in Jeans gesehen. Und Ihre Haare sind anders. Und Sie tragen Slipper – *ohne Socken*!“

Er zuckte bloß die Achseln, als wäre das nichts Ungewöhnliches.

„Was ist denn los?", fragte sie.

„Ich habe einfach beschlossen, ein paar Veränderungen vorzunehmen. Lorna und ich sind einkaufen gegangen. Sie hat mir geholfen." Er drehte sich von ihr fort und schaute sich in der Halle um. „Ich schätze, ohne die dunkle Tapete sieht es hier tatsächlich viel besser aus." Verlegen drehte er sich wieder zu ihr um. „Wissen Sie, warum ich heute Abend eigentlich hergekommen bin?"

„Nein."

„Nun, es stimmt natürlich, dass ich das Haus sehen wollte, ohne dass sich die Leute hier drängen. Aber ich habe auch gehofft, Sie hier anzutreffen." Er starrte auf seine modischen Slipper und seufzte tief. „Um mich zu entschuldigen."

„Sie wollen sich entschuldigen?" Sie schaute ihn eindringlich an. In seiner neuen Aufmachung sah er wirklich sehr gut aus. Der kurze Haarschnitt stand ihm viel besser als sein vorheriger Schnitt. Und das blauweiß gestreifte Hemd mit den hochgerollten Ärmeln war ein netter Kompromiss zu seinem üblichen zugeknöpften Stil. Die Bluejeans ließ ihn zudem noch jünger aussehen.

„Mein Ausbruch beim letzten Mal, als ich hier war, tut mir leid, Willow." Er blickte ihr in die Augen. „Das war sehr kindisch von mir. Ich hoffe, Sie verzeihen mir."

„Schon passiert." Sie lächelte. „Ich kann verstehen, dass diese vielen Veränderungen Sie schockiert haben. Ich nehme Ihnen das nicht übel. Dies ist schließlich das Haus, in dem Sie Ihre Kindheit verbracht haben."

„Ich glaube, irgendwie tat es mir auch leid, dass ich Sie gebeten habe, alles rauszuwerfen. Ich war wirklich in keiner guten Verfassung, als ich diese Entscheidung getroffen habe, und ..."

„Aber ich habe doch gar nicht alles weggegeben, George. Sie haben mir keine Gelegenheit gegeben, Ihnen das zu erklären. Vieles habe ich aufbewahrt." Sie ergriff seinen Arm. „Kommen Sie, dann werden Sie es sehen."

Im Wohnzimmer erklärte sie ihm, dass sie nur einen Schonbezug über die Möbel gezogen hatte. „Wenn Sie mögen, können Sie alles wieder in den Originalzustand versetzen."

„Ich glaube, so sehen die Möbel viel besser aus." Er schaute sich um. „Ich kann kaum glauben, dass das derselbe Raum ist. Er ist so hell und fröhlich." Langsam schüttelte er den Kopf. „Vermutlich hatte sich meine Großmutter das genauso vorgestellt."

„Dieser Raum macht mich glücklich", gestand sie. „Wann immer ich ihn betrete, möchte ich lächeln." Sie zog ihn weiter zum Esszimmer. „Ich zeige Ihnen alles."

„Das Esszimmer wirkt sehr einladend", sagte er. „Ich bin froh, dass Sie auch hier die Möbel meiner Großmutter aufgestellt haben." Er wandte sich zu Willow um. „Der Gedanke, alle diese Möbel verloren zu haben, hat mich traurig gemacht. Danke, dass Sie sie nicht weggegeben haben."

„Oh, das freut mich aber." Sie lächelte. „Kommen Sie mit in die Küche. Jeder, der sie gesehen hat, hat sich in sie verliebt, George. Ganz ehrlich, wenn Sie beschließen sollten, dieses Haus zu verkaufen, dann wird diese Küche den Ausschlag geben."

In der Tür blieb er stehen und schaute sich um. „Sie ist wirklich schön geworden. Viel schöner, als ich für möglich gehalten hätte, als ich sie das erste Mal sah." Sein Blick wanderte zum Fußboden. „Das gefällt mir."

Sie schlenderten durch die unteren Räume, und George machte keinen Hehl daraus, dass ihm gefiel, was er sah. Doch als sie die Treppe hochstiegen, wurde er still. „Das war Alex' Zimmer", bemerkte er ernst.

„Ich weiß." Sie nickte. „Es schien seit den 70er-Jahren kaum verändert worden zu sein."

„Ich habe seine Schallplatten und die Stereoanlage ausgeräumt, aber alles andere ist dageblieben." Er schien den Tränen nahe zu sein. „Manchmal bin ich hergekommen … wenn ich ihn vermisst habe."

Willow spürte seine Traurigkeit und wusste nicht so genau, wie sie ihn trösten sollte. „Collin hat mir bei diesem Raum geholfen", erklärte sie. „Und bei Ihrem Zimmer."

„Ihnen geholfen?" George zog sein Taschentuch aus der Tasche und betupfte sich die Augen.

„Ich habe ihn gebeten, alle Sachen sehr sorgfältig durchzusehen, bevor wir die Möbel nach unten brachten. Alle Erinnerungsstücke, die Sie möglicherweise gerne behalten würden, sollte er in Kisten packen."

„Wirklich?" George schaute sie verblüfft an.

„Die Kisten stehen auf dem Dachboden. Wir haben ihren Namen darauf geschrieben."

„Ich weiß gar nicht, wie ich Ihnen danken soll."

„Es erschien mir einfach …" Sie wurde unterbrochen, als jemand ihren Namen rief. „Das scheint Cliff Grant zu sein", erklärte sie George. „Hallo?", rief sie. „Ich bin oben."

Schritte polterten die Treppe hoch, und schließlich tauchte Cliff oben auf.

„Was ist denn los?", fragte er atemlos. „Ich habe Ihren Wagen auf der Straße stehen sehen, mit eingeschalteten Scheinwerfern. Und das Licht im Haus war an. Ich dachte, vielleicht …"

„Ach du meine Güte." Willow runzelte die Stirn. „Ich glaube, ich habe nicht einmal den Motor ausgeschaltet."

„Ich bin George Emerson." George hielt ihm die Hand hin. „Sie sind wohl Cliff Grant, der Bauunternehmer. Vielen Dank, dass Sie die Renovierung des Hauses übernommen haben."

„George Emerson." Cliff reichte ihm die Hand. „Schön, Sie kennenzulernen."

„Wenn Sie mich dann bitte entschuldigen wollen, ich denke, ich sollte mal nach meinem Auto sehen." Willow lächelte nervös. „Und wenn Sie abschließen könnten, dann würde ich jetzt einfach nach Hause fahren. Tschüss."

In der Hoffnung, dass die beiden Männer ein freundliches Gespräch führen würden, eilte sie die Treppe hinunter und nach draußen. Ihr war nicht ganz wohl dabei, George einfach so zurückzulassen. Seine Meinung über Cliff Grant war vermutlich nicht die beste, obwohl sie das nicht so ganz verstehen konnte. Doch vielleicht konnte er ihn jetzt ja besser kennenlernen. Vielleicht forderte George Cliff aber auch zum Duell heraus.

Auf dem Heimweg lachte sie leise in sich hinein. War es möglich, dass George Emerson auf Cliff Grant eifersüchtig war? Das wäre doch was!

30

Die folgenden vier Tage vergingen für Willow wie im Flug. Die Tage der offenen Häuser waren ein voller Erfolg. Die Einwohner der Stadt freuten sich, das hübsche historische Haus einmal von innen anschauen zu können, und einige zeigten echtes Interesse, es zu kaufen. Willow notierte die Namen und Telefonnummern für George – nur für den Fall. Gerne empfahl sie den Leuten, die selber ihr Haus renovieren wollten, Donna und Cliff als Ansprechpartner. Und sie freute sich, dass sie mehrere Kunstwerke an Kunden verkaufte, die ihre Galerie bisher noch nicht aufgesucht hatten. Alles in allem war es die Anstrengungen wert gewesen, die dieses Projekt sie gekostet hatte.

Doch am Sonntagnachmittag, etwa eine Stunde vor Schluss, spürte Willow, wie die Erschöpfung in ihr hochkroch. Da der Besucherstrom deutlich abgeebbt war, hatte sie ihre Mitarbeiter nach Hause geschickt und wollte gerade die Schilder entfernen, die zur Besichtigung einluden, als sie Schritte in der Halle hörte.

Mit einem aufgesetzten Lächeln und erzwungener Freundlichkeit ging sie in die Halle, um ihren letzten Besucher zu begrüßen. Hocherfreut stellte sie jedoch fest, dass es Pastor Hal war.

„Willkommen", begrüßte sie ihn. „Wo ist denn Ihre nette Frau?"

Er verzog das Gesicht. „Beth bekommt vermutlich einen Anfall, wenn sie hört, dass ich ohne sie hergekommen bin. Aber sie besucht unsere schwangere Tochter in Salem. Morgen kommt sie wieder nach Hause. Und um ehrlich zu sein, ich bin nicht hier, um mir das

Haus anzusehen, obwohl es sehr hübsch zu sein scheint. Ich wollte mit Ihnen reden."

„Mit mir reden?" Sie lächelte. „Wie nett." Sie deutete zur Veranda hinüber. „Wollen wir uns hierher setzen? Hier weht ein schönes Lüftchen."

Nachdem sie Platz genommen hatten, kam Hal sofort zur Sache. „Ich weiß, dass Sie eine gute Freundin von George Emerson sind."

„Sie kennen George?" Damit hatte sie nicht gerechnet. „Wissen Sie auch, dass das sein Haus ist?"

„Nein, davon hatte ich keine Ahnung. Aber es ist ein sehr schönes Haus."

„Ich habe ihm bei der Renovierung und Ausstattung geholfen."

„Dann sind Sie also wirklich gut mit ihm befreundet?"

„Aber ja. Das glaube ich zumindest. Doch unsere Freundschaft gestaltet sich ziemlich schwierig. Es gibt viele Höhen und Tiefen, und ich fürchte, das ist in erster Linie meine Schuld. Ich bin viel zu forsch für den armen Mann. Einmal hat er mich doch tatsächlich eine *Kamelnase* genannt."

„Eine Kamelnase?"

In aller Eile erklärte sie Georges Vergleich und Hal lachte herzlich. „Das ist typisch George."

„Dann kennen Sie ihn also gut?"

„Wir haben uns ein paarmal auf einen Kaffee getroffen. Und heute war er im Gottesdienst."

„*Wirklich*?" Willow konnte das kaum glauben. „Wie gerne wäre ich dabei gewesen. Aber ich musste ja hier im Haus sein."

„Wegen George wollte ich mit Ihnen reden. Ich will ja nicht übers Ziel hinausschießen, aber er ist ein ungewöhnlicher Mann und sehr nett."

„Sehr ungewöhnlich." Sie nickte. „Das ist vermutlich, was ihn so anziehend für mich macht."

„*Anziehend?*" Hal zog die Augenbrauen in die Höhe.

Sie winkte ab. „Sie verstehen schon, als Freundin. Ich habe George von Anfang an gemocht, aber er ist ein komischer Kauz, das lässt sich nicht leugnen." Sie musste laut lachen. „Doch das bin ich auch."

„Nun, dann … sind Sie sich Georges Gefühlen für Sie bewusst?"

„Gefühle?"

Er wirkte unsicher. „Normalerweise mische ich mich nicht in eine Beziehung ein, Willow, aber George ist ein besonderer Mensch. Ich denke, es ist nur fair, Sie zu warnen, dass George sich in Sie verliebt hat."

Sie richtete sich auf. „Oh Hal, das kann nicht Ihr Ernst sein."

„Das ist mein Ernst."

„Woher wollen Sie das denn wissen? Ich kann mir nicht vorstellen, dass George so etwas jemals …"

„Er hat es nicht ausgesprochen – nicht mit Worten –, aber es steht ihm ins Gesicht geschrieben, Willow, wann immer er von Ihnen redet. Glauben Sie mir, ich weiß, wovon ich rede. Und ich spreche auch nur mit Ihnen darüber, weil ich es nicht ertragen könnte, wenn diesem netten Mann das Herz gebrochen würde."

„Sein Herz gebrochen?", wiederholte Willow langsam. Sie versuchte noch immer, das zu begreifen.

Hal rutschte unbehaglich auf seinem Sessel herum. „Ich will mich wirklich nicht einmischen, Willow. Und wenn Beth wüsste, was ich hier gerade tue, dann würde ich was zu hören bekommen. Aber wie Sie wissen, führe ich auch Eheberatungen durch, und das hier ist vertrautes Terrain für mich. Außerdem liegt George mir wirklich am Herzen. Er ist ein ganz besonderer Mann."

Willow nickte. „Das finde ich auch. Und ich mag ihn sehr."

„Also, bitte vergeben Sie mir, wenn ich zu weit gegangen bin, indem ich Ihnen das gesagt habe. Aber ein Wort an den Weisen reicht aus, wie meine Großmutter sagen würde." Er wollte sich erheben.

„Moment noch.“ Willow hob die Hand. „Ich würde gerne wissen, warum Sie sich solche Sorgen machen. Denken Sie wirklich, ich würde George irgendwie verletzen?“

„Nein, natürlich nicht. Zumindest nicht absichtlich. Ich habe nur das Gefühl, dass er sehr verletzlich ist. Und das wollte ich Sie wissen lassen.“ Er nahm wieder Platz.

„Können Sie mich aufklären?“, fragte sie. „Warum ist er so verletzlich? Denn ich denke, dass ich alles getan habe, was in meiner Macht steht, um sein Vertrauen zu gewinnen – und doch gerate ich immer wieder mit ihm aneinander.“

Mit gefalteten Händen beugte Hal sich vor. „Ich denke, George hat Angst, Sie zu lieben.“

„Angst? Warum?“

„Nun, jetzt habe ich schon so viel gesagt, jetzt kann ich auch weitermachen.“ Er hob zwei Finger. „Erstens, George hat Sorge, Sie könnten in Ihren gut aussehenden Bauunternehmer verliebt sein, und dass es sinnlos sei, weiter um Sie zu werben.“

„Na, das ist absolut lächerlich.“ Sie seufzte verärgert. „Cliff Grant ist nur ein guter Bekannter.“

„Das habe ich mir schon gedacht.“ Er hob den zweiten Finger. „Das ist vermutlich der Grund, der mir die meiste Sorge macht. George ist davon überzeugt, dass er Sie nicht lieben darf, weil er Sie dann verliert. Alle, die er geliebt hat, sind wohl gestorben. Er hat den Eindruck, verflucht zu sein.“

„Oder Gott würde ihn hassen.“ Willow nickte. „Das hat er mir gegenüber bereits eingeräumt.“

„Aber ich denke, sein Glaube verändert sich grade. Angefangen hat das wohl mit *Simon and Garfunkel* und …“

„*Was*?“

Er winkte ab. „Ist nicht so wichtig. Aber glauben Sie mir, Willow, George hat sich in letzter Zeit sehr verändert. Er befindet sich definitiv auf einer geistlichen Reise.“

„Das ist doch wundervoll. Ich habe mir schon Sorgen um ihn gemacht." Obwohl sie sich darüber freute, war Willow auch ein wenig verwirrt. Was erwartete Hal von ihr? Und was wäre, wenn er sich in Bezug auf Georges Gefühle für sie irrte?

„Wie schön, dass Sie George eine so gute Freundin sind. Ich war mir nicht sicher, ob ich mit Ihnen darüber reden sollte. Aber ich habe gebetet und hatte das Gefühl, dass Gott mir grünes Licht gegeben hat."

„Ganz ehrlich, in den letzten Wochen haben George und ich nicht oft miteinander gesprochen. Immer ist irgendetwas dazwischengekommen." Dass die meisten ihrer letzten Gespräche durch törichte Missverständnisse schiefgelaufen waren, wollte sie nicht eingestehen.

„Ein Grund, warum ich heute mit Ihnen darüber reden wollte, ist der, dass mich Gewissensbisse plagen."

„Gewissensbisse?"

„Nun, vielleicht habe ich gestern etwas Dummes zu George gesagt. Wir haben uns auf einen Kaffee getroffen und George sprach sehr liebevoll von Ihnen. Darauf sagte ich ein wenig flapsig, er solle Ihnen doch sagen, was er für Sie empfindet. In diesem Augenblick hielt ich das für eine gute Idee. Eigentlich ermuntere ich die Leute immer, offen über ihre Gefühle zu sprechen. Doch dann habe ich George heute in der Kirche gesehen, und, nun, er wirkte so verletzlich. Und da kam ich ins Nachdenken … Was, wenn er meinen Rat befolgte und von Ihnen abgewiesen würde? Wie würde sich das auf ihn auswirken? Ich wünschte wirklich, ich hätte meinen Rat für mich behalten."

„Warum sind Sie so sicher, dass ich ihn abweisen würde?"

Seine Augenbrauen zogen sich hoffnungsvoll in die Höhe. „Das würden Sie nicht?"

„Ich weiß es nicht." Sie zuckte die Achseln und wandte den Blick ab. „Und sollte das nicht eine Sache zwischen George und mir sein? Aber ich verspreche Ihnen eines, Hal, ich würde nie etwas tun, das ihn verletzt – nicht absichtlich. Mehr als alles andere habe ich versucht, ihm eine Freundin zu sein. Mir ist seine Freundschaft sehr wichtig. Ich mag ihn wirklich sehr."

Hal ergriff ihre Hand. „Oh Willow, ich hätte wissen müssen, dass Sie sensibel mit dieser Sache umgehen. Auch wenn ich meinen großen Mund nicht habe halten können." Langsam erhob er sich. „Danke für Ihr Verständnis."

„Danke für die kleine Vorwarnung." Lachend erhob sie sich ebenfalls.

„Sie scheinen sich zu amüsieren."

„Das tue ich wohl. Und noch ein Geständnis: Ich glaube, ich habe vor Monaten begonnen, Mr Emerson zu umwerben, aber ich war wohl nicht besonders gut darin. Und irgendwann habe ich dann aufgegeben."

Er lachte. „Wissen Sie, was ich glaube, Willow?" Er wurde ernst. „Ich denke, Sie sind nicht die Einzige, die Mr Emerson umwirbt."

Sie winkte ab. „Glauben Sie mir, ich weiß Bescheid. Die Frauen scheinen auf komische Käuze zu fliegen."

„Nein, das meinte ich nicht." Seine Augen funkelten. „Ich glaube, auch Gott wirbt um ihn."

George war ratlos.

Am Sonntagabend, nachdem auch die letzten Besichtigungstouren zu Ende gegangen waren, hatte Willow ihm die Namen der Leute übergeben, die Interesse hatten, das Haus seiner Großeltern zu kaufen. Aber nicht deshalb war er verwirrt, und das war auch nicht der Grund, warum er in seinem Wohnzimmer auf und ab lief. Willow wartete auf seine Antwort.

Sie hatte eine neue Idee. Ihr Vorschlag war, dass sie beide am Montagabend eine Party geben sollten, als Dankeschön an alle, die bei der Renovierung und Ausstattung seines Hauses mitgeholfen hatten. Nicht, dass er nicht dankbar wäre, aber er war auch ein wenig beunruhigt. Sollte diese Party Willow als Vorwand dienen, Cliff Grant zu treffen? Wenn das so war, dann wollte er das nicht noch fördern. Auf keinen Fall!

Seine Gedanken wanderten zu dem unangenehmen Gespräch mit Cliff zurück, nachdem Willow sie neulich abends allein gelassen hatte. Cliff hatte angedeutet, Willow sei seine Freundin. Der Angeber hatte sich darüber ausgelassen, was für eine tolle Frau sie doch sei und wie sehr er nach einer unabhängigen Partnerin mit eigenem Geschäft und Bankkonto gesucht habe … und wie sehr er diese *unselbstständigen Goldgräberinnen* satt habe, die sich ihm an den Hals werfen würden, um dann Alimente von ihm zu fordern, wenn die Beziehung auseinanderging. Mit wachsendem Unbehagen hatte George ihm zugehört.

„Ich weiß nicht", antwortete George vorsichtig. „Schon morgen? Das ist doch viel zu früh. Sie haben doch gerade erst die vier Besichtigungstage hinter sich gebracht. Sind Sie denn nicht erschöpft?"

„Wissen Sie, ich fände es schön, wenn dieses Zusammensein in der Villa stattfinden könnte, solange alles noch hergerichtet ist und einen so schönen Rahmen bietet. Bis Mittwoch ist meine Galerie noch geschlossen. Am Dienstag werde ich die Kunstwerke dann wieder zurückbringen. Auch Betty und Donna werden ihre Leihgaben noch im Haus lassen, also muss es der Montag sein, oder es wird nicht stattfinden."

„Eine Party ist so viel Arbeit und dann noch so kurzfristig."

„Nicht für mich. Im Haus ist ja nichts zu tun. Wir machen keinen großen Aufwand. Ich bereite alles vor und ich sorge auch für Essen und Trinken."

„Trotzdem." Er runzelte die Stirn und suchte nach einer guten Ausrede. „Ich verstehe einfach nicht, warum Sie *mich* bei der Party dabeihaben wollen, Willow. Ich bin nicht sehr gesellig und …"

„Sie brauchen nur da zu sein, George. Lächeln Sie die Leute an und bedanken Sie sich bei ihnen. Sie haben ja keine Ahnung, wie viele Menschen bei diesem Projekt mitgearbeitet haben."

Sie zählte ihm ein paar Namen auf, sowohl von Leuten, die für ihre Arbeit bezahlt worden waren, aber auch von den vielen, die einfach ehrenamtlich mitgeholfen hatten.

„Warum helfen die Leute bei so etwas mit, ohne etwas dafür zu bekommen?", fragte er.

„Weil sie meine Freunde sind", erklärte sie. „Und vielleicht wollen sie auch Ihre Freunde sein."

„Ach ja?" Darüber dachte er nach. „Ich nehme an, Ihr Freund, der Bauunternehmer, wird auch dort sein."

Ihr Mund verzog sich zu einem Lächeln. „Sie mögen Cliff nicht besonders, nicht?"

Er zuckte die Achseln. „Ich kenne ihn nicht so gut."

„Aber Sie mögen ihn nicht, George. Das merke ich."

„Wollen Sie die Wahrheit hören?"

„Ja, natürlich."

„Nun, zuerst mal wurde mir erzählt, dass er ein Frauenheld wäre."

„Ein Frauenheld?" Sie lachte. „Wer um alles in der Welt hat Ihnen das erzählt?"

„Lornas Freundin Gayla wusste wohl, dass Cliff mehrmals verheiratet gewesen ist und mehrere Freundinnen gehabt hat."

„Das ist doch nur Klatsch und Tratsch."

Unsicherheit stieg in ihm hoch. Sollte er wiederholen, was Cliff neulich Abend gesagt hatte? Oder überschritt er dadurch eine unsichtbare Grenze?

„Und aus diesem Grund mögen Sie ihn nicht?" Sie blickte ihn neugierig an. „Nur weil Ihre Freundinnen aus dem Nähkästchen plaudern?"

„Da ist noch mehr." Er hatte den Eindruck, Willow hätte es verdient, die Wahrheit über Cliff zu erfahren. Und wenn sie dann trotzdem eine Beziehung mit ihm eingehen wollte, dann wusste sie wenigstens Bescheid.

„Na los, raus mit der Sprache." Irgendwie schien das Ganze sie zu amüsieren.

„Nun, Cliff äußerte neulich Abend ein paar Dinge, als Sie mich mit ihm im Haus allein gelassen haben."

„Was für Dinge, George?" Sie verschränkte ihre Arme vor der Brust und wartete.

George erzählte es ihr, aber auch jetzt wieder schien sie das nicht wirklich zu kümmern. Das alles ließ sie vollkommen kalt.

„Ich dachte nur, Sie sollten das wissen", meinte er, wie um sich zu verteidigen. „Wenn Sie eine Beziehung mit ihm eingehen wollen …"

„Meine Beziehung zu Cliff Grant ist rein geschäftlicher Natur, George, und zwar um Ihretwillen." Sie tippte ihm gegen die Brust. „Ich habe Kontakt zu Cliff aufgenommen, um Ihr Haus instand zu setzen, für *Sie*."

George entspannte sich ein wenig. „Dann haben Sie also kein romantisches Interesse an ihm?"

Sie lachte. „Er ist nun wirklich nicht mein Typ."

Neue Hoffnung durchströmte George. „Was ist denn Ihr Typ?"

Ihr Lächeln wirkte ein wenig schüchtern. „Das wollen Sie gar nicht wissen."

„Doch, das würde ich sehr gerne wissen." Er versuchte, seinen Eifer zu verbergen.

Sie kräuselte die Lippen. „Nun, George, wenn Sie das wirklich wissen wollen, dann müssen Sie diese Party als Dankeschön für alle Helfer mit mir zusammen geben."

„Soll das eine Erpressung sein?"

„Bedeutet das, dass Sie kommen werden?"

Er zuckte die Achseln. „Ich habe wohl keine andere Wahl."

„Vielen Dank, mein Lieber. Die Party beginnt um sieben. Ich hoffe, Sie kommen etwas früher. Sagen wir, um Viertel vor sieben?"

Dann überraschte sie ihn, indem sie zu ihm trat und ihm einen Kuss auf die Wange drückte. Und das war nicht nur ein flüchtiger Kuss. Dieser Kuss fühlte sich an wie ein besonders herzlicher und leidenschaftlicher Kuss, der in ihm den Wunsch nach mehr weckte.

In der Nacht zum Montag konnte George nur wenig Schlaf finden. Und tagsüber dachte er unentwegt an Willow. Hatte er in ihr Gespräch mehr hineininterpretiert, als tatsächlich gewesen war? Hatte Willow ihm Grund gegeben zu glauben, dass er wirklich eine Chance bei ihr hätte? Hatte sie immer noch Interesse an ihm, nachdem er bei ihr so oft ins Fettnäpfchen getreten war? Das konnte doch nicht möglich sein, und doch …

Als er sich für die Party ankleidete, war George ein einziges Nervenbündel – so sehr, dass er sich mehrmals umkleiden musste und sich schließlich für Anzug und Krawatte entschied. Bestimmt war er der Einzige in einem solchen Aufzug, aber das war ihm egal. Darin fühlte er sich wohl. Und an diesem Abend wollte George sich wohlfühlen.

Um Punkt halb sieben gab er Baxter ein Leckerli, verabschiedete sich von ihm und machte sich zu Fuß auf den Weg zum Haus seiner Großeltern. Die Schatten wurden bereits länger, doch es war noch hell, als er den Berg hinaufstieg. Herbst lag bereits in der Luft und eine gewisse Anspannung bemächtigte sich seiner, als ihm einfiel, dass in dieser Woche die Lehrer wieder ihren Dienst antraten. Doch sofort erfasste ihn eine große Erleichterung, als er sich bewusst machte, dass er nicht mehr zur Arbeit zu erscheinen brauchte.

Als die Villa in Sicht kam, war er überrascht, dass nicht nur das Innere erleuchtet war, sondern auch außen viele Lichter brannten. Laternen zogen sich den Gehweg hoch und tauchten die umlaufende

Veranda in warmes Licht. Es sah sehr festlich und einladend aus. Die Haustür stand offen, und er hörte Musik – ruhigen Jazz.

Während George in das Foyer trat, empfand er ein so seltsames Gefühl des Nachhausekommens, dass seine Augen feucht wurden, so als sei dies der Ort, an den er gehörte und den er jahrelang nicht betreten hätte. Vielleicht noch niemals.

Ein großer Blumenstrauß prangte auf dem Tisch im Foyer und mehrere Kerzen flackerten darum herum. Die Luft roch süß und würzig und noch nach etwas anderem – vermutlich Essen.

„George", rief Willow fröhlich, als sie in einem fließenden Kleid in schimmernden Blautönen, die ihre pfirsichfarbene Haut unterstrichen, aus dem Wohnzimmer kam. „Sie sind da! Und genau pünktlich."

George nickte. „Das habe ich versprochen."

Sie ergriff seine beiden Hände. „Und Sie sehen sehr gut aus in Ihrem Anzug mit Krawatte." Ihre türkisblauen Augen funkelten ihn an. „Vielen Dank, dass Sie gekommen sind."

„Das Haus sieht wundervoll aus", lobte er. „Die vielen Lichter und alles. Sehr stimmungsvoll."

„Danke."

Er schaute sie eindringlich an, bewunderte ihre rotblonden Locken und die helle Haut. „Sie sehen auch wundervoll aus, Willow."

Ihr Gesicht leuchtete auf. „Vielen Dank, George."

„Kann ich noch irgendwie helfen?", fragte er, plötzlich nervös und verlegen.

„Nein, die Caterer sind in der Küche, und ich denke, alles ist fertig."

„Hätten Sie etwas dagegen, wenn ich mich erst einmal im Haus umschaue?", fragte er. „Ich habe es noch nie so gesehen. Ich meine, mit Kerzen erleuchtet."

„Ich würde Sie sehr gerne herumführen." Sie hakte sich bei ihm ein. „Eigentlich bin ich ziemlich traurig, wenn ich denke, dass dies der letzte Abend ist, an dem es so aussieht. Ich möchte selbst alles noch einmal in mich aufnehmen." Sie führte ihn ins Wohnzimmer, das, soweit sich George erinnern konnte, noch nie eine so heimelige Atmosphäre ausgestrahlt hatte.

„Ich wünschte, meine Großmutter könnte das sehen", murmelte er, als sie langsam das Zimmer durchquerten. „Ich glaube, so hätte es ihr gefallen."

„Vielleicht kann sie es ja sehen." Willow lächelte. „Ich stelle mir gerne vor, dass die Leute im Himmel manchmal einen flüchtigen Blick auf die Erde erhaschen. Denn ich glaube, dass Gott groß genug ist, um solche Dinge möglich zu machen."

„Das ist eine interessante Theorie."

Sie führte ihn weiter durch das Haus, und obwohl George auch schon vorher von den Veränderungen beeindruckt gewesen war, staunte er jetzt umso mehr. Es war wirklich außergewöhnlich. Nachdem sie in jedem Zimmer und in jedem Stockwerk gewesen waren, standen sie im Wintergarten, der nur von Kerzen und Laternen erleuchtet war. George war den Tränen nahe, was ihm höchst unangenehm war.

„Willow, Sie haben dieses Haus noch schöner gemacht, als ich je für möglich gehalten hätte", sagte er leise. „Und ich fühle mich schrecklich, wenn ich denke, dass ich Ihnen bei jedem Schritt Steine in den Weg gelegt habe. Ich hoffe wirklich, dass Sie mir verzeihen."

„Das ist längst geschehen." Sie seufzte. „Haben Sie sich schon mit einigen der Leute in Verbindung gesetzt, die dieses Haus kaufen wollen?"

„Nein, nein, noch nicht." George wollte ihr gerade erzählen, dass er noch gar nicht sicher war, ob er das Haus verkaufen wollte, doch in diesem Augenblick bemerkte er die Autos, die vor der Villa anhielten.

„Sieht so aus, als würde die Party beginnen." Er bemühte sich, die Enttäuschung aus seiner Stimme zu verbannen.

„Dann wollen wir mal die Gäste begrüßen." Willow blieb bei ihm eingehakt. „Lächeln Sie einfach und seien Sie freundlich, George. Das ist nicht so schwer. Eigentlich sind das alles nette Menschen."

Wie gewöhnlich verstand Willow sein Unbehagen im Umgang mit Menschen, aber natürlich konnte sie den Grund seines Widerstrebens im Augenblick nicht erahnen. Er wünschte einfach, auf der Gästeliste für den heutigen Abend würden nur zwei Personen stehen.

Willow hielt sich in Georges Nähe, als die Gäste nach und nach eintrafen. Aber verwundert stellte sie fest, dass er viel gelassener reagierte, als sie erwartet hatte, vor allem als er feststellte, dass er viele Gäste bereits kannte. Neben Collin, Josie und Willows Mitarbeitern freute er sich, mehrere andere Bekannte begrüßen zu können. Er schien sich auch zu freuen, dass sie Hal und Beth eingeladen hatte.

Schon bald hatte Willow das Gefühl, dass George sehr gut allein zurechtkam. Und nun konnte auch sie entspannen und das Fest genießen. Alles in allem wurde der Abend ein voller Erfolg, auch wenn sie der Gedanke, dass es der letzte Abend in diesem ganz besonderen Haus war, ein wenig bedrückte. Aber bald würde es hoffentlich neue Eigentümer bekommen, die fortsetzten, was sie begonnen hatte.

George mischte sich nicht nur unter die Gäste und plauderte mit ihnen, er schenkte ihnen auch nach und spielte die Rolle des Gastgebers, der hier zu Hause war. Sicher, das Haus gehörte ihm, aber sie hatte nie das Gefühl gehabt, dass es ein wirkliches Zuhause für ihn gewesen war. Sie freute sich, ihn an diesem Abend so engagiert zu erleben. Das war eine ganz neue Seite an ihm, die sie vorher nie wahrgenommen hatte.

Ein wenig besorgt beobachtete sie ihn im Gespräch mit Cliff im Wintergarten. Gern hätte sie ihr Gespräch mitangehört. George lächelte selbstbewusst. Das beruhigte sie ein wenig. Offensichtlich ließ er sich von Cliff nicht einschüchtern. Und als Cliff sich früh verabschiedete, empfand Willow nichts als Erleichterung.

Von Anfang an hatte sie den Eindruck gehabt, dass Cliff nicht die Art von Mann war, mit dem sie mehr als nötig zu tun haben wollte. Sie hatte seine Unaufrichtigkeit gespürt und war alt genug, um zu wissen, dass ein attraktives Äußeres nicht unbedingt auf ein ansprechendes Inneres schließen ließ. Sie wünschte ihm nichts Böses, war aber froh, dass ihre Zusammenarbeit zu Ende war.

Verwundert nahm Willow zur Kenntnis, dass George sehr viel mit Donna und Betty zu besprechen zu haben schien. Die drei blieben ziemlich lange im Wohnzimmer, plauderten miteinander und schienen sich zu amüsieren, als würden sie eine private Party feiern. Irgendwie fühlte sich Willow ausgeschlossen, doch sie versuchte ihre Eifersucht zu verdrängen, als sie in die Küche ging, um den Caterer zu bezahlen und sich bei dessen Mitarbeitern für ihre Arbeit zu bedanken. Irgendwie war sie auch stolz auf George. Er machte wirklich gute Fortschritte. Und am Ende des Abends schien George viele neue Freunde gefunden zu haben.

Lächelnd nahm Willow zur Kenntnis, dass George, als sie in der Halle standen und ihre Gäste verabschiedeten, ihnen für ihr Kommen und ganz besonders noch einmal für ihre Hilfe bei der Renovierung des Hauses dankte. Er war dabei so herzlich, dass sie sich fragte, ob er sich wohl wünschte, die Party würde noch länger dauern. Aber sie war müde und wartete ungeduldig darauf, ihre Sandalen von den Füßen zu streifen, nachdem die letzten Gäste endlich das Haus verließen. Jetzt waren nur noch Josie und Collin da.

„Ich muss morgen früh zur Arbeit, sonst würde ich dir ja noch beim Aufräumen helfen", sagte Collin zu Willow.

„Das brauchst du nicht", beruhigte sie ihn. „Ich denke, ich lasse sowieso alles bis morgen stehen."

Jetzt wandte sich Collin an George. „Nur noch eine Woche, dann geht es zum College", sagte er zu ihm. „Ich kann es kaum erwarten."

„Es wird dir gefallen." George ergriff seine Hand. „Ich freue mich darauf zu erfahren, wie du es findest."

„Vielleicht kann ich dir morgen beim Aufräumen helfen", bot Josie etwas halbherzig an.

„Danke." Willow lächelte. „Das wäre schön."

Josie drohte George mit dem Zeigefinger. „Ich verstehe wirklich nicht, warum Sie dieses Haus loswerden wollen. Schon gar nicht, nachdem es jetzt so toll hergerichtet ist."

„Noch einmal vielen Dank für Ihre Hilfe", bedankte sich George feierlich bei ihr. „Darüber habe ich mich sehr gefreut, Josie."

„Nun, das war ich Ihnen sozusagen schuldig." Sie lächelte ihn verlegen an. „Sie haben mir bei meiner Wohnung geholfen und mir all die tollen Sachen überlassen."

Willow und George winkten ihnen nach, als Josie und Collin gemeinsam die Stufen der Veranda herunterstiegen.

„Es ist eine solche Erleichterung, dass die beiden zur Abwechslung einmal nicht aufeinander losgehen", bemerkte Willow leise.

„Sie haben große Fortschritte gemacht." George schloss die Haustür.

„Haben wir das nicht alle?"

„Danke, dass Sie mich heute Abend einbezogen haben", sagte George mit aufrichtiger Dankbarkeit. „Ich habe den Abend wirklich genossen. Viel mehr, als ich erwartet hatte."

„Das freut mich." Seufzend ließ sie sich auf der Bank in der Halle sinken. „Meine Füße haben danach geschrien – ich hoffe, es stört Sie nicht." Mit diesen Worten streifte sie aufatmend ihre Sandalen von den Füßen.

„Überhaupt nicht."

Sie erhob sich und streckte sich. „Ich schaue nur noch nach ein paar Dingen und blase die Kerzen aus, bevor ich nach Hause gehe." Sie pustete die Kerzen in der Halle aus.

„Ich helfe Ihnen", bot George ihr an und folgte ihr ins Wohnzimmer.

Sie blieb stehen, schaute sich noch einmal um und versuchte, die Traurigkeit darüber, dieses Haus verlassen zu müssen, nicht hochkommen zu lassen.

„Morgen Nachmittag werden hier nur noch die Möbel Ihrer Großmutter stehen", bemerkte sie. „Und dann können Sie …"

„Nicht unbedingt …"

„Was meinen Sie?" Neugierig drehte sie sich zu ihm um.

„Ich habe mit Donna und Betty besprochen, dass sie die Sachen hierlassen", erklärte er.

„Oh, damit es schöner aussieht, wenn Sie es verkaufen wollen?" Sie nickte. „Das ist vermutlich sinnvoll."

„Ich werde das Haus nicht verkaufen."

„*Was?*"

Er zuckte die Achseln. „Zum ersten Mal seit sehr langer Zeit fühle ich mich hier zu Hause, Willow. Ich will es nicht mehr verkaufen."

Sie lächelte. „Oh, George. Das ist so schön. Bedeutet das, dass Sie hier wohnen werden?"

Er nickte. „Ich denke schon. Betty und Donna werden mir alle ihre Möbel in Rechnung stellen. Wenn diese dann nicht zu unverschämt hoch ausfällt, würde ich gerne alles so lassen, wie es jetzt ist. Die Kunstwerke, die Sie hier ausgestellt haben, werde ich mir natürlich nicht leisten können, aber ein paar Stücke würde ich auch gerne behalten." Er deutete auf das Gemälde über der Konsole. „Dieses Bild mag ich sehr, aber natürlich ist das viel zu teuer. Das wird für mich nicht infrage kommen."

„Nein, das stimmt nicht." Willow lachte. „Es gehört mir, und ich habe einfach einen imaginären Preis angesetzt. Früher hing es in unserem Haus in *Sausalito,* und auch wenn es viel zu groß für meine Wohnung ist, habe ich mich doch nicht davon trennen können. Es kann gerne hier in Ihrem Haus hängen bleiben, so lange Sie wollen, George."

„Wirklich?" Er wandte sich zu ihr um. „Und Sie würden vorbeikommen und sich daran freuen?"

„Natürlich."

„Sie haben mir gezeigt, dass ich Farbe in meinem Leben brauche. Sie haben mir gezeigt, dass es gesund ist, Risiken einzugehen, und dass es Menschen in meiner Umgebung gibt, bei denen es sich lohnt, sie näher kennenzulernen." Er sprach leise, doch voller Überzeugung. „Ich weiß, dass ich ziemlich eingefahren bin und stur wie ein Esel, aber ich würde gern versuchen, mich zu ändern, Willow. Ich denke, ich bin bereits dabei, mich zu verändern."

„Oh, George." Sie ging zu ihm hinüber und legte ihm eine Hand an die Wange. „Du solltest dich nicht zu sehr verändern. Das würde mir nicht gefallen. Ich denke, du bist schon ziemlich wundervoll so, wie du bist."

„Danke." Er grinste. „Ich finde dich auch ziemlich wundervoll."

Und dann küsste er sie … und sie wusste, das war erst der Anfang.

FSC
www.fsc.org
MIX
Papier aus verantwortungsvollen Quellen
FSC® C014496

Die amerikanische Originalausgabe ist im Verlag
Revell, a division of Baker Publishing Group PO Box 6287,
Grand Rapids, MI 49516-6287 erschienen
unter dem Titel „Courting Mr. Emerson“.

1. Auflage 2021
Bestell-Nr. 817706
ISBN 978-3-95734-706-0

Umschlaggestaltung: Hanni Plato
Coverfoto: Verlagsausgabe Shutterstock, Ardea-studio
Clubausgabe Club: Shutterstock, HighKey
Übersetzt von Eva Weyandt
Satz: Apel Verlagsservice, Celle
Druck und Verarbeitung: GGP Media GmbH, Pößneck
Printed in Germany

www.gerth.de